満洲詩生成伝

Moriya Takashi
守屋貴嗣

輸林書房

満洲詩生成伝◎目次

凡例

○一次資料の引用は、特に断りの無い限り、掲載誌（紙）もしくはその復刻に拠った。極力漢字・ルビも原文のままとした。用字あるいは意味上明らかに誤りと認められるものには「ママ」のルビを付した。

○本文中の引用は「　」で括った。

○論文・評論・新聞記事等のタイトルは「　」で示し、作品名および書名・雑誌名・新聞名は『　』を用いた。

○年号は西暦に統一し、必要時のみ（　）で記した。

○本論文では「満洲」や「朝鮮」といった用語を括弧なしで用いることがある。これは論者の価値観を表すものではなく、用語の置かれた時代的文脈を考慮し、検討するためである。御寛恕賜りたい。

序章

1　帝国の終焉

一九四五年八月九日、ソ連軍が国境線を越えて満洲への侵入を開始したのを契機に、「満洲国」は一気に瓦解し始める。その終焉を象徴するような人物として、第一に念頭に浮かぶのは甘粕正彦だろう。「満洲の昼は関東軍が、夜は甘粕が支配する」と言われたほど、表向きは満洲映画協会理事長として、裏では阿片の密売などで多額の資金を得ていた甘粕は、満洲国では巨大な権力を持っていた。日本の敗戦が免れないことを悟った甘粕は、八月九日以降、定宿としていた新京ヤマトホテルを引き払って満映の理事長室に立て籠もり、満洲国と満映、そして自身の「後始末」を始めるのである。社員とその家族が新京を脱出する列車を確保し、満洲興業銀行から満映の預金を全額（六〇〇万円）引き出し、社員の退職金に充てた。そして身の回りの品物を形見として、社員一人一人に手渡したという（佐野眞一『甘粕正彦　乱心の曠野』四〇七頁）。甘粕が青酸カリを服用し自殺したのは八月二〇日であった。

ソファーに端然と坐した甘粕さんは姿勢を崩さず、硬直し、小刻みに震へてゐた。私は手を取つて「理事長！」と叫んだが、固く結んだ唇から「うー」と苦しげな聲をしぼり出してぶるぶると震へた。目は瞬きもせず、鈍く光つてぴくりともしない。香水の匂がつんと私の鼻をついた。「理事長、理事長」と叫んでゆすぶつたがびくともしない甘粕さんは、胸の底から「うー、うー」とうなつて、そのまま動かなくなつた。（長谷川濬「甘粕氏の死」『文藝春秋』一九四六・一二）

この文章を書いた長谷川濬は、長谷川四兄弟の三男で、バイコフの『偉大なる王』を翻訳するなど満洲文壇の一人であり、『満洲浪曼』の同人としても活躍した作家である。逸見猶吉を『満洲浪曼』に誘った人物でもあった。長谷川は甘粕が自殺をしないよう、前日から満映社員の赤川幸一らとともに寝ずの番をしていた。赤川は満映企画部から開発部実践課長となった人物で（川村湊『満洲崩壊』三三九〜三四〇頁）、「三毛猫ホームズ」シリーズで有名な小説家赤川次郎の父親である。服毒直後の甘粕に馬乗りになり、口をこじ開け、塩水を飲ませ続けたのは、映画監督の内田吐夢であった（内田『映画監督五十年』）。さらに満映理事であった和田日出吉、その妻で女優の木暮実千代も駆けつけた。

自らの死をもって満洲国の終焉を示した甘粕の最後は、戦後に名を残す多くの人々に看取られていたのであった。

中でも和田日出吉は元『時事新報』記者で、帝人事件や二・二六事件をスクープしたジャーナリストであり、逸見猶吉の実兄でもある。しかし、和田が現在、その名を知られているのは他の理由による、と言えよう。それは女性作家・矢田津世子の「情人」であったという事実である。矢田は後に

「神楽坂」で芥川賞候補になるが、「女優になった方がいい」と言われたほどの美人でもあった。そんな矢田の、妻子もあり、才気あるジャーナリストであった和田との関係は、ゴシップとして騒がれないはずはなかった。その矢田が渡満したこと（大谷藤子や網野菊も同行している、筆者註）で、嫉妬の炎に灼け焦がれていたのが坂口安吾である。安吾は矢田に対して、「私が桜の同人になったのは矢田津世子に惚れていたからだ。ぞっこん、という言葉はこういう時に用いるのであろう。矢田津世子以外の女は目につかぬくらい惚れてしまった。ダラシのない惚れ方である」（坂口安吾「世にでるまで」『小説新潮』一九五五・四）というほどの想いを秘めていたのであった。現在は小説家・坂口安吾の名が当時と比べ物にならないくらい大きいものであるため、和田日出吉は、「安吾の恋敵」となってしまっているが、当時は満洲新聞社の社長として満洲ジャーナリズムの中心的な人物であり、デビューはしていたものの、食うや食わずで文名があがっていなかった当時の坂口安吾とは、「哀れ、勝負ははじめからついていた」（半藤一利『太平洋戦争と坂口安吾』四五頁）のである。

甘粕は満映に、日本で暮らせなくなった左翼活動家や作家が渡満した際、雇い入れ、脚本などを書かせていた。そのため、日本人文学関係者は多数身近にいたが、このような満洲国のゴシップ的な話題の中にも、「満洲詩」への繋がりは存在しているのである。では、その「満洲詩」とは如何なるものなのか。その源流と生成の過程を辿ってみたい。

2　出会い、モダニティ

一九二四年夏、彼らは出会った。ユーラシア大陸東端の植民地都市である関東州・大連の地で。彼らとは大連に住む新進詩人安西冬衛《あんざいふゆえ》、内地で学生生活を送っていた東京帝国大学生北川冬彦《きたがわふゆひこ》、早稲田大学生の城所《きどころ》英一と富田充《みつる》の四人の文学青年たちである。北川、城所、富田の三人は中学時代を大連で過ごした同窓生であり、夏休みを利用して大連に帰郷していた。その際に安西の自宅を訪問したのである。安西は大連で刊行されていた詩誌『あゆみ』同人であり、すでに地元新聞にも作品が掲載されていた詩人であった。安西は渡満後、南満洲鉄道株式会社に勤務していたのであるが、右膝関節結核のため右脚を切断し、隻脚の詩人となっていた。安西は手伝いの中国人・王《ワン》辰之とともに、親がかりの悠々自適の生活を送っていた。この彼らの出会いが、詩誌『亞』という満洲詩の源泉を創り出す直接のきっかけになったのである。

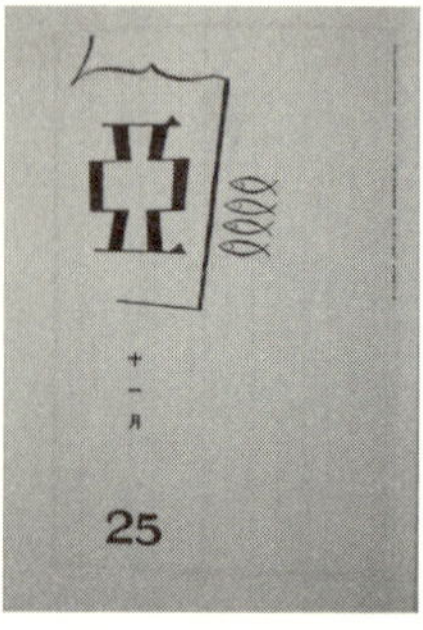

日露戦争後、ポーツマス条約により遼東半島が関東州として租借地になり、長春までの鉄道や撫順の鉄鉱区、鉄道沿線の経営が日本の権益となると、鉄道技師や鉱山技師をはじめ、満鉄関係者、関東

軍の軍人、あるいは満洲行政にかかわる人材や民間人が流入してきた。彼らの子弟の世代、つまり少・青年期を内地とは異質の大陸風土に身をゆだねることが出来た世代が、満洲詩（満洲文学）を担っていく。

日本は帝政ロシアが都市建設の基礎を築いたダーリニーを占領し、一九〇五年二月に大連と改称する。その上に都市基盤施設を整備し、建築物を建て、新しい都市「大連」が作られていく。同時に、ニコライフスカヤ広場は大広場（現・中山広場、筆者註）、モスコフスキー大街は山県通（現・人民路、筆者註）となっていくのである。多心放射状街路をもった「極東のパリ」となるべく、帝政ロシアによって壮大なダーリニー都市は計画され、それに見合う建築物で大連を埋めなければならないという大目標が生まれた。煉瓦作りの街並みが生み出され、道路にはコールタールが撒《ま》かれることで土埃や泥濘化が防止され、上下水道は整えられ、電気とガスが供給された。特に電気遊園は電動のメリーゴーラウンドが廻り、夜間にイルミネーションを点灯させライトアップした文明の象徴であった。夏目漱石も『満韓ところどころ』に「内地にもない電気公園」が建設されていることを書き残している。安西は電気遊園のライトアップされた世界をスナップショットのように記述していく。具体的な町名を羅列させていくという、モダニズムによく見られた都市表現の方法で、若狭町、伊勢町といった、日本名が付けられた大連の夜の繁華街を散策し、記録していった（「日記　一九三二・一二・三一」『安西冬衛全集』第七巻　六五頁）。

都市遊歩者として、手伝いの王を連れていた安西の内面は、西洋的な植民者としての心性に変化していたと言えよう。都市に居住し、都市を描く者としてのアヴァンギャルド性。それ故の本物の西洋への強い憧れ。極東のパリ、ロシア人のパリである大連は、内地からの移住民を受け入れる「開拓」の場であると同時に、西洋との境界である「前衛」の場でもあった。そんな「前衛」の場であったからこそ、安西は文化的「後衛」の地である東京に、『亞』の発行所を移すという提案に強く反発したのである。『亞』の表紙には必ず「A-SHA版・大連」との文字が記載されることからも「前衛」の地に居る自負心がうかがわれよう。

「前衛」（Abvant-Garde）という、軍隊用語から転用され芸術用語となった概念は、多義性を含みながら既成概念を破壊し、そこからの脱却を目指すようになる。日本においては、さらにプロレタリア芸術運動のタームへと転化していった（波潟剛『越境のアヴァンギャルド』二～七頁）のは、「前衛」という概念の深淵さを証明しているだろう。『亞』が極めて「前衛」的であったのは、西欧世界を視野に入れながら、共時的に拡大途中（建設途中）の「満洲」を認識していったためである。中川成美が「モダニズムを西欧思潮の移入と受容の側面のみで捉える限り、彼らのモダニティは了解されない」（『モダニティの想像力　文学と視覚性』三四五頁）と指摘している通り、『亞』同人たちにとって大連は関東州の一都市、日本の一植民地都市としてではなく、世界的共時性を背景にモダニティを組み込んだ国際都市として存在し、詩的言語によって表出されていった場であった。

その大連の地において、西洋とアジア、宗主国と植民地といった二項対立の緊張関係について、安西は意識的であったと言える。ロシア、日本、中国という三重層によって成り立っているはずの大連で、安西は日本対ロシア、日本対中国、西洋対東洋そして宗主国対植民地といった二項対立で思考する。自らの内面の西洋化／植民地化を遂げることによって生ずるアイデンティティは、日本というナショナル・アイデンティティへの省察を孕んでいるはずであるが、安西がそのことを意識化するのは『亞』終刊後、『詩と詩論』に参加してからのことになる。西洋に対する憧れと、東洋の盟主としての日本意識が有する自尊心という緊張関係のなかに、日本のナショナリティを構築するという構図。『亞』同人たちが見た国際都市大連は、そのような思想的、文化的、精神的な闘争の場でもあった。

3 『亞』概要

詩誌『亞』は、一九二四(大正一三)年一一月一日に亞社から創刊された。毎月一回、一日に発行された月刊誌である。一九二七(昭和二)年一二月、通巻三五号で終刊している。三三号から三四号までが二ヶ月空き、最終号である三五号までは三ヶ月空きであった。大きさは創刊号から一四号までは縦二四cm、横一六・五cm、一五号から三五号までは縦二二・五cm、横一五・五cmとなり、少々小さくなっている。二〇頁ほどの薄い雑誌であった。印刷所は全て「大連市大山通六三」小林又七支店、印刷人も全て太田信三である。定価は全巻を通して二〇銭であった。同人費は一〇円、発行部数は三〇〇部であった。*1

表紙は、二四号までは左上に北川冬彦筆の「亞」の誌名を「トルソーみたい」(北川「『亜』と『面』」『本の手帖』一九六一・五)に図案書きしたものをそのまま使用し、フリーハンドの縦線の間に配している。右下には縦七cm、横六・五cmの枠を四コマに区切り、コマ内左上には、創刊号と二号は「A-SHa・DAIREN」のローマ字、三号から二四号は「A-SHA版・大連」の文字が記された。コマ内右上には通巻ナンバーを算用数字で、左下には発行月が漢数字を用いて記されている。右下には安西筆の灯台のカット画が「冬」のサインとともに配されている。二五号からは尾形亀之助筆の、伏せた本を表したような線の中に「亞」の文字があり、それにむかって線の右側に魚が四匹縦に並んでいるデザイン画が中央上部に配されている。画の下方に発行月が漢数字で、その下に通巻ナンバーが算用数字で記されている。

　目次は表紙裏に、縦罫線の仕切りごとに詩と散文を区別して書かれている。「帽」や「體温表」欄も区別して記されている。

　亞社の所在地である「大連市櫻花臺八四」という住所は、『亞』全ての発行者である安西（発行者名義は本名の勝）の自宅であり、「韃靼海峡」の見える坂の上に位置していた。後に区画整理が行われ、『亞』九号（一九二五・七）から「大連市櫻花臺六八」に変更される。編集者は創刊号から三号まで城所英一（大連市播磨町三ノ一五六）、四号から三五号まで瀧口武士《たけし》（三一号まで大連市大黒町五〇、三二号から三四号まで大連薩摩町一六一、三五号では大連紅葉町三、筆者註）である。創刊同人は安西冬衛、北川冬彦、富田充、城所英一の四人。北川、富田、城所は『亞』二号まで参加の後、東京で新たに『面』を始めることになり（富田は不参加、筆者註）『亞』を離れたため、三号からは瀧口武士が同人として加入する。つまり、長らく編集者として同誌を発行し続けた瀧口は創刊には加わっていない。二四号から尾形亀之助が、三三号から再度北川と、新たに三好達治が同人として加入している。

4　『亞人』の存在

『亞』創刊同人のうち、北川、富田、城所の三人は旅順中学の同級生である。家庭は皆恵まれており、北川は第三高等学校から東京帝国大学へ、富田と城所は早稲田大学へという内地へのコースを辿った。そして富田、城所は早大在学中の一九一九年、東京で同人誌『未踏路』をはじめ、それに北川も参加している。つまり、まったくの白紙状態から『亞』が始まったのではなく、下地となるような同人誌である『未踏路』が以前に存在していた。

一九二四年夏休みに帰省していた三人は、大連在住の安西を訪ねる。安西は大阪府立堺中学校を卒業後、大連市の輸入業者・肥塚商店に支店長として赴任していた父・卯三郎に招かれ渡満していた。すでに右脚を切断し、就職していた満鉄を退社しており、手伝いの王と「大連市櫻花臺八四」において暮らしていた。無職の徒として詩作に専念し、『大連新聞』『満洲日日新聞』などに優れた詩作品を幾つか発表していた。志村虹路編集、諸谷司馬夫発行の『あゆみ』にも参加、また『あゆみ』を引き継ぐ形で発行された『満洲詩人』にも参加し、大連詩壇においてはその名はすでに知られていた存在だった。

城所の経歴にもある通り、[*2]『亞』以前には『未踏路』だけではなく、『亞人』という雑誌も発行している。『亞人』の創刊は、『亞』より一〇ヶ月早い一九二四年一月。編集兼発行者は富田充、発行所は未踏路社である。創刊号を見ると、同人制を採っていたのかは不明であるが、城所、富田の他、青柳定雄、宮島貞丈、牧野精一、栗原孝太郎、平澤哲夫、平野威馬雄が作品を掲載している。各人一作品ずつの掲載で、全一六頁の薄い詩誌である。発行所が「未踏路社」となっていること、作品掲載者が『未踏路』同人や関係者であることからも、『亞人』は『未踏路』の姉妹誌であると言えよう。作品も城所の「コオニエヌ」と青柳の「寂光の春」[*3]が中国的なモチーフで書かれた作品だが、それ以外は象徴主義的な作品である。富田の「哀傷」に至っては、言葉遊びの要素を取り入れたのだろうが、「亞人」ではなく「啞人《おし》」が用いられている。

この創刊号で興味深いのは裏表紙の広告である。未踏路社の宣伝ページであるが、『未踏路』「二月號内容豫告」の他、『面』刊行について広告されているのである。「從來の「未踏路」を新たに「面」と題して二月から再刊します　專ら「短篇小説」を輯録巷に出ます」と書かれ、上部には「『未踏路』改題　面　短篇小説輯」と記載されているのである。安西が『亞』三号の後記で「豫定の通り」と『面』の刊行について述べたのは、この様な事実があった。

また、受贈誌に『あゆみ』の名があることからも、『亞人』は「外地」大連を視野に入れていた詩誌であり、実は『亞』という詩誌の創刊ではなく、『亞人』に安西を取り込もうとしていたのではないか。そしてもう一方で『未踏路』から『面』へと移行していくのが当初の狙いだったのではないだろうか。

そのような経緯がありながらも、実際には城所、富田、北川の三人は『未踏路』をやめ、安西を含めた四人で『亞』を創刊する。『亞』は大連で発行されたが、内地でも（の方が？）評判がよかった。そのため、安西以外の三人、特に城所は発行所を東京に移すべく安西に相談、城所自身も計画を立てる。この「東京移転計画」に安西は猛然と反発する。そのため安西以外の三人は『亞』から抜け、新たなメンバーと詩誌『面』を東京で創刊することになる。『面』は一九二五年一月から一〇月まで、七号を出して終刊している。やがて城所と富田は『満洲短歌』同人となっていった。

5　分類と論考

『亞』は同人構成からいって、四つの時期に分類できる。

①最初期（創刊から二号まで、安西・北川・富田・城所）
②中期（三号から二三号まで、安西・瀧口）
③後期（二四号から三二号まで、安西・瀧口・尾形）
④終期（三三号から三五号まで、安西・瀧口・尾形・北川・三好）

これらの分類を考慮した上で、同人たちそれぞれの交差点として『亞』を捉え論じていく。『亞』終刊以後、同人たちの異動を考え合わせると、『詩と詩論』『詩・現實』と内地・東京にて創刊される詩誌との関連も『亞』を論じる上で重要であり、射程内に含め論じていく。『亞』最終号である三五号に掲載された「亞の回想」において多くの文人たちにも認識されていたように、『亞』は「短詩」をその特性として保持し得た詩誌であり、『亞』との関わりとはつまり「短詩」との関わりを論じていくことである。加えて『亞』掲載詩を収録した、同人それぞれの詩集を分析することで、詩作意識あるいは『亞』に対する意識を論じる手掛かりとしていく。

第一部は『亞』に参加した同人たちをそれぞれ分析していく。

　安西冬衛は『亞』三五号全てに関わった唯一の人物であり、当然中心的存在となった詩人である。『亞』三号（一九二五・一）という早い時期に「稚拙感」との創作概念を書き記している。この「稚拙感」こそが短詩創作の基本的概念になる。だが『亞』同人が自分たちで短詩運動を表明した訳ではなく、「短詩」なる語をもって作品を発表したさきがけでもない。安西自身が述べているように、西村陽吉らの『第一短詩集』（素人社、一九二六・二）が「最初のモニユマン」（「安西覚書」）であるが、彼らの作品はあくまで俳句的創作意識によって書かれていると見なすことが出来、『亞』掲載の作品とは似て非なる性質のものである。具体的にそれぞれの作品を比較検討することで、『亞』掲載詩の特色を明らかにしていく。『亞』終刊後、安西は『詩と詩論』創刊同人として加わるが、『詩・現實』には参加せずに、『詩と詩論』が『文學』と改題以後も作品を発表し続けている。『詩と詩論』は春山行夫の編集により、春山の勧める厚生閣書店から発行されており、安西の詩集『軍艦茉莉』も同社から「現代の藝術と批評叢書」第二編として出版されている。『軍艦茉莉』は八六篇の詩を収録しているが、うち五五篇が『亞』掲載詩であることからも、『亞』終刊後の集大成として編まれた詩集であることがわかる。だが安西の『亞』掲載詩によって描き出された世界と、『詩と詩論』掲載詩のそれには決定的な違いが存在する。安西の「春」という一行詩の改訂、「軍艦茉莉」に表徴された『亞』にはなかった要素に注目してその差異を論じ、中国趣味とエキゾチシズムを考慮することで安西の持つ詩的資質を確認していく。

『亞』中期の二一冊は、安西と瀧口武士二人同人の期間であり、『亞』における共同作業と詩的相互作用が特筆される。この時期に、『亞』はエキゾチックで洗練された作品を特徴とした「大連の詩誌」である、という印象を読者に決定付けたと言えよう。瀧口の掲載作品数は『亞』において最多であり、その多くは短詩であることからも、「短詩運動」の実践者と言える（瀧口自身は表明していない）。瀧口の詩集『園』（椎の木社、一九三三・六）はほぼ『亞』掲載詩によって成り立っている。また『詩と詩論』から『詩・現實』と異動していることも含め、『亞』の本質的な部分を占める詩人として論じていく。さらに瀧口は満洲で創刊される『亞』以後の詩誌にも多くの作品を発表している。『亞』の流れを受け継ぐと自負している『鵲』誌上において、アヴァンギャルドとしての精神を捨て去ったような愛国詩も書いている。満洲の地政学的状況を考察し、瀧口の辿った詩的変遷を追っていく。

北川冬彦は『亞』創刊同人であったが、一度は離れ、終期に再度同人として参加している。その際、創刊時には未だはっきりとしていなかった詩論が明確に文章化され、創作意識として保持されての再加入であった。『亞』と『面』は短詩運動を行っていった、「新散文詩への道」への下準備であった、などの意見は北川の述べたものである。『亞』終刊以後、『詩と詩論』は北川と春山行夫の合意によって創刊される。春山との確執や詩意識の違いにより、北川は現実主義の立場から『詩・現實』を創刊し『詩と詩論』から離脱していくことからも、作詩だけではなく、詩論化に重点を置いた詩人として論述していく。

三好達治はそれまで同人であった『青空』廃刊後、北川とともに『亞』同人となる。『亞』終刊後も北川とともに『詩と詩論』『詩・現實』と両誌の創刊から行動をともにする。三好はその後『四季』において抒情詩を書き、多くの翻訳も行い、戦後も様々なスタイルの詩を書き続けた「昭和最大の詩人」であり、生涯詩壇に君臨し続けた。三好が『亞』同人であった期間はごく短いが、文学的評価の上でも『亞』を通して行われた文学表現は、重要な要素として考えられる。『亞』掲載詩は処女詩集『測量船』（第一書房、一九三〇・一二）に収録されており、作品分析と質的変化を、詩誌の異動も考慮しながら論述していく。

尾形亀之助は『亞』終刊後、他の『亞』同人たちとは異なり、『詩と詩論』『詩・現實』のどちらにも同人としては参加しなかった。第三詩集『障子のある家』（私家版、一九三〇・九）を刊行後、詩人としては沈黙し、市役所の下級官吏として生涯を終える。尾形自身の資質も抜きにしては考えられないが、『亞』同人でありながら『亞』に対して否定的な評価をはっきりと下している発言を中心に、「短詩」の本質と『亞』の性格を浮き上がらせ論じていく。尾形の批判によって指摘された短詩の問題点、ひいては当時のアヴァンギャルドの問題点を考察することで、『亞』を取り巻いていた状況をまとめていく。

城所英一、富田充の二人は『亞』創刊同人であるが、二号で退会する。城所も北川と同様に、『亞』とともに短詩運動を進展させた詩誌として『面』を認識しており、自分たちの行為に詩的意義を見出している。だが彼らは『亞』終刊後、詩から短歌へと表現ジャンルを移行する。『満洲短歌』にて行った表現行為、詩というジャンルへ見切りを付ける原因を確認し、彼らの芸術に対する思考を分析することで『亞』の持つ側面を照射することを狙いとする。

『詩と詩論』において展開されたモダニズム詩は、日本現代詩史のメルクマールであり、その中心人物は春山行夫であった。『亞』同人たちもまた、終刊後に春山と連携していくが、『亞』にも春山の作品は掲載されており、以後のフォルマリスム詩の萌芽を見ることが出来る。また春山は、雑誌そのもののプロデュース能力も発揮していくが、そればかりではなく、戦中に満洲へ記者として訪れ、「文明批評家」の肩書きで「満洲もの」の著書を二冊も刊行している。そのことに注目し、『花の文化史』に代表される「文化史シリーズ」に繫がっていくディレッタントとしての春山と、その戦時下における対応を、詩作品とともに分析する。これまで取り上げてきた『亞』同人たちとの関連を重視しながら論述していく。

第二部は『亞』以後の満洲詩を論じていく。具体的には『戎克《ジャンク》』、『鵲《かささぎ》』、『満洲浪曼』、『満洲詩人』、『作文』といった詩誌・文芸誌と、『満洲短歌』、『満洲通信俳句』といった短歌誌、俳句誌を取り上げることで、満洲詩壇と満洲詩の変遷を確認していく。

『戎克』は、城小碓と小杉茂樹が『白羊』を発展させた詩誌として創刊される。安西が参謀として存在していたこと、発表作品が安西詩の雰囲気に類似していたことから「『亞』の亜流」として認識されていた。安西詩からの脱却、『亞』を乗り越えるべき対象と意識したとき、同人たちの動きを含め、作品の質も変化していくことになる。『戎克』に掲載された安西、瀧口の作品や、『戎克』に対しての北川の批判に触れながら、同時期に同じく大連で創刊されていた詩誌『燕人街』からの『戎克』批判も取り上げ、その変化を確認する。

時期的には『戎克』終刊後の創刊となる『鵲』は、瀧口が創刊同人として名を連ねたこともあり、『亞』の流れを受け継ぐ詩誌として存在していた。同人たちは教育関係者の集団であり、当時の大連教育界の重鎮とも言える石森延男との関係が指摘できる。石森は教育者でありながら童話作家でもあった。その関係で八木橋雄次郎や小池亮夫も石森のもとで童話を書いていた。石森の持つ思想、その彼を師と仰ぐ同人たちへの詩的影響を指摘していく。さらに石森の職場の後輩として『鵲』同人でもある西原茂がいる。西原は当時教鞭を取っていた大連彌生高等女子校の生徒たちの詩を『順送球』という一冊の詩集に纏めている。収録作品の分析を通して『順送球』の持つ意味、満洲詩壇の新人発掘の機能を果たした点などを確認していく。文化統制政策により、『鵲』は『満洲詩人』へと統合させられ終焉を迎えることになるが、その経緯も併せて確認する。

『満洲浪曼』は、新京で発行された雑誌である。北村謙次郎を中心に、同人には満映関係者が多く、満映との関わりから生まれた雑誌であると言ってよい。また、満洲国政府関係者が多くいたことも特徴である。内地で刊行されていた『日本浪曼派』の満洲版を目論んでいた節もあるが、『日本浪曼派』の姉妹誌としての評価をすることは難しい。それよりも木崎龍や別役憲夫、武藤富男といった弘報処の人間が密着した「総合文化雑誌」であり、『芸文志』という中国側同人誌を通して中国人作家たちとの関わりをもったことが重視されるべきであろう。本書では、逸見猶吉を通して『満洲浪曼』の一側面を分析していく。

四章では「満州詩」の終焉について考察する。具体的には文芸同人誌『作文』を取り上げる。『作文』は『亞』終刊以後の大連で創刊されるが、創刊同人は安西が内地に帰郷した後、大連で文学を志した文学者たちである。同人たちの職業は満鉄関係者が中心であったが、それ以外のものもおり、また、大連だけでなく満洲各地に同人たちが分散していったという、満洲国成立後の同人誌として、当時の満洲国の状況変化と相俟って興味深い。そして現存する実物も含め極めて稀少である。一九四〇年、満洲の地で一旦は終刊するも、戦後内地に引き揚げた元同人たちによって復活、現在も刊行されている、おそらく日本一歴史のある文芸同人誌である。

終章として満洲詩研究の現在までの動向をまとめた。今後の研究の一助となれば幸いである。

安西冬衛が「春」によって行った間宮海峡から韃靼海峡への読み替えは、「タタール」からの転換であるための歴史的視点と、中国大陸からの視座をも呼び込むことになった。それは、ポーツマス条約による日本への分譲地としてばかりではなく、ユーラシア大陸の東端として世界的な欲望の錯綜する磁場として表徴されることになった。海峡は、日本内地から陸地を分断しながらも海峡であることで接続している。「てふてふ」が渡っていった先は、そのような錯綜が生み出すことになった「あわい」であった。日本と満洲国のあわいであり、文学的には「植民地満洲文学」と「満洲国文学」のあわいであった。韃靼海峡を渡っていく「てふてふ」は、海峡の上を跳び続けなければならないのだろうか。「てふてふ」の持つ海峡を渡る意志は、新天地に帰着出来るだろうか。本書はそのような「あわい」を注視することで、「てふてふ」の目指した新天地へ飛翔しようとする試みでもある。

第一部

『亞』の成立・生成

右から本家勇・山道栄助・１人おいて安西冬衛・北川冬彦・瀧口武士
（安西美佐保『花がたみ』より）

一章　安西冬衛

1　『亞』創刊

安西冬衛が一九二四年一一月に詩誌『亞』を発行するきっかけは、ともに創刊同人となる北川冬彦、城所英一、富田充らの訪問を受けたことによる。その会合の場で詩誌創刊の話は纏まり、『亞』が創刊されるのであるが、[*1]その経緯を後年、安西冬衛は次のように述べている。

安西　いきなり三人が来たんです。そして対決したんです。北川は初めから終いまで黙っていたよ。城所というのは才気喚発の男でね。一人でぼくとわたりあつた。俺は親がかりで脚をわるくしてたから支那《ママ》のボーイと二人で住んでいた。一番気楽な身分だつた。そこへやつて来て雑誌をやろうじやないかと云い出した。それはよかろうということになつた。（「雑談（速記録）安西冬衛、池田克己、伊藤賢三、花村奨、深尾須磨子、北川冬彦」『時間』一九五二・三）[*2]

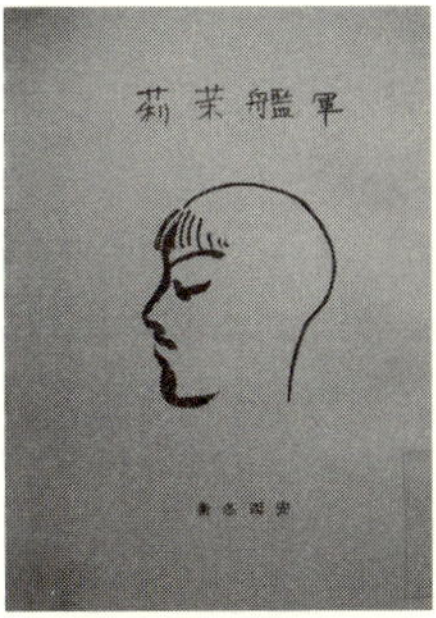

安西の話では、『亞』創刊同人となる安西以外の三人が突然安西の自宅に訪ねて来たことになる。[*3]『安西冬衛全集』別巻やこれまでの安西研究書に収録されている年譜では、創刊同人たちが出会ったのは一九二三（大正一二）年八月の出来事になっている。また同年同月、安西が瀧口武士を見知ったことにもなっている。しかしそれを正しいとするならば、一九二四（大正一三）年一一月に『亞』が創刊されるまで、三人の安西宅訪問から一年三ヶ月もの時間が経過していることになる。

彼らの邂逅が「大正一二年」とされる訳は、北川の「ぼくがはじめて安西に会ったのは、大正一二年の夏、東大二年生のぼくが暑中休暇で大連の親元へ帰省していたときのことである」（「安西冬衛との渡り合い」『安西冬衛全詩集』思潮社　五七二頁）との記述や、次の文章が根拠になっていると思われる。

大正十二年のこと、東大二年生の夏休みに私は大連の親の下に帰省していたある日、城所英一がいうのは、「大連にも、一寸凄いのが二人いるぞ。『満洲詩人』というので見たんだが、一つこの二人をひっこぬいて、詩の雑誌を出そうじゃないか」といい出した。城所、富田、私、それにその二人の五人で会った。一人は背のすらりとした若旦那風の如才のない男で、一人は眼玉の大きい中肉中背の無口な美青年で、前者が安西冬衛といい、後者が滝口武士といった。（北川冬彦「『亜』と『面』」『本の手帖』昭森社、一九六一・五）

この文章は多くの誤りを含み、混乱を招くことはあっても根拠とすることは危険である。編集が志村虹路、発行が諸谷司馬夫の『あゆみ』が無くなり、引き継ぐ形で一九二四（大正一三）年一〇月、

『満洲詩人』は発行される。そのため、「大正十二年」(一九二三)に城所が『満洲詩人』を眼にしているはずはない。また瀧口は、北川、城所、富田の三人が『亞』を離れたために、三号(一九二五・二)から同人として参加したのであり、創刊同人たちに混じって詩誌創刊について話し合っているはずがないのである。桜井勝美『北川冬彦の世界』(宝文館出版、一九九三・一一)では「さて大正十三年の八月、冬彦は学生生活最後の夏休みを、前年の夏と同じように大連に帰省した。北川のコメントを基準として逆算田、そして安西の四人は一年ぶりで顔をあわせた」(一一三頁)と、北川のコメントを基準として逆算し、さらりと『亞』刊行まで一年以上経過しているように書いている。また冨上芳秀は自身の著書『安西冬衛　モダニズム詩に隠されたロマンティシズム』(未来社、一九八九・一〇)で、「北川の文章は日時の誤りとか、滝口武士についての記憶違いなど色々難点があるので、全てをそのまま信用するのは危険である。しかし、極めて重要な部分も含む資料である事も確かである」(二七四頁)と指摘し、北川の記憶違いとして、創刊同人となる四人が会ったのは「大正十三年」と訂正している。しかし、巻末の略年譜では一九二三(大正一二)年の欄に「旅順師範学堂学生滝口武士を知る。八月、北川冬彦、城所英一、富田充の訪問を受け、詩誌を出すことを決める」(二八九頁)と、前述の訂正を覆すように、他の安西年譜をそのまま引用したような記述を行っている。

話を『亞』に戻すと、前述の「雑談」は、二号目の時点で発行所を東京にするという城所の提案に安西が反対すると、城所は迂回作戦で安西編集の創刊号を誉め、「こういういい雑誌を檜舞台に出さないということは非常な損失だ。東京に発行所を移せ」と再度提案する。それでも安西が断ると、安西以外の創刊同人は『亞』から離れ、新たなメンバーと東京で『面』を発行した。安西一人では

『亞』継続不可能なため、瀧口を誘い、『亞』を継続した。創刊時の題字は北川が書いたものである。『亞』は「そのうちに『面』とコレスポンダンスして仲よくやつていつた。『面』が五六冊でつぶれ」てしまうも北川との交際は続いた、との内容が続いている。

ここではっきりすることは、『亞』はあくまで大連の「亞社」から発行され続けた詩誌だということである。『面』は東京で「豫定の通り」創刊されるが、七号で終刊となる。だが、『亞』から離れた同人たちと安西は喧嘩別れした訳ではなく、その後も交友は続いている。大連三越呉服店において開催された「詩の展覧會」へは第二回、第三回ともに創刊同人たちは出品しており、[*4] 安西が「『面』とコレスポンダンスして仲よくやつていつた」と述べている通りであったと思われる。特に北川とは親しく交友が続いている。安西は「北川冬彦が帰つて來た。夜陰く僕等は會ふた。相見ない一年の多事が幾んど僕等を吃にした。——困つた。彼も困つてゐる。二人は笑ひ出した。『おい、一體、何から先に話をすればいいんだ。』」(『亞』一〇号、一九二五・八)と述べ、北川は『檢温器と花』(ミスマル社、一九二六・一〇)「後記」において、収録の主な作品は「安西冬衛とともにありし一九二六年の冬の間、成せるものである」と述べていることからも、その親密さをうかがい知ることが出来よう。

「安西　城所が引率者で、富田というのが副将できた。／北川　おれは従卒みたいなもんだつたかな。／安西　桜が水にうつつていて赤いとか何とかいうぼくの詩、あれを城所が発見したんだ」(前出「雑談」)と安西が記憶しているように、大連在住の安西冬衛という詩人を見つけ出したのは城所であった。安西の一般紙(誌)に発表されていた詩を城所が見つけ、他の仲間に知らせたのであるが、その際城所が発見したとする安西の作品は次のものと思われる。

水邊

水、曇れり

熱病むひとの面に似てうすらあからめり

櫻

映る

水、曇れり

一九二四年の作と思われる。[*5] 川や沼、湖や貯水池かもしれないが、水面が曇るとともに、桜の花が映る。そのほんのりとした赤味が、熱のある少女の顔色を連想させる。最後に「水、曇れり」と加えることで、時間の経過や背景の静寂さがリフレインされていく風景として描き出されている。風景スケッチを絵画的に構成しながら、その景色を見ている主体の心情をも描いた作品になっている。決して上手い作品とは言えないが、作品構成に意識的であることはわかる。

他にも『亞』創刊以前に安西が大連の地で発表した作品として次のものがある。

沼津風景

雪夕べ

藝者の具した夕景からの「二重廻」

◇

「コナン・ドイル」を好む若主人の庖丁が捏造する「小説」。沼の料理店

粉雪。

處女會

黄ろい洋燈の散光

並べたむすめ共のこはれた顔

鹽せんべいを嚙み摧く

紫いろを噴いた集り。

これらの作品は、一九二四年夏頃から満洲の刊行物に掲載された、とされる安西の作品である。[*6]「雪夕べ」では、「藝者」と「コナン・ドイル」という和と洋の対比が行われる。「コナン・ドイル」は『亞』掲載の「Conan Doyleを持てる茉莉」（「物集茉莉の第一章」『亞』二九号、一九二七・三）へと継承されていると言えよう。最後に粉雪と記述されることで、作品空間に広がりが生まれる。

「處女會」は、紫色の着物を着た娘達が揃って笑い、お喋りをしながら「鹽せんべい」を食べてい

るという一見騒がしい情景なのだが、ランプの光に照らされることで詩的な風景として演出されている。これらの作品には、後の『亞』に見られるような「短詩」としての意識がうかがわれる。「コナン・ドイル」や「黄ろい洋燈の散光」が挿入されることにより、描き出される風景は異国情緒を帯び、空間を拡大させていく。そして、空白《ブランク》が活用されていることである。これらの作品を書いていた安西を、他の『亞』創刊同人たちは評価し、ともに詩誌創刊を目論むのである。この時『亞』において試みられていくことになる表現の凝縮による純化、それによるイメージの拡大に向かう創作態度は、すでに芽生えていた。

2　稚拙感と短詩

『亞』創刊時の安西は、「稚拙感」との語によって自身の創作意識を言い表している。安西の唯一の詩論と言ってもよい記述がある。

稚拙感は美意識の一進展である。ひとり是は造形美術の上に留まらない。あらゆる藝術は、すべて單純から複雑へ、聽て復、元の單純に還るべきものである。（略）今日の繪畫の新らしい主潮は、このアンリ・ルソオに源を發した原始復歸の傾向である。稚拙感はこの原始復歸の審美観念に外ならない。原始の純一に還れ—ただこの際、誤つてならないのは、その單純さが安易なる單純さであつてはならないことである。藝術の上に於ける區別單純さは、複雑さ極まつての單純さでなければならない。稚拙は拙劣ではない。（略）それは尚、ピカソの藝術と小兒の自由畫との間に一見同巧にして、而も嚴然たる境界の存してゐる事と一般である。（「稚拙感と詩の原始復歸に就いて」『亞』三号、一九二五・一）

この時期、安西は「稚拙」との語を頻繁に使用している。「あのひとは、どこか北國人らしい稚拙さをもつてゐる」（「北國と稚拙」『亞』五号、一九二五・三）、「稚拙感に就ての雜稾《ママ》」（『亞』八号、一九二五・六）、「私は明治の稚拙な空氣の中に最初の教育を受けた」（「菊」『亞』二四号、一九二六・一〇）とも記述している。また「私の採りあげた方法は稚拙感であつた。（略）私の発見ではない。ただ、私には私のしきたりがある。」（「生涯の部分」前出『安西冬衛全詩集』「自伝遺稿」五三四頁）との記述もあり、創作上における美意識として「稚拙感」が選択されたことを知ることができる。前述の「稚拙感と詩の原始復歸に就いて」以外には具体的な「稚拙感」についての論述は無いが、当時安西が心酔していたジュール・ルナールやパブロ・ピカソを例に挙げて説明していることから判断しても、この観念が安西の創作意識の確固たるものとして存在していたことは間違いない。安西ばかりではなく、瀧口も「旅順は三日月がある。なぜか非常に稚拙な街です」（「旅順」『亞』一七号、一九二六・三）との詩を書いていることからも、『亞』同人たちにとって、この「稚拙感」との観念が創作意識として浸透していたことがわかる。[*7] この「稚拙感」なる観念を持って創作された詩は、「單純から複雜へ、軈て復、元の單純に還る」（前出「稚拙感と詩の原始復歸に就いて」）過程において、単純化された素材を幾度もの試行錯誤の上に構成し、結果としては極めてシンプルに描き出していく。自らの詩は「稚拙感」に触れたものであり、その美意識を詩として形象化することを目指したものが「短詩」なのである。安西は「私は今日行はれてゐる詩のうちに、單純さを自負する、あるものを知つてゐる」と續けて述べ、『亞』以外のところで行われている「短詩」を指摘し、「が、果してそれらは眞の單純さであらうか？」との懐疑的な感想を述べる。ここでいう「短詩」との語は『亞』掲載詩にも付せられた語であるが、それは自分たちで提唱したのではなかった。安西が「短詩と銘を打ったことは一度もない」（「安西冬衛・竹中郁　対談」『大阪文学』一九四二・一二）と言い、瀧口が「『亜』の短詩運動とは外部からの評言であった」（「安西冬衛追悼」『作文』一九六五・一二）と述べているように、当時の『亞』同人の二人が自ら提唱したのではなく、外からの定義付けであった。「外からの」とは、ではどこからの定義付けなのか。それは萩原朔太郎による「安西君等の雑誌『亞』でやつてる二、三行の印象的短詩は、一つの新詩形としても注目に價する」（「日本詩人九月號月旦」『日本詩人』一九二五・一一、傍点筆者）との評言を指している。この朔太郎の言によって、「当時、萩原氏の言説が詩壇で如何に重きをなしてゐたか、今日から考へて想像もつきませんが、何しろ大したものだった。だから、氏のたった一言で形勢ががらりと一変した」（前出「安西冬衛・竹中郁　対談」）と安西が当時を振り返って実感したように、『亞』掲載の詩は、「短詩」との名称を詩壇において獲得することとなったのである。

『亞』創刊号と二号には創刊同人四人の作品をそれぞれ二篇ずつ掲載している。創刊号には、富田「ある生涯」「白楊樹」、安西「競売所のある風景」「開港場と一等運転士とJAMPOA」、北川「壁」「LA DESSERTE」、城所「孀曳」「雨」である。この内、富田の「白楊樹」は「一列にならんで空に孤想を凝らしてゐるが／風の日だけみんな冗舌になる。」との二行詩、安西の「開港場と一等運転士とJAMPOA」は「厦門といふ雲と舢板の矢鱈に多い港を出るとき／船の一等運轉士はJAMPOAを立喫してゐた。」との二行詩である。これだけを見れば、『亞』最大の特徴である短詩作品をその創刊時から実践していたように見える。しかし彼らは見開き両頁に長・短各一篇の配置になるように作品を掲載しており、前述の短詩は長詩の後にそれぞれ掲載されている。長詩の後に短詩、という二篇で一セットなのである。ただし城所だけは一頁に一篇を見開きの各頁に掲載し、長・短の対比としては掲載していない。二号においても同様に長・短一セットという掲載方法は継続されており、創刊時には何かしらの意図をもって短詩を試みていたことは明白ではある。しかし後に展開される「短詩運動」の意識において行われていたとは言うことは出来ない。[*8]

　富田は創刊号に、これからの詩作について宣言するように「新しい象徴詩に就いて」を発表している。

> 複雑な内容を單純化して表現するに最も役立つものは象徴をおいて他にない。（略）詩の價値は創造することにある。創造は想像によつてのみ生れる。（略）象徴詩は、民衆詩のやうに實生活と民衆とをうたはなければ詩ではないといふやうな、また過去の象徴詩が持つてゐたやうな偏見は持つてゐない。即ち象徴詩はあらゆる内容をも受け入れる。内容によつて拘束されない自由さがある。

さらに、象徴詩の自由さをもって詩人はコスモポリタンで花園を逍遥しても工場でハンマーを振ってもよいのだと続き、民衆詩に対しての象徴なるものの見直し、「新しい象徴詩」を主張していくのである。創刊号において「民衆派」に対して否定的見解を述べていることからも、同人たちにとって民衆詩は否定的な対象であったことがわかる。そして『亞』において最初期の目標は「新しい象徴詩」の創作であった。

3 『第一短詩集』、加藤郁哉・西村陽吉

一九二六年二月、『第一短詩集』（素人社）が刊行される。この『第一短詩集』は、大木白鹿洞、尾竹竹坡、加藤郁哉、金児農夫雄、河森一喜、佐藤貝村、島津四十起、西村陽吉、布施政一、三浦八十公ら一〇人の著者による作品集であり、安西が「所謂『短詩』なる新詩形運動の、日本に於ける最初のモニユマンである」（「安西覚書」『亞』一八号、一九二六・四）と記述している著作である。安西は続けて「私は遠く加藤郁哉さんから『第一短詩集』を頂いた」とも記しており、『亞』へ作品を掲載している加藤からの献本であったことがわかる。[*9]

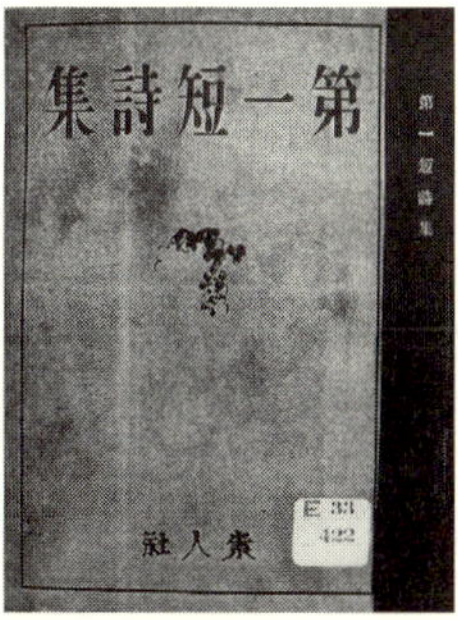

「兼て當來の詩壇の一つの歸向を指す好箇の羅針盤たるを失はない書であろう。（略）只私はそのあるものが、稍約に急にして約に堕ち、卽して伸びず『これでは少し窮屈ダナ』の憾をなしとしないではない」と安西は評しながら、次の作品を「佳作」として挙げている。

夏菊、焔の如き吾子を抱き　大木白鹿洞
鉢の金柑が晝月を感じてゐる　加藤郁哉
イルミネーション……枯草（浅草）　金児農夫雄
號泣が聲となるまでの周りの顔　河森一喜
一九二五年の太陽の下に晒したる首　島津四十起
刺身に吸ひつく一匹の蠅海風は吹いてとほる　三浦十八公
だん〲烈しくなつてゆく隣室の話を私も待ち設ける　西村陽吉

安西がこの『第一短詩集』を北川に見せたところ、右に挙げた作品以外の、佐藤貝村の作品が良いとの返答を得る。そしてその作品の「凡でないことを承知」し、『第一短詩集』は近来の好著であると結論づける。この『第一短詩集』を安西に進呈した加藤は、『亞』に作品を何度か掲載している詩人であり、人物紹介の「小傳」では「明治三十一年五月生、東京外國語學校露語科出身、露西亞詩篇の紹介あり。幼時より關東、近畿、九州、朝鮮、満洲を轉々し、現在満鐵社員としてハルピン満鐵事務所運輸課に勤務す。嘗て水晶洞と號せることあり」と記載される人物である。一九二八年に與謝野鉄幹・晶子夫妻が満鉄の招きにより満洲旅行をするが、その際夫妻をガイドしたのが「錦州鐵道局総務課長」との肩書きを持つ加藤であった。[*10] また、瀧口は当時の思い出として「集まる者は加藤郁哉、城所英一、山道栄助に僕。時に諸谷司馬夫や志村虹路も来た。安西はこの集りを『騎兵と灌木林《クースト》の会』と命名した。単なる駄弁会なのだが」（「大連の詩友たち」『作文』九一集、一九七三・三）と記していることからも、加藤と安西とが親しい間柄であったことがわかる。前掲の「安西覚書」は、内輪誉めの感を差し引くとしても、大変な好評であると言っていいだろう。刊行直後の時期に、かなりのスペースを使用しての書評であることを考慮しても、「短詩」との語に対して当時の安西がかなり意識的であったことをうかがい知ることが出来る。安西の「短詩」代表作となる「春」が次号の『亞』一九号に掲載されたことからも、『第一短詩集』の影響は間違いないだろう。さらに、安西が渡満前に俳句に関心があり「暉隣」と号していたこと、内地では安齋一安の『一安短詩集』（短詩社、一九二八・七）や佐藤貝村の「国詩」、『蘖』『我等の詩』で提唱された「短詩」といった詩史的展開、正富汪洋の「短唱」、福富菁児の「短詩」論争については先行研究によってすでに指摘がなされている。[*11] それらを踏まえ、ここでは安西が実際に読んだ『第一短詩集』に焦点を当て、その創作意識への影響を考えてみたい。

『第一短詩集』に収録されている加藤の作品は「毀れ行く風景」と題されている。

行く手の富士に暮れ深むなり
小春の塔壁に凭りたるそこからの眸よ
晝からの月が光りを増した山茶花
八ツ手一杯の陽となつてもカフエー起きない

それぞれが一行の「短詩」である。自身の視線を用い、切り取った風景を描き出すことによって、背後に続く景色を想起させる作品である。だが、作品を詠んだ際、俳句定型からそれほどの距離があるとは感じられない。言い換えれば、定型が根底に存在しているからこそ詠めた作品なのではないだろうか。加藤は大連詩壇では有名であり、[*12] 個人詩集『逃水』（素人社、一九二九・九）も刊行していた詩人であった。そして、安西たちの句会「朱冬会」にも富田、諸谷、加藤映一、瀧口らとともに参加していた。詩人が俳句を作る感覚で、定型に塡め込まないよう自由律を意識すると前掲の作品になると思われる。加藤は『亞』に作品を掲載している他、第二回、第三回と亞社主催「詩の展覧會」に二度とも出品している。『亞』掲載作品である「横顔」（四号、一九二五・二）、「灌木林・地主・大學生」（五号、一九二五・三）は、ともに詩というよりは散文で、作品自体は長いものである。しかし「第二回詩の展覧會」への出品作は次のような作品であった。

素描
はっ《ママ》きりと山百合の葉を見極める
雑草は消え退《の》いてしまふ
（『亞』一一号、一九二五・一一）

『亞』への掲載作品も、時を経るごとに短い作品になっている。加藤は『第一短詩集』での試みの後、『亞』の影響によって本格的に「短詩」に対して開眼したと言えよう。

『第一短詩集』には、著作者代表として西村陽吉と三浦榮助（十八公の本名、筆者註）が、発行者として金兒農夫雄の名が記されており、三人はそれぞれ「附録」に「短詩小史」（金兒）、「短詩小言」（西村）、「新短詩を求めて」（三浦）を発表している。

> 私達は「蘖」及び「我等の詩」によつて從來の俳句の外面的韻律を破壊し、内面的な自由律を、そして同時に季題趣味なる俳句の捉はれから解放されて、もつと實生活に卽した生々しい詩境を自由に、大膽に表現すべき新らしい詩を唱導しました。それは、單なる俳句の破壊運動ではなく、俳句を超越した新短詩の創造でありました。(略)
> 北原白秋氏が(略)發表してゐる「短唱」は私達の「短詩」に近いものだと思ひます。其他福富君達の「面」大連から出てゐる「亞」最近では正富汪洋氏等の「短唱」運動など、近頃詩壇の一角では知い《ママ》(短い・筆者註)詩の運動が盛んに起こりつゝあるよしでありますが、いづれも私達の短詩とは多少行き方を異にしております。(金児「短詩小史」一二〇〜一二二頁)

金児はここで「從來の俳句」からの解放を求め、「外面的韻律の破壊」のために「内面的な自由律」を唱導している。五七五の定型には収まりきらないような感情や主張を、自由律を持って表現していくということであろう。加えて注目に値するのは、福富菁児や北川、城所たちの『面』、安西、瀧口の『亞』とは自分たちの「短詩」は異なる、と自ら言い表していることである。北原白秋の「短唱」も含め、自分たちと異なるとして挙げた人々が皆「詩人」であることに注目したい。

続いて著者代表の西村陽吉は次のように述べている。

> 我々は今更舊俳句の崩壊、定型詩の廢趾、季題趣味の惡德を說かうとは思はない。否新しい短

詩は、舊俳句の敵でもなければ、定型律詩の繼子でもないのだそれは、全く新しく生れた日本の新藝術であるのだ。（略）

短詩は自由律の短詩形詩である。短詩は必要なだけの長さの、そして緊密なリズムを要求する。それが俳句の十七音より短くならうと、短歌の三十一音より長くならうと、一向に差支へない。たゞそれは一つの詩を創造するのに必要なだけの長さの字音とリズムとを要求する。

短詩の運動に隨伴して、自由律詩と定音律詩との問題、又從來の俳句と短歌に飽足らない人達から同様の自由律詩の問題が提出されてゐるが、我々は舊來のそれらのものを抹殺せよとは要求しないのだ。それらのものはその必要に應じて存在すればよい。我々はたゞ新しい詩形を創出すればよいのだ。

我々はたゞ新しい『短詩』の創造にまで進出したのだ。（西村「短詩小言」一一二〜一一六頁）

右の文章にもある通り、西村の論の主点は「新しい詩形」の創出にある。当時の歌壇においては、三一音形式を保持できないもの、伝統的歌語の使用から離脱するものの蔑称として「短詩」は用いられていた。西村はそれを逆手に取り、「短詩」を肯定的に「新藝術」として主唱したのである。俳壇批判もさることながら、季語季題の無自覚な使用に対して警告を発し、定音律詩からの脱却手段を「日本の新藝術」としての「短詩」に求めている。「舊俳句の崩壊、定型詩の廢趾、季題趣味の惡德」を説こうとは思わない、あるいは「我々は舊來のそれらのものを抹殺せよとは要求しない」とされてはいるが、散文の無意識的な長さ、韻律への盲従など、詩的観点からの批判が述べられることは無く、あくまで仮想敵が「從來の俳句と短歌」に設定されている。

斉藤英子の著書『西村陽吉』(短歌新聞社、一九九六・一二)によれば、西村は日本橋の東雲堂書店の店員となり、後に店主西村寅次郎の養子となる。一九二〇年には株式会社東雲堂を創設し、専務取締役となり学習参考書の発行業務に携わる。西村が出版した代表的な詩歌集には若山牧水『別離』、石川啄木『一握の砂』『悲しき玩具』、土岐哀果(善麿)『黄昏に』、斎藤茂吉『赤光』、北原白秋『思ひ出』『桐の花』などがある。また、『朱欒』『青鞜』『生活と藝術』『短歌雑誌』『藝術と自由』といった明治末期から昭和初期にかけての文学を推進した諸雑誌があり、特に『藝術と自由』(一九二五・五創刊、一九三二・四終刊)は初期は編集人として、終期は主宰として全体的に関わりを持った西村の短歌雑誌であり、出版人としても確固たる存在であった。一九一四年から『青テーブル』という、堺利彦の『へちまの花』を真似た月刊小冊子を独力で発行し社会主義への傾斜を示すとともに、『生活と藝術』の僚誌としての役割を果たした。後に大杉栄らの『民衆の藝術』にも関わり、民衆芸術論に傾斜するような社会主義者としての一面も持っていた。また青年期の西村は石川啄木、土岐哀果の影響を受けて『生活と藝術』に短歌を発表、『藝術と自由』では口語定型歌を推進した生活派歌人として代表的存在であった。個人歌集としては『都市居住者』(東雲堂、一九一六・七)、『晴れた日』(紅玉堂書店、一九二七・四)、『緑の旗』(作歌荘、一九三九・三)などがある。

西村の処女歌集『都市居住者』は、一首がすべて三行に分けられ、そこからも土岐哀果、石川啄木の影響を顕著に見ることが出来る。生活者、都市に居住する労働者の視点を用いて、文学による日々の生活からの慰藉を願うような姿勢で創作している。第四歌集『晴れた日』になると、口語定型による作品が顕著になる。肉体労働者を題材として詠んだ生活短歌が主となり、加えて三行分けの作品は一切無くなり、掲載作は年代ごとに区切られていく。『晴れた日』には「大正八年」から「大正十五年」までの四九一首が収録されている。巻頭には西村の「晴れた日」と題する風景画も収録され、時期としては西村が『藝術と自由』に関わっており、『亞』創刊時期にも重なっている。

名だたる人がひよつくり死んでゐたけさの新
聞　それみろと思ふ

めいめいに寝るだけの部屋はもつてゐて疲れ
て歸るそのあどけなさ

「ひよつくり死ん」でしまった「名だたる人」とは、新聞に報じられるような政治家、あるいは著名なる資本家であろう。それらの死を「それみろ」と思う思想を持つ自身の心情が詠まれる。二首目はまさに生活派歌人としての西村の代表的短歌であろう。労働者の視点から、疲れ切って帰る人間のあどけない姿を見る作者がいる。西村の最後の歌集となる第六歌集『緑の旗』においても、「昭和六年」から「昭和十三年」まで、年代ごとに区分された作品収録は続けて行われている。つまり、西村の歌集は歌日記として読むことが可能なのである。西村の作品は一首一首を単独で論じるのではなく、その年ごとの社会事件や移り変わる世相、そして自身の思想を背景として作歌されたものとして考えることが出来るだろう。歌日記として創作されたそれぞれを区切り、収録することで、総体としての意味を持つのである。

『第一短詩集』において、西村の作品は「あるモニユメント」との題が付されている。作品数は四八、最初に「大正十四年四月――十一年十月」と、過去に溯っての創作期間が記されている。

ぱちぱちと梅の蕾が枝からはじける
いつぱいに張つた枝の尖端は　みんな櫻の蕾だ
春季皇靈祭の木がくれに　旗を立てる男ひとり

冒頭の句であるが、全ての作品が行分けされず一行に記されている自由律である。全体における作品の長さ、リズム、個々の作品の描写されている風景を見る限り、『第一短詩集』収録の西村の作品は俳句的発想において創作されている。口語定型歌人として創作をしてきた西村が、自由律を用い、短歌とは異なる俳句的意識で創作したものが「短詩」であったと言える。後に西村は自由律へと移行していくが、この『第一短詩集』はその前哨戦とも言える自由律への試みであった。ここでの試みが、以後の俳壇歌壇に確固たる領域を形成したという形跡は無い。第二、第三と『短詩集』が続いて刊行されることは無かったのである。

『第一短詩集』の執筆者は、大木白鹿洞（俳句）、尾竹竹坡（日本画）、加藤郁哉（詩）、金兒農夫雄（俳句）、佐藤貝村（日本画・俳句）、三浦八十公（俳句）、西村陽吉（短歌）など様々なジャンルの人々であった。「著者代表」として彼らをまとめたのは西村であったろう。だが「附録」にも表れている通り、西村が「短詩」を「新藝術」として包括的に述べようとも、他は「十五年の俳句生活は、よしや斷續的であるにしても、大方の變遷を經歴せしめた」（三浦「新短詩を求めて」）、「俳句を超越した新短詩の運動」（金兒「短詩小史」）と、あくまで「俳句」からの脱却に主眼が置かれていた。一〇名という執筆者の集う大所帯の中では、「短詩」との語によって皆それぞれに思い描かれていた方向性は異なるものであった。

ここで注意しなければならないのは、内地で展開された俳句、短歌といった短詩型詩における「短詩運動」と、『面』『犀』と続き、『亞』を含んだ詩の短詩運動の展開とは区別して考えた方がよいということである。それらをひっくるめ、さらに『赤い鳥』に系譜する「童謡」を視野に入れた論議をも「短詩」の名の下に共通したものと捉え、同じ領域の問題として議論されてしまったことから、「短詩論争」の混乱が生じたと言えよう。

『亞』においては、反民衆詩としての口語自由詩の確立が目指された。加えて「内地」的なものからの脱却も主要な意図であった。「短詩論争」は内地で行われていた短詩型の問題であり、脱却すべきものとして認識されていたのである。だからこそ北川や城所が『面』と『亞』との相関的な試みとして「短詩運動」を語ったとしても、大連で『亞』を発行し続けた安西、瀧口の二人は決して自分たちの作品を「短詩」とは言わないのである。

そのような『第一短詩集』から安西は何を読み取ったのか。「安西覚書」では「感覚の犀利」「デッサンの正確」「描寫の健全」「警抜なる發想」と記されている。従来の写実の技法によってリアリズムに陥るのではなく、「犀利」な感覚を持ち、正確なデッサンを健全に、「警抜なる發想」により詩を構成していくことを安西は前提としたのであった。

『亞』において安西は作品の要素を凝縮させていくことで、「短詩」と言われるような作品を作り上げていった。「稚拙感」と言い表された、複雑極まる単純さがそこにはあった。短詩を作ろうとしたのではなく、使用する語をとことん凝縮した結果、短詩が出来上がったのである。加えて題名が必ず付けられ、題名と本文とがスパークを起こす。ここで生まれるスパークや振動、また本文のリズムは、これまでの詩のように抒情の流れを形作るのではない。生まれ得たリズムや振動は、作品の構築性のなかに封入されるのである。読者の視線は絶えず題と本文の間を往復し、振動を生む。北川が後に提唱する「言語の構築性」(「新散文詩への道」)によって、リズムや韻律は排除されるのではなく、本文や文字、喚起されるイメージの空間性の中に封入されるようにして立ち現れることが、『亞』の「短詩」の特性なのである。

廈門
安西冬衛
廈門といふ雲と舢板の矢鱈に多い港を出るとき
船の一等運轉士は朱欒を立喫してゐた
(『亞』一一号)

オダリスク
紙レースを藉いて　指は西洋獨活《うど》よりも軟かい
(『亞』一九号)

早春　　　　　　　　瀧口武士

雲・鰊・春風のする河口風景

大砲
大砲

（『亞』五号）

西洋の晩

胡桃のある窓際にうちのブルドッグを出しておく
發音がすれば、アレはいつでも鈴を呼らす。

（『亞』一〇号）

瞰下景　　　　　　　　北川冬彦

ビルディングのてつぺんから見下すと
電車・自動車・人間がうごめいてゐる
眼玉が地べたにひつつきさうだ

（『三半規管喪失』収録[*13]）

北川が当時を振り返って、「新鮮な新しい詩を書こうとすると、イメージと表現の凝縮へ向かわないではいられなかった」（「詩人安西冬衛の一面」『俳句研究』、一九六六・一〇）と述べている通り、『亞』掲載詩は、あくまで詩的発想による創作意識なのである。対して『第一短詩集』の作品は俳句的発想による。題名は無く、定型への反抗的行為がそこには見られる。安西が「『これでは少し窮屈ダナ』の憾」を抱くことになった背景には、その意識が存在していた。歴然と存在していた堅固な既成俳壇を「舊俳壇」と呼称し、そこから脱却を計ることは、我々の想像以上の努力と覚悟が必要であったろう。『第一短詩集』に集った執筆者たちは創作上の問題として口語を用い、季語や定型に固執する既成俳壇の対極に位置するものとして、市民の生活を描くことで脱却を計ったのである。創作の素となるような対象に出会ったとき、それを凝縮しようとする方向に向かうのか、既成のものからの脱却を目指すのかという方向性の違いから、「短詩」は自ずから異なる結果に至ることになった。作られた作品は、見た目は一行の「短詩」である。しかし過程における創作意識の相違が、着地点を全く異なるものにしたのであった。

加えて西村と安西の居住地域の違いも重要である。内地・東京の都市居住者としての西村と、外地の関東州・大連の都市居住者としての安西。ともに人口流入による人口増加を体験しているが、関東大震災復興後の人口増加による圧迫を感じていた西村（結婚後は神奈川県鶴見に居住、筆者註）と、人口が増加するほど開発が進み、都市として拡大されていく様子を肌に感じていた安西。都市空間の変貌は当然「近代化」として捉えることが可能である。西村が社会主義思想に接近し、口語自由律で作歌を行うことは、伝統からの脱却を計るという近代化の一つの事象に他ならない。

安西が一九三二年暮晩の散歩コースとして日記に書き記している「桜花台―若狭町―西広場―伊勢町浪速町角…大阪屋…伊勢町浪速町角―磐城町―岩代町―市場前―常盤橋交差点（略）」（『安西冬衛全集』第七巻　六五頁）といった町名の羅列からもわかるように、大連は帝政ロシアが築こうとしたダーリニーの上に都市基盤施設を整備し、内地から移し添えた地名や通りの名、商標といった符諜としての機能しかもたない記号化された日本であり、根底にはロシア、中国、日本といった民族と文化の重層化された都市として理解してよいだろう（川村湊『異郷の昭和文学』岩波新書、一九九〇・一〇　六七頁）。競馬場や観覧車、メリーゴーラウンドのある電気遊園、海水浴場や温泉保養地、世界一高速の列車・あじあ号が走る近代化された都市である、自身の住む大連について、安西は次のような詩を書いている。

大連
この市には博物館がない。人に肺臓のないやうなものである。
（『亞』一六号、一九二六・二）

「博物館」は人々による知識の集積した場所であり、歴史の刻まれた場所の象徴である。それが無い街として大連は描かれている。極東のパリたるべく建設された都市は、一見新しさに覆われてはいるものの、擬人化した際には「人に肺臓のないやうなもの」との表現通り、中心的機能が欠落しバランスを欠いた、脱却すべき伝統の無い都市として示唆されているのである。脱却すべき対象としての伝統が存在しないため、移植させるものとして存在する伝統。このような「伝統」の相違が作品の相違を生み出した要因なのである。

4　大連のアヴァンギャルド

一九三二年一二月、「巴里・東京新興美術展覧会」は、東京を皮切りとして大阪、京都、福岡、熊本、大連、名古屋の各都市を巡回した。この展覧会はフランスの最新絵画作品を展示し、「純情派、新造型派、立体派、新自然派、超現実派、新野獣派、音楽派、写実派」との形式で行ったことが特徴として挙げられる。[*14] その後、展覧会は公募作品を除いて「巴里新興美術展覧会」と名称を変え巡回を続けている。[*15] この展覧会を機に、アヴァンギャルドという語は美術家たちに浸透し始めた。巡回都市であった大連においても例外ではなく、一九三五年五月には「満洲アヴアン・ガルド藝術家クラブ」が発足する。この新集団は次のように説明されている。

> 満洲における前衛藝術家の懇親と相互の啓發、文化的役割の遂行を目的として生れ、主として畫家詩人を會員とし、満洲における新時代の藝術開拓に資するところ大なるものあるべく期待されてゐる。
> 随時集會を開き展覧會の主催後援其他の事業を行つてゐる。（『満洲文藝年鑑』第二輯　満蒙評論社、一九三八・一二、葦書房　一九九三・九参照）

この芸術団体は絵画、文学、舞踏、鑑賞との四部門から成り、総勢二四名が加盟している。絵画部門一二名の中心は濱野長正、山道栄助、市村力、境野一之、米山忍の五人であり、一九三二年に結成された「五果会」のメンバーである。彼らはもともとシュルレアリスムの絵画を描いていた訳ではなく、一九三三年後半からシュルレアリスムの傾向を強めたという（江川佳秀「大連のシュルレアリスム『五果会』をめぐって」『日本美術襍稿佐々木剛三先生古稀記念論文集』明徳出版社、一九九八・一二）。前述の「巴里新興芸術展覧会」の衝撃の大きさを物語っていると言えよう。この展覧会の影響で「満洲アヴァン・ガルド藝術家クラブ」が発足されることからも、満洲のアヴァンギャルドは絵画から始まったと言えよう。この団体には常任委員として三好弘光、委員として八木橋雄次郎の名がある。他に松畑優人、町原（島田）幸二も参加していた。

文学部門七名のうち四名は瀧口武士、八木橋雄次郎、井上鱗二、小池亮夫であり、絵画部門の三好、松畑も含め詩誌『鵲』の同人たちである。[*16]『鵲』は詩誌でありながら、絵画ジャンルとの深い関わりを持っていたことがわかる。

『亞』におけるアヴァンギャルドとの関わりを見て行くならば、五果会のメンバーとなる山道栄助は、絵画「顔」を『亞』五号に、風景画「含春風景」を九号（一九二五・九）に、ともに図版で掲載している。「顔」は人物の胸上、首あたりまでを描いたパステル画である。目線を落とし、憂いを含んだような表情の人物は、掲載号の後書きに「顔を描いてくれた山道榮助君有難う御座いました。武士」と記されていることからも、瀧口であることがわかる。「僕は一〇月から大連に勤めることになり、大黒町の伏陵閣という独身寮に移った。そこには山道栄助という画家が居た。夜はよく共に話し、画集を見せてもらったり、画家の話を聞いたりして大へん啓発された。(略) 山道と日曜には桜花台の安西居訪問をよくした」(前出、「大連の詩人たち」) と当時の思い出として述べているように、瀧口を通じて山道と安西は出会い、『亞』への作品掲載となったことが判明できる。山道の作品「顔」「春含風景」にはシュルレアリスム要素の片鱗も見つけられない。だが後にシュルレアリスムに傾倒するような資質を持ち合わせていたからこそ、山道は『亞』に作品を掲載し、瀧口や安西と親交を深めたと言えよう。

『亞』に初めて「アヴァンギャルド」という語が登場するのは北川による「佛蘭西詩壇に於ける『前衛《アバン・ガルド》』の人々」(二三号、一九二五・一一) においてである。未来派、立体派、ダダイズムが「前衛」として扱われ、フィリッポ・トマーゾ・マリネッティの他、ルイ・アラゴン、アンドレ・ブルトン、ギヨーム・アポリネール、ジャン・コクトーが取り上げられている。文学以外では音楽のエリック・サティ、映画のポール・デルメが挙げられている。ここではシュルレアリスムという語は使用されておらず、ブルトンもダダイストとして紹介されている。文末に「ルネ・ラルウ『現代佛蘭西文學史』より」と記載されている事実からもわかる通り、事典的紹介文の翻訳に留まる内容である。しかし一九二五年という時期に、北川によって「アバン・ガルド」が「前衛」と訳され掲載されていることは注目に値する。[*17] フランスで起こっている芸術運動の末裔として、この大連の地でも『亞』はアヴァンギャルドの流れの中に位置する詩誌として、筆者の北川にも、読者にも認識されていたことがわかる。

また亞社主催「第二回詩の展覧會」がある。この展覧会は大連三越呉服店において一九二五年八月六日から八日の三日間開催されたが、ここに出品された作品は「甚だしく繪畫と接近」（武井濂「亞社主催になる詩の展覧會評」『亞』二一号、一九二五・九）した、「朗読」ではなく「展覧」される詩であった。『亞』二一号には瀧口「鼈」（コンストラクション）、北川「詩集三半規管喪失のコンストラクション」が図版として掲載されている。それらを見る限り、チラシや印刷物の切れ端、故意に切り取られた単語の切り抜きや自筆の詩句が異なるフォントで貼り合わされ、書き込まれたコラージュ作品である。作者は明らかにコラージュ手法を習得しており、出品した詩人たちはアヴァンギャルドの集団として存在していた。武井濂の展覧会評は続けて「まことに我詩壇の最前線に立てる光輝あるグループと言つても過言ではあるまい」と作品における前衛性を評価している。ルナール、アポリネール、マックス・ジャコブ、ポール・モーランの詩を「参考品」として欧文で展示し、彼らと同列のアヴァンギャルド芸術集団として印象付けたのである。

そして『亞』二四号から同人に加わった尾形亀之助がいる。尾形の処女詩集『色ガラスの街』（恵風館、一九二五・一二）を見た安西と瀧口が尾形を同人に誘い、尾形が了承し同人になるという経緯がある。詩を書き始める前、尾形は抽象画を描く画家であった。尾形は一九二一年五月、福島県の開業医森録三の長女タケと結婚するが、その叔父が木下秀一郎であった。木下は、「ロシア未来派の父」ダヴィト・ブルリュークと『未来派とは？答へる』（中央美術社、一九二三・二）を共著発行した画家である。木下との関わりによって、尾形は第二回未来派美術協会展に作品を出展し会友に、第三回インデペンデント（第三回未来派展）では主催者側として開催準備運営にあたり、多くの作品を出品している。[*18] 尾形は画家として、木下の引き合いにより村山知義と知り合い、「マヴォ」に参加する。その期間は最初期だけだが、「マヴォの宣言」には尾形の名がはっきりと記載されている。マヴォイスト・尾形亀之助の同人参加は、『亞』がアヴァンギャルドの系譜に位置している詩誌であることを印象づけたことは想像に難くない。

5　間宮から韃靼、蝶はどちらへ？

『亞』に掲載された安西の詩作品で最も有名なものは「春」であろう。

　春

てふてふが一匹間宮海峡を渡つて行つた

軍艦北門ノ砲塔ニテ

この詩は『亞』一九号（一九二六・五）に発表されたが、この詩があまりに有名過ぎるためか、『亞』掲載時と『軍艦茉莉』収録時双方に、もう一作品同名の「春」が見開きで掲載されていることはあまり指摘されない。

　春

鰊が地下鐵道をくぐつて食卓に運ばれてくる

一九二六年八月二二日、二三日の両日、大連三越呉服店において「第三回詩の展覧會」が開催されている。この展覧会に安西は作品を五点出品したが、その内の一点が前掲の「鰊」の「春」であった。しかし「てふてふ」の「春」は出品されていない。この展覧会については『亞』二三号（一九二六・九）にその様子が掲載されており、作品抄として参加者の作品掲載が一点ずつ行われているが、安西はこの「鰊」の「春」を掲載している。創作時において、作者にとっての「春」は、「鰊」の方が重要視されていたと言えよう。

一方「てふてふ」の「春」は、初出の「間宮海峽」が「韃靼海峽」に変わり、「軍艦北門ノ砲塔ニテ」との附言が取り払われ『軍艦茉莉』に収録されたことはよく知られている。作品を凝縮することでの構築性重視による附言撤廃と考えることも可能であるが、重視すべきはやはり海峡名の変更である。「間宮」から「韃靼」へ。ともに樺太西岸の、シベリアとの間の海峡を指しているが、「間宮海峽」との呼称は、間宮林蔵が陸続きと思われていた樺太が島であることを発見したために名付けられた日本での呼び名である。韃靼海峡の「韃靼」とは、ヨーロッパ、アジアを侵略したタタール人のいた地域を広く総称して述べた西洋人の呼称であり、漢民族が蒙古人を指す蔑称である。西洋人から見た「タタール」、漢民族から見た「韃靼」の海峡である。間宮海峡から韃靼海峡への変換は、日本側の視線ではなく中国側の視線での物言いを意味し、西洋人からの視点が加わり、ユーラシア大陸の東端をも含有する。満洲側から見た海峡が「韃靼海峽」なのだ。つまり「てふてふ」という一匹の蝶は、満洲から日本へ向かって飛翔したのである。「間宮」を「韃靼」と読み替えることは、指摘してきたように、西洋人の物語を因襲すること、西洋人の視点でものを見ることでもあったのである。

司馬遼太郎『韃靼疾風録』（上下、中央公論社、一九八七・一〇、一一）では、「韃靼」は現在の中国東北地方の山間や河川に散居していた漢民族が女真族、ときには満韃子《マンダーツ》と呼んでいた民族とされている。彼らは狩猟や河川での漁労にて生活をし、豚を飼育した。モンゴル人のように遊牧せず、豚の飼育は軽蔑の対象とされ、狩猟民の攻撃性は野蛮な暴力性として軽蔑され畏怖された。その女真族こそが韃靼であるとして、彼らが塞外から攻め込み、明王朝を倒し清を興した物語として描かれている。

衛藤利夫『韃靼』[*19]がある。この本は、過去に中国東北地区、新疆地域へキリスト教を布教しようとした宣教師を多くの文献より調査、研究したものである。満鉄奉天図書館長を勤めた衛藤が、研究対象である当時の宣教師たちに感情移入し、彼らの視点をもって物語ったとき、過去の名称であった「韃靼」は、満洲や蒙疆の登場とともに衛藤の同時代性をもって立ち現れたのである。そこには安西と同じ内面の西洋化があった。ちなみに衛藤は、『亞』終刊号収録の「亞の回想」にも「『亞』もこれでお仕舞かと思ふと淋しくなります」との文章を寄せている。

ディーノ・ブッツァーティ『タタール人の沙漠』[*20]は、若き将校である主人公ジョヴァンニ・ドローゴが、タタール人が砂漠を越えて攻めてくるという幻影を三〇年もの間、石の砦にて持ち続けるという小説である。ピーター・フレミング『ダッタン通信』[*21]は、原題が「NEWS FROM TARTARRY」であり、邦訳時に「ダッタン」とされた紀行文である。前者にはタタール人に備わっている暴力性に対する畏怖が描かれ、後者には東洋の奥地に存在する未開の地への憧憬が描かれている。それらはエキゾチシズムであり、西欧文明人の視点によって書かれたものであることは共通している。エドワード・サイードは、オリエンタリズムとは西洋人が発見した（認知した）東洋であるとしているが、ここで述べる「ダッタン」には神秘性だけではなく、未開な、野蛮な東洋に対する卑下も含まれている。満洲という場において西洋（西欧世界）に触れることは、日本というナショナル・アイデンティティの省察を孕まざるを得ない。だがそこで内面の西洋化が行われることで西洋人の視点を獲得した場合、開拓し植民する場としてではなく、エキゾチシズムに繋がってゆく。安西の中国趣味（シノワズリ）はエキゾチシズムと言えるのである。

王中忱は、「てふてふ」の「春」において「間宮海峡」が「韃靼海峡」へ変更された背景には、日露戦争後の大連で行われた区画整理があると指摘する。[*22] 大通りには「山県」「東郷」「乃木」といった軍人の名前が付けられ、安西が住んでいた「櫻花臺」は「王家屯」からの変更であった。

　　櫛比する街景と文明
　魁《まつさき》に文明を將來した寫眞館が　風景の中で蒼古《ふる》ぼけてゐる。
　　　　（この飴色した街衢に、もう「市區改正」が到來してゐる）

『亞』五号には、安西の右の詩が掲載されている。大通りの名称だけではなく、この「市區改正」により『亞』九号から発行所である亞社（安西の自宅）の番地が変わっている。[*23] 関東州を租借してから一〇数年にて大々的な都市改正が行われたことに対しての安西の心情を、王中忱はこの詩に見出している。川村湊の「植民地都市のモダニズムは、言語や文化が、本来のその根の部分から切り離されて、まったく違う土壌の中に無理矢理に移植されることにあるだろう。（略）言葉そのものにまとわりつくイメージ作用や意味作用を禁じられ、外国語に代替え可能な意味としてだけ、あるいはその音や文字の形という外形的な要素にだけ還元されてしまうのである。（略）日本のモダニズムとは、そうした意味を剥奪された植民地都市の「風景」としての言葉から生まれたといって過言ではないのである」（前出、川村『異郷の昭和文学』七一〜七三頁）との指摘を発展させ、「（地名の、筆者註）命名はその実、一種の権力であり、命名の過程は、植民と被植民の関係、植民主義による争奪の残酷な歴史を濃縮したものである」と、大連における軍政支配による都市改正の展開について述べている。そして、中国名から日本名へと名称変更を行っていった軍政のやり方とは逆向きの方向性による、安西が行った「間宮海峡」から「韃靼海峡」への変更に注目している。そこには安西の、日本の植民地政策への反対の姿勢があるのではない。西洋化／植民地化に対する安西の心性が、モダニズム／反植民地主義的な創作的感性を逆撫でされることに他ならなかったとの指摘なのである。

安西は、関東州の軍政支配に反対の意見を述べてはいない。内面の西洋化／植民地化が行われていた安西は、様々な心理的階層への移行を行っていたとさえ言ってよい。文明に接触した西洋人として、外地である大連居住者として、そして日本人として。二項対立で思考する安西にとって、心理的階層の移行は対象者の変更を生むことによって行われていく。間宮から韃靼への変換は、そのような内面における緊張関係を含んだ行為でもあったのである。

韃靼への変換を終えた作品は、「てふてふ」との平仮名表記による柔らかさと「韃靼」という漢字表記の硬質さとの対比が、海上をたゆたいながら一匹飛んでいる蝶の情景を一層鮮明に想起させ、加えて海上を渡る「てふてふ」と地下をくぐる「鰊」という、上下の高低差も加わることで一層その空間を拡大させ、振幅効果を生み出し、安西の代名詞とも言える作品となった。

6　少女から軍艦へ

安西は前掲の「春」だけでなく、他にも同名作品を二篇見開きに掲載することによって、題と本文や誌面の空白との構築性に加え、作品同士によって引き起こされる振動を狙っていた。瀧口も『亞』や自身の詩集『園』において同名作品を並べて掲載するという手法を使用しているが、安西もまた同手法を使用しその効果を狙っていたのである。

同様のことが「早春」についても言える。前述の「春」と同じ『亞』一九号に掲載された作品である。メリーゴーラウンドを表している「〇」の横に「Merry-go-Round」と書き添えられ、柔らかな波線が蝙蝠傘を差した人物の歩行線を表している。文字だけでなく、図形が付加された印象的な作品である。『軍艦茉莉』収録時には「あの道ノ早春」と題名が変えられ、「蝙蝠傘」は「Umbrella」に変わっている。この作品は『亞』掲載時、瀧口の「春」とともに見開き頁に並列に掲載されていた。瀧口の「春」は直線によって描かれている。「高サ三〇呎」のビルと路上、平面を並んで歩く二人の「お嬢さん」たち。安西の「早春」は上空から見下ろされる、曲線によ

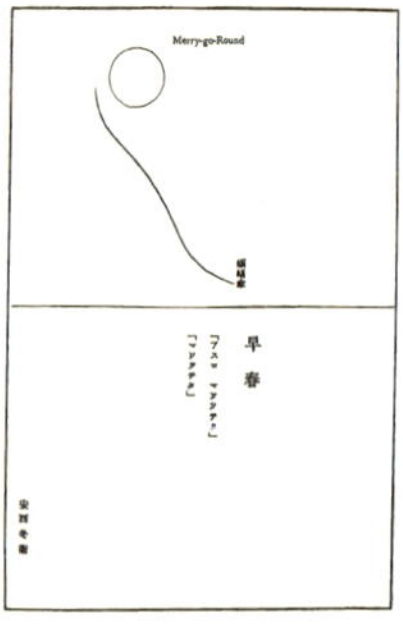

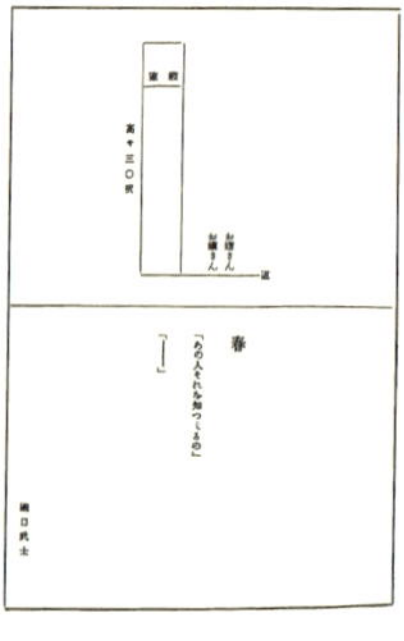

って表された世界であり、瀧口の「春」は地上から見つめた、直線的な世界なのである。これらの対比により作品は一層膨らみを増し、お互いの詩的世界は重層化して印象づけられるのである。

もう一つ『亞』掲載の安西作品の特徴として、寓話的世界が挙げられる。『亞』二八号に発表された「春」がある。

春

鴨　春は私《あたし》から始まるのよ。ホラ「鴨の外には誰も春を語るものはない。おお、まあ、なんといふ鴨の群だ」って《ママ》チエホフって《ママ》ひとが言って《ママ》るぢやあないの。

猫　フン、「どこからか月さしてゐる猫の戀」って《ママ》ネ。

壁に掛けた地圖　ポカポカしてくると、そこら中が痒くって《ママ》――

吊洋燈　日が永いなあ。

『軍艦茉莉』収録時に「吊洋燈」が「黒い眼鏡をかけた吊洋燈」に変わっている。ルナールの『博物誌』の影響が指摘できるが、対象物を擬人化し、洒落た台詞によって描き出している。動物だけではなく、異国的な雰囲気を漂わせる「壁に掛けた地圖」と「吊洋燈」が加わることでメルヘン要素が一層際立っている。同じように台本的記述の作品「しゆしようとまん」[*24]を三好達治が『亞』三五号に発表していることからも、寓話的な世界は『亞』の特徴でもあり得よう。三好が当時翻訳していたファーブル『昆虫記』の影響も考えられる。

前述の「早春」に描かれた「Merry-go-Round」と同種の作品として「遊戯」（『亞』二六号、一九二六・一二）がある。「私はメリイ・ゴオ・ラウンドをメリゴランドだとばかり思ってゐた」と始まり、「私」が「妹」との昔の思い出を語るというスタイルをとった作品である。「私」は「妹」と昔連れ立って歩いた坂道で、「これが茉莉」と茉莉花の名を教わる。「誕生日にさへ喪のやうな装」をするほど黒いリボンを愛していた「妹」を思い出しながらメリーゴーラウンド前のベンチに腰を下ろした「私」の目の前を、「自動音楽《オルゴオル》」に合わせて「日曜の兵隊・文明の少女・それから鳥打を冠った實利主義の支那人」が何度も木馬に乗って廻っているのである。

さらに「物集茉莉」が挙げられる。この散文詩は二章立てで、第一章は『亞』二九号（一九二七・三）に、第二章は三〇号（一九二七・四）に掲載された。

秋雨のなか「旅順行貨物列車の最後部の便乗室」に載っていた「私」は、「Conan Doyleを持てる茉莉」という「傳奇的な作品」を書いていたためか、「ひどく小説めいた氣持」の時に、「私」の作中の少女「茉莉」に出会う。何もないまま「それなり二人は別れて」しまうが、半月ほど後に友人と会い、「私」の書いている小説について質問された時、再度「私」は「前日の少女」に邂逅する。少女は「何か面白いことはなくて、何もかも厭になって了って困ってゐるの、秋なんて、駄目なやつ――」と言いながらあっという間にいなくなった、という作品である。「私」の格好は「龍動グリン會社製の鼠色の毛深い帽」をかぶり、「大型の蝙蝠傘」を持ち、「レーン・コート」を着ている。列車は「夏家河子」を通り、少女「茉莉」は「副讀本《サイドリーダー》らしい褪紅色の薄い洋書」を抱えている。友人は「鐵道會社の紋章を印ったロールスロイス」に乗ってやって来、「私」の脇を通り過ぎる「華麗な婦人」は「ボオアを手にして」いる。
ここで描かれている作品世界は、コナン・ドイルの推理小説を思い起こすような風景であり、故意に幾つものエキゾチックな描写を続けることで、少女「茉莉」を彩っている。加えて「物集」との名字からは学者である物集高見・高量の親子が想起されよう。物集高見は東京帝国大学退官後、私財を注ぎ込んで在野の学者として研究に没頭し、貧窮の中で全国を行脚して約五万冊の書物を集め、その総てを読破し、一九一六年から『廣文庫』全二〇巻、『群書索引』全三巻（ともに廣文庫刊行會、一九一六・一〇）を刊行する。高見の父・高世も国学者であり、息子の高量は『廣文庫』『群書索引』の共著者であり、編纂作業も行っている。全国から書物を収集し、さらにその書物から語彙を収集し分類する。当時存在した殆どの「言葉」を分類した『廣文庫』を著した国文博士の名字は、漢字への偏愛が作品の随所に現れる安西にとって、「物」を「集める」との文字が引き起こすインスピレーションとして根底に潜んでいたと思われる。「物集茉莉」は『詩と詩論』第一冊に再録されている。[*25]
安西の詩に触れたことのある読者は、「茉莉」との名によって「軍艦茉莉」を想起する。少女期の妹に教えられた花の名前から「物集」を冠した少女の名、そして戦闘兵器である軍艦の名へと、安西は「茉莉」を変遷させていく。そこに安西のエキゾチシズムに潜むエロティシズムを読み取ることが出来る。
前掲の二作品に登場する「妹」と「茉莉」は、明るく美しい無垢なる少女である。「妹」は「美しい節操」を持つ慎ましやかさがあり、「茉莉」にも黒いリボンを装飾させることでその共通性を暗示している。他にも「壜には水が壜の格好を。／シュミズの中に彼女は彼女の美しさを。」（「再び誕生日」『亞』三三号、一九二七・七）に見られるように、セクシャルな描写でも、明るい日の光のなかに設定されている。「妹」や「お嬢さん」、「茉莉」という語は恋愛感情的に描写されているが、前述の通り寓話性を付加されて語られるのである。右に挙げた安西の『亞』掲載作品は、全て『軍艦茉莉』（厚生閣書店、一九二九・四）に収録されている。『軍艦茉莉』の刊行は『亞』終刊から一年四ヶ月後である。

軍艦茉莉

「茉莉」と讀まれた軍艦が、北支那の月の出の碇泊場に今夜も錨を投《い》れてゐる。岩鹽のやうにひつそりと白く。

私は艦長で大尉だつた。娉婷《すらり》とした白皙な麒麟のやうな姿態は、われ乍ら麗はしく婦人のやうに思はれた。私は艦長公室のモロッコ革のディワンに、夜となく晝となくうつうつと阿片に憑かれてただ崩れてゐた。さういふ私の裾には一匹の雪白なコリー種の犬が、私を見張りして駐つてゐた。わたしはいつからかもう起居《たちゐ》の自由さへ喪つてゐた。私は監禁されてゐた。

この作品の初出は『日本詩人』一九二六年二月号（初出時の題名は「軍艦茉莉號」）である。安西の代表作の一つであり、『軍艦茉莉』の巻頭詩でもある。右の引用は一章だが、作品は四章まで続く。二章は「月の出がかすかに、私に妹のことを憶はせた」と始まる。艦の実権はノルマンディ生まれの悪質な機関長に握られており、私の「妹」を犯している。そしてこの艦も極悪な「黄色賊艦隊」の一員となり果ててしまっているが、私にはどうすることもできず、うつらうつらと眠り続けている。三章で私は夜半いやな滑車の音を聞く。私は、屍体となった「妹」をはっきりと幻視するが、身悶えるばかりでどうすることも出来ないまま昏倒してしまう。四章は艦外からの描写になり、夜陰が来るとともに「茉莉」が動き始めたことが記される。

この作品については、すでに多くの読解がなされている。例えば村野四郎は、「私」の「嫋嫋《すらり》とした白皙な麒麟のやうな姿態」も雪白のコリー犬も「みな中世紀的」であり、「被虐的な残酷さを劇化するには、最もうってつけの彼好みのイメージであった」とし、続けて、ポオの作品にも奇怪さと残忍さが見られるが「詩の中で思想的な論理を展開させるというより、一つの官能的な耽美の世界を展開させるために、詩の主題的イメージが設定されているという点で、まったくポオ的だといえる」とする（村野「鑑賞」『日本の詩歌25』中央公論社、一九六九・一一　九四〜九五頁）。冨上芳秀は、「『茉莉』という軍艦の内部は、まさに悪とエロティシズムの妖しい秘室である」との観点から、妹の死の幻影をはっきりと見ながらもどうすることも出来ない「私」に対して「異常なエロティシズムの底深い快楽に耽溺している」精神の在り方が問題だとし、「その不気味な美しい苦悶こそ安西冬衛が一瞬はっきりと認識する事のできた人間存在の根底に潜む悪とエロティシズムの融合した美的世界であったような気がする」と述べている（前出、『安西冬衛　モダニズム詩に隠されたロマンティシズム』一九〜二〇頁、五〇〜五一頁）。明珍昇は「その序幕と終幕のカメラ・アングルの心にくいほどの巧みなしぼり方。洗練された用語の適確な配合とそのアクサンな仕組みによって、奏でられる無縫な審美の空間。そこにくりひろがる浪漫な小宇宙は、奇妙な魔性をもって読む者を引きずり込まずにはおかないのである」と激賞し、軍艦、私の容姿、コリー犬の描写を挙げながら「不気味で冷酷な軍艦のイメージから触発された怪奇な幻想の逸楽――それらのエキゾチックなオブジェが、大連という国際貿易港の華美で誘惑的な媚態をもつ都市の表情とともに冬衛の倦怠にみちた日常性にダブルイメージするとき、このたくまれた網の目に交錯する知情のあやは、すでに反リアリズムやイマジズム、フォルマリズムの方法を超えたところにひらかれていることに思い至る」とする。最後に「何と痛ましい予感であることだろう」と安西の詩的感覚の鋭さによる不幸を嘆いてすらいる（前出、『評伝安西冬衛』八八～八九頁）。樋口覚は「喪つてゐた」「監禁されてゐた」「犯されてゐた」との受動態の現在過去表現がこの作品の「幻想の圧を支えている」とし、「ポーの幻想譚にみられるのと同じく、ネクロフィリーと、ぞっとするような恐怖を表現するのによく適している」と記している（樋口『昭和詩の発生――三種の詩器を充たすもの〈昭和〉のクリティック』思潮社、一九九〇・五　五八～六一頁）。これらの評は一様に、安西の描いた倒錯を孕んだ錯綜関係や、サディズム・マゾヒズムと言い得る残虐性を作品中に自己完結する耽美的世界として理解されている。

瀬尾育生は、ジュリア・クリステヴァの「アブジェクト」（おぞましきもの、筆者註）という概念を引用し、外地へ赴いた詩人たちが「アブジェクシオンの洪水に見舞われた」とし、安西の「軍艦茉莉」に見られる残虐性もその一形態であると位置付ける。そして前掲したような評に対して「この詩のはらむサド＝マゾヒスティックな関係や、倒錯的な恐怖やおぞましさを、美的な造形や抽象的な悪の意識としてながめる見方は、詩を非意味的な構築物とするという日本モダニズムの理念を、知識として知っている読者でないかぎり、ありえないことだと思う」（「寓意のなかのアジア」『思想の科学』一九九五・一〇）と疑問を呈している。確かにこれらの詩によって最初に印象づけられるのは、「軍艦」の巨大さや科学性、「監禁」や「犯す」との語から暴力性と恐怖、支配欲といった負の感覚と言えよう。この描かれた世界ばかりを審美と評し、ポーの名を介して世界性へと繋げて理解するならば、それこそ「日本モダニズムがイデオロギーとして機能している」（前出「寓意のなかのアジア」）ことになる。

「軍艦茉莉」は、「北支那の月の出」から物語は始まり、「夜半」を過ぎ、「夜陰がきた」と時間経過は表されている。この「夜陰」こそが、今まで安西の作品に描かれて来なかった要素である。特に「軍艦茉莉」においては夜更けから深夜という闇の時間帯の出来事であり、「岩鹽のやうにひつそりと白く」碇泊している軍艦茉莉の姿や月光の白さ、「雪白なコリー種の犬」、そして「私」の「娉婷《すらり》とした」「麒麟のやうな姿態」は「われ乍ら麗はしく婦人のやう」であり、「白皙な」と「白」の漢字が入る語で形容されることで白人種の容姿が想起される。また機関長も「ノルマンディ産れ」のフランス白人である。このような「夜陰」の闇の黒色と艦内にいる対象の白色とが対照的に描き出されることで、一層効果的に強調されている。ここでさらに茉莉が加わっている「黄色賊艦隊」や、茉莉が動き始める漆黒の闇ではない「疫病のやうな夜色」の黄色を配することで負の感覚もまた想起させている。この「黄色」が黄色人種を意味しており、黄禍論にも繋がることが指摘出来よう。

『亞』掲載の作品において表現されていた安西のエロティシズムは、日中の、あるいは夕暮れの日の光の中で描かれていたことは前述の通りである。だが「軍艦茉莉」において「夜陰」という時間設定により闇とエロティシズムが結びついた時、「妹」である「少女」は犯され、しかも殺されて屍体は投げ捨てられる。闇の発生とともに寓話性は廃棄され、セクシャリティと直接的に結びつくエロティシズムが立ち現れるのである。

夜陰に時間を設定した作品として「閹人猧氏」（『詩と詩論』第三冊、一九二九・三）や「勲章」（『詩と詩論』第二冊、一九二八・一二）が挙げられる。「閹人猧氏」では「湮没した陰山の骨を傳ふて、夜陰が又私の髄に凍《し》み透る。獄が復、私の肋の上によび醒されるのである。」と、「夜陰」に「甘粛の絶《はて》のこの土窟」で人知れず四肢を横たえている私が描かれている。「私」は「俑《ひとがた》のやうに」死を待つ肉体を黙って横たえているのであるが、闇の黒色と肋骨によって想起される骨の白色が対比されている。「勲章」においても「既に一度は來て犯した屍斑が、長い長い夜陰と痛苦の後に斷たれた。／困憊した軍醫の手に、愴然として私の一脚が堕ちた。／／天明が來た。」とすでに「屍斑」が出ていた自身の片脚の痛苦は「長い長い夜陰」とともにあり、さらに「困憊した軍醫」によって切断されるのである。この「夜陰」によって描かれた部分が多くの評者により、幻想譚としてのポー的であり、悪とエロティシズムとの結び付きであり、おぞましいアブジェクシオンとして評言されたのである。

「茉莉」が花の名前から少女の名、そして軍艦の名へと変貌していくように、「肋」との語もまた「肋子」（『亞』二一号、一九二六・七）という少女の名から、「肋大佐」（「肋大佐の朱色な晩餐會」『亞』一八号）と軍人の名字として、そして死に行く人間の骨として（前出「閹人猧氏」）その意味を変遷させていく。

このように『亞』において紡ぎ出していた寓話的世界、それだけでは表現しきれない要素を安西は闇とともに持つことになった。安西は闇の世界と寓話的世界との共存的表出を『亞』において行うことはしなかった。関東州に軍事的要素が色濃くなっていく現実を認識していながらも、『亞』における創作世界を守ったということは、光の中の世界のみを描き出していることになる。

冨上芳秀は『亞』掲載作品群の世界と『軍艦茉莉』収録作の世界とを比較し、「異質な印象」を受ける理由として「エロティシズムの質の差」と述べ、「自らが編集した詩誌『亜』に対して、安西は意図的に清純な空気を守ったのではないかと思われる」と指摘している（前出『安西冬衛モダニズム詩に隠されたロマンティシズム』四四頁）。正にその通りなのだが、何故安西が「意図的に清純な空気を守った」かは明確に述べられていない。

王中忱は、「『亞』が終刊してから、安西冬衛はすぐさま東京で発刊した『詩と詩論』の同人となり、新たな詩作活動の段階に入った。（略）『亞』時代から『詩と詩論』時代にかけて、安西冬衛の詩のなかに現れてきた地理的な構図は韃靼海峡――「満洲」から蒙古――新疆へと拡大し、東亜細亜から中央亜細亜に至っていた」と指摘し、安西の書斎に実在した様々な『地図』による読書体験をその根底に位置付け（前出、「『東洋学』言説、大陸探検記とモダニズム詩の空間表現」）、歴史的事実としての日本の領土拡大と、安西の机上旅行ならぬ机上領土支配の相関性による詩の変化を指摘している。エリス俊子も安西作品の地理的構図と作品形態の変化に関して分析しているが（エリス「表象としての『亜細亜』」『モダニズムの越境』人文書院、二〇〇二・二）、そこで指摘されているように「この二人の詩人（安西と北川、筆者註）の『亜細亜』認識が日本の植民地政策と密接に関係していた」との認識が根底にある。

安西は『亞』において、寓話性を付加することによって詩的世界の純粋性を描いていった。描かれた「少女」たちは、日中や夕暮れ時の日の光の中で存在していた。だが「夜陰」の時間設定による闇が発生することにより、「少女」はセクシャリティの直接的な対象となり、純粋性は破棄されて行く。そこには大連に対して抱いた、異国情緒としての意識の変遷も含まれている。闇の発生は『亞』以外の詩誌において行われたのであり、『詩と詩論』や『日本詩人』といった「内地」発行誌に発表された作品においてなのである。植民地政策として領土拡大が図られ、国策的支配体制が整備されていく時期と重なるが、安西個人が発表媒体の重点を「内地」の詩誌へ移していったこともまた重要な要素であろう。日本人としての芸術理論の輸入と翻訳による摂取。そこで内面の西洋化として獲得した西洋人の視点が、ナショナル・アイデンティティの意識化による日本人の視点に変化していったと思われる。だからこそ中国趣味として「安南の金魚」（「誕生日」『亞』三三号）や「厦門といふ雲と舢板の矢鱈に多い港」（「開港場と一等運転士とJampoa」『亞』創刊号）といった一般的な美に繋がるものから、「閹人」（前掲「閹人猧氏」）や「青い痣《モンゴーレン・フッケ》」（前掲「勲章」）など、グロテスクな美に繋がるものが登場してくるのである。『亞』においては存在しなかった闇こそが、安西のエロティシズムと、植民地支配意識を含有したエキゾチシズムとを結びつけていったのである。

「軍艦茉莉」という作品自体を、茉莉を乗っ取った「ノルマンディ産れの質のよくない」機関長は西欧列強による帝国主義を、それに「夙うから犯されて」いる妹は中国をはじめとするアジアの民衆を、「黄色賊艦隊」の麾下に加わっている「軍艦茉莉」は西欧列強に結託しながらアジアを支配しようとしている日本を指している、との観点からの読解も可能であろう。しかし作者の安西が反戦的な意味に帰着させるためにこの作品を創作したとは考えにくい。安西が日本の植民地政策における領土拡張に対して批判的であったとは言えない。『軍神につづけ』（翼賛図書刊行会、一九四三・二）、『愛国の詩』（大和出版社、一九四三・四）、『辻詩集』（八紘社杉山書店、一九四三・一〇）などに愛国詩を発表していることからもそのことは指摘できよう。だからと言って『軍艦茉莉』収録作を、戦争賛美や植民地主義の肯定という立場で作詩していると直接的に判断することは出来ない。自身の住んでいる大連が近代都市として形成されていくことにより覆い隠されていくもの、大連ばかりではなく、満洲における政治的、文化的、民族的な複合要素、自身の一脚の喪失、そして「短詩」に留まってはいられない詩意識。それらの緊張関係の上に、安西は詩作を続けていったのである。『軍艦茉莉』は、それらを綯い交ぜにすることによって成り立っている、『亞』以後の安西の意識変化をも含んだ詩集なのである。

二章　瀧口武士

1　「蠶」の詩人

『亞』終刊号である三五号の巻頭には次の挨拶文が掲載されている。

永々小誌「亞」に對して御厚誼を賜はり有難く存じます。尚今後とも宜敷御願申上ます。
末筆ながら「亞の回想」をお寄せ下さいました御厚意を重ねて深謝いたします。敬具
昭和二年十二月　亞社同人

この三五号には同人達の詩作品とともに、当時の詩人、歌人、作家など文人たち六〇余名による『亞』に対する回想文が「亞の回想」としてまとめられ、掲載されている。

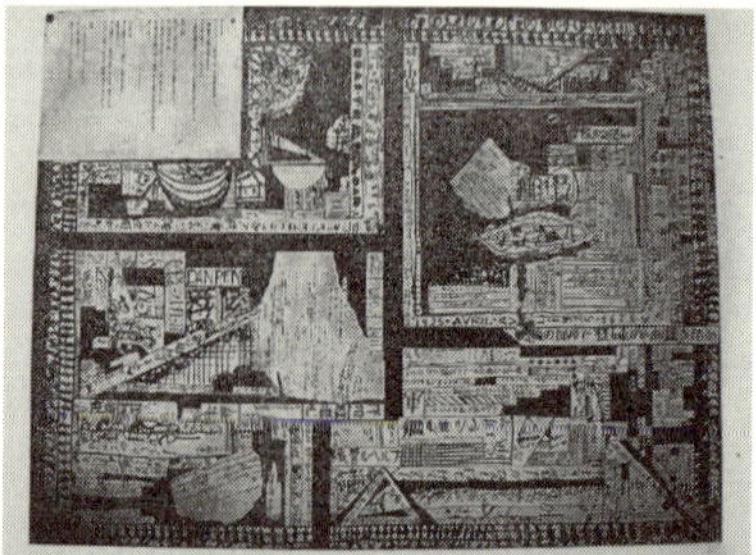

蠶　瀧口武士

「今度廢刊ときいて、カタレアの花のちつたやうな氣がいたします」（堀口大學）

「御廢刊になることを惜みます。猶新しき御發展のための廢刊ならんことを期待致します」（與謝野寛）

「『亞』の気魂は詩精神の烈しさを私に示しました。私は震度の極めて強い音響をいつも想ひました。日本の詩に密度を與へた事に感謝します。廢刊を惜みます」（高村光太郎）

彼らの他にも梶井基次郎、サトウハチロー、春山行夫、草野心平、佐藤惣之助などの著名人から総じて終刊を惜しむ声が送られた。その中で詩人の伊藤信吉は「安西さんは松の花粉のやうに美しい人。瀧口さんは曇ガラスを滴り落ちる魚のやうな人。遠い大連の文明「亞」を讀むといつか私にさう思はせて居りました。「軍艦茉莉」の安西さん、「蠶」の瀧口さん。その美學に私などはいちばん快く蝕ばまれたと思つてます」との文章を寄せている。「亞の回想」では、『亞』同人、あるいは安西冬衛、北川冬彦への賛辞・惜別の辞は見られるが、瀧口武士の名と作品名が挙げられているのは、右の伊藤信吉の文章が唯一のものである。ここで伊藤が触れている「軍艦茉莉」とは、言わずと知れた安西の処女詩集の題名にもなった代表作である。そして、瀧口の「蠶《かいこ》」とは次のような作品である。

蠶

雨の降る日
彼らはひつそりと一眠して、ほこれた皮膚を脱ぎ替へた。
午後の部屋で蠶婦が病蠶を拾ふと

脊中の紋が釦のやうにはづしてあつた
その疲れた蠶婦の肩のまはりに、よごれた灸痕が失せかけてゐた。

薄曇りの朝
彼らは早う眼を醒まして、かなしい食慾を思ひ出した。
濕つた蠶布に桑を撒くと
嘴の撥で青い木琴を敲きながら、村雨の譜を奏してゐた
その濕つた音を訝りながら、撞木のやうな金魚が蠶室の窓から空の天氣を
窺うてゐた。

雲の多い晩
彼らは終眠がすんで、鏡のやうに青ざめてゐた。
洋燈に透かすと、
寒い皮膚の下で、薔薇色の管臓が遠くの方へ曲つてゐた。
その向ふの海峽を、灯を點した軍艦が並んで通つてゐた。

或晩
それらの蝕ばんだ病歴を知つてゐるやうに

筍の生える農家の屋根から
雨上りの三日月がぴんとはぢけてゐた。

蚕の生態を落ち着いた感性で描き出した良作である。「雨の降る日」、「薄曇りの朝」、「雲の多い晩」、「或晩」と、日の移り変わりを示しながら、「ぴんとはぢけ」たような三日月を背景に、繭を紡ぎ出していく蚕、桑の葉をはんでいる蚕、「薔薇色の管臓」を体内に持つ蚕の生態が描かれる。そして「向ふの海峽」まで広がる作品空間。さらに「蚕」を「蠶」と書き表すことで生まれる効果も加わる。「蠶婦」「病蠶」「蠶布」などの造語によって、生々しいグロテスクさを含有した独特の雰囲気も醸し出されている。また、養蚕に勤しむ貧しい零細農家の姿が浮かび上がってこよう。この詩は『亞』七号（一九二五・五）が初出であり、その後開催された「第二回詩の展覧會」にも出品されている。そこで瀧口は作品五点を出品し、「蠶」はコンストラクションとして、詩だけではなく絵画も付された瀧口のメインとなった作品であった。この展覧会出品時に、「蠶」は「詩の行きつく所は、最早情緒ではなく感覚である。感覚をとほしての象徴だ。このコンストラクシオンは確に成功してゐる。セピヤの色によつて蠶の神秘的効果を齎らした所など、瀧口君の力量を裏書するものだ」との評を受けた。[*1] 出品者全員についての短いコメントが掲載されたものであるが、瀧口が大変好評を受けていることがわかる。この「蠶」は後に『詩と詩論』第一冊へも転載され、瀧口の処女詩集『園』（椎の木社、一九三三・六）にも一切改訂なく収録されている。

このように見てくると、「蠶」が瀧口の代表作の一つとして挙げられることは決して間違いではない。しかし、『亞』に掲載された瀧口の詩作品の特徴としては、二行詩が圧倒的に多いことが挙げられる。[*2] 軽快で西洋的な心象風景を短詩として描いた作品が多い瀧口であるが、この「蠶」は二〇行と長く散文的な情景の描出である。

『亞』での作品掲載数第一位（瀧口・一四九篇、安西・一四五篇）であり、『亞』の編集担当者として安西冬衛と永らく二人だけの同人として作品を書き続けた瀧口とは、どのような詩人なのであろうか。

2 詩人の誕生

瀧口武士は一九〇四（明治三七）年五月二三日、大分県東国東郡中武蔵村大字手野字梶所に、父・近雄、母・ミユキの長男として生まれた。一九二〇年四月一日、大分県師範学校に入学し短歌を作り始める。この作歌が瀧口の文学体験の始まりであった。[*3] 一九二四年三月に同校を卒業し、同年四月、旅順師範学堂研究科に入学、同年九月に研究科を卒業し、翌一〇月一日付で大連市朝日小学校の訓導となった。この時、詩人であり後に『アカシヤの大連』で芥川賞を受賞する清岡卓行は、同小学校に通う生徒であった。[*4] 以後瀧口は生涯教員生活を続けることになる。一九二五年二月より『亞』編集を担当。この時瀧口二〇歳である。『亞』終刊後も大連での詩作を活発に行っている。一九三九年六月三〇日付で郷里の大分県に出向を命ぜられ、帰郷。翌月の七月一三日東国東郡楓江小学校勤務となる。郷里にいた母親が亡くなり、祖父と小学生の妹が残され、世話をする必要があったためである。以後満洲に住むことはなく、故郷の大分県に居住する。その後一九四八年四月、東国東郡中武蔵小学校校長となり、一九五七年三月、西安岐小学校校長を退職するまで教員生活は続いた。郷里に住んで先祖伝来の田を耕作しながら詩作を続け、一九八二年五月一五日、別府国立病院にて死去、七七歳。[*5]

瀧口の本格的な詩業は『亞』から始まるが、瀧口が編集となる『亞』三号の「編集後記」に安西は「新年です。燦爛と萬物が開帆する。／同人富田充・北川冬彦・城所英一の三人は最初の豫定の通りに新に東京で『面』を創めることになつた。あとは瀧口武士・それから僕」と書いた。この三号から、同人は安西と瀧口の二名となる。奥付の編集者名は城所英一だが、四号からは瀧口に変わる。後に安西が「『亞』創刊は北川冬彦、瀧口武士等と大連で」（「軍艦茉莉の界隈」『日本現代詩大系』月報一〇号、一九五三・四）と書いているためか、瀧口が創刊同人として加わっていた印象があるが、実際には創刊同人ではない。瀧口と安西の出会いは次のように記されている。

僕が始《ママ》めて安西に会つたのは大正十三年八月である。彼二十六才僕二十才。夏休で大連の嶺前荘というアパートに来ていた時、詩誌『満洲詩人』の発行人志村虹路がひよつこり来て「安西がすぐ近くに居るから行こう」といつて、桜花台六十八番地の安西家に案内してくれた。（瀧口「安西冬衛回顧」『安西冬衛全詩集』思潮社、一九六六・八）

――そしたら東京の城所から、これはあかぬけしている。この編集は仲々いい。こういういい雑誌を檜舞台に出さないということは非常な損失だ。東京に発行所を移せというんです。それは初めから城所の迂回作戦だった。ぼくはつむじを曲げていやだと云ったんです。（略）ところがこっちはぼく一人だし、一人じゃ出ない。それで滝口（武士）君を引っぱってきた。滝口君にはかれらがやめたということは隠してあった。こっちも遠謀深慮だ。そしたら滝口君は来た。それで二人でやった。（前出「雑談」、安西の発言）

これらを総合すると、一九二四（大正一三）年の夏休みに大連に帰郷していた北川、城所、富田と安西は詩誌創刊の申し合わせを行う。同年八月に安西は瀧口と初めて対面する。一一月には『亞』を創刊し、翌一九二五年一月に『亞』は『面』と分かれ、[*6]瀧口は安西に呼ばれて『亞』に参加する、ということになる。ちなみに『亞人』の創刊は、『亞』創刊前の一九二四年一月である。

その後二四号で尾形亀之助が同人に加わるまで、安西、瀧口の同人二名体制が長く続いていく。『亞』は当時の詩壇との交流も活発で、創刊号から一〇号まではあるが、誌面に「受贈誌」欄が設けられていた。大連を中心に、満洲だけではなく内地との交流も盛んであったことがわかる。創刊号での受贈誌は、『帆船』『ル・プラン』の二誌のみであった。『帆船』は多田不二が編集人の詩誌で、富田が早くから同人として参加（七号、一九二二・一〇）しており、後に城所も詩を発表している。『ル・プラン』は『未踏路』を母胎として、『亞』創刊同人となる北川、城所、富田以外の同人たちが福富菁児を中心として創刊した同人誌である。この二誌はどちらも身内のような存在だったようである。瀧口が編集人となった『亞』三号では、受贈誌は一七誌に増加、七号時には最多の四三誌になり、受贈誌欄のある最後の号の一〇号には三五誌が記載されている。[*7]

また前述のように一九二五年八月六日から八日の三日間、大連三越呉服店三階会場において亞社主催「第二回詩の展覧會」が開催されている。出品者は安西、瀧口の『亞』同人と城戸又一、横井潤三、北川の『面』同人たち、加えて富田、加藤郁哉、加藤輝（福富菁児のペンネーム、筆者註）、水原元子の九名であった。[*8] 翌年八月二三、二四日の両日、同じく大連三越呉服店において開催された「第三回詩の展覧會」では、出品者は安西、瀧口、北川、富田、城所、加藤郁哉の六名であった。この「第三回詩の展覧會」では、「全国同人雑誌展観」を共に開催し、全国から三〇四冊（詩誌二七〇、小説一八、雑誌一六）の同人誌を集め、展覧している。『亞』二三号に展覧会の様子と同人雑誌展観の目録が掲載されている。「受贈誌」と「同人雑誌展観」の両方でその誌名が挙げられ、詩の展覧会でも作品を出品していることからも、『亞』と『面』は喧嘩別れした訳ではない。安西が「『面』とコレスポンダンスして仲よく」（前出「雑談」）と述べている通り、この時期の『亞』と『面』は近しい存在であった。瀧口が編集人となってからの『亞』は、単に作品を発表し雑誌を継続的に発行していくだけではなく、積極的に他誌との交流を図り、且つ多くの新企画を実行するなど進歩的でもあった。

3　『亞』以降の瀧口武士

『亞』終刊後、瀧口は尾形を除いた『亞』同人たちとともに、一九二八年九月から『詩と詩論』創刊同人となる。その後一九三〇年四月には北川、丸山薫、三好達治らと『時間』を創刊。同年六月には北川、三好、神原泰らとともに『詩と詩論』から離れ、『詩・現實』を創刊する。この間、一九二九年四月に大連で創刊される『戎克』にも詩作品を寄稿したりもしている。[*9]

『詩と詩論』第一冊の瀧口の掲載作は「蠶」「園」など九篇で、『亞』掲載作の再録である。第二冊には「冬近し」他七篇を発表している。

朝寒
山の隆起が砂の中に消えてゐる
襖の裾の櫛が、現身《うつせみ》を教へる
薄茜

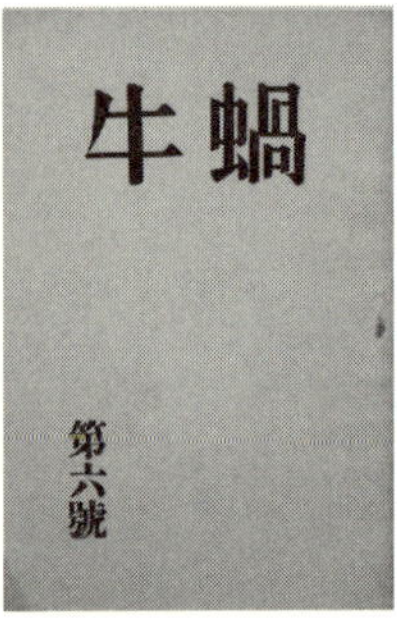

三行の短詩であり、瀧口作品の特徴である「〜てゐる」という対象の動きの時間を含有する表現を用い、カメラアイのように対象を捉えている。単語の持つ意味よりも、言葉そのものの組み合わせ、あるいは単語の持つイメージの羅列といった、『亞』掲載作品と同質のものと言えよう。第三冊には「水」他六篇を、第四冊には「針」他八篇を、第五冊には「室」他四篇を、第六冊には「地獄」他四篇と「シーソー戯」とのエスキースを、第七冊には「窓にて」他六篇の詩と「星」とのエスキースを発表している。つまり瀧口は『詩と詩論』同人であった間は毎号複数の作品を発表するほど旺盛な創作意欲をもって積極的に活動していたのである。

この第七冊以後瀧口は、『詩と詩論』から『詩・現實』へと異動することになるが、『詩・現實』第一冊には「流れ」「新年の書」「冬至」の三篇を発表する。

冬至
羊歯の葉。馬が噫する。剃刀のある土間。

詩集『園』にも収録された作品である。対象物を一行に並べ、「冬至」と題名を付けることによって、読者のイメージ世界が膨張することを狙っていると思われる。第二冊には「梨の下」「壁に凭りて」の二篇を、第三冊には「放浪記」「庭」の二篇を発表している。第四冊、第五冊には瀧口の作品は掲載されていない。五冊で廃刊となる『詩・現實』に、実質的に瀧口は第一冊から第三冊までの参加であり、合計七篇しか作品を発表していない。それも詩作品のみである。前述したような『詩と詩論』への作品発表の積極性と比較すると、明らかに『詩・現實』への取り組み方は消極的であったと言える。それは瀧口が左翼的なイデオロギーに同調出来なかったことが原因であると思われる。『詩・現實』において瀧口が描いた作品は、短詩や対句的要素の四行詩（「流れ」）であり、そこで表出された世界は耽美的で、到底社会主義の近隣にあるとは言い難い。北川の場合は、「汗」（第二冊）や「河」（第五冊）などプロレタリアートを題材にし、植民地主義下の労働者の現実を見つめて作品化しており、比較すればその違いは明らかである。瀧口の作品は前出の「冬至」のように、言葉に意味を込めるのではなく、いかに言葉を意味から引き剝がすかに力点が置かれており、形式的には短詩だけでなく散文詩も見受けられるが、それらは『詩と詩論』の頃にも見られる創作上の模索であり、イデオロギーとは無関係であると言える。

後の一九三二年二月には瀧口は大連で『蝸牛』を創刊、編集となる。諸谷司馬夫と二人での詩誌であった。安西からは「蝸牛は外はリアリズムで、内はロマンチシズムだ。いい題だ。しっかり」と激励された（前出、「大連の詩友たち」）。

春　　　瀧口武士

木の葉が搖れてゐる

廟が埋れてゐる

（『蝸牛』二号、一九三二・四）

艦隊入港　　　諸谷司馬夫

水兵が驀地《まつしぐら》に自轉車に乗つて行つた

（『蝸牛』五号、一九三二・一一）

網　　　佐々木悌三

魚の群衆心理

（『蝸牛』九号、一九二四・一）

『蝸牛』の掲載作品である。みな短詩であり、一目見て『亞』で掲載された詩作品と類似していることに気付く。瀧口ばかりではなく、諸谷司馬夫の作品も作者名を注意して見なければ瀧口の作品かと見間違えるほど近似している。佐々木悌三の作品は『蝸牛』の最終号である九号のみの掲載であるが、これも『亞』掲載作と同質のものと言えよう。印刷所は『亞』と同じく小林又七支店で、印刷人も太田信三である。作品は全て活字のみで、表紙も活字のみであり、『亞』のように図版や記号が使用される作品も全く無いため、『亞』をさらにシンプルにしたものと言ってよい。

『亞』において、瀧口と安西の作品同士は、相互補完的な関係があった。例えば安西は『亞』二二号（一九二六・八）に「文明」を発表している。「このお嬢さんは誕生日にさえ、黒いリボンをするディレッタントである。」という「茉莉」が登場する作品である。その後、瀧口も『亞』二五号に同じく「文明」という作品を発表している。こちらは「少女が笑顔する／燈が消えた」という二行の短詩である。ここに安西との知的遊戯的呼応関係が発生していると言えよう。瀧口が述べる「少女」は、安西の「茉莉」のイメージを伴って存在していくことになる。この補完関係を公然と行っていくための装置として、「體温表」欄が『亞』二〇号から始まるのである。『亞』における瀧口の作品は、よく言えば安西との補完的な相乗効果を生み出しており、悪く言えば、単独では印象が薄れる作品だろう。瀧口自身もそのことを認識していたと思われる。だからこそ『蝸牛』は『亞』以降、瀧口が安西とではなく、諸谷司馬夫と相互補完関係を築き上げようとした詩誌であったと言えよう。

一九三三年、大連在住の詩人たちが集まり、『新大連派』が創刊された。同人は『蝸牛』の二人、瀧口と諸谷に加え、安西、そして『作文』の書き手たちである。この『新大連派』は翌一九三四年に三号で終刊するが、大連在住の詩人たちの結束に一役かった存在であった。[*10]

安西帰国後の一九三五年一月、瀧口は『鵲《かささぎ》』を創刊編集する。前年、瀧口が八木橋雄次郎と出会ったことがきっかけであった。創刊時瀧口、八木橋の他、井上鱗二、小池亮夫の四名であった同人は以降増え続け、二八号（一九三九・七）の時点では八名になる。そんな中、瀧口は満洲を離れることになる。

七夕祭の翌朝、吉林丸が偉大な一人の詩人を満洲から連れ去つた。（略）七月六日の夜、大連郊外老虎灘の一室に親しい仲間達が集つて氏との別れを惜しんだのであつた。夕闇に岩を嚙む波が白く光つてゐた。安達義信、横澤宏、青木實、城小碓、島崎恭爾、絲山貞家、宮添正博、島崎曙海、米谷忍、濱野長正、高橋勉、松畑優人、西原茂、三好弘光、佐々木悌三の諸氏と僕が其の夜の人々であつた。（八木橋「後書」『鵲』二八号）

瀧口帰国後も『鵲』は大連で続刊され、瀧口も作品を投稿し続ける。右に記載がある米谷忍、濱野長正、高橋勉は大連在住の画家の集団「五果会」同人たちであり、『鵲』が文学ジャンルを越えた存在であったことがわかる。『鵲』は一九四一年三月一五日、三七号をもって終刊した。満洲国弘報処による『満洲詩人』への統合廃刊であった。

満洲事変後のコミュニスト一斉検挙により、満洲の文芸同人誌はほとんどが終廃刊せざるを得ない状況になる。*11 一九四一年三月一〇日には満洲国弘報処による、満洲文化の指導方針ともいうべき試行として、満洲詩人会が結成される。その機関誌として『満洲詩人』が創刊され、満洲唯一の詩誌となるのである。この強制的統廃合の経過について城小碓は戦後、本名の本家勇名義で「雑誌の合同は難行していたようだったが、当時どの雑誌にも所属していなかった私は、当局の線の人から非公式であったがまとめるよう指示された。まとまらないようであったら、全部廃刊させるとの内示もあったのでまとめることができた。即ち『満洲詩人』であり満洲詩人会であった」(「満洲詩人」『作文』一六一号)[*12]と書き記している。『鵲』は『亞』の流れを受け継ぐと自負している詩誌であり、島崎曙海の『二〇三高地』との強制統合には手間取ったようである。右の文章通り、廃刊か統合かの二者択一という恐喝的な力業であったと思われる。『満洲詩人』発行所を『鵲』の井上麟二方に、事務局を城小碓方に、編集は『二〇三高地』の川島豊敏が中心になる、との条件で解決したのであった。

4　瀧口の詩的技法

『亞』最終号である三五号の末尾には「亞作品総目録」が付されている。目録に記された詩人は二三名であるが、作品数は瀧口武士・一四九、安西冬衛・一四五で他を圧倒している。同人時期の長さを考えれば当然と言える数字である。さらには尾形亀之助・二七、北川冬彦・二五、富田充・九、城所英一・九、三好達治・八、春山行夫・四、と続く。そんな中『亞』における瀧口の詩は、二行詩が多数を占めているのである。

沼

園に猫柳の芽が光つてゐる

風邪氣味の子供が剃刀を舐めてゐる

（『亞』三二号）

この「沼」という詩は、後に詩集『園』収録時に次のように改訂されている。

曇日

沼辺に猫柳の芽が光つてゐる

風邪氣味の子供が剃刀を舐めてゐる

（『園』収録）

瀧口の処女詩集『園』は、『亞』終刊から六年目の一九三三年に刊行されたが、収録作品の大半は『亞』掲載作品である。初出の「沼」の詩で、一行目の「園に猫柳の芽」が光っていることと二行目の「子供が剃刀を舐めてゐる」こととの間に関係はない。猫柳の芽によって表されている銀色の光と、子供が舐めている剃刀の不気味な鉄の光りとが色彩を共通項としている。しかし、そのイメージが「沼」としては伝わってこず、同じ色彩を持つモノが羅列されているだけである。ところが『園』での、沼辺の猫柳の芽に見える光と、子供が舐めている剃刀の刃の沈んだ不気味な光とは、鈍い、寒さの残る早春の「曇日」の空間を生み出している。沼、猫柳、剃刀と灰色の要素が増え、拡がりを持つようになる。つまり無関係であったはずの二つの事象が、互いに向かい合い、打ち合うことにより、二つの事象を越えた新しい世界を生み出すことになった。

園

刺繍靴を藏つてある二階
窓の外は空地になつてゐる
時々鶺鳥の來る庭である。

（『亞』九号）

詩集『園』の巻頭詩である。独立した一篇の詩作品となっているが、『亞』掲載時はもう一篇同名の「園」という作品と見開きで並んで掲載されていた。

園

お嬢さんがランプを提げて、薄曇りの廊下を歩いてゐた
へんにむし暑い
池畔にある疎林

（『亞』九号）

瀧口は短詩掲載時に同名の作品を隣り合わせに並べることが多々ある。それは『亞』掲載時においてばかりではなく、詩集『園』でも散見される。例えば次に挙げる作品が見開きに並列されている。

若葉

崎に百燭光が點いてゐる

若葉
屋根の上にあかしやの枝が折れてゐる

園
紐のやうな枝
女が髪を梳いてゐる
輝く霧

園
羊歯の葉
肋の上の薄墨の線
そよ風

山の端あるいは陸地の尖った風景の先端に光りが点いている景色。これを「若葉」として描き表すことも面白いが、屋根の上の折れたアカシヤの枝の先についた若葉を描き上げ、それを見開きに並列させることによって視界の遠景と近景、風景の拡大と凝縮、拡散と収縮といった一行から沸き上がるイメージを振幅させている。「園」についても同様で、「園」と名付けられた世界を並列に置くことにより、イメージとイメージが互いに振幅、拡大、震撼していく効果を起こしているのである。

瀧口の詩作品には「〜てゐる」との語がよく使われる。この補助動詞は、動作・作用・状態が、継続・進行して、現在もそうであることを表している。さらに「ある」「いる」との動詞で完了や存在を表し、それらを並べて使用することで、作品内の時間処理に様々な工夫を施している。[*13]

空地

屋根に霜が下りてゐる。彼は地圖を開いてゐた。彼の下には空地が土を出してゐる。見ると桿が捨てゝある。非常に寒い。

（「帽」『亞』一五号、一九二六・一）

詩集『園』にも収録された作品である。瀧口の詩法がこの作品には顕著に見られる。一つの切り取った場面を描く。その際一つの単語で出来るだけイメージを膨らませることができる語を使用する。つまり単語から意味を剝ぎ取り、イメージだけを同列に羅列していく。瀧口の作品には補助動詞や完了、存在を表す動詞が使用される頻度が高い。そのため、描かれた場面には異なる時間が存在している。描いた場面をいくつか並べることで対象の時間経過を表現する。写真や絵で時間経過を表現しようとする場合、同じ対象の経過後の場面を並べて配列し、比較することでそれは可能になる。芸術手法とすればコラージュにあたる。また、静止画を幾つも重ねることで動画になるように、描いた場面を並べ、繰り返し表現することで対象の動きも描き出される。瀧口はこのような構成力を重視した方法によって、詩的世界を作り出していくのである。カメラアイを用い、作り出された詩的世界は限定されている。それは「空地」のような限られた世界であり、自身の視界の届く範囲であった。そのため、読者は箱庭を見ているような感覚を持つことになる。その箱庭の時空間を、瀧口は「園」と名付けたのである。

また前述したように、『亞』一九号の「帽」において、安西の「早春」と並んで瀧口の「春」が見開きで掲載されている。加えて、実際に自筆のイラストを用いての詩も発表している。[*14]「體温表」(『亞』二〇号)では、瀧口と安西が「Kiev」「少女」「タンポポ」「海」という題材で短文を描いている。同一の題材をそれぞれの作者が描き出すことにより、イメージは一気に拡がりを帯びていく。

瀧口は以前「右手があり、左手がある。この右と左の全く相反するものが、力強く打ち合わされて、柏手のあの神々しい響きは生まれるのだ[*15]」と述べたそうだが、まさに作品は、相乗効果によって生み出される特色があると言えよう。ミクロには二行詩という文によって、マクロには作品を並べ合わせ、また自作だけではなく他者の作品と共演(協演)することで作品効果を生み出していく。それが『亞』においての瀧口の試みであった。

5 「愛国詩」への移行

『亞』において瀧口が会得した表現方法は、『詩と詩論』『詩・現實』だけではなく、『蝸牛』『鵲』においても実践されている。瀧口の『詩と詩論』第一冊の掲載作は、前述したように『亞』からの再掲載作品ばかりであるが、他の『詩と詩論』『詩・現實』掲載作品も『亞』掲載作と同質の詩的世界を持った作品であった。この瀧口の詩作手法は、『蝸牛』において一層意図的に行われている。だが『鵲』ではそれまでにはおよそ見られなかった瀧口の作品が並ぶことになる。

商船日本

亞細亞の東を航行する商船日本丸は
文明の粹を盡した優美な線を水平線高く描き乍ら
その水尾遠く生産の精神を羽搏かせて
行手の水路に己が運命を見つめてゐる

思想や政策の霧を、排貨や通貨膨脹の暴風を
この搖れ易い水上建築は如何に操舵して來たか
絶間なく闘ひ合つてゐる新しい現實の濤の中で
その不屈な船首を如何高邁な星に向けて來たか

いま大陸開發を燃料として新世紀へ針路をとつた内燃機船は
あらゆる力の働き合ふ複雑微妙な調和を搖つて
その美しく逞ましい骨組に地球の脈搏を感じ乍ら

鬱勃沈痛な煙を吐いて進んでゐる

己が胸深く目覺めた現代の典型日本丸は
人類の視聴と喝采の中に神に祈り
吃水線下に隠れている誠の美しさのすべてを擁して
世界史の曙光の方へひた走つてゐる

（『鵲』二三号、一九三八・九）

漁夫に

あなたたちは乗出す
神代からの若々しい血潮を湧かして
その感じ易い帆に日本の風を孕ませ
古里に歸るやうに、子守歌を歌つてくれた無限の寶庫へ乗入る

あなたたちは乗出す
玩具のやうな船に運命を托して
その部厚い胸に神を信じ
突撃の兵士のやうに、鷹揚で嚴しい波の中へ乗入る

あなたたちは乗出す
破れた外套に鰭を生やして
國際政治の息吹く島蔭を悠つくりと乗りきり
千浬の外に網をひろげる

あなたたちは乗出す
雛を守る親鳩のやうに荒立つ海の胸を分け
潮を口に含んで世の鹹さや溫度と比べて魚鮮を感じ
同じ柳の下にはゐない生物を追ひかける

あなたたちは捕つて來る
生命の炎をぐつしより濡らし
傲岸なる自然と闘ひ
原始の、混沌の、逆巻く波間から海の生命を捕つて來る

あなたたちは貧しく
あなたたちは力に滿ちてゐる

あなたたちは日本精神の本流である
あなたたちは生命の翼である

（『鵲』二四号、一九三八・一二）

これらの詩作品を時流によった、時代状況の変化の為と読むことは簡単である。だが瀧口が日本で盛んであった「戦争詩」を満洲に輸出したのではないか、との指摘がある。[*16] 非常に興味深い指摘である。瀧口がこれらの詩を書いたのは、一九三四年に安西が帰国した後、瀧口が大連に残って詩作を続けている時期である。安西の近くにいた時は、創作におけるヒントや刺激的な事柄が数多く存在したであろう。その精神的支柱が無くなった時、瀧口の模索の一つとして「戦争詩」があったと思われる。

安西帰国の影響は、瀧口だけではなく、満洲詩人たちにとってもかなり大きかったと想像できる。「昭和九年四月柱と頼む尊父が死去された。そして郷里堺市へ引揚げる事になった。晩春、新緑の春日亭に安西を招いて、富田、諸谷、僕の三人で小送別会をした。今にも降りそうな重い空だった。そして僕たちの生活に大穴があいた」（前述、瀧口「安西冬衛回顧」）と衝撃と落胆の様が記載されているが、瀧口には「安西冬衛」という題名の詩があり、「僕の師　僕の友／彼を思えば勇気が百倍する」（『門』二号、一九六六・三）と結ばれている。[*17] その安西が自身の生活から失われたとき、瀧口の詩に対する真の意味での模索が始まったのである。『戎克』に集った青年詩人たちは、『亞』以後の満洲詩を作りだそうと模索した。「『亞』の亜」（流）と言われ、乗り越えるべき大きな目標でもあった。瀧口にとっても、安西は同様の対象であった。

イメージの凝縮された語や時制を含む短文の組み合わせの妙、構成力を駆使し異国趣味の洒落た作品を作り出し、作品の紙面掲載も構成の一つとして意図したことが、『亞』において瀧口が行った詩作であった。語や短文を凝縮する際、安西や瀧口が持っていた俳諧の素養は発揮された。瀧口がその構築性により作り出した「園」は、多分に安西の存在が意識されていた。安西帰郷後、地に足の着いた自身の詩を模索するため「園」という箱庭を出て、広大な満洲という「地政学的前衛」(前出、波潟『越境のアヴァンギャルド』一五頁)の場を眼前にしたとき、内地日本を背景とした愛国的心情を詠むことになったのが、瀧口の詩であったと言えるだろう。戦争を題材とした「戦争詩」として立ち止まることなく、「愛国詩」として創作したところに、瀧口の詩人としての資質と詩的行為の限界を見ることも出来よう。

揚子江をさかのぼる歌

支那大陸の大動脈が濁りに濁つて流れてくる
海か　川か　泥か　血か
濁流を後から後から押流してくる支那よ
世界地圖の支那のやうにお前はしんから黄ろい
私は今　水蒸氣の濃い行手の空に
支那民族の聲や動き、疲憊の病歴や哀調の詩歌を思ひつつ遡る

憲法なくて五千年
渾々と流れ續くる大河を上る

（『鵲』一七号、一九三七・九）

『鵲』掲載作であるこの作品や、前掲の「商船日本」「漁夫に」は『現代詩人集Ｖ』（山雅房、一九四〇・九）に収録されている。この『現代詩人集Ｖ』の瀧口の作品は「東天紅」と題され、以後『鵲』掲載作が詩集としてまとめられることが無かったことからも、個人詩集と同等の位置付けが出来よう。「ここに集めた詩の殆どは大連にゐて、詩誌『鵲』に書いたものだ。現在の気持とかけ離れたものもあるが、止むを得ぬ」と扉には記載されている。

「揚子江をさかのぼる歌」は中国大陸の雄大さを描いた瀧口の代表作として、萩原朔太郎編『昭和詩鈔』（冨山房百科文庫、一九四〇・三）にも収録された作品である。大陸を身体に見立て、暴力的なまでに脈打つ揚子江、大陸に住む民族の思い、肉眼では見えないその流れの底に堆積しているであろう「歴史」。「憲法なくて五千年」と、これらを包括している大陸自体の歴史を一気に表現する簡潔な大胆さ。『鵲』掲載作の中でも希有な作品と言えよう。

ここには『亞』の頃の瀧口はいない。本人も認めているが、瀧口は本質的にアバンギャルド詩人ではなかった。[*18] 瀧口は『亞』から『鵲』に至る一六年間、大連の地で激動する歴史の流れを肌身を通じて体験しつつ、その時代と社会を見つめ続けたのである。瀧口の作品が主知的内容から生活派へと傾斜を見せ始めたのは、時代の流れの中で一つの転換を示唆する、大連に生きる一人のアジア人としてであった。帰国後、瀧口は教員として子供たちと触れあい、自身を「民」と規定する。単なる農民などではなく、神武天皇から連綿と続く、天皇の臣民としての「民」[*19]。一九三九年七月に帰国した瀧口は、他の多くの詩人と同様に愛国詩を発表し、アバンギャルドとはかけ離れた、土に触れることを主題とした作品を多く発表し、句作も行っていくことになる。そこには『亞』において瀧口が生み出していた、行と行、詩と詩、他者との共演（協演）による振幅・震撼は無かった。

6　『満洲通信俳句』同人

首藤三郎は「『亞』を支えた滝口武士」（前出、『詩人滝口武士』）の中で、生前の瀧口の自宅を訪ねた時のことを次のように述べている。

> 滝口さんが無口なので、代わりに奥さんがいろいろと話して下さった。御両親が亡くなって、祖父と小学生の妹さんだけが残されたので、昭和十四年に満洲の大連からこちらに帰ってこられたこと、以後、北川冬彦から度々上京のすすめもあり、その気持ちもあったが、伝来の田畑を守るため、そのまま落ち着かれたことなどをお聞きした。（二六六頁）

この一文を読みながら、瀧口が『亞』終刊後『詩と詩論』『詩・現實』へ異動したことと考え合わ

せ、中央詩壇への進出を家庭の事情で諦めた、と思っていた。『戎克』や『作文』『満洲詩人』といった大連発行の詩誌への投稿はつき合い程度であり、詩作品の投稿の重心は中央詩壇で発行されている詩誌に置かれている、と。しかし、それが考え違いであったことが『満洲通信俳句』を見ることでわかった。瀧口はこの月刊句誌に毎号かなりの数の句作品を投稿しているからである。

『満洲通信俳句』の発行所は「大連俳句會」、発行人は寺内豊（黙子、筆者註）、編輯人は加藤映一となっている。一九二九年の創刊である。満洲国各地から投句があり、例会が月ごとに開催され、何度も吟行が行われていることからも、大連俳句会が活発に活動を行っていたことがわかる。

『満洲通信俳句』終刊号は、一九四一年一〇月刊行された第一四一号である。

昭和四年、遼東半島の一角に呱々の聲をあげたわが通信俳句は、遼誌「平原」と共に大政翼賛の新體制線に沿ひ、十月號を限りとして十三年の永い俳句傳導の仕事から退くことになつた。そして關東州俳句協會を主體とした州内唯一の俳誌「鶉」が生れる。滿洲に於て、尠くとも州内だけでも俳誌の一元化を提唱して終始變らなかつたわが「通俳」の、その多年の希望が達し得られたわけで寔に欣懽の至りに耐へない。（「終刊の辞」）

文末には「黙子記」とあるため、発行人である寺内黙子の筆であることがわかる。内容としては、『満洲通信俳句』と『平原』という俳句誌が統合廃刊となり、新たに「関東州俳句協會」が創設され、その機関誌として『鶉』が創刊される、というものである。そして寺内は句誌統廃合に関して「多年の希望が達し得られた」と述べている通り、喜ばしいことと感じている。編集人である加藤映一に至っては、さらに強く表現している。

却て「心の慰安を自然の風物が簡素の生活裡に措く満洲に健全な民俗詩たる俳句の普及を念ずる」と云ふ大連俳句會多年の標榜は決して消滅しないで寧ろそのまゝ更に俳句を通じての時局下國民精神の昂揚を期すると云ふ使命の「關東州俳句會」に合流し、延ひて「關東州藝文聯盟」の参加團體の一単位に進で、お互ひに深く日本人であると云ふ國家意識を銘記すれば良いのである」（「終巻號に臨みて」）

この『満洲通信俳句』は確認する限り、第一二八号（一九四〇・六）から終刊直前の第一四〇号（一九四一・六）まで、「精神作與・文化報國」と表紙に印刷され続けている句誌である。前述の第一四〇号では、大連俳句会として軍隊慰問金を寄付した際の「感謝状」が「昭和十六年一月　陸軍大臣東條英機」から送られ、写真が中表紙に掲載されていることからも、満洲国弘報処や関東軍との距離が近かったと思われる。

第一三八号（一九四一・三）には、一九四一年二月一六日に「州内俳句作家群をかつての『平原』『満洲通信俳句』等を中心として『關東州俳句協會』の結成式を十六日午後一時三十分より南満ガス五階ホールで擧行」（「關東州俳句協會の誕生」）とあり、文化報国のための確固たる団体として組織された。そして、会長には谷川静村、理事には金子麒麟草、佐々登良、森脇裏治、建部昌満、上西行乞、成田合浦。常任理事に筧鳴鹿、高山峻峰、寺内默子。会計に安倍月哉が名を連ねている。「關東州俳句協會」の綱領は「一、日本文學としての傳統を尊重する健全なる俳句の普及／一、國民詩としての俳句本來の使命の達成／一、俳句を通じての時局下國民精神の昂揚」が挙げられている。

しかし、『満洲通信俳句』関係者全員がすべて翼賛的な思想を持っていたわけではないらしく、選者の古川而作は最終号で次のように述べている。

關東州内の俳誌合併問題がどういふ工合に進展いたしますか知りませんが、何れは有志の御努力に依つて代るべきものが生れると思ひます。其際は通俳同志各位も結束して其俳誌を守りたてませう。傾向が違ふと申しましてもそれは表現技巧の問題で俳句の大道は唯一つといふ得ると思ひます。（「雑詠選」）

句誌の統廃合に関して消極的であり、ある種の諦念も感じさせる。「傾向が違ふ」というのは、もう一つの句誌『平原』の傾向と推測され、俳句という表現芸術の「大道は唯一つ」である、という結論を導き出すことで納得している。

『平原』は、一九二九年四月に高浜虚子の渡満を機会に、『ホトトギス』の海外遼誌として創刊されている。ホトトギスの主要作家ほとんど全員が近詠句をよせるという豪華さと、満洲国各地のホトトギス系句会から投句があるという句誌であった。『平原』は一九四一年四月までに一四三号を数えている（西田もとつぐ「キメラの国の俳句」『俳句文学館紀要』第九号、一九九六・一〇）。

ここで統廃合されるのは、満洲国全体の句誌統廃合ではなく、關東州内の句誌としてである。そして句誌の統合であり、各派の句会自体は存続している。

統合の後、新たに刊行される『鶉』は、一九四一年一一月に、時を経ずして創刊された。巻頭にこそ「遅々の波池の紫靄に兵の馬」（井上静邑「銃後の秋」）、「砲塁を巣とせし雀秋の風」（上西行乞「聖地旅順　東鶏冠山北堡塁」）といった、戦地を題材とした戦争句を見出すことが出来るが、後の句評を見ても、否定的な評価であった。「関東州の俳人達は戦意高揚の語句を単純に使用することは、無惨なスローガンや標語に堕するという俳句正式の本質を熟知していた」（前出、西田「キメラの国の俳句」）と言えるだろう。

満洲国での句誌統合は、もう少し後の一九四三年六月以降のことである。そこではハルビンの『韃靼』、新京の『柳絮』、奉天の『山楂子』が統廃合されることになる。[*20]

瀧口がいつから投句しているかは不明であるが、一二七号（一九三〇・五）からは欠かさず投句し、掲載されている。しかも毎号、「近詠」として三句から五句、「雑詠」として七句ほど掲載され、合わせて毎号一〇句前後は掲載されていることになる。作品は、教員である自身の視点から詠んだものや、畑仕事をすることで土に触れている民としての自身を詠んだものなど生活句が多い。

子供等に向けしカメラや山笑ふ
抱き上げし子に風車よく廻る
日に焼けて遠足隊の帰り來る
（「雑詠」一二七号、一九三〇・五）

事務疲れ出づれば庭につつじ燃ゆ
出勤の我が影長し春田道
（「近詠」一二八号、一九四〇・六）

筍や湯津津間櫛を思ひ食ふ
枇杷熟れて農家せわしくなりにけり
妻病めば飯も焚くなり農繁期
田植人に挨拶かはし通勤す
（「近詠」一二九号、一九四〇・七）

六月の雨に眞赤な花ざくろ
風呂上り螢の川に下りたちぬ
二階から枇杷に竿ある役場哉
（「雑詠」一三〇号、一九四〇・八）

同様の作品が毎号一定数掲載されているのである。大抵は「近詠」や「雑詠」の巻頭句として掲載されていることからも、一定のレベルを保った作品が投句されていたと判断できる。
瀧口が俳句を創作ジャンルとして選択していることは知られていた。それは安西宅で仲間とともに行われていた「騎兵と灌木林の会」であり、故郷大分県での「どんぐり句会」であった。しかし、大連で発行され続けていた句誌に投稿を続けていたことは知られていなかったことである。

瀧口の詩作品に「瑞穂の國の田見となりて」（『現代詩』一九四二・一二）がある。ここで使用される「田見」は、「民」の当て字であろう。教員として故郷に腰を落ち着け、子どもたちの未来を拓き、土着民として土に触れながら生きていこうという覚悟が表れていると思われる。「愚痴を言はず苦しさを言はず／汗にまみれて國土を拓く」（1「開墾」）という最終行では、様々な忸怩たる思いを呑み込みながら、しかも瀧口自身の国家への献身の意識が含有されているであろう。瀧口は大連から帰郷し、郷土の自然に喜びを見出し、大連にはなかった新たなる生活を、土と共に生きるといった生活を、多くの農民とともに守ろうとしたのだろうとは思う。しかし、そこで詠われた作品は、時代的には戦争翼賛詩として、戦争のイデオロギーの系譜に組み込まれたことも間違いない。それは一面では多くのモダニスト詩人たちと同様の方向性であった。戦後に述べられた瀧口の「自分はアヴァンギャルドではない」という否定の言葉は、戦時中ナショナリズムと一致した方向を向いていたことを、戦後になって否定した結果とも言えるのである。

三章　北川冬彦

1　「前衛《アバン・ガルド》」の紹介者

北川冬彦は『亞』に創刊同人として参加し一旦二号で離脱するが、作品は三号にも掲載されている。『亞』二号（一九二四・一二）には北川の次の文章がある。

懸賞募集

雑誌ラ・ルネエサンス・ドオシダンは未刊の詩集に原稿料二千フランを出す豫定ださうだ。應募資格は佛蘭西語で發表される限り各國の詩人に留保されてゐる。
こんな話があることごとに日本人は損をしてゐると切に思ふ。日本語そのものゝ性質が日本人の書いたものゝ世界的たることを完全に阻止してゐる。あまりに特殊であるがため翻譯によつて世界的たることさへ至難と云ふ情けない有樣である。（「佛蘭西詩壇仄聞」）

詩人であれば「原稿料二千フラン」を得る資格を有しているはずが、日本語で詩作しているために、みすみすそのチャンスを放棄している、あまりに特殊な言語であるために翻訳によっても世界流通が困難であるとしている。世界的共通性を持たないことを「情けない」と感じている北川がいる。これは逆に言えば日本語での詩作は特殊性を保持しており、その「特殊性」を無くすことが世界との「共通性」を手に入れる条件となる、との理解である。ここには日本語で詩作している北川自身がおり、日本人の視点でものを述べている。フランスの一雑誌を見ただけで「日本人の書いたものゝ世界的たることを完全に阻止してゐる」と決定するのは乱暴な意見のようにも感じるが、北川がそのような認識を持っていたことには注意する必要がある。日本から世界への方向で視線は向けられており、世界的共通性を持たない言語で詩作をしている自分自身、日本という特殊性からの脱却こそが世界的共通性を獲得する、との認識こそが『亞』創刊時に北川の根底にあったのである。ここにはあまりにもはっきりとした西洋（西欧世界）に対する北川の強い憧れが言い表されている。西洋からの文物を積極的に取り寄せ、最新の、先端の芸術として翻訳し『亞』へ、ひいては日本へ紹介した。[*1]だがその行為は「世界的たることさへ至難」との認識を持つに至ったように、自らが日本人であることを際立たせることになった。その際北川は、西洋と日本という文化的階層のどの段階に日本を、自らを位置付けようとしたのだろうか。

前述のように北川は『亞』を二号で一時抜け、三四号から再び同人に加わる。その間『亞』から全く乖離していた訳ではなく、幾つもの詩作品やエッセイ、翻訳を掲載していた。北川には「佛蘭西詩壇に於ける「前衛《アバン・ガルド》」の人々」（『亞』一三号）という文章があり、イタリア未来派とマリネッティについて触れている。そして『亞』に初めて「アヴァンギャルド」なる語が登場するのはこの文章によってである。正確には「前衛」の部分に「アバン・ガルド」とルビが振られている。同時代的内容を紹介することで、北川は自身がこれから試みていく詩作についての世界的同時性を獲得しようとした。西洋（西欧世界）と日本の、ひいては自身との文化的階層性を明確に位置付けようとの行為である。数多くの翻訳を行い、西洋の紹介者、仲介者として振る舞い、さらに『亞』という雑誌を西洋で起こっている芸術運動の末裔として、大連の地においてアヴァンギャルドの流れの中に位置付けようとしたのである。

『亞』創刊号において北川は「壁」「LA DESSERTE」の二作品を発表している。

LA DESSERTE

食べ残りの食卓を眺めるのが好きである
女も眼の縁に小皺のあるのがいい
ぼろぼろの絹物が着てみたい日である
さうだ　明日にでも
街へ出て見よう。

「である」という言い切りの語彙を用いることで文章のリズムが生み出されている。文章は短く、空行を挟み込むことで空白を効果的に使用している。だが、「短詩」を作成する上での最重要事項である、語に対するイメージの凝縮が行われてはいない。安西は「開港場と一等運轉士とJAMPOA」、富田は「白楊樹」という、ともに二行詩を同じく創刊号に発表している。藤一也はこの二篇を指摘することで『亞』を短詩運動の詩誌として位置づけているが、[*2]それだけでは早計のように思う。最初期の『亞』においては、積極的に短詩を作っていたというよりも、雑誌の掲載バランスを保つための要素が大きい。北川が創作論や提言として「短詩」についてはっきりと語り始めるのは『面』誌上においてであり、安西や瀧口が詩の純化を目論み、短詩作品を意図的に多作していくのはもう少し後になってからのことである。

『亞』が大連の地で創刊されたことは、すでに周知の事実である。内面を西洋化することで生じるアイデンティティの力学とでもいうものは、大連という場に対しても連動して働くことになる。

前述したように、「第三回詩の展覧會」は一九二六年八月に開催されているが、その前年の第二回展覧会が、アヴァンギャルド性を前面に押し出した世界的共通性の顕示が目的であったとするならば、この第三回は、日本詩壇の中での『亞』の存在を確認した催し、と言うことが出来る。安西は「亞社主催第三回詩の展覧會にあたりて」(『亞』二三号)において、「われわれはわれわれの成果を以て、輝きある新日本の人士と深く見ゆる愉快を、最も先づ光榮といたします」と述べている。この「第三回詩の展覧會」の特徴は、「全國同人雑誌展観目録」と「展観同人雑誌分類一覧」が展示されたことである。そこに記載された同人雑誌は、内地だけでなく、ハルビン、長春、大連、上海、台北、台中、京城と、外地も含めた都市において発行されていた同人雑誌が挙げられている。『亞』も大連の一同人雑誌としてその記載がある。大連という「地政学的前衛」の地から世界を遠望するのではなく、日本を内観するという大きな変化を伴った催しであったと言える。作品展示も第二回のようにコンストラクションとしての作品ではなく、詩のみを大きな活字で展示した。絵画要素を無くし、あくまで活字化された詩を展覧したのであった。

『亞』最終号である三五号の「亞の回想」には、同人でありながら唯一北川もコメントを寄せている。内容は大したものではなく、『亞』を回想することは「われ〳〵の新詩運動」がどう貢献したかを検討することであり、自身の「體格検査」をするようなことで、自らではなく他の人が行うべきだ、というものである（「ひとこと」）。『亞』から長い間離れていたためにコメントを寄せていると思われるが、自身は『亞』の同人であり、コメントをすべきではないとの意識があるようである。加えて同号に北川は次のような文章を掲載している。

　私には、「検溫器と花」の大部分を占めてゐる「短詩型詩」はもう書けなくなつた。否、「短詩型詩」を書く興味を、私は失つて了つたと云つた方が正しい。私は、私の道を「散文詩型」へと轉向した。「短詩型詩」から「散文詩型」へ。この傾向は既に「検溫器と花」の中に胚胎してゐるにはゐるのだけれど。今や、私は遠く「短詩型詩」から去つて了つた。が、しかし私は「短詩型詩」の根本精神は、今日に於ても決して忘れてはゐない。Simplificationを、表現上の力點に置いてゐることは、「短詩型詩」の場合と毫末の變りもないのである。（「FRAGMENT」）

この時、北川本人の創作意識は「短詩型詩」から離れ「散文詩型」に移行している。『検温器と花』は、収録作品のほとんどが安西とともに過ごしたこの時期に創作されたものであり、北川の「散文詩型」への転向の傾向を内包した「短詩型詩」を纏めた一冊ということになる。「散文詩型」が具体的に理論として提唱されるのは「新散文詩への道」(『詩と詩論』第三冊)を待たねばならないが、この『亞』終刊時において、すでに提言自体はなされているのである。北川は『亞』に再加入の時点で、すでに「短詩型」から「散文詩型」にその詩作意識を移行させていたのである。

2　短詩から新散文詩へ

北川がその詩的出発をしたのは、三高から東京帝大仏法科へ進学した年に、旅順中学の同窓であった城所に『未踏路』への参加を薦められたことによる。北川はそこにダヌンチオの「鏡」とゾラの「死体運搬人」の翻訳を掲載したという。[*3] 特に文学へ傾倒していた訳でもない北川は、『未踏路』への作品掲載により、その詩才を開花させていくことになる。その後一九二四年八月、大連へ帰郷した際、未踏路社主催(傍点筆者)の「詩の展覧会」を大連三越呉服店にて開催する。この「詩の展覧会」を「第一回」としてカウントしているため、亞社主催のものは「第二回」「第三回」と位置付けられるのである。『未踏路』終刊の際、『亞』に参加しなかった幾人かは、東京で『ル・プラン』を発行する。この詩誌は『亞』より一ヶ月早い一九二四年一〇月、未踏路社より創刊された。福富菁児が中心となり、石原亮、谷越孝一郎、奥村五十嵐など、『未踏路』同人たちの多くが参加している。この雑誌は二ヶ月後、三号にて終刊となっている。

『面』は一九二五年一月に創刊された。創刊同人は北川、城所の『亞』離脱組に加え、福富、北川たちの後輩に当たる城戸又一、さらに北川の弟の横井潤三である。「吾々は／四次元の世界に生きる」との宣言文を毎号掲げた詩誌『面』は、詩作品だけではなく、かなりの数の詩論も掲載される。そこにはこれから『面』が進むべき方向が当然論じられていた。代表例としては北川の「詩に於ける印刷技巧に就いて」（『面』四号）が挙げられる。[*4] これは特に『マヴォ』に掲載された萩原恭次郎の詩作品への批判で、ダダイズムの隆盛期に、ダダのような詩（傍点筆者）、つまり印刷技巧を濫用し、詩のように見せている作品を排すべきで、「小児的好奇心の発露であって単なる遊戯に過ぎない」と酷評している。詩は活字の機能をことばとしてオーソドックスに、「ブランク（空間）の利用」を効果的に行うことを「無技巧の技巧」との表現で提唱している。この提唱は、明らかに余白によって際立つ短詩作品を指している。後に北川自身も「『亜』と『面』は『短詩運動』の詩誌だとして現代詩史に書かれたりすることもあるが、運動としては、その点、『亜』は無意識で『面』は意識的だった」（「『亜』と『面』」『本の手帖』一九六一・五）と振り返って発言している。北川（だけでなく『面』同人たちもであろうが）の意識としては、『亞』は詩作品の実践によって、『面』は実作よりも理論（詩論）によって、ともに「短詩運動」を推進したということになる。

『面』は同年一〇月、七号にて終刊し、北川はそのまま同月に『朱門』に参加する。この雑誌は東京帝大に創設された文芸部の機関誌であり、翌年三月、五巻で終刊した。その後、北川は『青空』へ参加する。『青空』は三高出身の帝大生が中心の同人雑誌であり、北川はそこで梶井基次郎や三好達治と知り合うのである。北川の『青空』同人期については、伊藤整『若い詩人の肖像』（新潮社、一九五六・八）に次のように描かれている。

私には北川冬彦という人間が、実にニガテであった。もの静かで、上品な話しぶりだが、近眼鏡の中の細い鋭い目や、青白くふくれたような丸い大きな顔や、そのぼうっとした態度には、妙な圧迫感があった。彼の姿全体が、オレは重大な存在だ、それを認識しない奴は押しのけなければならん、という意志のようなものを、絶えず周囲に放射していた。彼の実在感は、その猫撫で声のような紳士風の言葉になく、沈黙の中に、自分の価値認識を強要するような、彼の身について いる雰囲気にあった。

ここで北川は陰湿で粘着質な、相当酷い人物として描かれているが、当時小樽から気負って上京したばかりの伊藤整にとって、良くも悪くも怪物的な人物に映っていたということであろう。すでに北川はこの時、『三半規管喪失』（至上藝術社、一九二五・一）と『検温器と花』という二冊の詩集を世に送り出していた詩人であり、『検温器と花』に到っては当時新進気鋭の作家・横光利一の激賞を受けている。北川の作品は次のようなものであった。

馬

A Fuyuei Anzai

軍港を内臓してゐる。

この詩は『青空』(一九二七・二)に発表された北川の代表作と言える作品だが、「短詩」の代表作でもある。安西の名が付されていることからも「短詩」への傾斜は『亞』との共通項であったことがわかる。作品は、詩集『戦争』(厚生閣書店、一九二九・一〇)収録時に、附言である安西の名は削除されるが、当時の代表的詩人であった萩原朔太郎は次のように批評した。

「春が馬車に乗つて通つて行つた」とか、(略)「馬の心臓の中に港がある」とかいふ類の行句であつて、近時に於ける自由詩の大部分は、たいていこの詩句を五行十行に亘つて連續させたものである。著者はこの種の詩を称して、かつて「印象的散文」と命名した。なぜならその詩感は、なんら音律からくる魅力でなくして、主として全く、語意の印象的表象に存するからである。

(『詩の原理』第一書房、一九二八・一二)

「春が馬車に乗つて通つて行つた」とは、おそらく横光の小説「春は馬車に乗って」と安西の詩「てふてふが一匹韃靼海峡を渡つていつた」とが混ざり合ったものであろう。そして北川の「馬」は、「馬の心臓の中に港がある」とうろ覚えにされている。確かに「馬の心臓の中に港がある」という詩だったならば、朔太郎の述べるように「印象的散文」に過ぎないであろう。だがこの詩には「馬」という題名と軍港との関係、それを「内臓」しているとの語がもたらす緊張感がある。朔太郎の文章は「この種の魅力は、皮膚の表面を引つ掻くやうな、輕い機智的のものに止まり、眞に全感的に響いてゐる、詩としての强い陶酔感や高翔感やを、決して感じさせることがないからだ。詩が全感的にあたへる強い魅力は、常に必ず音律美に存している」と続く。ここに韻律主義の理念に傾倒している朔太郎が表れている。以前朔太郎は「安西君等の雜誌『亞』でやつてる二、三行の印象的短詩は、一つの新詩形としても注目に價する」（前出「日本詩人九月號月旦」）と述べたことがあるが、同じ欄で、音律上からみると最近の詩作品は実にひどいものが多く、「ローマ字に書き換へてみるならば」耐えられないだろうと述べている。その原因は「漢語の乱用」と「本來リズミカルの文學たる詩を視覺上のものに換へんとする變態的傾向の影響」と評している。加えて前掲のように作品を評された北川や安西が、脳天気に喜んでいたとは考えられず、さらに自分たちの詩を「新しい象徴詩」（前出、富田「新しい象徴詩に就いて」）として追求していくことになったのである。

一九二七年六月、通巻二八号をもって『青空』は休刊（事実上廃刊）する。他同人の多くは『文藝都市』へ参加したが、北川と三好達治は『亞』の同人となる。

梶井基次郎が結核にて喀血し、湯ケ島へ転地療養のため空いた部屋に北川が転居し、三好と同宿生活に入ったのは一九二七年一月のことであり、北川の『青空』同人加入は三好より遅い一九二六年一二月号からである。三好の詩作意識における北川からの影響は大きかったらしく、以後一定の期間、文学上の行動をともにすることになる。北川の再加入、三好の新加入によって華やかさを増した

『亞』であったが、五ヶ月後には『亞』も終刊を迎えることになる。二人は三四、三五号と、二号のみの同人加入であった。『亞』終刊後、北川は尾形以外の同人たちと『詩と詩論』の創刊同人となる。

創刊号掲載の詩作品は、ほとんどの同人の作品が他誌からの再録作品であったが、後に春山が展開していく理論の原動力となる作品が掲載されていく。最初に衝撃を齎したのは、北川によって日本で初めて翻訳された、アンドレ・ブルトン「超現実主義宣言書」であった。その影響色濃厚なシュルレアリスムを作詩原理とする「J・N」の筆名を用いる西脇順三郎（本人曰くシュールナチュラリズム、筆者註）や瀧口修造、ノイエザハリヒカイトを創作原理とする村野四郎などが代表的同人たちである。今日の日本の現代詩は、この『詩と詩論』グループの運動を通して一側面を形成したと言えるため、『詩と詩論』の刊行はまさに「事件」として語られるべき出来事であった。

この『詩と詩論』で、北川は「新散文詩への道——新しい詩と詩人」（第三冊）を発表し、「新散文詩」を提唱した。この「新散文詩への道」は、短文に順次ナンバーを打ったものである。


今日の詩人は、もはや、斷じて魂の記録者ではない。また感情の流露者ではない。

彼は、尖鋭な頭腦によって、散在せる無數の言葉を周密に、撰擇し、整理して一個の優れた構成物を築くところの技師である。(10)


新しい詩の構成法がきびしく追求されれば、追求されるほど、無闇に行をかへ、聯を切ることの必然性が失はれてくる。そして外觀は、散文と殆んど異らないものとなる。こゝに眞の自由詩

への道の鍵が藏はれてゐるのである。(12)

だが、「新散文詩運動」を「詩の散文化」と見るのは當らない。それは、あまりにも言葉の「音樂」を尊重しすぎた過去詩人の考へ方である。舊韻文學に毒された舊サンボリズムの見方に過ぎない。そもそも日本の詩に「音樂」を要求するのは無意義である。日本語といふものは、フランス語のやうな音樂的な言葉ではないからだ。日本の詩はすみやかに言葉の音樂に諦めをつけ、言葉の結合の生む「メカニスム」の力に、その本然の姿を見なければならぬ。(16)

これらの提言は、春山の「主知主義」と相俟って主張されている。「言葉の結合の生む『メカニスム』の力に、その本然の姿を見」るなど、詩における構築性を重要視していることがわかる。北川は、春山ほど露骨に名指しこそしなかったが、「日本の詩に『音樂』を要求するのは無意義」と主張することは、明らかに詩の音楽性を重視する朔太郎の否定を意味していた。北川と春山は『詩と詩論』の創刊時は同じ軌道にあったのである。

一九三〇年六月、第七冊を刊行したところで北川は『詩と詩論』から身を引き、神原泰、三好、瀧口らと詩誌『詩・現實』を創刊する。後に北川自身は「『詩と詩論』における衒学的な詩学の偏重。現実から遊離している白痴派の跋扈への反発」(『時間』一九五四・四)とその理由を述べている。三好と瀧口という二人の元『亞』同人は『詩・現實』へ参加するが、安西は『詩と詩論』に残留する。この事が原因で、北川と安西はその後長い間一切の交際を絶つことになる。

『詩・現實』は一九三〇年六月から翌年六月まで、一年間で通算五冊刊行された季刊雑誌である。主宰者の北川は、執筆者に三好をはじめ、淀野隆三、梶井基次郎、飯島正らの旧『青空』の「麻布派」(中谷孝雄の言、筆者註)のグループを迎え入れている。この他に伊藤整や堀辰雄も同誌に翻訳や作品を発表している。創刊号の「編集後記」には次のような宣言文が掲載された。

我々は現實に觀なければならぬ。藝術のみが現實よりの遊離に於いて存在し得るといふのは、一つの幻想に過ぎない。現實に觀よ、そして創造せよ。――これが、我々現代の藝術に關與する者のスローガンであらねばならない。

×

現實は、しからば如何にして把握されるか。この問題に就いての回答は、「詩・現實」の寄稿諸家が夫々それを示すであらう。(略)

「詩・現實」の「詩」は所謂ポエムを意味しない。それは藝術といふ意味に解すべきだ。世界各國の文化藝術が一聯の關係に立つと同樣、我々の藝術の各部門は相互に相關々係に立つ。それら各部門のあらゆる交流と衝激、これが、我々の藝術各部門をして夫々益々獨自の境地に向はしめる。

×

「詩・現實」はかゝる立場に立つて出發する。

執筆者は「『詩・現實』編集部」とされているが、文章から北川の筆と考えられる。「尖鋭な頭脳によって、散在せる無數の言葉を周密に、撰擇し、整理して一個の優れた構成物を築くところの技師である」(「新散文詩の道」)はずの詩人は、九ヶ月ほど後には現実を芸術と融合させる存在へと変貌する。創刊号には神原泰「超現實主義の没落」、飯島正「超現實主義文學の位置」が掲載されている。『詩と詩論』から分裂した直後であるためか、政治的立場からのシュルレアリスム批判が前面に押し出されている編集になっている。『詩・現實』は伊藤信吉、森山啓、橋本英吉などプロレタリア文学系の詩人、評論家も加わることで現実批判の色彩を濃くし、左翼芸術に留まらず政治的前衛へとその色を変化していく。[*6] 日本プロレタリア作家同盟の財務係を手伝っていた平林英子も「当時は文化人たちの中に、左翼思想に走る者が多くて、それは一種の流行の感があったが、淀野さんもその頃、プロレタリア科学研究会とかいうのに入っていて、その方へも顔を出したり、『青空』同人の北川冬彦さんと、『詩・現実』という雑誌を出したりしていた」(『青空の人たち』皆美社、一九六九・一二　一四四頁)と記憶していることからも、労働者階級の「現実」を描き出すことに主眼が置かれていた。

『詩・現實』は第五冊をもって比較的短命に終わった。雑誌の中心人物であった北川と淀野隆三がプロレタリア作家同盟に加入したことで、雑誌の左傾化に危惧した発行所である武蔵野書院の方針だった。[*7] だが実際に『詩・現實』を見ると、決して左傾化を推進していた雑誌とは言えない一面がある。前述のように、創刊時は反シュルリアリスム的評論が多数を占めており、田邊耕一郎「プロレタリア詩當面の諸問題」(第二冊〜第四冊の連載)、神原泰「機械は何が故に我々プロレタリアートにのみとって美しいか?」(第三冊〜第五冊の連載)や井上良雄「知識階級文學に於ける知性の問題」(第五冊)など、現実認識の問題を文学的に論じており、あくまで文学的左派としての論述と言える。さらに第四冊には朔太郎が「叙情詩七篇」と題して詩作品を発表し、第五冊には「詩についての小エッセイ」が掲載されている。

作曲の為ではなく、詩それ自身の持つ音樂の魅力にひかれて、民衆が不斷に愛吟するやうな詩歌——例へば我が國で、百人一首や古今集の戀歌のやうな——は、概して皆疑ひもなく名詩であり、しかも第一流の名詩である。(略)民衆の欲するものは、常に「讀む」よりは「視る」ものであり、視るよりは「聽く」ものである。それ故に韻文と音樂とは民衆への藝術として、最も大きな普遍性を有して居る。(「詩についての小エッセイ」)

これは朔太郎の詩論として、『詩の原理』から一貫した「音樂性」重視の主張である。北川が「新散文詩への道」において、「そもそも日本の詩に『音樂』を要求するのは無意義である」との宣言をしていたことは、当時の詩人たちにとって記憶に新しかったはずである。『詩・現實』創刊の数ヶ月前に、北川は詩の音楽性を重視する朔太郎を否定していた。この「新散文詩の道」によって、革新的なアヴァンギャルド詩人として認識されたはずの北川が、否定したはずの朔太郎の抒情的な作品を七篇も、さらに自ら反論したはずの「詩においては音楽性が重要である」という内容の詩論をも掲載しているのである。朔太郎の『詩・現實』への寄稿は、弟子である三好を通しての依頼、あるいは慫慂であったと考えられる。その三好に朔太郎の文章の掲載を依頼したのは当然主宰者の北川であろう。『詩と詩論』のシュルレアリスム偏重に対し異議を唱え、現実重視の立場から発足しながらも、刊行を続けていく上での方向性の曖昧さが『詩・現實』には存在していた。発行元の武蔵野書院との関係もあろうが、雑誌の性格として一般読者に印象付けられている左翼性を薄めるかのように、朔太郎の他、第二冊には高村光太郎「のつぽの奴は黙つてゐる」や室生犀星「夕映」も掲載されており、「新散文詩」を実践するためには否定すべきはずの詩人たちの作品も掲載しなければならなかったのである。加えて、「小児的好奇心の発露であって単なる遊戯に過ぎない」（前出「新散文詩への道」）と酷評したはずの萩原恭次郎の作品も掲載されている。このことからもわかるように、『詩・現實』は単にイデオロギーの問題として回収され得ないような方向性も含まれていた。

同時期、『時間』が創刊される。[*8] 一九三〇年四月から翌年六月までの詩誌であり、終刊は『詩・現實』と同時である。北川は後に『時間』終刊の理由も『詩・現實』と同様に、自身がプロレタリア作家同盟に加入していたため他の人に迷惑の掛からぬようにした、と述べている。

このように見てくると、北川は絶えず何かの同人誌に参加していたことがわかる。どの雑誌においても中心的な存在であり、北川自身の親分肌の資質にもよるのだろうが、その影響力はかなりのものであったろう。その悪しき例が戦後の「H氏賞事件」[*9] に噴出するのであるが、北川の詩誌変遷は、詩壇におけるカリスマ性が形成されていくその歴史を辿っていくような感すらある。

3　象徴詩について

北川が『検温器と花』の後記で述べている、「『表現の單純化的欲求として必然的に詩型を短化してきた詩』と『所謂短詩のための短詩』との間には裁然たる別がある筈である。私は私の詩を所謂『短詩』とは考へない」との提言は、安西が述べる「藝術の上に於ける區別單純さは、複雑さ極まっての單純さでなければならない。稚拙は拙劣ではない」（前出「稚拙感と詩の原始復歸に就いて」）という提言とも当然関わるものである。北川は海をモチーフにした作品を作ろうと、表現を凝縮して行ったところ「ああ、海」でいいのはないかと言ったことがあったが、そのような表現は稚拙に見えるが、まさに極まった稚拙さと拙劣とは異なるのだとの提言なのである。

ここで『亞』創刊同人である富田「新しい象徴詩に就いて」を思い出してみよう。「詩は端的な言葉で表現しなければならない。特に象徴詩に於てはそれを生命とする」、「詩の價値は創造することにある。創造は想像によつてのみ生れる。それは暗示になつて現はれる」との共通理解によって、『亞』においては「新しい象徴詩」への意識が創刊時に提示されていた。北川もこの「象徴」との語について「夏目さんに『象徴とは、本來、空の不可思議を目に見、耳に聞くための方便である』といふ言葉がある。象徴の本體をつかんで餘すところがないと思ふ」（前出、「後記」『検温器と花』）と述べていることからも、「象徴」との理念は創刊同人に共有されていた。それを安西は「稚拙感」と言い、北川は「詩型を短化してきた詩」と言い、富田は「新しい象徴詩」と言い表わしたのである。この立場からの詩の構築が、特に『亞』の短詩の狙う所であった。

新しい意味での叙事詩は福田正夫君によつて創始されたが、叙事詩の領域の開拓を待つべきである。同君の諸作の喜ばれるのは、その基調が抒情小曲風であるからで、却つて社會性を帯びた第二作「戀の彷徨者」が餘り讀者に喜ばれないやうでは心細い。

併し何と言つても、叙事詩には讀者を多く得る力があり、詩が社會に浸潤してゆく第一歩として、かの藝術的な長篇小説にも匹敵し得るものと思ふ。その意味から長篇叙事詩は讀者に迎合するといふ氣持よりも、純藝術的な立場を保持せねばならない。（白鳥省吾「詩壇近時」『日本詩人』一九二五・九）

民衆派の白鳥は右のように述べ、福田正夫の書くような叙事詩が多くの読者を得、社会に浸潤するものと捉えている。続けて「私は嘗て散文詩の要素として次の三つを挙げた。一、詩の韻律を有すること　二、一つの焦點を有すること　三、あまり長くないこと」と過去に述べた散文詩の定義をも披露している。

白鳥が記すような詩を、『亞』同人たちは撲滅するべきものとして理解していた。提示されている散文詩の条件として、具体的に理解出来るものはない。「詩の韻律」とは朔太郎の述べる音楽性と同一のものなのか、「あまり長くない」とはどの程度の長さを指しているのかなど疑問が生ずる。そのような曖昧さや冗漫さは、北川らが試みた出来る限り余分な言葉を削ぎ落とし、最後に残った言葉で詩を構成していくという、構成されるべき言葉一つ一つによってどれだけ感覚的にイメージを膨張させうるかを極限まで意識した詩人たちには、怠慢としか感じられなかったのである。

春山は「日本近代象徴主義詩の終焉」（『詩と詩論』第一冊）において次のように記述する。

何故かくも象徴主義詩人が少いかといふことに疑をはさむひとは、僅か今を去る七八年まへ、詩壇を雑草のやうに襲つたとまで批評家をして慨嘆せしめた民衆詩が、その本質か或ひはその擬態に於て、今日幾人の支持者を見出すことが可能であるかに就て考へて見給へ！

春山は日本近代詩の「Ｅｇｏ」から「Ｃｕｂｉ」、主観から客観、また内容主義から様式主義への「高次的な流動的現象」への必然を説いた。その時春山はポエジイ、自由詩を芸術派・象徴詩と人生派・民衆詩と大別し、さらに芸術派を分離派と純粋詩派、ダダイズムと象徴派とに分別し、ダダイズム・象徴派を過去派、「Ｅｇｏ」に属するものとして斥けている。これらの分類に拠れば、北川や安西を春山は掬い上げることが出来るのである。「象徴」との語によって、春山との共通理解を保持し得たと考えた『亞』同人たちは、終刊後『詩と詩論』へと参加していくのである。

『亞』では、伝統的言語への考察、反逆ではなく、構成と構造化に腐心した。そしてその試みは遊戯化と見なされるほど寓話性を含んでいった。この時北川は「散文詩型」へ移行を目指すことによって『亞』特有の寓話性を回避しようとした。『亞』終刊時、「主知主義」標榜の下に行われた象徴詩は、北川にとっては「衒学的な詩学の偏重、現実から遊離している白痴派」と映るようになり、現実直視の姿勢を取るようになる。だが北川自身はあれほど書いていた詩論を『詩・現實』には一つも発表していない。[*10]北川自身がプロレタリア作家同盟に参加したことで詩論が書けなくなったと述べているが(前出「インタビュー北川冬彦氏に聞く」)、詩作品として「あちらへ——」(第一冊)、「汗」(第二冊)、「冬」(第三冊)、「河」(第五冊)[*11]があるのみである。

『亞』と『面』における短詩運動は反民衆詩として、『詩と詩論』での新散文詩の提唱は反韻律、反抒情として、『詩・現實』での現実直視の提唱は反超現実主義として述べられてきたように、北川にとっての内面の西洋化とは、状況の変化による対立概念と、その背景となる芸術思潮や政治的イデオロギーの翻訳により理論化されたもの、と言える。それが北川においては即芸術表現に繋っていくのである。

●

A M. Yokomitsu Riichi

深夜の街の煙突は、歪みながら横ざまに螺線型の白烟をくるくるくると吐いてゐた。わたしがぶるると慄へると、蒼白い鋪道の上につややかな鶏卵が一個、月光を浴びてかーんと冴えかへつ《ママ》てゐた。わたしは蹣跚めき、音もなく路地に消えた。朝、物干臺が廢船のやうに竝んで見える街裏の空地で、打ち斃れたわたしの懷から雛《ヒヨコ》が一匹、紙を蹴破る

やうに飛び出した。雛《ヒヨコ》。雛《ヒヨコ》。雛《ヒヨコ》、は折から街の脊にせり上つ《ママ》
た朱い顔目掛けて、ピキピキと啼きながら一散に驅つて行つ《ママ》
た。

（『亞』三五号）

冬

軌道は、ほんの昨日敷いたばかりだ。
こんなこちこちの土砂の築堤の上では枕木は落ちついちやゐない。
ボールドの締め損つたところのあらう、
犬釘の狂ひなんかも。
それに氣溫がこれ以下ると機關車の油は凍つてまるで砂利石だ。
がちがち音がする。
横つ面を張らうが、ピストンの動かうわけはないんだ！

（『詩・現實』第三冊）

『亞』最終号と『詩・現實』に発表された作品である。並べてみると作品の質の違いが明確である。「●」は当時提唱していた「新散文詩」の実践と目されるような散文詩型で、シュルレアリスム要素を含み、月光に照らされた、冴え渡る空気のなかに数匹のヒヨコが飛び出し、声が響いているという作品世界は、ジョルジュ・デ・キリコの絵画をイメージさせる。一方「冬」はプロレタリア詩と言え、当時北川の提唱していた「現実主義」の実践作品である。満洲における鉄道敷設作業が描き出された作品であるが、社会主義イデオロギーに触れつつ、翻訳により西洋化された北川の心性は、満洲とい

う場において芸術至上主義という名の下に秘めた政治性、反植民地主義的姿勢を垣間見せている。「五族協和」「王道楽土」の地であるはずの満洲には、日本が誇る半官半民の満鉄がある。前掲の詩は決して体制に同調するものとは言えない。そのためアヴァンギャルドの姿勢は、逆に反体制たろうとする政治性を浮かび上がらせてしまう。

北川は自身の詩論に則って創作を行っている。その詩論（理論）が時期によって推移しているために一貫性を保持し得ないように見えるが、短詩運動、新散文詩、現実主義と、提唱ごとに対立する理論を持ち得た北川にとっての共通項は、詩作上の芸術至上主義的な姿勢であり、詩を書き続けたことであろう。

安西の場合、政治的社会的主題を正面から取り上げ創作することはない。抜き差しならない状況に時代が進んでいったとき、『亜細亜の鹹湖』（ボン書店、一九三三・六）に見られるように、夢想の「アジア」を描き出していった。一方北川の場合、現実直視と詩を書くこととの溝を埋めることが出来なくなったと言えよう。そのことを認めざるを得ないと判断したときの北川の葛藤が、この時期の作品の根底にある。

『詩・現實』という雑誌続刊のため、自身が否定したはずの詩や詩論をも掲載し、イデオロギー臭を消そうとした程「現実的」であった北川は、満洲という「地政学的前衛」の場で、そのことに苦しみ、アヴァンギャルドの姿勢を保ちながら、芸術のための政治たり得る作品を作ることに腐心したのである。あくまで詩をつくり芸術と現実との融合を試みていくことが、北川が『亞』から引き継いで取り組み続けた課題であった。

四章　三好達治

1　『亞』同人前後

三好達治が『亞』に同人として参加するのは三三号（一九二七・七）からである。安西冬衛はそのあとがきに次のように記している。

きのふはもう秋を胎んだ雲を見た、北の空に。
北川冬彦、三好達治の両君が新に同人になられた。

あっさりとした記述であるが、三好が単独で同人に加わったのではない事がわかる。この三三号に三好の掲載作品はない。『亞』三二号（一九二七・六）には北川と共訳で「ポオル・エリュアールの詩——現代佛蘭西詩抄——」の掲載があるが、三好自身の作品掲載は三四号、三五号の二回のみであった。

萩原朔太郎の弟子であり、『四季』同人として日本の風景を詠い、抒情詩人として世間に認知され

ている三好が、モダニズム要素の強い詩誌『亞』に参加したのは何故なのであろうか。また『亞』に参加したことは三好にとって如何なる意味があったのだろうか。

三好には三度の海外経験がある。はじめは一九二〇年、二〇歳の時、北朝鮮会寧にて士官候補生として軍隊生活を送った時期。同年四月に工兵第一九大隊に赴任し、九月に帰国して陸士本科生となる。二度目は一九三七年、三七歳の時、『改造』と『文藝』の特派員として上海に渡航している。現地ルポルタージュ「上海雑感」を『改造』一九三七年一一、一二月号に掲載している。『文藝』に「霖雨泥濘」を、『改造』には上海雑感追記「半宵雑記」を、ともに翌年一月号に掲載した。三度目は一九四〇年九月から二ヶ月に及ぶ朝鮮旅行である。「朝鮮にて」(『文學界』一九四〇・一二)を初めとして「京城博覧會にて」(同・一二)「金東煥氏」(同一九四一・二)などのエッセイは旅中に書かれたものだが、五回の連載になる「漂白の詩人金笠に就て」は、半年後の四月から『文學界』誌上に連載された労作である。詩作はやはり『文學界』一九四一年一月号の「丘上吟——扶餘迎月殿趾にて」、「路傍吟——慶州四天王寺趾にて」がある。「冬の日——慶州佛國寺畔にて」は同誌の翌年八月号に発表された作品であり、[*1]この作品が中心となり第六詩集『一點鐘』(創元社、一九四一・一〇)が上梓される。

三好の海外経験は右の通り朝鮮半島と上海のみであり、関東州・大連の地には降り立っていない。安西や瀧口と座を囲んで詩について、あるいは『亞』刊行について語り合う、といったことが行われた訳ではない。三好の初期詩作品において、『青空』同人たち、特に梶井基次郎や丸山薫、北川などとの交遊による影響があったことは間違いなく、同時期の三好の交友関係を考慮すると、『亞』同人たちと実際に会っていないことは記憶しておく必要があるだろう。安西と瀧口を知ったのは、あくまで『亞』誌上に掲載されていた詩作品によってであった。

2　三高の卒業生であるということ

三好は陸軍士官学校を二一歳で中退の後、京都の第三高等学校、さらに東京帝国大学文学部仏文科へと進学することでフランス文学への理解を深めていく。三高時代の同学年には丸山薫、淀野隆三がおり、上級生には梶井基次郎、外村繁、中谷孝雄らがいた。後の『青空』の同人たちである。東京帝大仏文科の同級生には小林秀雄、中島健蔵、今日出海らがいた。同年国文科には堀辰雄がおり、仏文科の授業を聴講していたため相知ることになる。一九二五年一月に『青空』は創刊される。創刊号では梶井の掲載作「檸檬」が格別の評判となった。三好は淀野隆三を介して、梶井に同人加入を勧められるも、この時は応じなかった。三好が『青空』同人となるのは翌年六月号からであり、創刊から一年三ヶ月後である。同人となった六月号に三好は「詩五篇」と題し、「玻璃盤の嬰兒」（後に「玻璃盤の胎兒」と改題、筆者註）「祖母」「短唱」「魚」「乳母車」を発表する。加えて「同人印象記」として「友なる淺沼」が掲載された。[*2] この時「乳母車」が百田宗治の激賞を受ける。詩壇に名を知られている詩人から作品を認められたことが創作の契機となったのか、三好は後に続々と作品を発表していく。「甃のうへ」は『青空』一九二六年七月号、「雪」は『青空』一九二七年三月号と、現在も三好の代表作品とされ、国語教科書にも収録されるよ

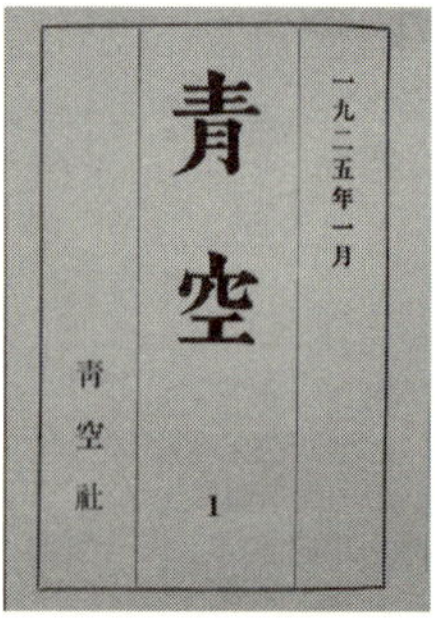

うな有名作品は『青空』に掲載されている。後書きや「青空語」欄（詩作品ではなく、他同人や自身の近時片々を載せるエッセイ欄、筆者註）での記述、「青空合評会」（一九二七・五）での発言など、この時期の三好は完全に『青空』の一員として活躍している。一九二七年六月、通巻二八号をもって『青空』は休刊する。他同人の多くは『文藝都市』へ参加したが、三好は『亞』の同人となる。

麻布で梶井君と同居してゐた家へ、梶井が去つた後に北川冬彦君が移つてきて、僕は彼と日常を共にした。雑誌『亞』が終刊に近づいた頃だつたと思ふ。僕はその頃詩を書いてゐたのだが詩人の友達など少しもなく、彼は珍らしい異例であつた。従つて彼からいろんな刺激をうけ、鞭撻されるところも多かつた。（略）彼を介して瀧口武士君や安西冬衛君などと友情を訂しえたのも、僕の喜びとするところである。（「交友録」『詩神』一九三〇・九）

北川の仲介で雑誌『亞』に私も仲間に加はつたのは、古くから出てゐたその雑誌の終刊間際の暫くであつた。安西冬衛君、瀧口武士君らが仲間であつて、尾形亀之助君なども私と前後して仲間に加はつたかと記憶する。（「文學的青春傳」『群像』一九五〇・五）

三好は右のように記述しているが、実際に尾形亀之助が『亞』に同人として参加するのは一九二六年一〇月の『亞』二四号からであり、三好より九ヶ月ほど前のことである。梶井基次郎が結核で喀血し、転地療養の後、空いた部屋に北川が転居し、三好と同宿生活に入ったのは一九二七年一月のことである。三好の詩作意識における北川からの影響は大きかったらしく、三好の『亞』への参加は、『青空』の終刊という時期的な要素に加え、北川とともに行動した結果であった。[*3]

3 『亞』から『詩と詩論』、『詩・現實』へ

前述したように、『亞』に掲載された三好自身の作品は三四、三五号のみである。三五号で終刊を迎える『亞』にとって、有終の美を飾ることになったと言ってよい。三四号には「庭」（同題名で二篇）、「新秋の記」の三篇が、三五号には「夜」「しゆしようとまん」「秋夜弄筆」が掲載された。この内「庭」二篇と「夜」は『測量船』（第一書房、一九三〇・一二）に収録されているが[*4]、ともに行分けを廃した「新散文詩」である。北川が「FRAGMENT」（前出）において「私は、私の道を『散文詩型』へと轉向した」と述べている通り、北川と三好は『亞』に行分けの少ない「散文詩型」の作品を発表している。

『亞』三四号掲載の「新秋の記」は、『三好達治全集』第一巻（筑摩書房、一九六四・一〇）において初めて収録された、次のような作品である。

私はもうハーモニカを嚙むよりも唐玉蜀を嚙ぢるのを喜ぶ年になつた。皿の上にはもう一つ、そのつぶつぶに空が映つてゐる。私の晝寢を驚かした少女よ、なんとこの南蠻のかたくてうまいことか。私はあなたに感謝する。私はあなたに一つの噺をきかせよう。

唐玉蜀が云ひました。

お月さま、きりぎりすが卵を好きだつたのです。昨夜きりぎりすが卵に云つたことを、お月さま、秋もこんなに日数が重つてくるし、私はあなたにうちあけませう。草の葉に隠れるきりぎりすよりも、私の脊丈のやうに、私は自尊心が高いのです。私は卵よりもどんなに澤山あなたの方を好きでせう——。

月が云ひました。

私はあなたからこんなに遠いところにゐる。それにあなたの運命は、明日になれば莖からあなたを折りとるでせう。私よりずつとずつとあなたの近くにゐる、一人の男が顔に蝿をとまらせて晝寝をしてゐる頃に——


この作品は『亞』では本編作品欄ではなく、黒線枠に囲まれた別コーナーのような扱いで、安西の「向日葵はもう黒い彈藥《たまぐすり》」とともに掲載された。本編作品とは違った、芸術性は維持しながらも軽やかさを加えたような雰囲気が漂っている。少女が登場することにより、童話的な甘やかな異国情緒を感じさせる作品になっている。「南蠻」という品種の唐玉蜀を食べながらの昼寝、空に浮かぶ月を配することにより、作品の空間は一気に拡がりを持ち、大陸的な雰囲気を醸し出すことになる。これを大連で刊行されていた『亞』に発表することにより、一層作品の大陸的雰囲気は補強されることになる。『亞』三号で安西が「稚拙感」との語によって言い表した定義が、異国情緒あふれるメルヘンチックな雰囲気の作品を生み出したが、それに連なる作品と言えよう。
「しゅしようとまん」は『亞』三五号に掲載された、フランス語で「ささやき」の意の作品である。動物たちや無機物の、耳には聞こえない声を表した洒落た作品である。

しゅしようとまん

ジュール・ルナール先生に

岬

鵜——オモシロクナイナア……………。
鴉——……シロクナイナア………。

川

鶺鴒——川の石のみんなまるいのは、私の尾でたたいたためです。
河鹿——いいえ、私が遠くからころがしてきたためです。
石——だまれ、俺は昔からまるかつたんだ。

池

鯉——いくたびか鮒たむろする今朝の秋

鮒――――二三枚うろこ落して鯉の秋

嘶

駱駝――俺はそんなちつちやな孔をとほらなけや天國へゆけないのかなあ。

針――――いいのよ、私がとほつ《ママ》たと云つ《ママ》てあげるわ。

「ジュール・ルナール先生に」との献辞が付加されている事からもわかるように、『博物誌』の影響が想起される作品である。安西や北川もルナールの『博物誌』を読んだ衝撃の大きさを述べていることからも、特にこの作品の発表媒体として『亞』を選択したと思われる。『定本三好達治全詩集』（筑摩書房、一九六二・三）収録時は右の献辞は削除され、新たに「囁き」の題名が付された。さらに三好には次のような作品もある。

春

Ⅰ

鶯鳥。澤山いつしよにゐるので、自分を見失はないために鳴いてゐます。

Ⅱ

蜥蜴。――――どの石の上にのつてみても、私の腹は冷たい。

（『青空』一九二七・六）*5

鶺鴒
黄葉《もみぢ》して　日に日に山が明るくなる
谿川は　それだけ緑りを押し流す
白いひと組　黄色いひと組　鶺鴒《せきれい》が私に告げる
「この川の石がみんなまるいのは　私の尻尾で敲《たた》いたからよ」

（『南窗集』椎の木社、一九三二・八　収録）

これらの作品が「しゆしようとまん」と同じ創作意識から作られていることは明らかである。だがそれぞれの作品の長さ、形式は異なっており、三好の作品に対する実験性を垣間見ることが出来る。同時期、三好はファーブル『昆虫記』の翻訳も行っており、ルナールに限らず、生物に対する観察眼と詩的表現に触れていた結果の作品と言えよう。

『亞』終刊後、三好は他の『亞』同人たちと同様に『詩と詩論』創刊同人となる。この『詩と詩論』において、三好は詩人としての最初の結実を見たと言えよう。それは『測量船』収録作品の多くが『詩と詩論』掲載作であり、この時期の詩業が現在でもその評価対象とされ、『詩と詩論』を拠点とした現代詩の革新者の一人として、日本文学史にその足跡を残すことになるからである。三好は創刊号に「草の上」「公園」「燕」三篇の詩作品とエッセイ「ポオル・ヴェルレーヌに就て（一）」（第二冊と連載）、第二冊には「ポオル・ゼラルディ詩抄」翻訳詩三篇を、第三冊にはボードレールの散文詩「巴里の憂鬱」の抄訳と「Petites chose《ママ》」「鹿」「晝」などの詩作品七篇を発表。続いて第四冊には「Enfance finie」を、第五冊には「アヴェ・マリア」を、第六冊には「雉」「落葉」「僕は」「林」「日記」「鴉」「鳥語」の七篇を発表する。それだけではなく書評やフランス現代詩人・ジョルジュ・ガボリィの紹介文など、自身の作品や翻訳に留まらず、毎号旺盛な執筆力を見せている。

雉

安西冬衛君に

山腹に朴の幹が白い。萱原に鴉の群が下りてゐる。鴉が私を見た。私は遠い山の、電柱の列が細く越えてゐるのを眺めた。私は山襞に隠れていつた。

道は川に沿ひ、翳り易い日向に、鶺鴒が淡い黄色を流してとぶ。

枯葉に音をたてる赤棟蛇《やまかゞし》の、心ままなる行衛。

夕暮れに私は雉を買つた。夜になつて、川を眺める窓を閉ざした。私は酒を酌んだ。水の音が窓から遠ざかつていつた。

食膳の朱塗りの上に、私は粒の散彈を落した。

この作品は『測量船』には「菊」と並んで収録されている。「雉」には「安西冬衛君に」、「菊」には「北川冬彦君に」との献辞が付され、[*6]ともに『亞』同人であった二人との関係の強さを印象づける。「雉」は、旅の一日を視覚的に精緻な感覚で捉えた一篇であり、このような感覚的詩法を駆使した象徴的作品こそが、三好にとっての安西から吸収したものだったのであろう。最終行の「粒の散彈」との語は、安西の「向日葵はもう黒い彈藥」を彷彿とさせる。だが「雉」を最後に作品発表は無く、三好は北川らとともに第七冊まで寄稿者として名をつらねた後、『詩・現實』へと分離していくのである。

世間では既に、ダダ的惡辣詩が衰退して、その後には、ただ空漠とした、廢墟のやうな哀れな詩壇が殘された。有力な私達の先輩詩人は、既に大方沈默して、それに代るべき新詩人は、未だいづれも無力だつた。

雜誌『詩と詩論』の發刊されたのは、このやうな時期であつた。私もそれに參加した。さうして間もなく脱退した。『詩と詩論』の功罪を、私はここで詳論してゐる暇はない。ただその功績の第一は詩歌を意識的のものとした、ともあれ意識的のものとした、一事。その罪惡の第一は、右の功績とはまことに奇妙な對照ながら、詩歌を浮華輕佻のものとした、輕薄無慙のものとした、一事。その二つを數へておくに止めよう。（三好「詩壇十年記」『若草』一九三七・五）

当時の三好にとって、『詩と詩論』への創刊同人としての参加は、文学的（芸術的）に最先端の理論を備えた集団へ加わることであり、詩人としての自負もあったに相違ない。だが「主知」なる定義のもとに散文詩へ挑戦していくことに対して一度は同意するも、三好の有する詩作意識は、当時の詩壇思潮を形成していた「主知」とは本来的に相容れないものであったと言えよう。そこには、師である萩原朔太郎への執拗なる批判に対する嫌気も存在したであろうが、過剰にブッキッシュな詩作品や翻訳的作品の横行、既成概念の破壊のための西洋思想信仰の偏重と現実乖離の意識が、三好には「詩歌を浮華輕佻のものとした、輕薄無慙のものとした」と映ったのである。

三好の『詩と詩論』からの離脱は、北川や神原泰らのように、明確に現実主義の認識に立って超現実主義文学批判をする、という文学観による離脱ではなかった。『詩・現實』が号を重ねるに従い、現実主義の色彩を深めコミュニスムとの接点を持っていくにつれ、三好の作品掲載は反比例して減少していく。この事からも三好の行動は、北川との友情に対する要素が強かったと考えられる。『詩・現實』への創刊からの参加は、以後の三好文学の分岐点となったのである。

『詩・現實』は左傾化された雑誌として認識されていたようである。しかし内容を見ると第四冊には朔太郎が「叙情詩七篇」と題して詩作品を発表している。その内の一篇が「●珈琲店醉月」である。

●珈琲店醉月

坂を登らんとして渇きに耐えず、
蒼浪として醉月の扉を開けば

浪藉たる店の中より
破れしレコードは鳴り響き
場末の煤ぼけたる電氣の影に
貧しき酒瓶の列を立てたり。
ああこの暗愁も久しいかな。
われ正に年老ひて家鄕なく
妻子離散して孤獨なり
いかんぞまた漂泊の悔を知らむ。
女等群がりて卓をかこみ
われの醉態を見て憐れみしが
たちまち罵りて財布を奪ひ
殘りなく錢を數へて盜み去れり。

喉が渇いたため場末のカフェに入り、一人で酒を飲み孤独を感じ、酔っぱらって居合わせた女性客に有り金を盗られた、との内容である。諧謔を弄し、自嘲的に自身をプロレタリアートの側に見立ててはいるものの、決してプロレタリア詩とは言えない、文語調の、モダニズム詩からかけ離れた作品である。さらには前述したように、「詩についての小エッセイ」(第五冊)も掲載されている。主宰者である北川が最も反対していたはずの詩論を掲載することで、雑誌継続を図らざるを得ないような状況が『詩・現實』には存在していたのである。

三好は『詩・現實』に詩作品「獅子」(第一冊)と、フランシス・ジャムの訳詩(第一冊、第二冊)と書評を三度(第二冊・竹村俊郎詩集『十三月』、第三冊・谷川徹三『生活・哲學・藝術』、第四冊・川端康成『花ある寫眞』)執筆しただけであり、その活動は『詩と詩論』での活発さに比べると、比較にならないほど消極的であった。雑誌の傾向が自身の文学理念とかけ離れたものであったためであろう。三好は本質的にプロレタリア文学に馴染むことが出来なかったのである。朔太郎の『詩・現實』への寄稿は、三好を通しての依頼、あるいは慫慂であったと考えられる。以前否定したはずの理論をも掲載しなければ続けることが出来ないような雑誌に対しての、三好の心中は想像に難くない。『詩と詩論』も『詩・現實』も、実社会に対する変革意識からスタートしていることは共通していた。その方法として『詩と詩論』はシュルレアリスムを、『詩・現實』は現実主義を選択した。しかし三好にとってその変革意識は、ともに相容れないものであったのである。

以後三好は、堀辰雄、丸山薫と『四季』を共同編集にて創刊するまで『作品』『詩神』『セルパン』に幾つか作品を発表しただけで、同人誌に拠ることはしなかった。一九三三年五月、堀辰雄は季刊『四季』を創刊する。その第二冊に詩作品を発表することによって、所謂「四季派」の詩人・三好達治像が形作られていくことになるのである。

4　四行詩での試み

三好の処女詩集『測量船』は一九三〇年一二月、「今日の詩人叢書」第二巻として第一書房より刊行された。収録作の大体は発表年順に並べられており、収録作品から判断して、『詩・現實』への参加までの期間を三好の文学活動における一区切りと考えてよい。さらに第二詩集『南窗集』は一九三二年八月、椎の木社より刊行される。この詩集は、以後の一定期間、三好が書き続ける四行詩の第一冊目であり、収録作品は全て四行詩である。このように収録作品の明白な詩型変化が行われていることからも、『測量船』とそれ以降の時期の詩作品の間には、確実に三好の詩作に対する意識の隔絶があると判断出来る。

さらに『測量船』は一九四七年一月、拾遺として一五篇を新たに収録し、南北書園より再刊されている。初刊の第一書房版にはあとがきは無いが、再刊の南北書園版には次のようなあとがきも加わっている。

――そしてこの機會に、『測量船』をまとめた當時、自分の考へから集中に省いて入れなかつた當時の作品十數篇を、今度は拾遺として卷末に加へることにした。今日から見ると、當時の自分の考へなるものが、たいして意味のあるものと思へなくなつたからである。（略）

今度の編纂では、一二辭句の明らかな誤謬――當時の無智や不注意からをかしたものを訂正した外、また數箇の誤植を正しておいた外、作品に手を加へることはしなかつた。過去の私を訂正することは、この書中に於てではなく、當然他の場處に於て私のなさなければならない仕事と考へるからである。

この南北書園版『測量船』に拾遺として収録された一五篇の初出は、『青空』一三篇、『詩と詩論』二篇であり、三好自身の述べている「當時」とは『青空』同人期であったことがわかる。一九二七年四月に行われた「椎の木座談会」[*7]は「主として短詩に就て」と題され、三好は次のように発言している。

三好　新しい詩及び新しい散文二つとも詩であると僕は思ひます。
丸山　一寸——つまり君は詩といふものをひろく見るのですか。詩が散文を包含してゐると見るのですか。
三好　新しいことそれがもう詩として待遇される資格を持つてゐると思ふ。
百田　君のいふ新しいといふのは、新しい感情或は新しい生活といふ意味ではないのですか。
三好　無論新しい表現にあるのです。

「新しい表現」を求める上での、三好の詩作を通しての模索が表現された発言である。一九二六年末から一九二七年初頭にかけて『椎の木』に発表された詩がある。「湖水」（一九二六・一一）、「渚」

「女」(同・一二)、「ボナパルト」「犬」(一九二七・一)など、いずれも長くても七、八行の作品である。

女

岬の病院へ行つて見よう
もうあの女の瞳には
蒼鷺が棲むでゐるかも知れない

ボナパルト

黄昏の食事を終つたボナパルトは
寂しい山路を散歩なさいます

皇帝センチメンタル・ボナパルトは
日記の文章をお考へです

眞白い犬も散歩いたします

右のような機知に富んだ洒落た作品であった。『青空』(一九二七・三)掲載の「雪」にもその評価は当てはまる。この時期の三好は、多くの雑誌に様々な形式の作品を発表している。それが「新しい表現」を追求していく上での「短詩」を経由した「新散文詩」への進行だったのである。

散文詩なる形式は、既に以前から存在した。それは姑く措くとするも、その頃私と相前後して、或は私よりも以前から、雑誌『亞』の同人、北川冬彦、安西冬衛、瀧口武士等の諸君の間に、やはり、「新散文詩」的作品が、既に產れてゐたのである。當時私は『亞』の同人諸君からは、刺戟や暗示をうけると共に、一種の不安も覺えてゐたが、とにかく彼らの作品には、特殊の興味を寄せてゐた。さうして私自身『靑空』の廢刊後北川君に薦められて、その同人に加入した。（前出「詩壇十年記」）

この文章には三好の詩作に対する試行錯誤が続いて記されている。そのような創作上の困難に加えて、現実上の困難も身近に存在していたようである。次の文章にはその内面の様子が色濃く表われている。

作品として、相當の評價を以て今日の私にうけとれるものは、殆ど集中に一篇も見當らない。私としては、これら過去はすつかり抹殺したい氣持が強いのである。（略）私がこれらの作品を書いた當時の詩壇は、今日からは到底想像もつかないやうなひどい混亂狀態に在つて、見識もなく才能も乏しい私のやうなものは、周圍の情勢にもつねに左右され、五里霧中でひきまはされたやうな感がなくもない。

南北書園版のあとがきはこのように続いており、創作上の苦悩というよりも、詩壇（文壇）的な身の振り方とでもいうような煩雑さが身近にあったことがうかがい知れる。第一書房版『測量船』収録作品数は三九篇であり、初出誌は『青空』『椎の木』『亞』『詩と詩論』『詩神』『信天翁』『文學』『詩・現實』『作品』、その他書き下ろしなどが四篇ある。*8 これだけの雑誌に作品を発表していることからも、当時の三好が幅広く詩壇的、文壇的な活動を行っていたことがわかる。まさに『測量船』との題名は、当時の三好が切り開こうとしていた表現形式と三好自身の今後の将来をも「測量」していたと言えよう。

安西が「稚拙感と詩の原始復歸に就いて」（前出）において、「稚拙は拙劣ではない」とピカソの絵画作品と幼児の描いた絵との違いを述べたように、三好も自身の作品に簡潔さを求めた。一つの作品に付加されていた要素を削っていくと究極的には一行詩のような「短詩」に行きつく。ここに安西への親近感を見出したのであろう。前述の「椎の木座談會」でも三好は『亞』について「この雑誌は大變好きなんです」と率直に発言している。しかし単純であること、簡潔であることの困難は相当のものであったろう。『亞』に感化された詩人たちは短詩風の作品を量産することになる。しかしそれは三好にとって、「稚拙」ではなく「拙劣」に属した作品群の襲来であった。ダダイズムに属する作品をまやかしのインパクト狙いの「惡辣詩」（「詩壇十年記」）、シュルレアリスムの自動記述を「文學的クロスワーズ」（『詩・現實』第四冊）と言い、師である朔太郎が主張する音楽性をも「卽ち最も肝要の點は、精確と明瞭の二點にあつて、詩語の音樂性が仮にもそれをまやかす如きは、排してこれを採らないのである」(「詩壇十年記」)と述べる三好にとって、「稚拙」であるところの短詩は、ピカソの絵画を例に挙げ説明されている通り、安西冬衛の天才によってのみ創作されると判断したのかもしれない。

三好の短詩作品として「雪」(「太郎を眠らせ、太郎の屋根に雪ふりつむ。／次郎を眠らせ、次郎の屋根に雪ふりつむ。」『青空』一九二七・三)を挙げることが出来る。この作品があまりに有名なため殆ど論じられることは無いが、『青空』掲載時にはもう一篇の同名「雪」なる二行詩が並列に掲載されていた。

雪

雪ふりつもり、足跡みなかげをもてり。
いそぎ給はで、雪はしづかにふみ給へ。

すでに降り積もっている雪道を、急ぎ歩く者への作者の心情が読み取れる。だが、しんしんと雪が降り積もっていくような限りなく続く静寂さや、降雪に閉じこめられることで逆に無限に開放される、といった空間的拡がりは感じられない。右の作品は、明らかに「太郎を眠らせ、(略)」の「雪」より見劣りがすると言わざるを得ない。瀧口が『亞』や詩集『園』掲載時に用いたような、同名の作品を並列に掲載することでのイメージの増幅作用も特に意識されているとは考えられない。三好の「太郎を眠らせ、(略)」の「雪」は「短詩」であることよりも、「対句」であることによって成功作と言えるのである。

三好の第二詩集となる『南窗集』は、前にも述べたが収録作品の全てが四行詩である。以後『閒花集』（四季社、一九三四・七）、『山果集』（同、一九三五・一二）と、三好の「四行詩時代」は続いているが、これは詩作への試行錯誤の結果に他ならない。『測量船』刊行以後、『山果集』刊行までの約一〇年間を四行という枷の中で詩作を行い続けるのである。

土

蟻が
蝶の羽をひいて行く
ああ
ヨットのやうだ

黑蟻

疾風が砂を動かす
行路難行路難　蟻は立ちどまり
蟻は草の根にしがみつく　疾風が蟻をころがす
轉がりながら　走りながら　蟻よ　君らが鐵亞鈴に見えてくる

（『南窗集』収録）

ともに蟻の動きを観察して描かれた機知に富んだ作品である。「土」は「ああ」との感嘆詞によって、「ヨットのやう」に感じている主体である作者自身と蟻との大きさの対比も行われている。「黒蟻」においては、作者は蟻を「鐵亞鈴」に見立てるウィットさを発揮している。だがそこには「一匹一匹が、3という数字に似ている。（略）3333333333……ああ、きりがない。」（前出『博物誌』）との作品が前提にあった。四行詩で試みたことを三好は次のように述べる。

詩人の胸裡に油然と湧き起る詩懐詩情を、詩人自らが反省して、その因つて來るところの機構環境と誘因機縁とを探究し、それを最も簡單に最も明瞭に書き留める――卽ち寫生することに依つて、一篇の詩を創作する。さうしてその作品をして、讀者の胸裡に、先に詩人の胸裡に油然と動いたものに等價のものを生ぜしめる。（前出「詩壇十年記」）

さらにここで過剰なる感傷性や音楽性が邪魔になるのであれば排除する、とする。前掲の作品例のように、四行でさえあれば字数に制限は無い。三好自身が「『南窗集』以下の短詩」（傍点筆者）と表現していることからも、四行詩は「短詩」との意識で試みられていた。しかし右に挙げた詩作意識を合わせ読んでみても、四行であることの絶対性を理解することは困難である。「機構環境と誘因機縁とを探究」云々と、難解な表現を使用しなければ自身の試みを言い表せない所に、三好の四行詩への試みの結果が表れていよう。三好が目指した詩は、萩原恭次郎のような奇抜なる視覚効果を狙うものでもなく、萩原朔太郎のような音楽性を重視する詩でもなく、西脇順三郎のように単語に観念を注入したようなものでもなく、伊藤整のように心理描写によって精神世界を描くものでもなかった。それは、簡潔な語句と表現により、詠むことによって読者の心を高める「韻律」を生かすことであった。三好の詩業を批判する際、その古典性が俎上に挙げられることがある。しかしそれは新たなる詩の模索による、文学的最先端の表現者であろうとしたことの証拠なのである。このことは、既成概念の破壊のための西欧信仰の偏重と判断した『詩と詩論』からの離脱と、イデオロギーのみに回収されない、幾方向にも指針が振り切れているような『詩・現實』での消極性にも繋がっている。アヴァンギャルドとして自身を規定しようと試みた時、日本語で詩作して行かねばならない苦難に対する鋭い自己省察があればこそ、逆説的に古典性が前衛性として転換され得るのである。三好が意図した「韻律」とは、単に音楽性に回収されるものではなく、内的韻律とでも言える、詠むことで共通の心的風景が想起されるような伝統の歴史化を含有するものであった。俳句、短歌という定型にのみ回収されることのない詩。だからこそ「短詩」を創作方法とした『亞』に、三好は殊更興味を持ったのである。だが、実際に『亞』に参加することで「刺戟や暗示をうけると共に、一種の不安も覺えてゐた」（前出「詩壇十年記」）と言う。「一種の不安」とは、短ければ詩に見えてしまう疑似的大量生産詩に対してであり、さらに自身のアヴァンギャルドとしての存在に対する懐疑であろう。本質的には抒情詩人であり、「韻律」を求めてしまうことに対してのアヴァンギャルドという存在。そこで三好は四行詩という枷を設け、一〇年もの間、執拗に詩作を続けるのである。四行という「短詩」への執着は、他の『亞』同人たちの作品形式の変化や詩人としての変遷を考え合わせると、三好こそが『亞』的な詩に対し、真摯に取り組んだ詩人と言えるのである。

一九三九年四月に創元選書第一三巻として、合本詩集『春の岬』が刊行される。この詩集は『測量船』に、以後の散文詩一〇篇を加えたものである。書名となった「春の岬」とは、『測量船』巻頭詩の題名である。

春の岬旅のをはりの鷗どり
浮きつつ遠くなりにけるかも

この変則的な短歌の題名を、四行詩時代を通過した後に『測量船』を丸々含んだ詩集に新たに冠したことは、『亞』に参加したことによって生まれた問いに対する、三好なりの回答であった。

五章　尾形亀之助

1　眠らせたい詩集

尾形亀之助は第二詩集『雨になる朝』（誠志堂書店、一九二九・五）に四八篇の詩を収録している。第二詩集であるから、処女詩集『色ガラスの街』刊行以後の詩作品を収録するはずであり、丁度『亞』同人期に重なっていることからも『亞』掲載作を収録することが通常であろう。

安西冬衛の処女詩集『軍艦茉莉』も、尾形の『雨になる朝』と同年の一九二九年刊行である。安西を一躍著名人に押し上げたこの詩集は、詩誌『亞』に掲載された作品を数多く収録している。また刊行年は異なるが、瀧口武士の処女詩集『園』も、収録作六六篇の大半が『亞』に掲載されたものである。安西、瀧口ともに『亞』の集大成として自身の詩集を刊行していることがわかる。一方、一年間ほどの同人期間があったにも関わらず、尾形は『雨になる朝』に『亞』掲載作を四篇しか収録しなかった。

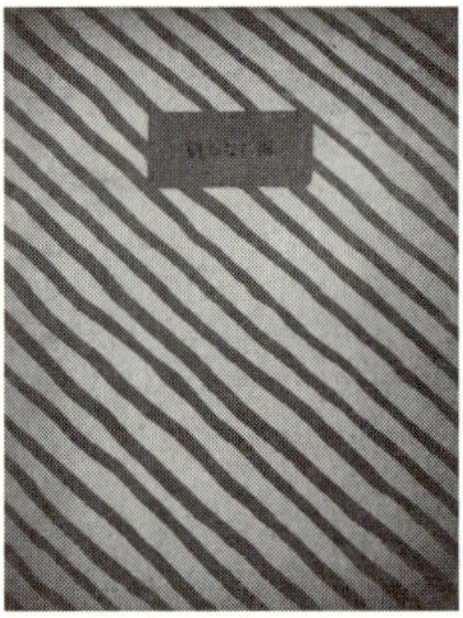

尾形が『亞』に同人として参加するのは二四号（一九二六・一〇）からである。同号には「寢床にゐる」「馬鹿息子」「愚かな秋」「秋」の詩四篇、「惡い夢　或ひは『初夏の憂鬱』」とのエッセイを発表する。さらに二五号からは「亞」という漢字の右側に魚を四匹配した、尾形が描いたイラストが『亞』の表紙に使用されるようになる。[*1]尾形のイラストは『亞』終刊号である三五号まで続いて用いられた。

二四号の後書きに、安西は「私は愉快な報告を記したい。それは他でもない、尾形亀之助さんが私どもの仲間になられたことである」と記している。安西が「愉快な報告」とするように、尾形が三人目の同人となったことは安西にとって心強い出来事であったと思われる。実際『亞』において、一八号と二五号の二度、裏表紙で尾形の『色ガラスの街』を宣伝していることからも、『亞』同人たちの尾形に対する期待度をうかがうことが出来る。『亞』における尾形の関わりを詳しく述べると、尾形が描いた表紙絵が二五号以降最終号まで使用され、二四号から二八号（一九二七・二）までと、終刊号である三五号に作品を発表する。発表作品は詩作品二四篇・エッセイ三篇であり、[*2]二九号から三四号までは同人として名を連ねてはいるが、作品は発表していない。

『雨になる朝』の「後記」には、刊行にあたっての尾形の心情が吐露されたような文章が掲載されている。

こゝに集めた詩篇は四五篇をのぞく他は一昨年の作品なので、今になつてみるとなんとなく古くさい。去年は二三篇しか詩作をしなかつた。大正十四年の末に詩集「色ガラスの街」を出してから四年経つてゐる。
この集は去年の春に出版される筈であつた。これらの詩篇は今はもう私の掌から失くなつてしまつてゐる。どつちかといふと、厭はしい思ひでこの詩集を出版する。私には他によい思案がない。で、この集をこと新らしく批評などをせずに、これはこのまゝそつと眠らしてほしい。

自身の詩集刊行に際し、「厭はしい思ひ」とは通常の事とは思われない。「これらの詩篇は今はもう私の掌から失くなつてしまつてゐる」との文章からもわかるが、実際に収録作品のほとんどが、初出時から改訂されている。[*3]『亞』掲載作の四篇も収録に際して改訂されていることからも、尾形にとって『亞』掲載作は過去の作品となっていた。なぜ尾形は「このまゝそつと眠らしてほしい」との心情を持つに至ることになるのかを考察していきたい。

2 「マヴォ」同人になる

尾形亀之助は一九〇〇(明治三三)年一二月一二日、宮城県柴田郡大河原町八四番地に、父・十代之助、母・ひさの長男として生まれた。尾形家はこの地方の旧家で、亀之助の曾祖父にあたる初代・安平の頃、藩政時代からの酒造家であった。一升瓶詰の銘酒「梅が香」を大ヒットさせ、地元である大河原駅の誘致や駅前街区造成を実行したりしている。資産家、名望家として尾

形家が近隣に知られるようになるのは、初代・安平の働きによってであった。二代目の祖父・安平の代になり、尾形が生まれる直前には酒造操業を止め、一家で大河原から仙台に移り住んでいる。

二代目の安平と父・十代之助は無類の趣味人であり、書や俳句に親しんだ。祖父は蕉雨、父は余十と号している。特に余十は高浜虚子に師事し、『ホトトギス』雑詠欄の常連となった。虚子とその門人を仙台に招いて句会を開催し、豪勢な歓迎の宴も執り行っている。加えて秋田芸者の岡村きよを落籍し、小唄教授の看板を掲げさせたりもしており、無為遊行の日々を送り、放蕩していたようである。結果的には初代の曾祖父・安平が発展させ、興隆を極めた尾形家の蓄財を祖父、父、尾形の三代かかって散財し尽くしたと言える。[*4]

祖父、父の血筋か、尾形もはやくから芸術に親しんでいた。一九一九年、東北学院在学時には短歌文芸誌『FUMIE（踏絵）』を仲間と創刊し、短歌を発表している。その縁によって、翌年には仙台の著名人である石原純、原阿佐緒が中心の『玄土』に同人として参加し、短歌を発表している。この頃から絵画にも親しむようになり、上京し画塾に通ったりもしている。

一九二一年五月、尾形は福島県伊達郡保原町の開業医、森録三の長女タケと結婚する。この結婚によって、叔父となった木下秀一郎と関わりを持つようになる。木下は未来派美術協会の会員であり、「ロシア未来派の父」ダヴィド・ブルリュークと『未来派とは？答へる』（中央美術社、一九二三・二）を共著した人物として知られている。尾形は木下の勧めもあり、第二回未来派美術協会展（一九二一・一〇・一五〜二三、於上野山下レストラン青陽楼階上）に会友として「朝の色感」「競馬」という、ともに二〇号の作品を二点出品する。翌年一〇月一五日から三一日まで、第二回と同会場にて行われた

第三回未来派美術協会展（三科インデペンデント展）では、尾形は会友から会員となり、木下からの全権委任者として、渋谷修とともに開催準備運営にあたる。開催費用の全額を尾形は自己負担し、「或る殺人犯の人相書」「コンポジション」「無題」の三点を出品している。[*5] さらに同年、仙台図書館で個展も開催している。

このように画家として積極的に活動し、新聞や美術誌にも作品が掲載される程度の知名度を得た後、尾形は前衛画家として木下の引き合いにより村山知義と知り合い、「マヴォ」同人となるのである。

尾形の「マヴォ」での活動は、その最初期のみと考えてよい。第一回マヴォ展（一九二三・七・二八〜八・三　於浅草伝法院）が開催されているが、ここで尾形は「グループ内で主導権をもち、第一回展、移動展を門脇普郎ととりしきった」（前出、秋元『評伝尾形亀之助』二〇一頁）とされ、未来派美術協会に参加していた（一九二三・七に解散している、筆者註）系列の強みで「マヴォ」を先導しようと考えていたと思われる。この第一回展覧会の目録には「マヴォの宣言」が付されているが、[*6] 村山によって起草され、グループの事務所も村山宅に置かれていること、また後のグループの展開から考えても、「マヴォ」の中心的存在が尾形ではなく村山であったことは十分に理解出来る。

「マヴォ」同人として尾形は「二科落選歓迎移動展」に参加している。「二科落選歓迎移動展」は、その名の通り「二科展」に落選した「マヴォ」の作品を、再度移動展覧会の形式で開催するというものであり、同年八月二八日に行われた。

マヴォは二科落選歓迎、移動展覧会を開催する。兄弟は二十八日午後三時上野竹之台二科展覧会場前に集合されたし。尚ほ当日は楽隊入りの由。会費二十銭（「『マヴオ』同人ひと騒ぎ」『読売新聞』一九二三・八・二七　五面）

だが実際には、警官隊に阻止され「移動展は露天」（『東京日日新聞』一九二三・八・二九　一一面）で夕暮れに解散となった。[*7]尾形は第三回展に作品二点を出品した後、マヴォからは脱退している。その理由は村山との確執であると語られたりもするが、あまりにダダイズム的な創作意識や、創作以外の破天荒なパフォーマンスとしての行為は、尾形の芸術家としての資質とは相違していたためとも考えられる。

一九二六年一月に尾形主宰の『月曜』が創刊される。この雑誌は月刊文芸誌として同年六月の六号まで刊行される。[*8]この『月曜』への寄稿者は、島崎藤村、室生犀星、佐藤春夫、堀口大學といった有名詩人、白井喬二、梅原北明、岡本一平、宮沢賢治たちや、春山行夫、神原泰、草野心平などの新興詩人といった、大家から新人まで多士済済たるものだった。尾形はこの『月曜』を同人誌としてではなく、商業誌として発行した。原稿料を支払い、寄稿者たちが原稿料で生活出来るようになることを目論んでいたようである。宮沢賢治の「オッペルと象」の初出は『月曜』創刊号である。だが、実際には商業誌として成り立つどころか、資金回収もままならいまま潰えてしまう。『月曜』は毎号四八頁、定価二〇銭であった。『月曜』終刊について、春山行夫は次のように述べている。

「月曜」この雑誌は惜むべし六號で昇天した。第一、月曜から初めて土曜日までしか數へることができないと見るべきか、月曜とは日曜の他の週日を一括して一日に計算したものか、何しろ計算の旨くゆかないところがあつたに違ひない。廢刊の責任を親父に轉嫁して──金を送つてこないからといふのだ──結局酒手の減つたことを和製リリオム、尾形亀之助君が嘆いてゐる。

(『楡のパイプを口にして』厚生閣書店、一九二九・四　九四頁)

尾形が『亞』同人として参加するまでには、短歌、絵画、詩、雑誌創刊と、多くの事象に関わっていた。尾形は『亞』に何を求め同人参加したのであろうか。また尾形は何を為し得たのだろうか。

3　大鹿卓「潜水夫」

尾形亀之助という詩人の魅力は、詩作品もさることながら、その生い立ちと生活にある。県下有数の素封家の長男として育ち、放蕩息子として芸術に接近し、青年期に伝説的な散財を行い、資産を蚕食し尽くし、晩年は孤独死するという、典型的な斜陽族であり、破滅型の人間である。当然本人としてはそのようにしか生きられなかったのであろうが、『亞』同人期は離婚・同棲・再婚と、人生のスキャンダラスな面を補強するような、穏やかならざる生活を送っていた時期であった。前述のタケとの結婚生活は六年弱で終焉を迎える。一九二八年三月に別居、五月に協議離婚している。離婚の原因は性格の不一致とされている。尾形が大鹿卓と協力して創立した「全詩人聯合」が離婚の引き金であった。タケは尾形との離婚後、大鹿卓と再婚する。

大鹿卓は一八九八年生まれ。金子光晴の実弟であり、東京府立一中を経て、秋田鉱山専門学校（現秋田大学鉱山学部）を卒業している。一九三五年、小説「野蛮人」で『中央公論』に当選、一九四一年には足尾銅山鉱毒事件に取材した『渡良瀬川』を出版し、新潮社文芸賞を受賞している。

大鹿は尾形が心を許し信頼を寄せた詩友の一人であったと言えよう。尾形の書いた大鹿卓詩集評「詩集《兵隊》のラツパ」（『詩神』一九二六・一二）を読むと、「私には友情がある」、「大鹿君の輝やかしい将来を祝し、よい詩人を持つわれわれの喜悦を述べた」などの文章からも大鹿に寄せた尾形の信頼の深さがわかる。離婚の経緯について尾形は「妻と別れたことに就ては私はその間の事情をみてゐた二三人の人以外には語らなかつたが、私はそれ以後数人の友人から悔みを言はれた。勿論、別れるやうになつた事情を私よりも先に知つてゐた人達があつたのだし、近所の店屋などにまで感づかれてゐたやうな不しまつだつた」（「跡」『詩神』一九二九・一）と述べている。「その間の事情をみてゐた二三人の人」の中に、当事者である大鹿がいた。後に大鹿はこの離婚の出来事を「潜水夫」（『中央公論』一九三六・一二）として作品化している。尾形が「毛穴のひとつひとつから陰鬱な息を吹いているような」横田、タケは節子、大鹿は潜水夫・今村として描かれたモデル小説である。

「俺は、たゞ結婚するといふ言葉さえきかせて貰へば、それでいゝんだ。君が今こゝで結婚するといつて置いて、後になつて結婚しなかつたところで、そこ迄はおれの責任にならない。それでいゝぢやないか。このさきおれが立場を換へて君達の前に現れることも考のうへでは許されるわけだが、そんな場合のどんな結果も、やはりおれの責任てことにはならない筈だ」

銛を打ちこまれて曳きまはされるやうな烈しい苦痛が、今村を暗澹とさせた。（略）自分が友人といふ仮面に隠れた略奪者だつたと同様に、横田が自分達の目の前に姿を現す日があらうなどと。……一瞬の間に自分と横田とが全く逆の位置に据ゑられてしまつた。

「ところで君は、おれから離れやうと腹をするゐてゐるんだらう？　それやいけないぞ。おれ達は今後どこで顔を合せても、たゞ何事もなかつたやうに手を握り合ふことにしやう。勿論おれ達が自分の口から何も吹聴する必要のないことだが、憶測や猜疑の目をむける奴等には、おれ達はやはり友達だつてことを見せてやることも必要だ」

「うん、判つた」

今村は心の裡で虚偽だ虚偽だとつぶやきながら頷いた。

が、顔をあげて、横田の唇に冷い微笑が漂ひかけて消えるのを見ると、彼の心の襞は冷えあがり、まつたく横田の支配下に追ひ込まれてゐる自分が意識された。

ここには今村の心理的葛藤が表されている。横田から節子を奪い、勝利者となるはずの自分が、横田の「支配下」に置かれるような結果になっている。会話を交わすほどに「銛を打ちこまれて曳きまはされるやうな烈しい苦痛」を今村は感じるのである。

尾形とタケの離婚の顚末は、「潜水夫」に描かれたようなものなのであろう。ここには当然のごとく、大鹿の心理だけではなく、横田として描かれた尾形の屈折せざるを得ない苦悩もまた垣間見ることができる。離婚騒動の土壇場で尾形は冷徹に意地悪く、略奪者の疚しさとともに、略奪された者の苦悩までも大鹿に背負わせたことになろう。大鹿がタケと出会ったのは三〇歳の独身時代であり、離婚に際して尾形がタケに提示した条件は、大鹿とタケの婚姻と、自分が二人の子どもを引き取ることだったという（前出、秋元『評伝尾形亀之助』参照）。

タケは一九二八年三月、長女・泉、長男・猟、そして尾形のもとから去っていった。五月に協議離婚が成立し、尾形は当時の住まいである世田谷区山崎の家を引き払い、東京と仙台の往復生活が始まる。長男・猟は実家に預けられたが、長女・泉は尾形とともに生活した。当時尾形は住居を定めず、渡欧中の辻潤宅に仮住まいをするなどその日暮らしをしていたが、同年一〇月、母の計らいで世田谷区駒沢に転居、[*9]そこで芳本優と同棲を始める。芳本は『詩神』『学校』などに詩を発表し、当時一八歳であった。尾形と芳本が同棲に至る様子を、小熊秀雄が「託児所をつくれ」（『槐』一九三九・五）に描いている。この作品には、吉田りん子（芳本）と尾山清之助（尾形）の他に、大西三津三（大江満雄）、草刈真太（草野心平）らも登場する、モデル小説ならぬモデル長篇詩である。尾山清之助と吉田りん子は結婚し、「都を落ちて田舎に帰つた／不運な詩をやめて尾山は家業をついだ、」との結論になっている作品であるが、吉田りん子をめぐる当時の詩人たちの関係は描かれていると言えよう。

タケとの離婚当時、尾形は「私は諸君があてられるやうな美人を意地にも妻にしてみせることになるかも知れない」（前出「跡」）と書いたことがあったが、まさに芳本は彫りの深い「諸君があてられるやうな美人」であった。同棲を期に、長女・泉も仙台の生家に預けられた。

4 『雨になる朝』収録作

尾形が『亞』同人になる経緯を、瀧口は次のように述べている。

安西冬衛氏と二人で、大連市で詩誌「亜」を発行していた頃尾形さんから詩集『色ガラスの街』を頂いた。二人に一冊づつ、宛名署名入りで。（略）うまいなと安西氏とほめ合った。当時こんな詩は珍しかった。その頃僕らは、仲々書けないでいた時で、尾形さんの詩に大いに啓発された。遂に安西氏が手紙を書いて、尾形さんに同人参加を勧誘して見た。尾形さんからは案外簡単に承諾の返事を頂けた。（「尾形亀之助追悼」『尾形亀之助』9、一九七六・一二）

『亞』同人である安西、瀧口それぞれに『色ガラスの街』を送っていることからも、尾形が『亞』を読んでいたことは明らかである。大連で発行されていた詩誌ということも承知していた。尾形は一度も海外へは行かずにその生涯を閉じているが、前述してきたように、ロシア未来派美術に触れ、ドイツ帰りの村山とも一緒に行動している。安西と瀧口が「目もさめるように斬新で、しかものっぴきならぬ現実感にあふれた、すごい詩を」求め、尾形の詩を評価したのは、アヴァンギャルドとして尾形を認識したからである。

『亞』同人になったこの時期、尾形は草野心平の『銅鑼』の同人にもなっている（一九二六年八月、筆者註)。これは『色ガラスの街』出版記念会で尾形と草野が会い、そこで草野に誘われての参加であった。『銅鑼』は社会意識に目覚め、無政府主義的な雰囲気も兼ね備えていた。そして草野が描き出す土着的なバイタリティがあった。一方『亞』は大連という都市を描いた作品が多く、大陸的要素のみならず都会的なスマートさを備えていた。作品の発表回数では、『銅鑼』が四回の発表で詩一四篇、『亞』は六回の発表で二一篇であり、数字のみを比較すれば『亞』への発表の方が回数、作品数とも上回っている。『色ガラスの街』に描いた世界を持っていた尾形にとって、『亞』に備わっていた世界の方が当時の尾形には近しいものであったと考えられる。安西、瀧口がアヴァンギャルドとして尾形を認識していたように、尾形もまた『亞』で描かれる作品世界を、アヴァンギャルドな感覚を持った詩人たちによって作られていると見ていたのである。

『色ガラスの街』には、光のプリズムに溢れた明るさの世界がある。また「カステーラのように／明るい夜」(「明るい夜」)、「レモンの汁を少し部屋にはじいて下さい」(「白い手」)や「左側を通らない人にはチヨウクでしるしをつけます」(「年のくれの街」)といった、モダンさを感じさせる小道具が効果的にユーモラスに使用された、斬新で軽やかな作品に溢れていた。そして「短詩」が数多く掲載されていた。

煙草

私が煙草を吸つてゐると
少女は　けむいと云ひます

雨
四日も雨だ――
それでも松の葉はとんがり

このような「短詩」こそが、安西、瀧口と尾形の双方が近づく共通項として存在したのである。「短詩」という共通項を見出し、『亞』に参加した尾形であったが、『亞』二八号以降、作品発表は行われなくなる。「私の詩は短い。しかし短いのが自慢なのではない。自分としてはもう少し長い詩が書きたい。（略）「笑ひ」といふようなものをゆつくり詩に書いてみたい。（略）唯、私はよい詩を作るやうになりたい。ぼんやりでいゝから一つの心境をつかみたい」（「私と詩」『亞』二八号）との認識は、短詩を書こうとしての認識ではない。「もう少し長い詩が書きたい」のであるが、短い詩しか書けないのである。安西や瀧口が構成意識を駆使して短詩を作成していた時、尾形は長い詩が書きたいと模索していた。その結果、『亞』への作品発表は止むのである。

和田茂俊は、尾形の作品に描かれる「私（おれ）」と外的世界との「関係」に焦点を当て、認識作用を行う意識として「私」があり、慣用的な前提を排して言葉を使用する尾形が「〈関係〉の網にとらえられていない」場所で「関係」を見出して行くとしている。そして「尾形の主知主義的なモダニズムの詩法は、受動的な感覚器官として限定された〈私〉の意識の世界認識の過程を描くことにより、〈関係〉として存在する主体を再構成する試みであった」（和田「尾形亀之助のモダニズム詩」『昭和文学研究』第三九集、一九九九・九）と指摘している。

またエリス俊子は、尾形の身体感覚の表象に注目し、「『私』と『心』の離反、あるいは『私』を見ているもう一つの『私』」を主題としている尾形は、萩原朔太郎が『氷島』において行った「主体の非在そのものの構築といった逆説的試み」とは異なり、自身の身体の過剰を持て余しながらも「『私』と『外部』との関係を問いつづけていった」（エリス「『ことば』が『詩』になるとき――尾形亀之助の詩作について」『比較文學研究』七六号　東大比較文學会、二〇〇〇・八）と指摘している。ともに作品内での主体と外界との「関係」が重要な問題として取り上げられていることからもわかるが、関係性によって体現された作品世界こそが尾形のモダンさなのである。

安西が『亞』の発行を大連という場において継続することにこだわり続けたこと、瀧口が安西の帰郷以後、自身の詩を模索した結果、愛国詩を書いたことの根本にはアジアの中の日本という意識が存在していた。その意識は彼らの詩にも描かれていたが、尾形には大陸的な雰囲気や異国情緒を纏ったモダンさとして理解された。

安西は大連という場の居住者として、文化的階層のどの部分に自身を位置付けるかに意識的であった。それは論じてきたように、ロシア対日本、日本対中国、西洋対東洋、宗主国対植民地といった二項対立の思考によるものの、大連という場を覆う表層の欺瞞性は敏感に捉えられていた。だが尾形は『亞』において、自身が文化的階層のどの位置に存在するのか定義できなかった。あるいは「外地」における「文化的階層」という問題意識自体が存在しなかったと言ってもよい。外国と言えばロシア未来派芸術とドイツ表現主義という「西洋」にのみ触れてきた尾形にとって、「アジア」という思考は無かったのである。「大きな戦争がぼっ発してゐることは便所の蠅のやうなものでも知つてゐる」(「大キナ戦（1蠅と角笛)」『歴程』一九四二・九）との描写はあるものの、どの国の「戦争」かは記されない。アジアの中の日本という構図が浮かび上がる時、尾形の行為は『亞』への投稿中止に繫がっていったと言えよう。「尾形は同人費を払わずじまいだ。彼は『色ガラスの街』というのをぼくにくれたんだ。読んで感激した。これは同人に入れようじゃないかというんで入れたけれど初めからお終いまで同人費を一つも送らなかつた」（前出「雑談」）と安西は発言しているが、経済的理由もあろうが、同人費未払いという行為からも、尾形にとって『亞』は安西や瀧口ほど入れ込む媒体では無かったのである。

『雨になる朝』には、四八篇の作品が収録されているが、『亞』に掲載され、収録された作品は四篇だけであり、改題に加え、本文も改訂されての収録となっている。

愚かな秋

秋空が晴れ
今日は何か—といふ氣もゆるんで
椽側にねそべってゐる

眼を細くしてゐると
空に顔が寫る

「おい　起ろよ」
空は見えなくなるまで高くなっ《ママ》ちまへ！

（『亞』二四号）

愚かなる秋

秋空が晴れて
縁側に寝そべつてゐる
眼を細くしてゐる
空は見えなくなるまで高くなつてしまへ

（『雨になる朝』収録）

煙突と十二月の昼

演習帰りの飛行船が低かったが
風呂屋の煙突は捕ひやうともしないで立っ《ママ》てゐた

（『亞』二七号）

十二月の昼

飛行船が低い
湯屋の煙突は動かない

（『雨になる朝』収録）

単純に形式のみを見るならば、『亞』掲載時よりも『雨になる朝』収録時の方が表記自体は短縮されている。短縮された分『亞』掲載時に漂っていたはずの軽やかさ、スケッチ風のユーモア感が失われている。ハイフンやエクスクラネーションマークといった記号を排除し、一つの語に凝縮されたことで視点がぼやけることが無くなり、主体がはっきりしている。『亞』が目指した短詩の意義を、尾形は『亞』掲載時よりも推敲後の作品において試みていたことになる。

『亞』同人が目指した作品は「短詩」と呼称されるが、ここには当時流行であり白鳥省吾らによって盛んに描かれていた民衆詩に対して、感想や日記の断片を並列したものである、と截断した考えがあったことはすでに述べた。表記された文章から思い描かれる視覚的イメージの組み合わせだけではなく、実際に誌面に印刷された活字の効果、加えて余白に漂うことになる平面的空間、これらを全て考慮した上で構成し、生み出されたものを詩と定義したのである。視覚的イメージ、活字のインパクトなどと述べると、未来派やダダイズムの作品が思い起こされる。だが実際に『亞』に掲載された短詩や尾形の作品を見てもわかる通り、特に奇抜な印刷がされている訳でもなく、誌面を逆さにしなければ読めないもの、活字が斜めに走っているものもない。安西の作品に見られる漢字への偏愛と指摘されるような、活字の形そのものが生み出していくイメージと、インパクトを狙う未来派やダダイズムの手法との相違点はここにある。印刷技術に重きを置いた、物珍しさが先行する絵画的な文字表示とは異なるものとして、「短詩」は意図されていた。
『雨になる朝』刊行に際して、尾形の次のような文章がある。

「色ガラスの街」以後の詩を集めて、この五月頃に「電燈装飾」といふ詩集にして出版したいと思つてゐたが、去年の暮れに男の子が生れたので、この希望は中止しなければならなくなつた。機會を得て、この冬か來春に私のこの希望をとげたいと思つてゐる。（前出「私と詩」）

この一ヶ年私は二三篇の詩作しかしなかつた。五月頃には間違ひなく出せる筈であつた詩集も机の中にそのままになつてしまつた。（前出「跡」）

詩集「雨になる朝」は去年の今頃出版する筈であつたのが一年ほど遅れた。これらの作品は一昨年のもので、去年は妙に困つたことばかりあつた年で、詩は一つか二つしか書きつけなかつた。そして、今年は頭が重い。（「さびしい人生興奮」『詩と詩論』第四冊）

計画していた詩集刊行が一年以上遅れたことが繰り返し明記されている。その刊行延期の理由として「男の子が生まれた」、「妙に困つたことばかりあつた年」であったなどとされている。この「妙に困つたこと」とは前述したように、タケとの離婚、芳本との同棲、前々年暮の長男・猟の誕生、女性関係の悩み（吉行あぐりへの横恋慕、筆者註）など、私生活上多くの出来事を指している。タケとの離婚後は、帰郷しても安らぎを得ることが出来なかったらしく、東京と仙台を何度も往復しており、尾形の鬱屈は一層拍車したと考えられる。そんな時期を経過して第二詩集『雨になる朝』は刊行されるが、尾形にとっては「今年は頭が重い」ように感じられるのであった。だが生活にはまだある程度の余裕はあったようで、詩集刊行翌月の六月八日、有楽町のレストラン「モンパリ」で出版記念会が開催されている。高村光太郎、竹久夢二、福士幸次郎、百田宗治、サトウハチロー、春山行夫、伊藤信吉、岡本潤、草野心平、萩原恭次郎、木山捷平など六〇名以上が参加している。以後の尾形の生活は、この時の出版記念会が嘘のように、青年期の伝説的な放蕩は影を潜めることになり、実家の没落とともに逼迫の一途を辿ることになる。「頭が重い」精神状態のなかで書かれた文章は次のように続いている。

私はこの詩集をいそいで読んでほしくないと思つてゐる。本箱のすみへでもほうり込んで置いて、思ひ出したら見るといふことにしてもらひたい。(略)

「軍艦茉莉」安西冬衛はすばらしい詩集を出した。去年の暮は、草野心平が「第百階級」を出した。

どうすればよい詩が書けるか。といふことの方が、詩型のことや形式のことなどよりもはるかに詩作者にとつて大切ではなからうか。

今朝も鶯が庭へ来てゐた。桐の葉がのびた。ノミが子供をせめ初めた。(前出「さびしい人生興奮」)

『雨になる朝』後記にも共通する陰鬱とした心情告白である。アヴァンギャルドやプロレタリア詩隆盛の中、詩そのものが大きく変化し始めていることを意識されてか、掲載作品について「なんとなく古くさい」との感想を述べている。

『雨になる朝』は序詩二篇を除いて、他は旧作である。それらは一九二六年一〇月から一九二八年一二月までの間に『亞』『銅鑼』『詩神』『文章倶楽部』『現代文芸』『北方詩人』『東北文学』『曼陀羅』『全詩人聯合』『詩と詩論』に発表されている作品である。尾形は『詩と詩論』には同人として参加しなかったが、第二冊に「詩九篇」を発表している。この九篇は全て『雨になる朝』に収録されている。前掲の「煙突と十二月の畫」(『亞』二七号)を「十二月の畫」と改題、改訂後『詩と詩論』に掲載し、そのままの形で『雨になる朝』に収録されている作品もあるが、『詩と詩論』への発表と詩集編纂時期が直近であったためと考えられる。他に第三冊に「詩集『第百階級』に依る草野心平君其他」との書評、第四冊に前出の「さびしい人生興奮」が掲載されており、『詩と詩論』の「寄稿者」としての存在であった。[*10] 北川も「新散文詩への道」で新散文詩運動を実践している詩人として尾形の名を挙げていることからも、同人ではないが自分たちの至近にいる新しい詩人として認識されていたのである。

5　北川冬彦の「童心」評

そんな事情がありながら刊行した『雨になる朝』は、次のような評価を得る。

詩の歴史に於て、第二流の者のみが天體的（天才的）天才はことごとく天に住むことは不可能であつた。天才的（おおその楽な歩行をみよ、そしてまやかしを見よ）は徐々に天に登ることを心がける。天才は生誕と共に天にあり、そして徐々に地べたを鉄靴歩くことに自身をヒツパたく。尾形は『色ガラスの街』から尾形なりの堕落をしてきた。尾形なりの眼をひらいた。彼は『色ガラスの街』が暗示するやうに、日本の非現実的詩人の超弩級であつた。（草野心平「尾形亀之助」『詩神』一九二九・一一）

尾形亀之助君の詩風は詩句の洗練味と形式の独自性が一つの完成體を示してゐる。しかも君の孤独な思念がそれぞれの詩の背景をなしてゐて幽かな情味をたたえてゐる止まれ生活の本質を追究して熄まない社会世相の一端に立つ新興精神に君の詩は如何なる機縁をもつものであるか、君の奮起を切望する（縄田林蔵「昭和四年度詩書決算的概評」『詩集』一九二九・一二）

詩の技巧者であり、天賦の資質とオリジナリティがあり、純粋さを兼ね備えている希有な詩人である、との好評に読める。草野心平は「街が低くくぼんで夕陽が溜つてゐる／遠く西方に黒い富士山がある」と実際の作品を引用し、「『雨になる朝』の中の恐らく最大の収穫」と褒め称えている。縄田林蔵の「社会世相」に「如何なる機縁を持つか」との批判的問いもあるが、「批評などをせずに、これはこのまゝそつと眠らしてほしい」と後記ですでに提言している尾形にとっては、反論などする必要もない事柄であると思われる。だが、次の評に対して尾形のとった態度は、他の批評とは異なるものであった。

詩集『雨になる朝』にあらはれた尾形亀之助氏の『童心』は、純粋である。それは、まさに北原白秋のそれ以上のものである。（略）詩術に於ても。（北川冬彦「詩集『雨になる朝』について」『詩神』一九二九・一〇）

この評の、純粋な眼をもって日常を眺め表現している、詩術も北原白秋以上のもの、との部分は好意的とも言えよう。ここで述べられている「童心」との評価は、名が挙げられていることからもわかるように、北原白秋が鈴木三重吉とともに展開した、『赤い鳥』での「童心主義」が想定されている。「〇「赤い鳥」は世俗的な下卑た子供の讀みものを排除して、子供の純性を保全開發するために、現代第一流の藝術家の眞摯なる努力を集め、兼て、若き子供のための創作家の出現を迎ふる、一大區劃的運動の先驅である」（「『赤い鳥』の標榜語《モットー》」『赤い鳥』一九一八・七）との標榜によって創刊された『赤い鳥』において、童謡欄を担当する白秋は「童心主義」の立場を明確にしていく。「聖心は童の心である」（「その三」『洗心雑話』アルス、一九二一・七）として求道的な性格を有しながら、「私はよく童心に還れと云つた。（略）眞の思無邪の境涯にまでその童心を通じて徹せよと云ふのである」（「童謡私観」『詩と音楽』一九二三・一）と白秋は言うに至るのである。

児童読み物が一般に低俗で童心への細かい配慮を欠く点を憂いて、芸術性の豊かな創作童話・童謡の確立を目指し、森鷗外、島崎藤村、芥川龍之介をはじめ、当時のほぼ全文壇の賛同を得て、小川未明、西条八十、秋田雨雀、白秋など童話・童謡に主力を注ぐ作家たちが『赤い鳥』を作品発表の場とした。知識人や教育者の支持もあり、『赤い鳥』は児童文学の隆盛をもたらす中核となっていく。児童尊重や個性の重視、人間主義思潮などの意味も含まれているのであろうが、北川が尾形を評する場合に使用した「童心」との一語には、古く懐かしい日本的抒情に溢れた情景を描いているとの意味に加え、幼稚であること、幼児的観点からの作詩であるという非難があった。さらに北川は「『童心』を持つてゐるといふことは、詩人としてむしろ恥づべきものではないかとさへ思つてゐる」と続けることで、「童心」との語を使用したことが、決して誉め言葉ではないことを述べるのである。

「尾形亀之助氏が『雨になる朝』の境地に住むのは、あまりに生活に余裕がありすぎたからである。生活の余裕が尾形亀之助氏を、かうも退嬰的な境地へ引き籠もらせてゐるのである」(北川「雑感一束」『詩と詩論』第六冊、一九二九・一二)と、世間知らずの金持ちであり、現実に存在する労働者としての社会生活の欠如した、幼児化した引き籠もりとして尾形を評するのである。そして北川は「たんぽぽが咲いた/あまり遠くないところから樂隊が聞える」(「お可しな春」)と「私は歩いてゐる自分の足の小さすぎるのに氣がついた/電車位の大きさがなければ醜いのであつた」(「書の街は大きすぎる」)を引用し、こんな卑小な生活に魅力を感じるのは「童心」があるからであり、それを抒情的に詠えば昔は詩人と呼ばれたが、明日の詩人はそうは行かず、「童心」など捨て去り現実の生活を見なければいけない、この詩集の作品はブルジョアによる自慰的な詩であり、「生活と闘ふ人々には、もつとも縁の遠いものである。」と締め括り、『雨になる朝』をこき下ろしたのである。『赤い鳥』で展開された「童心主義」への攻撃、否定がプロレタリア児童文学から始まったように（古田足日「童心主義の諸問題」『児童文学の思想』牧書店、一九六九を参照）、この後『詩と詩論』から離脱し『詩・現實』を創刊する北川にとっては、当然の批判であった。

この「童心」との批評に対して、尾形は次のような反論を行う。

思ふに、現在では、「童心」とは田舎の小学校の先生が童謡などのセイ作の折りに「苦心」するそれを指して言ふべきであるのかも知れない。（略）「童心」とは一茶良寛さんの頃のものであつて、すくなくとも暮鳥さん以後に於ては「童心」の芸術などあつてはならぬのだ。（「童心とはひどい」『詩神』一九二九・一二）

俺は、詩集「雨になる朝」が童心などと呼ばれるべきものでないと自分で言へば事足りてゐる。現在「詩」と称されてゐるもの（勿論「雨になる朝」もふくまれてゐる）などには論争の類をするまでの興奮も興味ももつてはゐない。（「馬鹿でない方の北川冬彦は『読め』」『詩神』一九三〇・二）

ここで明らかになるのは、「童心」に対しての二人の理解の相違である。北川にとっての「童心」とは、子どもの心をいたずらに純粋無垢なもので神聖なものと崇める主張であり、自由なものであるが、現実の社会的束縛を拒む、理想主義的な幼稚性を有したものであったろう。イメージの凝縮のために主知的でありながら、しかも芸術至上主義に陥ることなく現実を重視しようとしていた北川にとって、無垢なる子どものような表出は「『童心』を持つてゐるといふことは、詩人としてむしろ恥づべきもの」とされるのである。

一方尾形にとっての「童心」とは、空想童話を描く児童観であったと言える。山村暮鳥の「一夜の宿」（一九二四）のような童話に見られる、外国の伝承的な民話を題材として物語を再構成するといった、ファンタジーあるいは日本的なメルヘンを「童心」としていたのである。作り物ではない詩を書こうとしていた尾形にとっては、「童心」との批評は、許すことの出来ないものであった。尾形は北川に対して批判を繰り返していく。

「詩と詩論」の運動が現在のやうな影響を他にあたへてゐることは、かつて短詩型の運動が何時もともなつてゐた「困つたこと」と同じことであることを残念に思つてゐる。そして「詩と詩論」が何時までたつても翻訳的でしかないことを私は残念に思つてゐる（前出「童心とはひどい」）

――君が「新散文詩」などとこの頃言つてゐるやうだが、君がそれらの仕事の何をしたか。他の人々の仕事をヌスミ見ての「知らぬ人にそのままをなるほどと思はせる」例のづるさはないか。（略）君が左傾しやうがしまいが、さうしたことを一つの見えなどにしては今どき甚だ滑稽なことでもある。（前出「馬鹿でない方の北川冬彦は『読め』」）

尾形は、「童心」との一語を使用し批判した北川に対して、時流に則った先駆的理論を述べ、実践していることを自負している、尊大さを読み取ったのである。さらに西洋からの借り物の理論によって創作をしていながら、時勢によって左傾化していくことを、イデオロギーの変化ではなくファッションとしての行為と受け取った。創作行為を未来派芸術による絵画創作や「マヴォ」同人としてスタートさせ、「どうすればよい詩が書けるか。といふことの方が、詩型のことや形式のことなどよりもはるかに詩作者にとつて大切ではなからうか」（前出「さびしい人生興奮」）と詩作について常に模索をし、生活上は過去のような放蕩はせず慎ましやかに日々を過ごしていた尾形にとって、北川の「童心」との評価は、許し難い傲慢と感じられたのである。

詩集軍艦茉莉には北川が序を書いている。北川の詩集戦争の中には沢山のあの有名なグロッスの絵の焼き直しの如きものを散見するが、安西の作品の短いもの（詩集の中にはあまりない）にはパールクレーの絵に似たものが相当あつたやうに記覚《ママ》する。私の作品を童心云々と罵つた北川への返礼と解されるもよしなきことではあるが、前者は全く下手なものまねに終つてゐるが後者はそれが一個の詩境として立派によい作品をわれわれに見せてゐる。（略）

北川が本集の序で、安西がうつかり「思想」を嚥下した時手古摺つて彼が磨滅して、そしてその輝かしさが「稚拙感」となつて発する。と、言つてゐるが、私はさうは解さない。安西は思想と生活を離して考へられない男なのだ。学校の帽子の徽章のやうなものでしかないやうな流行思想をいやがつて帽子につけないのだ。そうしたうつりかはりのある時間的存在を、彼はむしろ古めいた俳境に似たものに彼自身をゆだねてゐるのだ。（尾形「詩集軍艦茉莉」『詩神』一九三〇・八）

『軍艦茉莉』に対する尾形の書評であるが、「私の作品を童心云々と罵つた」との言も見られるように、『雨になる朝』に対する北川の評をかなり根に持っていることがわかる。安西の『軍艦茉莉』を取り上げながら、尾形は自身の詩に対する考えを語っている。そこには西洋から輸入した思想に拠ることに対する根強い反感がある。つい先頃「新散文詩」を提唱していながら、今は「現実主義」を宣言している北川は、まさに流行思想に喜んで飛び付いているに過ぎない人物と映るのである。尾形は安西の作品を「古めいた俳境に似たもの」による詩作と評価する。「彼の作品は書きふるしたノート・ブックの余白に何か書きこんでゐるといふ感じのもので」あり、「人そのものは間違ひもなく新しい人ではあるが、ペン先は新しいが紙が古い。この点彼と私は少し似てゐるらしい」と続けていることからも、尾形は詩に対して、思想に囚われるのではなく、斬新な表現を用いるが自身の心情を詠む、との考えを持っていた。「童心」と卑下された詩心を表現していくことこそが詩の新しさとなっていく、と考えていたのである。そのことの困難さが尾形にとって重要であったからこそ、北川に過剰に反発し、安西を評価することになったのである。

『亞』終刊号である三五号に掲載された尾形と北川の文章を見てみたい。

私は安西君から廢刊すると言つて來たときに、雙手をあげて讃成した。(略)
こんなことを言ふのは、謂所遠慮しなければならないものであるかも知れないが、これまでつゞいて來た亞が何故廢刊しなければならなくなつたかといふことである。亞に厭きたといふのであつたら（同人でありながら變なことを言ふと）もつと早く時があつたやうに思ふ。又、今廢刊に際して、回想を廣く求めてゐることを弱々しく思はれてならない。かへりみるに短詩はかなり多くの若い人々の出發の第一歩を誤まらせた。同時に讀者にも見誤まられた。結極きたならしいものとして、何等まで誤まられて人々の詩が散在するかを考へて悲感したい。（尾形「佛蘭西の士官は街角をまがつて行つた」）

私には、「檢溫器と花」の大部分を占めてゐる「短詩型詩」はもう書けなくなつた。否、「短詩型詩」を書く興味を、私は失つて了つたと云つた方が正しい。私は、私の道を「散文詩型」へと轉向した。「短詩型詩」から「散文詩型」へ。この傾向は既に「檢溫器と花」の中に胚胎してゐるにはゐるのだけれど。今や、私は遠く「短詩型詩」から去つて了つた。が、しかし私は「短詩型詩」の根本精神は、今日に於ても決して忘れてはゐない。Simplificationを、表現上の力點に置いてゐることは、「短詩型詩」の場合も毫末の變りもないのである。（北川「FRAGMENT」）

『亞』終刊号に掲載された「亞の回想」で、多くの文人に残念がられた廃刊に対して尾形は「雙手をあげて賛成し」、短詩の弊害と将来への功罪をも指摘している。一方北川は『亞』の成果を「短詩型詩」とまとめ、「新散文詩」へ進化発展していく見通しを述べる。ここに尾形と北川二人の決定的な差異があった。それは『亞』終刊時の同人は、尾形を除いて全員が『詩と詩論』創刊同人となるという事実においても確認されることになる。

「韃靼のわだつみ渡る蝶々かな」(『夜長ノ記』『亞』二四号)という安西の俳句がある。当然のことながら「てふてふが一匹韃靼海峡を渡つていつた」(『春』)という短詩の焼き直しであることは一目瞭然である。悪い俳句ではないのだろうけれども、短詩の鮮烈さ、感覚的なイメージ振幅の幅には到底及ばない。尾形が、北川に反対し安西を評価した理由はここにある。「古めいた俳境に似たもの」を短詩によって描き出す。定型に堕することなく、ギリギリの地点で詩を描くことこそ、尾形が『亞』に参加し、また『亞』で試みようとした事柄であった。だが本質的に短い詩を書いてしまう尾形と、意識的構築を経て短詩を創作する安西や瀧口とは、やはり出来上がった作品には差が生まれる。前述したように、そこには大連に在住する者の文化的階層性、国策による植民地主義に対する意識、アジアの中の盟主たる日本への愛国心などが綯い交ぜとなった思想的、文化的な緊張関係も含まれている。

尾形が『亞』の掲載詩の背景に「俳境に似たもの」を見たことに間違いはない。自身も『FUMIE(踏絵)』や『玄土』で慣れ親しんだ短歌の感覚を持ちながら、新たな作品世界を創り上げていくことに共通性を感じ取ったのである。しかし『亞』で安西たちが行った使用言語からの意味の剝奪、「主知」につながる作為的構成は、日本的抒情からの脱却もその目的であったが、尾形はその日本的な抒情を捨て去らずに、「唯、私はよい詩を作るやうになりたい」と欲し、創作を行うことを決断したのである。それに対しての北川の「童心」との批判は、創作的困難に対しての全否定と感じられ、過剰に反論を行う結果を招いたのであった。

「短詩」という口当たりのよい提唱は、多くの詩人たちに『亞』風(安西風)の詩を量産させた。尾形はそのことに自覚的であり、「かなり多くの若い人々の出發の第一歩を誤まらせた」として自身の功罪を背負うつもりであったろう。

アヴァンギャルド詩人たちは、詩の世界では自らの方法によって意識や感情を操作可能であると見なし、自然主義的な詩的心情に対してメタレベルに立ち得ると考える「主知主義」の提唱の下、思想的には諸流派と結びつき、朔太郎に代表される前世代の詩人に対抗した。そして、感傷性や音楽性により自身の感情を表現することに詩の意義を見いだした朔太郎らに対して、西欧から流入した様々な思想と結びつくことにより世界的な主知性となり、その感情を操作可能と見なすことに詩の主眼を置いたと言えよう。「『詩と詩論』が何時までたつても翻訳的でしかないことを私は残念に思つてゐる」との苦言を呈している尾形にとって、『亞』の『詩と詩論』への参加（吸収）は、進歩でも発展でもなかった。

北川の表明に言い表されている、アヴァンギャルドと見定められている短詩型詩。新散文詩へと発展、推進を余儀なくされるであろう詩型。それらを尾形は『雨になる朝』への推敲を重ねた時、理論的には排除しようとしたのであった。「短詩型詩」から「散文詩型」へ。「新散文詩」との提言を持って、北川は『詩と詩論』へと移行し、『詩・現實』へと分裂進行していく。その行為は尾形にとっては「学校の帽子の徽章のやうなものでしかないやうな流行思想」を得意がって付け替えては見せびらかしているようにしか見えなかった。日本現代詩史の主流を形作って行くことになる北川の表明は、屈折感の滲み出ている尾形の「かへりみるに短詩はかなり多くの若い人々の出發の第一歩を誤まらせた。同時に讀者にも見誤まられた。結極きたならしいものとして、何等まで誤まられて人々の詩が散在するかを考へて悲感したい」との認識から見れば、楽天的にしか映らなかったのである。

尾形の詩は、あまりにもその時の尾形亀之助が反映されすぎている。尾形の送った日常が描かれている生活詩といってもよい。だが、自らの出自もあり、生活のための労働、ルーティーンワークが一切欠如している為に、小市民的な「生活」から最も遠い、「尾形亀之助の生活」が描かれたのである。

無題詩

から壜の中は
曇天のやうな陽気でいつぱいだ
ま昼の原を掘る男のあくびだ

昔――
空びんの中に祭りがあつたのだ

（『色ガラスの街』収録）

一升瓶詰の銘酒「梅が香」を大ヒットさせた、藩政時代からの酒造家であった尾形家は、尾形が生まれる直前には酒造操業を止めてはいたが、工場はまだ残されていた。尾形が一〇歳の時、大河原から仙台に一家は転居している。蚕食するばかりとはいえ、曾祖父、祖父、父と続いた東北屈指の素封家の長男として、尾形は短歌に親しみ、未来派芸術に対して心血を注いだ。少年期の生活を、青年期の詩人がモダンな作品に仕上げるのには、未来派美術協会会員となり、ロシア未来派の芸術に熱中していた生活が基盤としてあった。瓶詰めの酒であることが大ヒットの理由であったように、「から壜」によって描写される硝子の集合体は、モダンの象徴でもあった。

郊外居住
街へ出て遅くなつた
帰り路　肉屋が万国旗をつるして路いつぱいの電灯をつけたまゝ
ひつそり寝静まつてゐた
私はその前を通つて全身を照らされた
（『雨になる朝』収録）

『色ガラスの街』がきっかけで『亞』同人となるも、尾形は途中から作品発表自体を止めてしまう。『色ガラスの街』収録作品のような「目もさめるように斬新で、しかものっぴきならぬ現実感にあふれた」（前出、瀧口「尾形亀之助追悼」）詩を『亞』では求めたのだが、尾形にはもはや書けなかったのである。その頃は離婚、同棲、再婚、育児と「妙に困つたことばかりあつた」（前出、尾形「さびしい人生興奮」）時期であり、日々を無為に過ごし、実家からの送金為替の到着を娘と喜んでいるような生活があったのである。

真昼ではなく夜に久しぶりに出掛け、店先の電灯に「全身を照らされ」てしまう。そのことがまるで事件であったように、詩として描かれてしまうのである。『色ガラスの街』の太陽光に溢れた世界は、『雨になる朝』にはもはや存在しなかったのである。

ひよつとこ面

——今朝などは親父をなぐつた夢を見て床を出た。雨が降つてゐた。そして、酔つてもぎ取つて來て鴨居につるしてゐた門のくゞりのリンに頭をぶつけた。、勿論リンは鳴るのであつた。このリンには、そこへつるした日からうつかりしては二度位ひづつ頭をぶつつけてゐるのだ。

（『障子のある家』収録）

家財道具を売り払い、東京を引き揚げ、生家の持ち家の一軒に住む。詩友とも遠ざかり、日々の小遣い銭で「障子のある」外に出ることなく引き籠もりのような生活を送っていた。あくまで障子を通しての光の中での生活であり、自身が内側から雨戸を開けなければ光も射し込まないような生活があったのである。『色ガラスの街』では主体はまさに「街」に出かけ、観察し、描き出している。『雨になる朝』では部屋の中から外の世界を観察し、鳥の声や大砲の音を聞く。『障子のある家』では部屋の中の障子や天井を観察し、雨戸を開けることもしなくなっていくのである。

それぞれの詩集刊行の頃に、それぞれの尾形の生活があった。このように見ていくと、尾形はまさに「生活詩人」なのである。『亞』終刊後、市役所の小官吏として働きに出るも、本質的にプロレタリアートたり得なかった。死の直前、尾形は生家の持ち家から賄い付きの下宿屋に移り住むが、その際残り少ない家具を売り払い、子供たちに「解散式」だと言って映画を見せ、レストランで食事をしている。最後の放蕩とも言えようが、やはりプロレタリアートたり得ない逸話でもある。

第三詩集『障子のある家』以降、尾形は詩人としては沈黙する。安西や瀧口のように感覚的な語をあくまで構成することで作詩していくこともなく、北川のようにイデオロギーに拠ることもなく、三好のように日本的韻律美を見出すこともなかった。詩も作らなくなった尾形にとって、それからの人生は生きるに価しないものであったと思われる。

尾形亀之助の最後は「ある自殺」として描かれている。[*11]

六章　城所英一・富田充

1　詩集『春廟』、精悍な感じの人

「大連市櫻花臺八四」（創刊から八号まで、筆者註）という安西冬衛の自宅は、亞社の所在地であり、詩誌『亞』の発行所である。その亞社から一冊の詩集が刊行されている。その唯一の詩集が富田充『春廟』である。奥付によると「大正十五年二月一日」発行、発行者は安西冬衛、発行所は亞社、定価三〇銭である。二〇頁程の薄い菊判の詩集で、印刷所の小林又七支店と印刷人の太田信三は『亞』と同一である。発行日から考えると、『亞』四号の発行時期にあたり、すでに富田は『亞』から退いていた。たとえ自費出版で単に名義を貸しただけであったとしても、装幀を見れば随所に安西のセンスが目につくため、積極的に助力していることがうかがわれる。序文として富田は「題して春廟といふ。過半は『帆船』に發表したものである」と記述していることからも、富田が『亞』以前に参加していた雑誌の掲載作をまとめた詩集であることがわかる。

『帆船』は一九二二年三月に創刊された、多田不二編輯主宰の詩誌である。多田不二は一八九二年茨城県結城町（現結城市、筆者註）に生まれ、金沢第四高等学校に入学し、室生犀星、萩原朔太郎を知る。東京帝国大学文学部在籍中に『感情』に参加している。創刊号の「編輯の後に」において、「雑誌を出さないかと二三の友人から勧められたのは去年の秋であつた」と記述されており、続けて茅野蕭々や犀星、百田宗治、佐藤惣之助の名前が出て来ることからも、『感情』や『日本詩人』近辺の人脈があったと判断出来る。『帆船』は多田不二の自宅である「帆船詩社」を発行所とし、一九二四年一一月まで二四冊を発行しており、文学史的にはここまでを第一次とする。一九二六年六月より誌名を『馬車』として継続する。編輯発行人は同じく多田不二で、発行所は多田の自宅住所だが、「帆船詩社」から「帆船社」に変わっている。『馬車』は三冊で再度『帆船』と改題し、以後四冊を発行する。これを第二次『帆船』と称する。編輯発行人は多田不二、発行所が「帆船社」であるのも『馬車』と同じである。

富田は第一次の『帆船』六号（一九二二・九）から参加している。同号の「編輯後記」には多田不二の筆で「富田充、岡田刀水士両氏が新に同人として参加した。両氏とも今まで私とは未知の人であるが、他の同人諸君中には舊交の方も有る筈だ」と書かれている。岡田刀水士は群馬生まれで朔太郎の紹介での参加であり、富田は中学時代の同級生、平野威馬雄の勧めによっての参加であった。[*1]

富田は参加した六号から続いて第二次『帆船』にも同人として名を連ね、通巻三〇号まで毎回作品を発表している。この『帆船』発表詩を選別し、まとめたものが『春廟』であった。また、城所英一も一八号（一九二四・四）、一九号（同・五）、二一号（同・七）に作品を発表している。『亞』創刊号の

「受贈誌」欄に『帆船』の誌名が記載されているが、前述のように富田と城所の関係からと判断できる。

無題

水に沿うて
櫻が咲いてゐた

花々の香氣に
水はほんのり憩ふてゐた

その頃　水は
常にない動悸を感じてゐた

櫻の花が短い生命を終へたとき
水は憐れな死骸を胸一杯に抱きしめた

これらの光景を
老松が考へ深くながめてゐた。

『春廟』巻頭詩である。ある春の一日の風景を眺めたのだろう、桜の花の匂いが漂い、川の水流は動的である。それを静かに見守っている古い松の樹。静と動が対比されている。散った桜の花びらに哀愁を込め、「水は憐れな死骸を胸一杯に抱きしめた」と表しているのは面白いが、多分に感傷的であり、若者の清純を感じさせる。二行の節を五つ並べている所も、特に『亞』に見られるような構成美、斬新さは感じられず、意識的に語の凝縮なども行われていない。他にも「高い空／地にゆらぐ並樹のかげ／／蹄の音ゆるやかに馬車はゆく／幌のかげに若い男女／」（「遠くあかるい海」）や、「われ丘にのぼり／哀しみに念ず／／ああ　夕映の空のした／果樹園はしづかに呼吸す／／かかる時　少女らは歌ひ／わが想に呼びかくる／／われ母を失ひし日より／啞人の如く病めり」（「果樹園」）といった作品もあるが、ともに恋愛への憧れや少女たちの歌声に反応する純情さが若い詩人の抒情的感性によって描写された作品と言えよう。

『亞』一七号に瀧口の「『春廟』評」がある。「『春廟』評／詩集「春廟」は生物胎動に魁した。」との記述であり、「帽」のコーナーでの掲載のため、これ自体が瀧口の詩のようになってしまっている。「生物胎動」のさきがけとなったとは、好評と受け止めていいのであろう。

『亞』創刊時富田は、城所とともに早稲田大学の学生であった。安西が「大連でいい詩を書いている」人物として発見され、『亞』創刊の運びになったのは城所の主導によってであったことは知られている。北川も城所に誘われて詩作を始め、詩の魅力に憑かれ、『未踏路』同人となった。城所は安西が述べるように「才気喚発」な人物であった。瀧口も「精悍な感じの人」（前出「大連の詩友たち」）

と城所との対面時の印象を述べている。その後富田、城所両人は詩から短歌へと創作の場を移行させてゆくが、『亞』との縁が切れたわけではなかった。『亞』九号（一九二五・七）のあとがきには「舊の同人富田充が帰つてきた・冬」とある。早稲田大学を卒業し、大連へ帰省したようである。瀧口にも、大連在住の詩人を含む富田との交友を記した文章がある。

一四年（大正、筆者註）五月頃富田充が早大を卒業して帰って来た。これから富田との交友がはじまる。富田は職にも就かず遊んで暮した。父に死去され、母は亡く、病弱で、家もなくなり、それでも貴公子然としていて、不幸から不幸へ落ちてゆくような生活だった。かなり長い独身生活の後、職業婦人と結婚した。戦後夫人の郷里高知市に住む。盲学校に就職して、十数年前九州の旅に来たのを別府で迎えて、同宿したこともある。（前出「大連の詩友たち」）

富田は一九二三年に母を、一九二九年に父を亡くし、一九三一年に妻と結婚。『満洲短歌』が創刊された一九二九年五月から作歌に専念している。『亞』終刊以後は「朱冬会」で句作をしたりもしていたが、詩作に戻ることはなく、短歌にその歩を進めていく。大連を引き揚げたのは一九四七年のことであった。

城所も安西宅で行われていた「騎兵と灌木林《クースト》の会」へ参加しており、『亞』同人から退いた後も、彼らとの付き合いが継続していたことがわかる。城所の自筆年譜（『連翹』一九六九・秋）では、一九二四年、早稲田大学商学部在学中に『未踏路』『亞人』『亞』『面』を「主宰」したとある。同年早大卒業後、大連の満洲水産株式会社の製氷主任になるも、翌年退社し帰国。一九二九年に再び大連へ渡り、満鉄社員会編集長となる。前出の自筆年譜の同年の項に「『満洲短歌』主宰八年間」との表記がある。この頃までが城所の大連での文学的活動期と言えるようだ。満鉄社員会では「満鐵社會員叢書」を刊行しており、第一六輯では城所の『鐵路鮮血史』（一九三五・一〇）が刊行されている。ちなみに第三五輯では加藤郁哉『満洲こよみ』（一九三九・五）も刊行されている。一九三七年からは満鉄北支事務局弘報主任となり天津へ移転し、以後、華北交通資業局参与、弘報主幹副参事（一九三九）、済南鉄路局愛路部長（一九四四）などを経て一九四六年に引き揚げている。

2 『亞人』現る

桜井勝美『北川冬彦の世界』（前出）によれば、『亞』の創刊は、城所、富田、北川が『未踏路』を退いて行われたことになっている。しかし、そのようなスムーズな移行が行われた訳ではないらしい。『亞』創刊以前に、城所、富田の関わった雑誌が存在する。城所の自筆年譜にもその名が登場する『亞人』である。

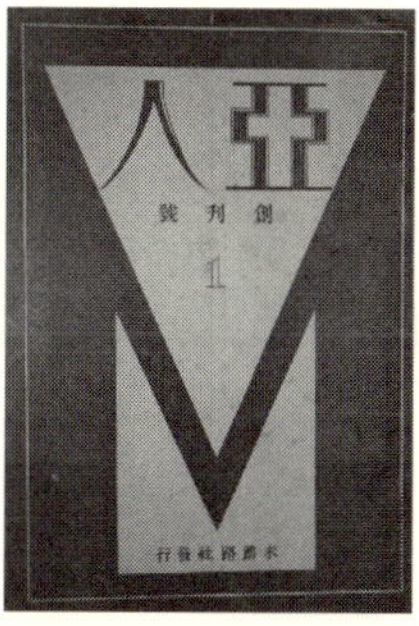

奥付によれば、『亞人』は大正一三（一九二四）年一月に創刊号が発行されている。編輯兼発行者は富田充、発行所は未踏路社とある。「後記」には執筆者名は無いが、編輯兼発行者である富田の筆と考えてよいだろう。「復興詩壇の、第一線に立つべき雑誌『亞人』を創刊した」とある。創刊号に詩

が掲載された青柳定雄が亡くなったようで、「青柳の遺稿を發表するのは、當然私たちの仲間であるべき彼を忘れないためである」と続いている。また、最終頁には富田が「短想」を、平野威馬雄が「韻律を患ふ」という随想を載せていることからも、明らかに彼らが中心となった、『未踏路』以後の雑誌であることがわかる。

さらに注目したいのは、裏表紙に『面』の宣伝広告が掲載されていることである。

従來の「未踏路」を新たに
「面」と題して
二月から再刊します
専ら「短篇小説」を輯錄
巷に出ます。

右のような説明文とともに、「二月號内容豫告」として、谷口傳「反逆」、福富菁児「海邊小景」、山村良男は「未定」とあるが、掲載予告作品名も記載されているのである。

安西は『亞』三号の後書きに「同人富田充・北川冬彦・城所英一の三人は最初の豫定の通り新に東京で『面』を創めることになつた」と書いている。前掲の『亞人』宣伝広告と考え合わせるならば、確かに『面』は安西の言葉通り「豫定の通り」に刊行されたことになる。そして『亞人』の刊行年月を考慮するならば、実は城所と富田の狙いは、安西や北川と一緒に新たに『亞』を創刊するのではなく、『亞人』に両者を迎え入れることだったのではないだろうか。

『亞人』創刊号の巻頭詩は、城所の「コオニエヌ」である。「支那の新年の意なり」との説明文がついている散文詩である。魔よけのためであろうか、夜を徹して爆竹が鳴り響き、人々は酒を酌み交わしながら奇声を挙げている狂瀾の様子が描かれていく。だが最終連で城所は「おお　かくて／亡滅の支那街に／爆竹は依然火華を散らせど／濁れる闇の一端より／ほの白き幻滅を滲ませつつ／黎明の空虚は迫る」と、爆竹の騒がしさの奥に「黎明の空虚」を見出している。末尾には「23.2.26」とあり、この『亞人』創刊の半年以上前に制作された作品だとわかる。

遺稿として掲載された青柳定雄「寂光の春」は、「旅順より母と歸る悲しや我病める淺春」と副題がある作品で、自身の病弱と母親の衰えを春の「寂光」の中に見出し、はかなさが描かれている。「病む身を運び母とあれば／母の眼の弱き衰へよりもさらにさらに／細き柳のいつとはなきかけ言に／なげきをこめし雪解けの水の黒土に／輕きいくつかの咳をしぬ」（最終連）と、柳の細さを「さらにさらに」と強調することで、一層母の衰弱も引き立たせているところが痛々しい。この作品は「（大石橋にて）」と記されており、関東州の大石橋で作られた作品で、前出の城所「コオニエヌ」と合わせ、巻頭、準巻頭と続けて「外地」を舞台とした作品を掲載していることからも、満洲色を前面に出したいという編集側の意図が読み取れよう。このことからも『亞人』とは、中国大陸を意識した「亜細亜」の人＝「亞人」の意味であると言える。

しかし、それ以外の作品からは、それほど大陸的な要素を読み取ることは出来ない。

富田の「哀傷」は、二行を一連とした五連の作品であるが、「われ　丘にのぼり／哀しみ念ず（略）

／／かかる時　少女らは歌ひ／わが想に呼びかくる」と、哀しみと憂いを心中に持っている青年の内面心理を感傷的に詠み、最終連は「われ母を喪ひし日より／唖人《おし》の如く病めり」と、母を喪った青年の哀しみを感傷的に、「亞人」ではなく「唖人《おし》」との語で自身を見つめている。前述の『春廟』収録詩である「果樹園」との類似から考えても、この作品を推敲し収録したものと言えよう。

宮島貞丈「失へる都會へ」は、『亞人』創刊前年に起こった、関東大震災での東京を描いた作品である。「あゝ　是變轉よ　禍と呼ぼうか！／／「東京」よ　古い夢の殘滓が未だ仄溫く棲むでゐた街街よ／匂強い文明の初期が朽掛け　畸形な鮮新が育つた狹斜《ちまた》よ」と、想像以上の災害にあった街の様子を描きながらも、最終連では「我々は匂ひ新しい都會の幻像《すがた》を／見ぬ夢の樂しさに　鮮やかな建立の日に移してゆく」と、復興の期待と予感を漂わせながら作品を締めくくっている。

また、平澤哲夫「千九百二十二年の冬」は、「鈍い猫眠石《ねこめいし》の光りにつ、まれた／白鳩の胸をねらつて／さて　幻の獵人はかなしげな微笑に／つめたくねむるのに。………」といった、西洋歴を使用し、「猫眠石《ねこめいし》」「白鳩」といった単語を並べることで西欧的なモダンさを描き出している。

このような作品を掲載して『亞人』は創刊している。作品を掲載した作家たちとその作品、創刊年月、編輯兼発行者が富田であることなどを合わせて考慮すると、『亞人』は『未踏路』の姉妹誌のような存在として刊行されたとみてよいのではないだろうか。城所と富田は、『未踏路』を止めた状態から『亞』を創刊したのではなく、『亞人』という未踏路社との（『未踏路』同人たちとの）関係を残しながら、関東州・大連の地で『亞』を創刊したのである。

3　新しい象徴詩

『亞』創刊号と二号での、長詩の後に短詩という二篇のセットでの掲載意図は「短詩運動」の意識で行われていたとは言えないことはすでに指摘した。ここでは、城所と富田の『亞』掲載作品を見てみたいと思う。

　　静かなる夜に生くる者　　　　城所英一

卓上の電燈笠《シエード》に腹のふくれたやもりが身じろいでゐる
みつめてゐる私の頬がみるみる痩せてゆく晩である
妊《みご》もれるやもりは
擦硝子《シエード》のぬくみにいつまでもしづかな戀慕をかんじてゐる。

（『亞』三号）

体軀の小さいやもりが腹を膨らませ、大きな身体を持つ「私」が痩せこけた頬をしている、という対比がおかしみを含んでいる。新たなる生命を宿したやもりの存在の大きさを、静かに描き出した作品である。断定的な表現形式とウィットに富んだ感覚は、後の『亞』掲載詩と感性的に共通していると言えよう。「電燈笠」と「擦硝子」をともに「シエード」と読ませている所に見られるモダンさなどは耽美性を含み、「痩せていく頬」は頽廃性に繋がる、ともに美的感覚が表現されている。城所は富田は『亞』三号での作品掲載は無いものの、『亞』二一号（一九二六・七）に作品掲載している。

『亞』三号にこの「靜かなる夜に生くる者」と「春」の詩二篇と「名稱即便宜的分類」とのエッセイを最後に、『亞』への作品掲載を行うことはなかった。*3 前号の『亞』二号で同人退会は決定していたものの、原稿すでに収集済みであったためそのまま三号に掲載したと思われる。

散歩
彼はいつも女をひきつれてゐる。雄鶏のやうに。

番人
公園の貧しい圖書館で、番人の籔のやうな饒舌が少年の行手をふさぐ。おまけに、彼はひとり言を云ふ。
「脫帽、脫帽」

「帽」欄への掲載ということを考え合わせなければならないが、機知に富み、ユーモアに溢れた短詩である。日常にありふれた、眼にすることの出来る断片的な風景を巧みに組み合わせ描き出していると言えよう。城所や北川は『亞』から脱退するまでに「短詩運動」を自覚して行っていた訳ではない。しかし『面』において理論的に「短詩運動」を進展させていったような回想をし、「『亞』は実践的で『面』は理論的であった」（前出、北川「『亜』と『面』」）と述べているが、城所と富田の『亞』掲載作品を見てみると、「実践」という意味での痕跡を見出すことは出来るのである。
では城所が『亞』三号に掲載したエッセイを見てみたい。

あらゆる現象裡に「詩」を看取し得る筈である。で、詩材を茶飯事にとらうと、或ひは藝術至上の立場から摘出しようと、異論はない筈である。この意味に於て我々は――例へば民衆詩といつたやうな特殊の類別を必要としないのである。城砦を築き、徒な排他的吸々を以て自個の傾向を唱揚するが如き、大いに賛成し難い。（略）
一人の人間が同時に所謂小説家であり歌人であり畫家であつてちつとも差し支へはないと。そしてその人の個性は、どんな表現の形式をとらうが同一無二である可きで、さうでありさへすればこれらを總括して詩人だと云ひたいのである。（「名稱即便宜的分類」）

民衆詩に対する批判を含んだ文章である。「民衆詩」自体というよりも、「民衆詩派」（あるいは「民衆派」[*4]）と名称を付けることで選別し、自身を特殊化していることに対する批判である。あらゆる事象に「詩」は含まれており、それを描き出せば小説、短歌、絵画などジャンルは異なるものの全て詩である。思想の優劣や散文精神か詩的精神かとの区別は重要ではない、どんな表現形式を取ろうが作品は作品で唯一無二であり、それは「詩」が含まれている、とする。城所の述べる「詩」とはジャン・コクトーが述べた所の「ポエジー」と言えよう。この「ポエジー」をもって様々なジャンルを飛び交い創作を行い、総合芸術家としての「詩人」を名乗っていたコクトーと同種の提言であった。具体的な詩作についての論述ではないが、この概念は『亞』に共通していた。画家の山道栄助の参加であったり、瀧口の「道」(『亞』一六号)のイラスト作品や安西の「春」(『亞』一九号)などの作品が生まれ得たのは、この意識によるものである。

富田も『亞』創刊号に「新しい象徴詩に就いて」を発表している。この論は『亞』創刊同人たちの意識を代弁しているような論である。象徴詩の自由さをもって詩人はコスモポリタンで花園を逍遥しても、工場でハンマーを振ってもよいのだと続き、「民衆詩家」に対しての象徴なるものの見直し、「新しい象徴詩」を主張していくのである。城所と同じく「民衆詩家」に対して否定的見解を述べていることからも、『亞』創刊時の同人たちにとって民衆詩は否定的な対象であったことがわかる。北川が「詩に於ける印刷技巧に就て」(『面』四号)[*5]において「詩に於ける印刷技巧の濫用は排すべきである」と主張することにより、自ずと向かう方向性は定まっていく。富田の「新しい象徴詩」、北川の印刷技巧の廃棄、安西の「稚拙感」。これらの提言が相俟って『亞』は表現の単純が目されていくのである。実作品には『亞』特有の頽廃や倦怠や耽美といった感覚が生まれ、これらが『亞』の一性格となってゆくのであるが、その創作における各人に共通する前提意識として、城所の「総括的詩人」は提言されていたと言えよう。

富田は「第二回詩の展覧會」には「遠く明るい海」「白楊樹」「安息日」「疑惑」「正午の塔」「埋葬」の六篇を出品している。城所はこの「第二回詩の展覧會」には不参加であった。[*6]安西が『亞』一〇号(一九二五・八)のあとがきで、北川との再会をひとしきり喜んだあと「来るべき詩の展覧會は、この北川の帰省と、豫て、企劃を伴にした在連の二三交友と、更に「面」同人との、因縁相熟に因くものである。ただ、僕達の残念は、当日の會場に城所英一の精悍を欠くことである」と述べている所からも、城所の不参加は予定されていたようである。富田の「白楊樹」（『亞』創刊号）、「疑惑」（『亞』二号）、また『亞』一一号（一九二五・九）掲載の「遠く明るい海」は、『春廟』収録作（収録時は「遠くあかるい海」、筆者註）であった。

武井漾は富田について「此人の詩は、一體に抒情味がかつてゐて、どちらかと言へば古い詩だ」（前出「亞社主催になる詩の展覧會評」）と評した。『亞』創刊以前あるいは創刊時の、短詩への意識の明確化されていない作品を出品作としたための評であったと言える。そして、前出した「無題」（『春廟』巻頭詩）のように、抒情的作品を指摘したものであったろう。

一年後の「第三回詩の展覧會」では、富田は「ＡＬＥＸＡＮＤＲＩＡのバザー」「貿易風」「春」「暁」「六月」の五作品を出品し、その内「春」が展覧会記として『亞』二三号に掲載されている。

春

遠雷は江をへだてて
廟の扉にうつとりとうなだれてくる

凝縮させた語、あるいは削り取っていった語によって、感覚的イメージを膨らませるように配列し、「うつとり」とした場面を描き出した耽美的作品と言えよう。ただ、感覚的遊戯に走りすぎているきらいがあるとしても、風景の一部を切り取ったような描写に一年前の作品と比較すると、『亞』的な成長の痕跡が見られる。
城所は「生活幻想曲」「月光」「寂境」「詠嘆」の四作品を出品し、『亞』二三号には「寂境」が掲載されている。

寂境

とぐろ巻き
とぐろ　ほぐし
蛇　惱む
月の夜すがら

蛇を題材にした詩と言えば、ルナールの「蛇　長すぎる」（『博物誌』）が想起される。安西や北川もルナールへの傾倒は認めており、『亞』二七号（一九二七・一）からは、安西が担当する「Trop long」のコーナーも始まる。この作品に見られる城所の蛇の動作に対する感覚も新鮮であり、これらの作品を見る限り、城所も富田も『亞』脱退後、安西と瀧口が目指した詩をともに作成していたことになる。これらの作品を『亞』に掲載することにより、両者は『亞』脱会後も、読者の持っていた『亞』のイメージ[*7]そして『亞』の世界を補強していたのである。

4　『満洲短歌』へ

歌誌『満州短歌』は、現在筆者の手元にある複写によると、一部三〇銭で販売していたようだ。第一〇輯（一九三〇・一）の時点である。

清規

A・一般の投稿自由。優秀篇は本欄へ
B・半年又は一年の誌代前納者を社友とす
C・優秀なる社友はこれを同人に推薦す
D・原稿締切――毎月二十日嚴守
E・投稿照合その他一切發行所宛

　このような規約を決定し、雑誌発行を続けていた。誌代も「半ケ年一圓八十銭　一ケ年三圓五十銭、送料ハ當方負擔」とあり、雑誌存続のための経営手腕という所だろう。編輯者は八木沼丈夫、發行者は城所英一である。發行所は「満洲郷土藝術協會」、住所は「大連市霧島町一三八番地」となっている。第二一輯のときには、発行所は「満洲郷土藝術協會」と同じだが、住所は「大連市桃源臺二九六番地」に変わっている。これは城所の自宅であり、以後の編集後記は「桃源臺輯記」と題され、城所によって書かれていく。

　この『満洲短歌』第一〇輯には富田の「歌會記」が掲載されている。新年の懇親会を兼ねて「一月十九日」に「松山臺ラジューム温泉」に日帰り旅行をしたらしい。ちなみにこの「松山臺ラジューム温泉」は、これよりずっと以前、大連在住の詩人たちを「満洲詩人会」に強制参加を呼びかけられた際、安西と瀧口が拒否、机を蹴って退出したという会場である。参加者は、編集者の八木沼、発行者の城所をはじめ、富田、河瀬松三、川邊悌二郎、三木静子、北川文子、山口慎一ら一三名であった。ここに名前が記載された山口慎一は、『満洲文學二十年』を著した大内隆雄のことである。この輯では「私は私の言葉で詠ふ」との題で、「公判はまだ始まらず傍聴席に／母と妻との眼が／おのゝいてゐる」「數ヶ月を／未決に居つたMの眼の／妻に向ってうるほつた瞬間」という短歌を掲載している。

『満洲短歌』は、年度ごとに「歌業年譜」として、同人各自の年度ごとの作歌数と総計を掲載している。第二一輯（一九三二・一）には、『満洲短歌』三年目へのスタートとして、第二年目までの同人歌業が一覧表として掲載されている。第二年目の作歌数は、八木沼丈夫が三〇四首で第一位である。第一年目も一四三首作歌しており、合計四四七首と抜きん出た数字を残している。城所は第二年目は一二〇首、富田は九二首となっている。

　この一覧表には、北原白秋、富田砕花、川田順の名も掲載されており、内地歌人からの投稿があったことを示している。また、『作文』の青木實も三〇首、石森延男も一五首と掲載されている。

　翌年の「歌業年譜」が掲載されている第三二輯（一九三二・一二）では、八木沼丈夫・二一七首、城所・一五二首、富田・八九首となっている。北原白秋、川田順は名前は記載されているが、投句は無かったらしくカウントされていない。富田砕花は一一首となっている。青木實は二〇首である。石森延男は第三年度の投句が無かったため、「第二年度」とまとめて一二人一緒に名前が記載されている。そして、この第三年度から出口王仁三郎の名が記載されている。出口の第三年度は九五首。この三二輯には「慨世」と題して一〇首が掲載されている。「無謀なる張學良の命うけてあばれ出したり馬占山軍」「在満のわが同胞は奮起せり國家の権益守らむとして」といった短歌である。その他にも「歌集紹介」の欄には出口王仁三郎『露の奥』が宣伝されている。そこには「第四歌集である。寄贈を受けたのが恰度前號の締切前であった為に紹介が遅れて作者に済まぬと思ふ」とあり、すでに個人歌集を四冊も出版し、一日に膨大な数の作歌をするという出口王仁三郎の一面が表されている。

第三三輯（一九三二・二）に同人一同として二七名が記されている。八木沼丈夫、城所を始め、富田、原真弓、河本茂次郎、川邊悌二郎、青木實、河瀬松三、香川末光、出口王仁三郎らの名が記載されている。出口王仁三郎は一九三〇年から内地・外地を問わず、一般歌誌への作品投稿を積極的に行い始めるが、『満洲短歌』も投稿誌の一つであった。そして第三六輯（一九三二・五）には「第一輯至三十六輯出詠者名簿」が収録され、創刊以来の出詠者は一九五名となっている。

『亞』終刊号である三五号に掲載された「亞の回想」には、富田と城所はともにコメントを寄せている。次のようなものであった。

「亞」は恒に晴朗で明晰で典雅であつた。「亞」が満洲の邊境から中央詩壇に倣然君臨した所以はそこにあつた。遠く黄海の潮を越へて「亞」が呼びかけた聲は無限の魅力に充ちたものであつ

たことを誰しも否定しないだらう。それだけでも「亞」は實に優れた存在であつたと信じてゐる。（富田）

今、「聖餐」の時が來たのだ。北の國の人知れぬ丘の上消江殘る雪と飴色の陽ざしと。そこに純白な大理石の十字架がひそかにそして永久に立つてゐる。……なぜかさういつたセンテイメンタルな童話的な氣持ちがされてならない。（城所）

ともに『亞』の終刊を惜しむコメントである。富田は『亞』が「満洲の邊境」の詩誌であったことに触れ、城所も「北の國」がイメージとして想起されている。大連が中国北東部にあるというばかりではなく、内地東京に対して、『亞』が中央ではなく周辺の存在であったことを強調している。ここには『亞』の発行所を東京に移そうとした城所の中央中心的な思考が、富田にも共感されていることが表されている。前述したように、安西は大連を文化的「前衛」の場として認識していた。だが、富田と城所にとってはあくまで大連は「満洲の邊境」であり、「北の國」なのである。『亞』が『詩と詩論』へ発展したことで辺境から中央詩壇へ君臨したからこそ、彼らにとっては存在価値が生まれたのである。ここに二人が『亞』に作品を発表はしながらも、正式に同人に再度復活することはなかった理由があると思われる。また、城所は後に『満洲短歌』において満洲固有の短歌作品の創作を提唱するが、それは中央内地に対する辺境というコンプレックス、「宗主国」日本に対する「植民地」満洲との意識が根底に存在しているための提唱であった。ここには当然、満洲に在住している日本人（宗主国人）である、との意識も含有されており、屈折した重層的な精神が表されている。さらに富田は「『亞』が呼びかけた聲は無限の魅力に充ちたものであつた」と再確認し、城所は「童話的な」感傷に浸っている。彼らにとって『亞』は、すでに取り立てて注文や意見を述べる必要も無い、まさに過去に参加したことがある雑誌に対しての美しき、そして感傷的な「回想」の対象であった。

その「回想」から五年後、『満洲短歌』第三四輯（一九三二・二）において、城所は「短詩運動勃興の時日に就て——『短歌月刊』座談會記事中の一論點——」を掲載する。北川の「『亜』と『面』における発行の概説を、「短詩運動」の推移と関連させて述べたものである。北川の「『亜』と『面』」（前出）と同じような内容であることから、北川の随想の基となっているとも考えられる。

『面』の（同人は、福富菁兒、北川冬彦、横井潤三、富田充、城所英一）[8]そして、我々のポエジイを端的に表現するスローガンとして——我々は第四次元の世界に生きる——といふ言葉を使つた。『面』は『亞』と相呼應しつゝ作品本意でひた押しに進む一方、毎號同人の烈しい詩論を掲げた。これは第七號卽ち大正十四年十月一日まで續け、巻頭辭『第一年の成跡』に——所期の短詩の勃興とその流行の成果——を謳つて一先づ第一期を終つた。

ともかくこの我々の運動は當時の詩壇にセンセイシヨンを起し、短詩運動は燎原の火のやうに全國に擴がつて今日に及んだのである（その後のその行詰り及びその堕落的傾向に對しては昭和四年四月の『満洲日報』で『詩壇覺醒すべき秋』の題下に少しく論じたことがあつた。）

ここで城所は『亞』や『面』で行ってきた短詩運動に対して、後悔などしてはいない。むしろ「我々の運動は當時の詩壇にセンセイションを起し、短詩運動は燎原の火のやうに全國に擴がつて今日に及んだのである」と、自身の業績として誇りを持って記述している。北川も、「『亜』と『面』の『短詩運動』は、詩の表現上の本質を追究し、詩の純化運動としての意義があったのである。『亜』と『面』は、昭和初頭の日本現代詩の一大変革期『詩と詩論』時代の下準備をおこなったわけで、この二つの小さな雑誌が果した先駆的役割は、現代詩史の上で、見逃すことのできない重大な個所の一つであろう」（前出「『亜』と『面』」）と述べ、自分たちの起こした旋風が「運動」となり、日本現代詩史上のメルクマールとして位置づけることの出来るほどの重要性を持つものとして認識している。

城所、北川の二人はともに『亞』と『面』に対してその価値を認めている。そんな城所が富田とともに『亞』からの退会どころか詩からも離れることになるのは、「その後のその行詰り及びその堕落的傾向」と城所が述べるところの、『亞』以降の現代詩に対しての否定的認識によるものであった。

では『亞』以後の詩とは何か。ここで城所は『亞』終刊以後の満洲詩を指しているわけではない。前掲の「短詩運動勃興の時日に就て」において「當時の詩壇にセンセイション」と述べられていることからも、内地の詩壇を指していることがわかる。城所は当時の詩に対しては「詩に於ける錯覺――（内省すべき時が來た）」（『満洲日報』一九二九・五・二、五・九）においても批判を行っている。[*9] その内容としては、便宜的に分類した、韻律志向の「聴覺型」詩も構成志向の「視覺型」詩も、ともに読者の「錯覺」の存在を知っている。「聴覺型」は朗詠のリズムに無条件の陶酔と賛美をし、「視覺型」は印刷技巧に傾斜しすぎ、ともに「錯覺」の狙いすぎである。その方向性を突き詰めすぎて「錯覺」から一歩進んで「神経中樞の錯覺」をすら狙っている現状である。ダダイズム的な表現方法は、すでに同時代的には失敗したという結果が出て飽きられ棄てられたはずであるにも関わらず、同じ手法で小手先を変えただけの詩が未だ発表されている。「ダヾも結構、構成派も未來派も超表現派も何でも皆一切よろしい。要はその内容のみである。（略）要はその精神」が重要である、とする。そして「表現形式を第一義とすることの可否は呶々を超える」と、ニーチェの言葉「藝術がぼろぼろの材料を纏つてゐるとき、それは最もたやすく藝術として認められる」を引用しながら、「誤れる表現第一主義に根底を置きつゝその偏奇なる技巧の末に據つて自他を欺瞞せむとする哀れなる過去の詩壇の流行と、そして既にその粉飾上の遊戯に飽きられた結果詩の核心にまで喰ひ入つて病的なサヂスム、マゾヒズム的なまことに済度し難い文字通りの『偏奇』そのものによる詩の冒瀆を事とする現時の退廢的流行」に対して玩味さるべき言葉である、とまとめている。城所が詩から離れることになった原因の『亞』以後」とは、「ダヾも結構、構成派も未來派も超表現派も」と、西欧芸術の系譜による詩作を行っていた「現時の退廢的流行」の先鋒、『詩と詩論』を指しているのである。『詩と詩論』を批判しながらも、内地（中央）に君臨する詩誌としてその存在を認識し、『亞』が『詩と詩論』へと「発展」したからこそ同人期の感傷に浸るという、城所の権威主義的な精神的屈折が見られるのである。

では城所が発行者として『滿洲短歌』で行っていたことはどのようなことなのだろうか。『滿洲短歌』第三五輯（一九三二・三）に城所は「會員諸氏へ・手紙に代へて」を書いているが、相当数の会員からの質問があった問題として、定型律と自由律の問題に返答している。

まず「この孰れに行くべきかに迷つてゐる人々が相當ある」と現在の現状を述べた上で、「『滿洲短歌』には定型律の士が期せずして集り各々定型律への歩調を揃へてゐる。それでいゝのだと信ずる」と明言する。そして「この問題に就ては近日項を更めて別に論ずる心算である」と留保を付加することも忘れていない。

転居　　富田充

世すぎごとやうやく繁し一年に四たび家かへて住むを思へば
移り來て隣の人とあけくれの言葉をかはし住みつかむとす

かささぎ　　城所英一

久にして相見む友の待つといふ北の旅路はたのしくをあらな
鵲は眼つぶらにあかときの汽車の窓べに沿ひて飛び來も
ひろ原を朝行く汽車に追ひすがる鵲はやがて遅れたりけり

片々集　　青木實

大晦日の夜更となりぬ人の往き來にぎやかにして寂しかりけり
樂隊に明るき街を通りきてもの音もせぬ家にかえりぬ

新春　　出口王仁三郎

土掘れば城の石垣次々にあらはれ來るに昔をぞ思ふ
富士といふ名を聞くさへもすがしきを今朝は車の窓にみるかな

（『満洲短歌』第三三輯）

同時期に掲載されていた作品は右のようなものであり、文語定型である。そして城所は「それでいゝのだと信」じているのである。この定型律と自由律との問題は、内地歌壇で起こっている問題と同様であり、海を越え、満洲歌壇でも同じように問題になっている。当時の歌壇で前衛であることの一要素として、口語自由律を用いての作歌であることが挙げられる。「地政学的前衛」である満洲において、形式的には文語定型という「後衛的」な作歌を城所は目指していたのである。

『亞』や『面』で試みた「短詩」は、詩の純化が真の目的であったことに間違いないが、当時の大衆的流行であった民衆詩に対する否定的実践の側面もあった。だが、短詩運動は民衆詩の破壊後の再建築として、「主知」なる語で提言されるシュルレアリスムを根底とした芸術思想を用いた。そして伝統破壊を掲げながら、韻律の否定へと向かったのである。これに反対意見を持つ者は、北川に代表されるように、伝統破壊と新興意識をその共通項としながらも、プロレタリアイデオロギーを用い創作を行っていった。シュルレアリスムとプロレタリアイデオロギー。この、ともに近代的な思想である両者への反発として、城所と富田は短歌への道を選び、文語定型を用いたのである。だが、それは単純な伝統回帰ではないだろう。そこには、中央中心主義による内地に対するコンプレックス、西欧至上主義に対する反発、植民地主義による「満洲」に対する日本人としての優位性、「日本の生命線」たる満洲居住者であることの優越感といった、満洲在住者の様々に屈折した心性があった。

富田は『満洲短歌』への移行を、自身の恩師であり編集人である八木沼丈夫にその理由を求めている。「八木沼丈夫先生が哈爾浜から大連の満鉄本社弘報課に赴任して来られてから、まもなくして満鉄社員会『協和』編集部の人々を中心に『満洲短歌』創刊の話が持ちあがり、昭和四年五月、創刊号を世に出した」（前出「後記」『雲逝きぬ』）。だが続けて「本来ならば、私の志向は一直線に短歌に延びて行くべきであつたが、（略）いつの間にか私の情熱は詩に傾注されていつた。この事は私の作歌の道程を考えてみる時に、大変おもしろく思われる」と述べているように、自身の短歌への志向が本来的なものであったとして認識していることがわかる。

　城所は「涼雨集選評」（『満洲短歌』第三八輯、一九三二・六）において、「歌は眞實性を尊ぶ。事實に卽し實際に痛感した事象や胸に迫る感激を詠ふならば、たとへ表現は稚拙であつてもその作品は人の心を撃つ。次には特異性のある歌が望ましい。人各々の個性を生かす事によつておのづから夫々の特徵が表れる。つまり着眼なり境地なりにその作者らしさがよく現れたもの、卽ち多少とも人と違つた境地の窺はれるものを尊重する」（傍点ママ）と述べていることからも、アヴァンギャルドとしての詩の創作の地点からはかけ離れた場所にいたことがうかがわれよう。また、詩ではできなかったことを短歌で行う心づもりであったことが理解できる。主知への偏重、韻律の排除、イデオロギーへの偏重。これらへの反発として城所と富田は短歌への道をスタートさせた。満洲的なものを生かすという意識は、日本的な湿度のあるような抒情を廃棄し、大陸的な乾燥した気色を伴った歌を詠んでいくことであった。『満洲短歌』第三六輯（一九三二・五）には、城所の「香爐を壊すな——會員数氏に答へて——」が掲載されている。

一つの請願はそれが達成された刹那に消滅する。一つの運動はそれが成就した瞬間に終熄する。スローガンは達成成就への手段である。短歌はスローガンであつてはならない。短歌に一時的なアヂ的効果を云為するなど以ての外である。短歌の生命は永遠である。人の感情が機械の部分品と變り果てぬ限りに於て。尚、藝術が期せずしてアヂ的効果を含有する場合はあつてもスローガンや粗雜な叫びが直ちに藝術であり得ない事は明瞭な事實だ。

プロレタリアイデオロギーでも近代の最尖端を行く感覺でも何でも結構である。それが同一の香であるならば、古い香爐を焚くのと、新製の——多くは粗製の——それに焚くのと、その漂ふ香氣に何の相違もない筈である。容器の如何でなくて要はその香の本質、つまり内容である。先祖傳來の古色蒼然、千金の香爐を壊すのは國民として忍びない事だと思ふ。

『満洲短歌』が用いている定型律を「古い香爐」とし、イデオロギーを用いて詠むことを「新製の」香爐としている。その香気に差は無いはずであり、異なるのは香の本質だとの意見である。そして「古い香爐」は「先祖傳來の古色蒼然、千金の香爐」であり、壊さずに生かしていこうとの宣言文でもある。

しかし戦火が拡大して行くに連れ、この定型律は日本的抒情との結び付きを強めてしまった。愛国的抒情、韻律は雅語の使用と神国日本を詠うことになっていったのであった。

康徳二六〇〇（一九四〇、昭和一五）年の『満洲年刊歌集1』には富田の作品が掲載されている。

汗かきて入りし青葉の峡のみち飲む山水のなきをさびしむ
青葉かな白雲かなとくもりたる眼鏡を拭きて仰ぐうれしも

自由律を目指した訳でもない短歌であり、満洲を舞台としているとはわからないような詠み方である。このような、日本の自然を詠んだような短歌に加え、「すめらぎの國のまもりと發《た》つ兵に朝盛る飯《いひ》を清《さや》けく思ふ」（「事變下吟」『満洲文藝年鑑Ⅲ』収録、二七二頁）といった翼賛的短歌も詠むことになった。

同じく『満洲年刊歌集1』に収録された城所の短歌は次のようなものであった。

はためきて日の御旗映ゆる秋空や日の本の民と生れてうれしき
かりこもの世の乱るるを男の子兒の嘆きしことは無理からなくに

愛国的短歌である。城所は後に「短詩の休耕地開墾の屯田兵・城所英一は、耕耘知るや『短詩と警句との距離』その他のエッセイを遺して『短詩』のペンを折り、『短歌』の筆を執って月刊『満洲短歌』を興し、一〇年近い根気の末、歌集『連翹』を遺した」（「短詩屯田――短詩運動の創成期――」『作文』一二二号、一九七九・八）と当時を回想して述べているが、前掲した富田の文章（「後記」『雲逝きぬ』）と併せ読むと、ともに自身は詩人ではなく、歌人としての素養があったとの告白とも判断できる。ここに「短詩」に対する二人の意識が読み取れよう。富田は安西や瀧口の俳句会「朱冬会」にも幾度も参加し、俳句制作に関わることからも、定型に対する創作意識があった。安西や瀧口が試みた定型に陥らない、ギリギリの線を目指した短詩を目標とする意識を比較するならば、短歌への志向を自身の本質と認識している二人の意識は、城所の述べる通り、埋まることのない「警句との距離」を持つ、全く異なる着地点となっていたのである。安西や瀧口の短詩は、日本的抒情から遠く離れることもその目標の一つであった。そのために異国文化をイメージさせるような表現を幾度も使用しながら、作詩していった。それは『亞』の魅力に他ならなかったが、同時に感覚的表現に走りすぎ、使用する語や漢字そのものから意味を剝ぎ取り、または意味が連結出来ないような語による構成美にこだわり過ぎたとも言える。それが『亞』の模倣者たちの発生する源でもあり、城所が短詩に疑念を感じ始めた地点でもあった。二人が『亞』を離れたのは、東京で『面』を始めるためであったことに間違いはない。しかし詩から離れ短歌に移行するのは、『亞』において作詩していた短詩を信仰対象とでもするかのような、詩人たちへの懐疑であった。

その後『満洲短歌』の創刊によって、二人は満洲の独自性を求める。これは『戎克』に対して安西が求めたことと同一であり、内地歌壇の延長としてではなく、満洲に住む者が満洲の歌を、との意気込みであったと言えよう。『満洲短歌』第三九輯（一九三二・七）には、城所の「地方色といふもの」が掲載されている。

特に我々の場合に就いては斯く考へる。それは、今や満洲の情勢は明るく轉向し、母國の生命線たる意識は一人判然として來たのである。從來の所謂出稼人根性を完全に揚棄し、此處に定住する氣持をしつかりと持ち直すことによつて、新たに特殊な感情が甦つて來るであらうし、特色のある歌が來ると信ずるのである。つまり、土に卽し大地に腰を据えることである。新しい郷土觀念を更めて樹立することである。赭土の山を、廣野を、あらゆる事物をしみじみと見直し、且つしみじみといつくしまうではないか。

ここで城所の言う「地方色」とは、満洲を一地方としての認識が根底にある。つまり日本から、中央から見た一地方であり、「地政学的前衛」の地としてである。「今や満洲の情勢は明るく轉向し、母國の生命線たる意識は一人判然として來たのである」との言説は、満洲事変直後であり、日本の領土拡張政策への素朴な賛同意識が読み取れる。アヴァンギャルドな芸術理論や現実認識のためのイデオロギーからの反発として短歌ジャンルを選択し、満洲在住者としての感情を、古き良き韻律のもとに読み表すこと、それはオリジナリティーに溢れ、満洲在住芸術家の偉大なるステイタスのように聞こえる。だが、ここで述べているような「母國の生命線」、「土に卽し大地に腰を据える」、「新しい郷土觀念」との提言こそ、国策と一致した提言であった。国策に則ることが「地方人」としてのコンプレックスを解消する手段であり、それこそが植民地主義なのである。文語定型の創作理念は、容易にそれらと結びついてしまうのである。

『満洲短歌』には満洲の各都市に支社があり、それぞれの支社で短歌詠会、吟行を行った報告が毎号のように掲載されている。皆ありふれた自然詠であり、内地日本と同じ気質で満洲を捉えていたことになる。「満洲の土に卽す」との提言は、確かに満洲の風土、景色を題材にはしていた。しかし日本人の気質を持ち続けることは、定型に拠りながら「満洲」という名の「日本」を見、詠むことであった。

『満洲短歌』は一九三一年、満洲国弘報処による機構統制により、『アカシヤ』『くさねむ』『短歌線』の四歌誌による『短歌精神』への廃刊統合を余儀なくされ、終刊となった。富田は「『満洲短歌』は十二年の歴史の幕を閉じて、合同歌誌『短歌精神』に転身した」（前出「後記」『雲逝きぬ』）と記している。詩誌は『鵲』と『二〇三高地』が『満洲詩人』に、俳句誌は『山楂子』『柳絮』『韃靼』の三誌が『俳句満洲』に、とそれぞれ強制統合されている（前出、小沼正俊『韃靼』一四〇頁）。この強制的な廃刊統合に『満洲短歌』同人たちは割り切れない思いが強かったらしく、八木沼丈夫が北京で創刊した『短歌中原』に全員揃って参加した。「その時の私たちの喜びは終生忘れることができない」と富田は続けている。だがそんな『短歌中原』も、一九四四年一二月に八木沼が亡くなると「八木沼先生追悼号」をもって終刊した。緊迫する戦況の下での同人歌誌発行など、困難な状況であった。

七章　春山行夫

1　春山と『亞』

春山行夫と『亞』の表立っての関わりは、それほど多い訳ではない。『亞』同人たちによる『詩と詩論』への参加や、安西の『軍艦茉莉』が厚生閣書店から出版されていることから、ほとんど連携していたような印象があるが、『亞』に掲載された春山の詩作品は、「賣家」「●星座」の二篇（三一号、一九二七・五）と、「體温表」での「マリイ・ロオランサン夫人」「犬」（二一号、一九二六・七）、そして最終号の「亞の回想」のみである。その中でも「●星座」は、春山の特長が表された作品である。

●星座

昔バグダツトの寶石持の寶石を全部集めたつて、この邊で一摑み摑みとるだけのものがあり得たか疑問でせう。一つ二つ拾つて見ると、一番遠いのが「外套座《マントオ》」で、その右手に對稱してゐるのが「噴水《フォンテイン》」と「赤鶏《レッドコック》」です。ジャヅの影繪が踊つてゐるのは「金鐘《ゴールド・ベル》」。つぎに「小犬《リトル・ドック》」「落葉《ロツン・リイヴ》」「聖母《マドンナ》」「鶏ペン《ダッグ》」「食人種《ニグロ》」の順で、「牧師館《マスター・ホール》」と「葡萄酒樽《ワイン・キャスク》」が並んでゐるのは滑稽《をどけ》てゐます。それからずつと飛ばせて、お終ひの橋のところにメトロポールのやうに青く光つてゐるのが「墓外座《グレーヴ》」です。
――どうして、マンハツタンの星座早見表ですつて？　とても、コペルニカス《ママ》さんでもお手に合はぬことで御座いませう。（近刊短詩集から）

西欧的雰囲気を漂わせた、衒学的とも言える詩である。早見表に並んでいる星座に対してルビを付すことで、「バグダツトの寶石持の寶石」が比較できないほど多数の、各々に名前があり背景に物語を持つ星座が羅列される。それらは「コペルニカス《ママ》さんでもお手に合はぬ」星座群として表されることになる。単語の羅列、特に名詞、そして動詞が同じ活用形で羅列されていく方法、これがモダニスト春山の詩によく見られる特徴である。ここには当然、詩からの音楽性の捨象、抒情的、感情的な感覚から乖離するための方法として用いられたことは認識しておく必要がある。

この作品には末尾に「近刊短詩集から」と付されており、既発表作の再録であるかのようである。だが、「近刊短詩集」とは何かがわからない。この時以前に刊行されている春山の詩集は『月の出る町』（地上出版部、一九二四・七）であり、『青騎士』掲載詩を中心に纏めたものである。以後は『楡のパイプを口にして』（現代の芸術の批評叢書4、厚生閣書店、一九二九・四）になる。この著書は「詩集」ではなく、これまでの春山の文章を纏めた「作品集」というべきものであり、詩だけではなく評論、書評など併せて収録されており、決して「短詩集」ではない。ここには『亞』掲載作として前掲の「賣家」「●星座」掲載されているが、その際には「近刊短詩集から」との附言は取り除かれている。

　桃色の寝室に就て
貴方達は Laurencin 夫人の桃色の寝室を知つてゐますか？
パリ・夕暮・花束・お嬢さん・鎮静剤・化粧室・溜息・お這入り下さい・小鳥・虎・猫・薔薇・鳩・馬・羊・扇・帽子・果物・肢・香水を？
知らない？
それなら私は安心です
本當を言へば私は彼女の桃色の寝室を永久に私ひとりで愉しみたいのです
堀口先生？　ええあの方は月下の一群に少し許り持つて行かれました
桃色の寝室は彼女が Madrid の客窓で書綴つた二十篇の詩を収めた六十頁の小詩集です。（「マリイ・ロオランサン夫人」）

ちよつとベーコン卿に似てゐるんぢやない？（「犬」）

「マリイ・ロオランサン夫人」「犬」のユーモアとエスプリが効いた作品は、安西と瀧口が試みてきた「體温表」欄への掲載作として相応しい作品と言えよう。しかし、以後春山が試みていくことになるポエジイを実践していくための、「主知」のもとによる構成主義的な作品ではない。ヨーロッパ風のイメージを喚起させる単語の羅列と、「〜です」という助動詞を丁寧な言い方で用いることで生まれる遊戯的な作品の雰囲気を描いたものである。

参加回数から判断するならば、春山は『亞』という詩誌とは寄稿者以上の関係ではなかったと言えよう。春山が個人として『亞』に参加していくのではなく、『詩と詩論』において『亞』同人たちとの交流は本格化していく。そこでの春山は詩人としてだけではなく、詩論家、編集者としての存在でもあった。外地・大連の少人数の薄い同人誌ではなく、内地・東京で、同人数も二桁のボリュームのある（『詩と詩論』第一冊は二一四頁もある、筆者註）季刊誌の中心的な存在として、日本の詩壇に留まらず、文壇を巻き込みながら活動していくことになるのである。その様なプロデュース能力もまた、春山行夫という人物の存在意義なのである。

安西の日記は、春山との交流を何度も記述している。

「軍艦茉莉」の原稿ヲ厚生閣ニ送ル。（一六五頁）　昭和四年一月二八日

「翅ある仕事」成る。「蟻走痒感」を為る。
春山行夫君より状。北村千秋氏より詩依頼。夜入浴。けふより温泉（硫黄）なり。　昭和六年一月一九日

春山君より来信。夜安達君来。　　三月一四日[*1]

他にも原稿送付の内容も含めると、頻繁に手紙のやりとりがあったことがわかる。詩人としての安西と、編集者としての春山との関係が判断できよう。

2　春山行夫の名古屋時代

一九〇二（明治三五）年七月一日に春山は名古屋市で生まれている。本名は市橋渉。父親の父辰二郎（宗助）は、「名古屋の輸出陶器の絵付けの草分けの一人になり、画期的な特許をとった[*2]」人物であり、春山の芸術的感性の源は、父の仕事を見てきたからだと言われている。春山が詩人としてその文学活動をスタートさせたのは名古屋在住時からであり、井口焦花の存在が大きかったようである。二人で作った詩の雑誌として『赤い花』があり、春山が一八歳のときであった。そして一九二二年、春山二〇歳のとき、井口焦花をはじめ、佐藤一英、高木斐瑳雄、斎藤光二郎らとともに『青騎士』が創刊されるのである。この年譜中、春山は自身で「青騎士とサンサシオンは、地方における芸術運動の草分けであった」と記している。この『サンサシオン』とは、洋画家の松下春雄や鬼頭鍋三郎らの団体で、春山自身も油絵を描いている。文学（詩）というジャンルに収まらず、絵画をも含む芸術活動を行っていたのである。

『青騎士』については、杉浦盛雄『名古屋地方詩史』（名古屋地方詩史刊行会、一九六八・一〇）が詳しいが、そのあらましをまとめてみるならば、『青騎士』は一九二二年九月に創刊し、一九二四年六月、通巻一五号の「井口焦花追悼号」をもって終刊している。名古屋詩話会と関係をもって始まったため、一地方詩誌と見られるかもしれないが、中央の多くの詩人も参加している。また、井口焦花は『青騎士』について次のように考えていた。

先づ『地方雑誌が単色に塗られ易い』と云う言葉を聞き咎める。萩原氏自身は拘束な理智から発した心算であるか知らないが、寧ろそれは皮相な考察で、単色に塗られ易いのは正に名古屋詩人の群少にして寂寥と巧智と馴致のない詩社の示す独自の色彩なのである。（略）却説これら要するに萩原朔太郎氏の臭味の問題が名古屋の三大雑誌がどれもこれももっているとしたら、あの場合青騎士の臭味と他の雑誌の臭味とを識別してから評価してほしいものであった。かかる意味で青騎士は他の詩社と同一視されることが寧ろ堪えられない。（井口「エポックに向う」『青騎士』七号、一九二三・四）[*3]

これは、『青騎士』に対する萩原朔太郎の批評についての所感であるが、これから自分たちの雑誌をどう継続していくかの主張として読むことか出来る。気魄に溢れており、アヴァンギャルドたる自分たちが、新詩運動を先導していくという自意識が読み取れよう。杉浦盛雄は、「『青騎士』が、きたるべき新詩運動の可能性を抱きながら、近代詩から現代詩への架橋として名古屋に存在しこと《ママ》は、地方詩史の誇りであったが、焦花の死によってその運動は終り、春山はおおきい抱負を抱いて上京した。

そして本誌は昭和詩に始まる新詩への先駆的位置を内包して終結した」[*4]と述べているように、『青騎士』は一地方詩誌に留まることなく、後の『詩と詩論』に継承される、前衛的な活動として顕著な足跡を印したものであった。

一九二四年、春山が二二歳のとき井口焦花が亡くなり、数ヶ月後、父親も亡くなる。その後、『サンサシオン』でともに活動した画家、松下春雄に誘われ、一九二四年一〇月に上京することになる。

このように記すと、春山が全く迷い無く「日本近代象徴主義詩の終焉」（『詩と詩論』第一冊）に繋がるような、当時の「レスプリ・ヌウボウ」の代表者であり、主知的な「ポエジー」を最初期から表出していたように思われる。しかし、同年七月に出版された詩集『月の出る町』（地上社）には次のような詩が掲載されていた。

屋上庭園

たれさがる絹糸の紐ありて人待ち気なり
ゆきてひろびろしい七月の窓をぬけ
屋上庭園《バルコン》にのぼり忘れられた鞦韆《ぶらんこ》をしよう
すずしい空たかくのぼり
廈々《いへいへ》露台もて白くつながるごとく
欄杆《てすり》なる護謨《ゴム》の濡れ葉のなかにかくれゆく
ながれくるSoda《ソーダ》水のごとき大気のなかに揺らう

さふあいやの雲のなかに大き小さき影をみだし
はるすぎた屋上庭園にさびしい鞦韆をしよう。

この詩は「さびしい噴水」という章中の一篇である。一見して抒情詩であり、章題の「さびしい噴水」、題名の「屋上庭園」、文語の使用、情緒的な内容で、朔太郎的な印象が第一に感じられる作品である。朔太郎の『月に吠える』は一九一七年二月に、『青猫』は一九二三年一月にすでに刊行されている。後の朔太郎との論争に至る以前、春山も多くの現代詩人と同様に、朔太郎の影響下からその詩作をスタートさせていたのである。作品中に見られる西洋的な断片が強調されていき、抒情的な感覚からの乖離を目論んだのが『亞』掲載作と言えるのではないだろうか。そして年譜から考えれば、春山と『亞』との関係は、春山の上京後に生まれたものと判断できる。

3　萩原朔太郎との論争、春山行夫が見たもの

春山が自身をフォルマリストと規定するのは『詩と詩論』刊行後のことであり、代表作である「白い少女」、「KODAK」(「ALBUM」、『植物の断面』収録)も同誌に掲載されている。自身の創作理論ともなっていく詩論もまた『詩と詩論』誌上にて発表されている。

『詩と詩論』第一冊の「後記」には、「われ〳〵が詩壇に対してかくあらねばらぬと信じるところの凡てのものを實践するにある」と、同人とともに当時の詩壇の改革を目論んでいた。「後記」に執筆

者の名前は無いが、春山の筆と考えられる。つまり、同人たちの宣言の体を取りながらも、春山自身の現詩壇に対する宣言文とも言えるものである。同人として集まった「新しい詩人」たちとの共通の目的は「舊詩壇の無詩學的獨裁を打破して、今日のポエジイを正當に示し得る機會」を得ることが重要であり、その機関誌的役割を負って発刊するのが『詩と詩論』であり、「現詩壇が當然もたねばならぬ研究、或は示さなければならない作品」として、西洋文学や芸術作品にその模範を求め、新しい時代に相応しい詩を創造していくことが目論みであった。

「新しい詩人」たちとは、後に北川によって具体的に記載されることになるが、『亞』同人たちを含めた（尾形亀之助も含まれることになる、筆者註）、若い世代の詩人たちであった。

一方、対する「舊詩人」は、「さしたる抵抗も示さずに、いっせいに舞台から後退してしまった」とされる。この「舊詩壇の無詩學的」な詩人の代表的な存在として仮想敵化されたのが、朔太郎を筆頭とした感傷的抒情詩の作詩家たちであり、さらには詩的緊密性を欠く、散漫な民衆詩の作家たち（民衆詩家）であった。

春山をはじめ、『詩と詩論』では詩論を重視し、詩作品における知的構成が尊重されていく。そのための理論として春山は矢継ぎ早に詩論を展開していくが、展開の課程として朔太郎との論争が含有されていく。春山の側から朔太郎批判が初めて公にされた、「日本近代象徴主義詩の終焉」（『詩と詩論』第一冊）から両者の論争が始まったと見なすならば、朔太郎の「詩壇の現状」（『蠟人形』一九三八・一二）までと考えても、おおよそ一〇年も応酬は続いたことになる。実にお互いに執拗であるが、一九二八年九月の『詩と詩論』創刊時、春山は二六歳、上京してから間もない、詩壇的には新人であり、一方の朔太郎は『月に吠える』刊行から一〇年を経た、詩人協会役員でもあったベテラン詩人であり、脂ののりきった四二歳であった。

論争では、後期にあたるのであろうが、春山「断片的詩論」(『三田新聞』一九三六・六・五)と朔太郎「春山行夫君に答ふ」(『三田新聞』一九三六・六・一九)を見てみたい。この頃にはお互いの主張はすでに提出されてはいるが、論旨がかみ合うことはなく、泥仕合の様相を呈してきている。いずれも『三田新聞』に掲載されたものであり、春山は次のように述べている。

萩原朔太郎氏が『文學界』の誌上で、さかんに僕を攻撃するが、その論調はお話にならない程、野卑で下賤である。

元来、ポエジイといふ言葉、ポエジイといふ概念は、僕などの運動によつてはじめて明らかにされたことで、僕以前の詩人は、たれ一人としてポエジイといふ概念を明確に摑んでゐない。

彼等(既成の旧詩人)が今日、ポエジイといふ言葉を使用せずして今日の詩が語れなくなつたことは、換言すれば、彼等が我々によつて初めて詩の教育を受けたことに外ならない。

論争でのキーワードとなる「ポエジイ」が何度も反復して使用されている。この「ポエジイ」に対する理解の相違が、春山と朔太郎の論争の根本であったと言っても過言ではない。これに対し朔太郎は「春山行夫君に答ふ」で次のようにやり返す。

春山行夫君によれば、僕が車夫馬丁の如き暴言家ださうである。僕は自ら高邁の貴婦人を以て任じてゐる。車夫馬丁の如き下司な毒舌は、人のそれを聞いても胸を惡くするほどである。何で僕が自らそんな言辭を弄さうぞや。

君の詩論で詩の種類を二部に別け、繪畫詩と音樂詩とに分類して居るのは、僕が『詩の原理』に書いたことの傳寫ではないか。

人に教育されて出世しながら、自分の功名心に驅り立てられて、元の舊師に喧嘩を吹きかけ理由のない漫罵をするといふのは、あまりに無良心な忘恩ではないか。

春山は詩の概念を「ポエム」と「ポエジイ」とにわけて考え、「ポエジイ」としての詩を主張している。詩における方法論的意識ということを主張したのである。芸術とは意識的に、方法論的に創造すべきものであって、無意識的は個性にたよって出来るものではない、との考え方である。

それに対して朔太郎は、その指摘はすでに自分がずっと以前に行っているもので、同じ論旨でなぜ自分が批判されなければならないのか、と述べている。朔太郎の理解は、春山が分類する「ポエム」と「ポエジイ」を、「繪畫詩」と「音樂詩」に分類しているというものであった。

ここで少し遡って、朔太郎の「三木露風一派を放追せよ」(『文章世界』一九一七・六)を見てみよう。そこには、北原白秋の『思ひ出』(東雲堂書店、一九一一・六)は「日本詩壇にある重要な時期を劃したもの」であり、「蒲原有明氏以來日本象徴詩派の宿題であつた情調本位の叙情詩を完成した詩集」であった、その反動として起こったものが「三木露風一派の創造した観念風の象徴詩」であり、そこには「何かしら哲學らしいものや、思想らしいもの」が描かれていた、それは「實際には「高尚すぎて」解らないのでなくて、彼等自身が「解るものを解らなく見せる」ために解らない」もので「似而非象徴詩」であるのだから「詩壇から追放」しなければならない、と述べられていた。つまり朔太郎は、「象徴詩一派」が行ったような難解な漢語や文語体での表現を否定し、音楽性（リズム）を重要視した「口語自由詩」を「発見」するのである。また、そこには「西洋人の一度言つたことを繰返して言ふのが日本人の義務であると彼等は思ひ込んでゐる」と述べられているように、春山が執拗に繰り返す「ポエジイ」に対して「解るものを解らなく見せる」という、三木露風と同一視する判断が朔太郎にはあった。「既に西洋で古くからあつた黴だらけの浪漫思想の繰返し」とまでは思わなかっただろうが、「表現は不自然で窮屈で少しも自由なリズムが出ない」と見做していたのであった。

その後朔太郎は「ポエジイ」に対する反発を続け、「純粋にパッショネートな詠嘆詩であり、詩的情熱の最も純一な興奮だけを、素朴直截に表出した。換言すれば著者は、すべての藝術的意図と藝術的野心を廢棄し、單に「心のまま」に、自然の感動に任せて書いた」と本人が述べる、文語詩集『氷島』（第一書房、一九三四・六）を刊行し、「退行」することになる。

春山は詩の方法論で、詩作を花を咲かせることに喩えている。美しい「花を咲かせる」ためには、農業的知識と農業的方法を用いると自然のままに放置しておいた花よりも立派な花を咲かせることが出来る、と考えるのである。この方法を認識し、計画し、計算していくことが春山の詩に対する方法論である。また、実質的な農夫の本能により、花を美しく咲かせる叡智、すなわち花そのものの上に花をさらに美しく咲かせようとするための認識的な秩序が必要になってくる。このような、より完全なものを作ろうとする認識的秩序の思考を春山は「主知」と呼んだのである。この「主知」が構成意識と相俟って、フォルマリスト春山の主知的詩論となり、春山の「ポエジー」の基盤となるのである。「無詩学時代の批評的決算」(『詩と詩論』第三冊)において春山は自然主義文学時代のポエジーを四つに分類し、それらを無詩学的なものとして批判している。

一、デカダニスム　北原白秋、岩野泡鳴より佐藤惣之助に到る
二、感傷派　1室生犀星、萩原朔太郎(センチメンタリスムとデカダンス)
　　2生田春月らのセンチメンタリスム
三、民衆詩派(富田砕花、福田正夫、百田宗治、白鳥省吾)
四、人生派

ここで、自然主義文学とは最も文学に縁遠い感傷主義である、とする。このとき、春山の述べる「文学」とは「ポエジー」と意味を同じくしているのである。

4　満洲もの著作

日滿中央協會主催雜誌記者團滿洲國調査隊に參加した私は、昨年十月廿六日東京驛發、十一月廿三日東京着の約一ヶ月に亙つて、滿洲國と北支の外觀をスピイド・アップで見學する機會を得

た。（『満洲風物誌』生活社、一九四〇・一一　一頁）

　文化史といひ文明批評といふ以上は、勿論それを批評するものとして、對象としての文化・文明の性格や状態や機能をあきらかにしてかからねばならないことはいふまでもない。（「あとがき」『満洲の文化』大阪屋號書店、一九四三・七　四四三頁）

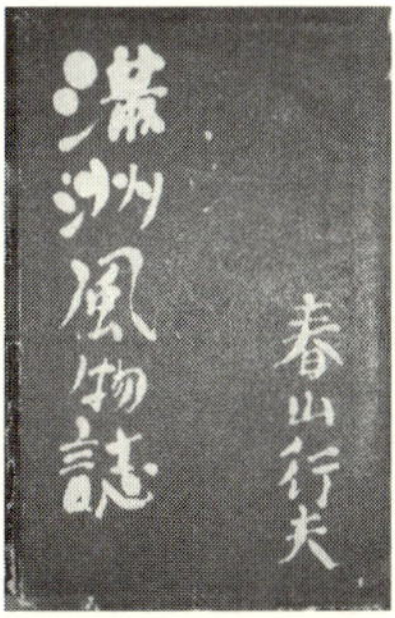

　春山行夫はフォルマリスム詩を書く詩人としてばかりではなく、詩論家としても業績を残している。また『詩と詩論』『セルパン』の編集者として、さらに海外の詩や文学理論の紹介者としても幅広く活動した人物である。主として『詩と詩論』誌上において展開された「主知主義」と言われるその詩論は、モダニズム運動の先鋭的な役割を果たしたと言える。

　――今日の詩人のなすべきことは、單なる印象の傳達や、感傷的告白の形態化ではなしに、もつと根本的なポエジイの追求に向ふべきであるとしたら、詩論こそ、今日の詩人の最も關心すべきものでなければならない。

　ポエジイと呼び、詩論と云ひ、批評といふものは、すべてこの意味に於ける創造的な詩人の本格的な仕事でなくてはならない。（『詩の研究』厚生閣書店、一九三一・二、復刻版ゆまに書房、一九九五・四　五～六頁）

ある一つの觀念を傳達あるひは描寫するのでなく、フォルムが記述されることによつて意味の世界が出てくるのである。つまり、自然主義でいふ描寫の機能としてでなく、文字が持つてゐる意味の結合によつて、全然豫期しない意味が發生するのである。所謂これが文學の超現實的方法である。つまり、描寫の變化によつて獨立したフォルマリスムが、逆にそれによつて文學を支配する新しい觀念と結びついたのである。（同　一三二頁）

春山が唱えた詩論の中心的な内容は右のものである。この基本提言に、「古風な韻文学の横行、韻律、リズム、音樂」（『ポエジイとは何ぞや』『詩と詩論』第二冊）を否定したことが決定的な対立点となり、朔太郎との一〇年に及ぶ論争は進行していく。この時期の春山の詩論に対して吉本隆明は「現代詩の問題」（『講座現代詩Ⅰ』飯塚書店、一九五六・一二）で批判を行っている。そこでは春山が詩から意味を切り離した張本人として「詩から意味を切り離すことは、いうまでもなく内部世界と社会的現実とのかかわりあいを断絶することを意味する。一般的に云って、内部世界と外部の現実とを断絶したところに詩の表現は成り立たない。形式と効果の約束しか、あとに残らないからである」とし、「春山の詩論は、ただ、単に内部世界と外部の現実とのかかわりあいを放棄して、日本資本主義の高度化してゆく上層安定感のうえにあぐらをかいたにすぎなかった」と結論する。吉本はここで、モダニズム詩人が庶民レベルまで精神退行したにもかかわらず、そこから詩作上の技術としてモダニティを利用した詩の通俗性を批判しているのであるが、春山だけではなく、三好達治ら「四季」派の抒情詩を含め批判している。

　春山が編集長を務めた一九三五年から一九四〇年の間の『セルパン』において、「現地報告」という特集欄が一定期間組まれている。当時の時局に対するジャーナリズムの反応としての一面であろう。『文藝春秋』は「時局増刊」として「現地報告」を何度も臨時増刊し、次第に強行されてゆく大政翼賛的精神主義の担い手として作用した。「報告」はまさに「報国」要素を含んで機能している。春山は『セルパン』において「スペイン現地の報告」、「伊軍敗戦の現地報告」、「ソヴェト現地報告」と、日本軍の現状ではなく、西洋現地報告を掲載している。「詩人として、批評家として努力してきた自分は、ジャーナリストとしても同じやうに努力したい。そしてそのために詩人的な植物性や、批評家的な動物性が、削られたり、洗はれたりすることは、決して悲しむべきことでなく、自分がそれによっていままで知らなかった世界に伸びてゆく一つの過程であると思つてゐる。假令、ジャーナリストとなることが一般的には空虚以外のなにものをも残さないものであるとしても、僕の場合は決して空虚な究極には到達しない筈だ」（春山「後記」『セルパン』一九三六・六）と述べているが、あくまで編集者であり、ジャーナリストであるという姿勢を打ち出すことで、「報国」的積極性からの回避を図ったのではないか。春山には時流から外れていない姿勢を示すことで、軍部から睨まれるような事態をやり過ごそうとの判断はあったと思われる。

　だが、当然の事ながら「現地報告」は、日本の国家政策としてその対象地を勢力拡張の狙い、あるいは生命線とした諸地域に国民の関心を誘い、意識的、無意識的に北進、南進を促す役割を果たすことになる。満洲の地へと赴いた春山は、まさに同様の役割を果たしたことになる。だが春山は「政治の問題」（『満洲風物誌』七〜一〇頁）の中で「政治に觸れることは實にむづかしい」、「政治は私の專門ではないので」と断りを入れながら、満洲国の政治をルーズベルトのニューディール政策になぞらえて「満洲國に於いては、政治は政治的イデイオロジイの問題であるよりは、むしろ政治の技術に屬する。政治の實驗といふ意味は、とりも直さず政治の技術的な實驗といふことに外ならない」として、「技術」や「實驗」以前の「政治的イデイオロジイの問題」に触れることを巧妙に避けている。春山にとって『満洲風物誌』は「旅行記であると同時に調査報告となり、印象記であると同時に文化史的風物誌となつた」（「あとがき」）ものであり、「旅行したのは一ヶ月であつたが、これを書くには約一年かかつた。（略）その間絶えず、自分の調べたいと思ふことを讀んだり問合せの手紙を出したりして書きあげた」（四四五頁）ものであった。巻末において、饒正太郎は「満洲國を決して感性や感覺のみでみることをしないで、飽くまで科學者の態度で觀察し分析してゐる」（「ユリシイズ的『満洲風物誌』」四六〇頁）と述べているが、この「科學」的な記述方法は、「主知」なる語により、『詩と詩論』から春山が終始一貫堅持してきた態度なのである。同様に『満洲の文化』においてもその態度は受け継がれ、春山の詩論、文学観がそのまま再現されている。

對象を主知的に見るといふ意味は、今日の言葉でいへば科學的に見るといふことである。（略）對象を自己の享受力だけではなく、對象自身の性質に於いて見ることである。（略）鑑賞に主知的乃至科學的な觀方が加はれば加はるほど、ある對象と他の對象との區別が、相互に正確に理解できるやうになる。（「あとがき」四三七〜四三八頁）

科學と藝術とは、現在でも氷炭相容れぬものだと考へ、「科學のはじまるところに藝術は終る」と考へてゐるひともすくなくない。勿論、原則的にいつて、科學と藝術とが各〻その分野を異にしてゐることは自明のことであるが、批評は一方に於いて藝術に通じてゐると同時に、他方に於いて科學に通じてゐる點でその中間の位置を占めてゐる。(四三九頁)

『満洲風物誌』は春山が一九三九年一一月に日本雑誌記者満洲国調査隊の一員として満洲と北支を見学し、その成果を纏めた著作である。その時、春山は「詩人」、「文明批評家」との肩書きを自身に対して用いている。『満洲風物誌』や『満洲の文化』、『台湾風物誌』(生活社、一九四二・七)はその自己規定のもとに書かれた著書である。

また春山は一九四二年五月設立の「文学報国会」には評論随筆部会(会長・高島米峰、理事・白柳秀湖、幹事長・河上徹太郎)に属し、伊藤整、亀井勝一郎、小林秀雄、津村秀夫、保田與重郎、芳賀檀とともに常任理事に名を連ねている。さらに『文学報国』二号(一九四三・九・一)に掲載された「満洲文學の一特性」から、一九四三年八月の第二回大東亜文学者大会で満洲文学に関する報告を行っていることも判明している。尾崎秀樹『旧植民地文学の研究』(前出)では、三日目の本会議で三分科会に別れた内の第二分会において、春山が石川達三、田兵と共同で「東亜共同の文学研究機関の設立の強調」を提案したことが記されている。日本文学作品と満洲文学作品との相互翻訳をもっと行おうとの内容である。

このように見てくると、吉本が述べるような内部世界と社会的現実とのかかわりあいの断絶とは正反対に、春山が如何に「社会的現実」と関わっていたかがわかる。前述の通り、春山が戦争に荷担しなかったなどと述べるつもりは毛頭無い。しかし、戦争末期にかけて春山が発表した作品は、一九四二年が三二本、四三年が一九本、四四年が一三本であるが詩作品は無く、随筆、評論、書評ばかりである。太平洋戦争勃発を機に、戦意高揚を促進する詩が幾つも発表されていく中で、春山は終戦時まで詩作を断ったことになる。詩を書かないという判断こそ、春山がとった姿勢なのである。これが他の『詩と詩論』同人も含め、「愛国詩」を大量に書きつづった詩人たちと、如何に対比されるべき姿勢であったことかを我々は覚えておかなければなるまい。

春山は「詩人」に加えて「文明批評家」の肩書きのもと、ルポルタージュを書くことで文学の領域からさらに広い表現活動の場に転じていった。満洲と台湾がその契機として選択されたことは、日本の領土拡大政策、植民地政策への一助である。しかし『満洲風物誌』や『満洲の文化』を見てもわかるように、売っている写真のフィルムや煙草の種類（「大連、旅順」『満洲風物誌』三七四〜三七五頁）、大陸科学院や図書館、博物館、動植物園、アカデミー施設などを詳細に記述していくことが、当時の兵士や銃後の人々の戦意高揚を直接的に引き起こすとは考えにくい。ここには春山個人の趣味的、ディレッタントとしての性質が強く表れていると言えよう。春山は満洲文化や台湾文化を極めて詳細に、科学的に「報告」することで、全体主義的な「報国」から逃れようとしたのである。その意味で春山は、戦後の『花の文化史』（中央公論社、一九五四・二）に代表される、文化史シリーズに繋がる視点を戦前から一貫して持ち続けたことになるのである。

5　春山の戦争詩

兵隊さんの顔

天津から北京へとゆく途中に
郎坊といふ驛がある。
事變が起きた時、まつさきに戰鬪があつたところで、
プラツトフオームには現在その時の戰死者の墓が立つてゐる。
石の墓でなく、脊の高い木の柱に
　工兵上等兵　及川今朝巳　田中吉久　戰死の地
　工兵上等兵　倉重傳　戰死の地
と書いてあり、
ほかにもまだ五人の勇士の墓がある。
汽車がとまるとみんなが降りておまゐりする。
私も帽子をとつてお辞儀をした。
そこには守備隊があるらしく
ふと建物に目をやると
窓に兵隊さんの繪が貼つてある。

クレヨン畫で、ひどい髭もじや顔だ。
小學生が慰問袋へいれて送つたのでせう。
そこへ汽車から降りた兵隊さんがゐた。
よそからきた兵隊さんらしく、
はじめて窓の繪をみたのです。
ハツ、ハツ、ハツ、
子供の繪はおもしろいね。
かいたのは尋常二年生の男の子だよ。
君はいゝ繪をもらつたね。
と出迎への兵隊さんと話しました。
汽笛が鳴つて汽車が動きだした。
私はもう一度お墓にお辞儀をして、それからクレヨンの繪をみた。
兵隊さんの髭もじやの顔が笑つてゐるやうにみえた。
みなさんも兵隊さんに繪を送つて下さい。
町の繪でも、畑の繪でも、姉さんや弟をかいた繪でもいいのです。
それから繪といつしよに手紙も書いて下さい。

（「兵隊さんの顔」『少年倶楽部』一九四一・一）

鐵塔

春がきたので僕らは郊外へでる。
遠くの山々がくつきりと見え
そこからみどりの麦畑をこえて
鐵塔の列が一直線に都會にむかつてゐる。
あの電線には強い電流がながれてゐるのだ。
自然の力と科學の力とが一しよになつて生みだされた電流は
都會へいつて工場の機械や電氣機關車をうごかし
交通信號のあかりとなつて重い役目をはたす。
また放送局の高いアンテナからは
たのしい歌やお話や天氣豫報の放送となつて
この山間の
發電所の人たちのところへもかへつてくるし、
海をこえた大陸の勇士たちにも
元氣な子供たちの合唱で
「兵隊さん、ありがたう。」と挨拶するのだ。

（「鐵塔」『少年倶楽部』一九四一・三）

ともに牧歌的な雰囲気が描かれている。「兵隊さんの顔」では、子供から送られてくる絵によって兵士は和み、戦闘が起こり得る状態と隣接しているとは思われない。そこには戦死者が「勇士」として祀られている。駅に降り立つ人々は、彼らを参ることで臥薪嘗胆が鍛えられることになる。そして慰問袋を送ることで、作者に呼びかけられた子どもたちは、銃後としての存在となっている。しかし、注目しなければならないのは、作者は決して子どもたちに、軍隊を賛美しろと言っているわけではないことである。子どもたちに「兵隊さんに繪を送つて下さい。」、「繪といつしよに手紙も書いて下さい。」としか言っていないのだ。

「鐵塔」もやはりただの少年詩として捉えることは出来ない作品である。「科學の力」の象徴である電流は、都会の機関車や信号を動かしているだけではなく、海の向こうに子どもたちの「ありがたう」との声を伝える。その声を聞いているのは、海の向こうへ派兵された兵士たちなのである。しかしここでも作者は「兵隊さん、ありがたう。」と子どもたちの言うように強要しているのではない。子どもたちが合唱する声が、電波となってラジオ放送される、ということを示しているのである。いわば「科学の事例」を子どもたちに向けて述べているのである。この「科學的に見る」（前出『満洲の文化』）という思考法こそが、春山が終始、戦後まで一貫して持ち続けた姿勢であった。

「兵隊さんの顔」や「鐵塔」は、前述した「白い少女」「KODAK」といった、春山の名を知らしめた詩とはおおよそかけ離れた作品であり、フォルマリスムの影も見られない。これらの詩を「愛国詩」として戦争責任を問うことは容易い。しかし、これまで述べてきたように、多くのモダニズム詩人たちが愛国詩へ移行したことは区別されるべきである。それは「前衛的」な表現と、愛国詩のような「国民的」な表現とが棲み分けされながらも「日本的な連続線」（坪井秀人『声の祝祭』八頁）をもって、意識的無意識的に関わらず、接続していった事実として、今日では明らかにされている。

　また、吉本隆明が批判要素として掲げる「日常感覚的にしか戦争に触れようとしない、もうまい性」（前出「現代詩の問題」）と対極にあるような反戦詩人であることは、この時期、どんな詩人でも不可能であったと言える。佐藤卓己は『言論統制』（中公新書、二〇〇四・八）において鈴木庫三の日記を詳細に読むことで、彼の当時の心情を汲みながらも、情報局の検閲の実体を明らかにし、さらに戦時下のメディアの自主規制を指摘した。権力による検閲とマスメディアの自主規制という、言うなれば二重の検閲制度の中で、反戦詩が誌（紙）上に掲載されることはないだろう。そんな中「兵隊さんの顔」と「鐵塔」が、詩誌や一般総合誌ではなく、『少年倶楽部』という少年誌を発表媒体として選択していることは、春山の詩人として、ひいては文学者としてのギリギリの譲歩であり、また時局下での戦略でもあった、と言えよう。

第二部

『亞』以後の満洲詩

前列右から２人目小池亮夫・４人目本家勇・５人目加藤郁哉・７人目瀧口武士
後列右から山道栄助・安西冬衛・小杉茂樹
（安西美佐保『花がたみ』より）

一章　『戎克』論

1　『亞』の亜流

『戎克』が創刊されるのは一九二九年三月のことである。巻頭詩は安西冬衛の「食事」と「冬」が飾った。

　　食事

お前の肌に粉ナ薬に近い溫さが流れる
黄ろい海
1000 islands

　　冬

銃眼は朱い
鳥の巣の下で彼女の組織がこはれる

「食事」は「向日葵は黒い彈藥」(前出)の「今夜のスープには草の實が浮いてゐた。1000 islands」と同じ表記の英語が用いられていることからも、類似した発想から作られていると言って間違いはないであろう。「冬ミ」はシュルレアリスムのコラージュを念頭に作られたように、「銃眼」の朱と「鳥の巣の下」の彼女、そして「組織がこはれる」ことが「冬ミ」という題名によって結び付けられる。二つの作品はともに感覚的なイメージ喚起が優先され、創作されていると言えよう。だが『亞』に掲載された安西の短詩作品ほどの断新さは無い。この作品は『安西冬衛全集』にも収録されていないため、ここに全文を掲載した。

『亞』が終刊するのは一九二七年一二月のことであり、『戎克』はその一年三ヶ月後の創刊ということになる。右に挙げた安西の作品は、代表的な作品ほどのインパクトは感じられないものの、『亞』掲載時の短詩を彷彿とさせる作品である。語のイメージを膨らませる感覚的な語と語の構築。頁の余白を効果的に利用する誌面構成。安西の作品が創刊号の巻頭を飾ったことで、『亞』の流れを汲む詩誌であることがわかる。雑誌自体も印刷所は『亞』と同じく小林又七支店、印刷人も太田信三である。

創刊同人は小杉茂樹、樋口春晃、尾崎邦二、城小碓の四名である。この同人のうち編集人は小杉福次(茂樹の本名、筆者註)、発行人は本家勇(城小碓の本名、筆者註)、発行所は戎克発行所、城小碓の自宅である。

あわてて部屋の表の小窓を明けて下りかけようとされていた城様にお声かけたのでした。御礼を云って、恐縮される城様、その時私は、ドアを明《マ》け《マ》ていたのでしたが遠慮の城様。「大抵、家にいますから、何時でもいらっしゃい」など冬衛嬉しそうでした。（安西美佐保『花がたみ』沖積舎、一九九二・一一　一四七〜一四八頁）

安西美佐保は安西冬衛の妻であり、結婚は一九二八年五月、『亞』終刊後のことである。桜花台在住時の思い出として右のように述べている。ここに記されている「城」とは城小碓のことであり、安西宅に来る靴音と口笛が聞こえ、郵便受けに自分たちが発行していた雑誌を入れると、立ち寄ることもなく足音と口笛が去っていく、それを初めて捕まえたときの描写である。ここで安西と知り合いになった城小碓は、小杉茂樹とともに『白羊』という同人雑誌を発行してはいたが、『亞』終刊以後の満洲詩誌創刊のために安西に相談をするのである。一九二九年二月一一日の安西の日記には「午後白羊の人二人、雑誌の件ニテ来ル。『戎克』ト改題ニ決メル。夕刻帰ル」との記載があり、以後三月一一〇日「午後、戎克同人。滝口来ル。夕刻帰ル」、一〇月二七日「加藤郁哉来（午餐）。後稲葉亭ニ来ル。夕方両人退出。夜戎克ノ連中来ル。稲葉君洋銀の台ランプをくれる。トロフヰのやう也」とある。この時の「台ランプ」を抱えた写真が『軍艦茉莉』の著者近影として使用され、詩集の異国情緒に溢れた退廃的な感覚世界とともに、安西冬衛という詩人のイメージを決定的なものにしたことはよく知られている。続いて一一月二八日の日記には「夜小杉、城、両氏来。『戎克』第十号をもらふ」と、『戎克』に関連する記述が散見するようになる。このことからも『戎克』を通して若い同人たち、特に城小碓との関係が親密になって行き、雑誌自体と安西の関係も浅からぬものとなっていたことがわかる。

『戎克』創刊号は、同人も含めると一二人もの執筆者がいた。掲載作品も詩だけではなく短歌も含まれている。これは創刊のためにすでに集めていた原稿を全て掲載したためである。第二号から編集意識が変化したようで、『戎克』のオリジナリティを形成するという意識が感じられる。第二号以降と比較してみると平瀬一雄、加羅麗三、小杉吉耶、樋口春晃、甲斐水棹、西岡貞子の作品は創刊号以降は掲載されていない。清水静枝のみ再度作品発表が確認できるが、[*1]掲載作の大半が創刊号のみの執筆者が占めていることからもわかる通り、創刊号は「ごった煮」の感があり、雑誌としての方向性など定まっていないことが如実に読み取れる。『戎克』という、土俗性を強調し、まさに「満洲」を彷彿とさせる誌名を冠して、大連在住の詩人によって作られた作品を掲載しておきながらも、抒情性を含み「日本」が想起されるような作品も同列に掲載されたのである。

君が父　見るに今更思ほゆれ　故郷の山ふるさとの河。
母國の春のめでたさよりきけば心もはろに飛びてもゆかな。

（清水静枝「早春」）

異郷の地で故郷を詠むという、完全に旅先での詠み歌となっている。日本的な抒情性をそのまま表しているこのような作品が大連在住の詩人としての個性を削除していることになる、と訴えることが『戎克』の表現していくべきことであった。そのため、二号から誌面が大きく変化したのは必然であったと言えよう。

『戎克』二号には安西の作品「長髪賊」「易牙」の二篇が発表された。この二篇は『軍艦茉莉』にも収録されている作品である。『戎克』三号には「續々徳一家のLesson」一篇だけであるが、作品は同号の表紙に掲載された。四号には「業」「『未成鐵道』より」の二篇が発表されている。[*2] 作品は短詩であり、誌面における空白は広く取られている。題名が付され、本文で使用されている語は感覚的であり、題名と本文との振動が意識的に構築されている。『亞』での掲載詩に漂っていた雰囲気が引き継がれていると言えよう。『戎克』は一九三〇年一二月までに二〇号発行されているようだが、[*3] 五号から安西作品の掲載は止む。安西の詩は掲載される場合は必ず巻頭に掲載され、瀧口の作品も安西の次か、安西の作品が無い場合は巻頭に掲載されている。つまり『亞』の後を受け継ぐ詩誌として存在したいという編集者の意図が前面に表れている。安西、瀧口以外の掲載作品も作品雰囲気が『亞』に似ていると言わざるを得ないものであった。

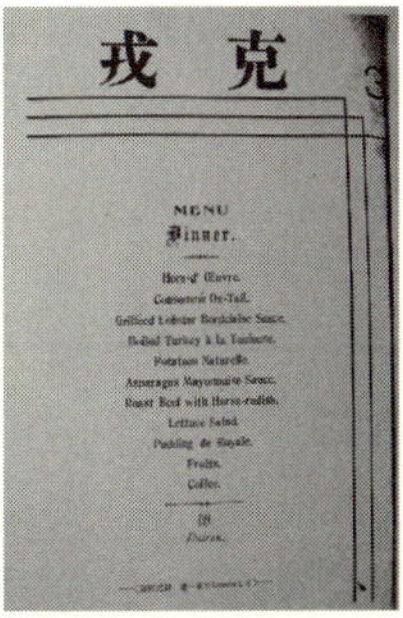

談話　　　　小杉茂樹

カットグラスの灰皿の噴火山。
Spear の函に "To open push this end"
と書いてあります。
押してみると成程、具合よく出ます。

（『戎克』二号）

悲哀

給料日の午後、三本足の狗ころが走る。

城小碓

（『戎克』創刊号）

芸術は模倣から始まる、とはよく言われる言葉である。しかし『亞』の影響を多分に受け詩作を志し始めたとしても、安西詩の模倣意識を放棄しない限り、安西本人の作品よりも優れた詩が生まれ得ないであろう。日記にあるように、城や小杉との付き合いはありながらも、安西は同時期『詩と詩論』誌上にて主知的な詩論を有するアヴァンギャルド詩人たちとともに、散文詩の傾向を強めていく。後追いの、自身の二番煎じを目標としているような詩誌に対して、安西は作品掲載を継続しなかった。この行為こそが安西が『戎克』に対して持っていた意識の表れであろう。同様の意識を持った人物に北川冬彦がいる。北川は『戎克』について安西よりも辛辣に、次のように述べるのである。

僕は、「戎克」には創刊號以來、原稿を何度もすつぽかしてゐる。過日大連へ行つた折りも、かなり固い約束をして置きながら、まだ書かずにそのまゝになつてゐる。（略）まさしく、「亞」の後を、むしろ意識的に追つてゐることが推察される外觀と内容とを持つてゐる。一つの運動があつたあとに、それが後繼運動の起ることは無理もないことで、それ自身としては、決して好ましくないことではない。しかしながら、この「戎克」の場合は、決して好ましいとは云へない。何故かと云ふに、創刊以來すでに二十冊に垂んとするのに、「戎克」は未だに「亞」の亞流の域を脱してゐないからである。云ふまでもなく、「戎克」が「戎克」としての存在價値を持つためには、「亞」の亞流であつてはならないのである。「亞」を超えて、「亞」の上を行くものでなければならぬ。(「間に合はなかった原稿『戎克』と詩集『國際都市』」『時間』一九三一・三)

右の評は『戎克』だけでなく、島崎恭爾の詩集『國際都市』(戎克社、一九三〇・一一)もまた安西の模倣に過ぎないとの内容を含んでいる。『戎克』では安西の作品は必ず巻頭に掲載され、安西の作品が無ければ瀧口の作品が巻頭に掲載されたことはすでに述べた。北川が「『亞』の後を、むしろ意識的に追つてゐる」と指摘しているように、『亞』を引き継いだことを積極的にアピールしていた。その意識に対して、当事者であった北川には忸怩たる思いがあった。「『亞』を超えて、『亞』の上を行」って欲しいとのエールの意味もあろう。

『戎克』に集まったメンバーが詩作品を充実させていくのは、『亞』の養分を吸収しながらも、あくまで満洲の臭気を含んだ自身を認識してからのことである。『戎克』の中でも少なからぬ異動があり、幾つかの節目と思われる出来事を経過してからのことであった。

2　下船と再乗船

『戎克』創刊号の最終頁には次のような文句が掲載されている。

募集規定

同人（大連在住者）三名　會費一箇月五圓也

誌友一箇年二圓也（共に前納するものとす）

誌友の優秀なる作品は誌上に掲載す

創刊号を編集して、前述の安西の日記の記載にもある通り、城小碓と小杉茂樹は安西のところに相談しに行くと、安西は「もっと満洲で出している詩らしいものを作れ」と駄目を出す。創刊号はすでに原稿も集まっていたため、そのまま掲載するが、第二号からは安西に相談し、安西路線になっていった、という城小碓の回想がある。名の知れた文人に原稿を依頼し、書いて貰った日本的な作品ではなく、大連在住の「満洲」的な作品を掲載したいという欲求は城小碓も持っており、安西もそれを意図したと思われる。小杉茂樹は「満洲の青年詩人諸子！　奮起せよ。而して吾が遼東のポエジーをより發展せしめやうではないか」（「断片語」『戎克』二号、一九二九・五）と、『戎克』を続けていくための新人募集のアジテーションを書く。前述した通り、創刊号のみの執筆者は殆ど二度目の参加は無く、二号に引き続いて執筆しているのは城小碓、小杉、尾崎邦二と安西である。さらに創刊号に同人として名を連ねていた樋口春晃が離脱し、替わって瀧口武士が執筆している。

葬送曲

祭壇の電氣が薄らいでゆく

逃げる線
逃げる線
スティンドグラスの中の靈。

『戎克』二号での瀧口の詩はこの一篇のみである。だんだんと暗くなっていく祭壇の明かりを「逃げる線」と言い表すユーモアと、「スティンドグラス」によって表されるモダンさ。その中にいる「靈」。視覚的表現を使用し、上手く仕立ててあるようだが、安西の作品と同様、『亞』掲載作と同様の斬新さ鮮烈さがあるとは言い難い。この二号からは「受贈誌」欄も授けられ、初期『亞』と同様の体裁を整えていく。安西と瀧口という二人の作品を巻頭、準巻頭に掲載することは、『亞』の弟分としての存在であることを読者に宣言したも同然であった。そして、『戎克』同人たちはそれを望んだのである。

三号は安西の「續々徳一家のLesson」が巻頭、瀧口の「天地」「●《ママ》」の二篇が準巻頭として掲載された。さらにこの三号からは、同人に島崎恭爾が加わった四人体制になる。島崎の作品は次のようなものであった。

港　　　　島崎恭爾

風呂敷で、顔をくる巻いたお婆さんは、片目の息子に引かれて蒙古嵐の空を。のたり、のたり。

山東歸りの汽船は青天白日旗を揭げて、出航しました。

（『戎克』三号）

「蒙古嵐」「山東歸り」「青天白日旗」などの単語によって大陸的雰囲気が醸し出され、それらを上手く組み合わせた作品である。「お婆さん」の歩く速さが「のたり、のたり。」と描写されているのは、実感的でユーモラスである。島崎恭爾の安西の影響を語る例として最も顕著な作品に「カノ白猫ハ地平線ヲ啣ヘテ動カナイ。」（「大陸」『戎克』五号、一九二九・七）がある。片仮名の持つ先鋭的な表記による一瞬の面白さはある。しかし、イメージの遊戯に走りすぎているきらいも同時に併せ持っていると言えよう。このような言葉遊びに堕していくような作品に対して、北川は批判をしたのである。北川も「新散文詩への道」のように「新」を冠して提唱した論には、短詩と同様、日本的抒情を断ち切ろうとした意識が存在したことは間違いない。感覚的表現に重点を置き、音楽性や抒情性に表されていたような多分な情緒は、切り捨てるべきものであった。しかし北川はシュルレアリスムや構成派などの思潮を経由した後、「現実」直視を提唱し、社会的批評性を持つ詩の作成を思考するようになる。その時、未だに自身が試みてきた過去の栄光に縋るように、「地政学的前衛」たるはずの大連の地において『戎克』が掲載し続けていた作品は、『亞』のブランド性に寄り掛かっているような行為としか映らなかったに相違ない。詩の変革を常に挑んできた北川にとって、『戎克』同人たちの行っている後進性は、当然批判するべきものであった。

安西と瀧口の両人が作品掲載を止めた『戎克』六号（一九二九・八）の内扉頁にある宣言文が掲載された。

宣言

戎克社同人

吾等戎克乘組員ハ昭和四年八月

五日ヲ期シテ一時下船ス

理由　内的思想轉換ノ爲メ

理由として挙げられている「内的思想轉換ノ爲メ」というのは、後の号を追って見てもよくわからない。この六号には執筆者たちの詩作品も収められているが、最初に同人それぞれの「下船の理由」が掲載されている。

小杉茂樹は、同人各人と安西の名をローマ字で記した後、「船空の壁に私はいつも落書ばかりしてゐました。今度、下船するに就いて私が船に遺して來たものは其のつまらない落書ばかりです」（「A SHIMAZAKI KYOJI」）と述べている。率先して小杉が『戎克』からの離脱を宣言したような印象を受ける。

島崎恭爾は「嘲笑・懸念・輕い期待を浴びて航海を續けてきた戎克も第六の港で一名の若き船員を失ふ。（略）そこで私も「さよなら」をするのが當然であらふ。途中乘組員であるが爲めに、喪章となりて」（「私も上陸する」）と述べはするが、続けて自身の目指す「國際都市」に辿り着くまで航海を続けると宣言し、文章を終えている。

城小碓は「先生、私は破産するかも知れません、もし破産する様な事がありましたら先生への債務は、私どうしたらいいだらうと心配です」（「下船の挨拶」）と、安西を指しているであろう「先生」への呼びかけの形式で、自身の心情を訴えている。

尾崎邦二は「弟の船は海賊船ではない、そして弟も船も船員も何の思想も持つてゐない」（「朝霧」）と、自身が「兄」としての立場からの些か非難めいた記述である。このように見ていくと、同人それぞれがそれぞれの思いを持っていたことは感じられるが、具体的な原因は何もわからない。各人の思惑によって「藪の中」に入り込んでしまったようである。城小碓は同号の「編集後記」を、ナンバー8までの箇条書きにて記述している。そこには「3　我等の戎克は決して沈没はしないです」、「7　六號を第一期としまして。／安西冬衛氏・瀧口武士氏・加藤郁哉氏・稲葉亨《ママ》二氏・へ厚く感謝致します。尚將來の御指導を御願ひ致します」という、雑誌継続の意志は記されていた。

続く七号の冒頭に、城小碓は「私は大陸の子だ　私は新天地の子だ　私には此の曠漠たる未耕地の如き　亦其れを開拓する思想がある。／1929.8」との宣言文を掲載する。ここに意思表示されている如く、城小碓の献身的な努力によって二〇号までという短い期間ではあったが雑誌は継続し、一度「下船」した同人たちも「再乗船」をするのである。八号（一九二九・一〇）から小杉茂樹が作品を掲載し、九号（一九二九・一一）から島崎恭爾が再乗船する。稲葉亨二は同人として名を連ねなかったが、作品を発表している。

一〇号（一九二九・一二）に掲載された同人たちの作品を見ると、「下船騒ぎ」以前と劇的な変化は見られないが、それぞれが詩作に対し模索していることはうかがうことが出来る。

島崎恭爾の「死魚」という散文詩には、軍艦ではなく「砕氷船」が登場する。「月影を羅針盤に宿した砕氷船は、怪火を翳して幽靈の如く進行してゆく。」「市長より任託された、北方人の塵埃は、甲板上でうようよと北滿の夢を棄て明朝の鴉片と嗎啡啞に犯された。淫賣婦の皮膚を想起してゐる。」という内容である。更に「囍」では、七番まで番号がふられたシネポエムの形式を用いての詩作を試みている。

城小碓は「威海號」を書いている。「第三軍、麾下の軍艦威海號は參謀本部附　李の推薦により東崗海岸×《ママ》撃軍の旗艦として動員された」との文章によって始まり、乗組員が艦長も含め三人だけの、大砲も積んでいない、艦腹に付着している蠣を唯一の財産としているような小さな艦が舞台として描かれる。「隻眼の火夫魁が、暗黒なる艦倉に於て仄かな白日を發見した」夜明けには、全員の失踪が知らされる、という奇想天外なエンディングの作品である。他に「冬」という一行詩を発表している。

両者の作品には、ともに安西の「軍艦茉莉」がプレテキストとして意識されていることは明白であるが、それを糧としながら、何とか自身のテイストを含ませながら作品化していこうという熱意が感じられる作品である。民衆詩の冗舌なる作品世界の非圧縮性へのアンチノミーは『亞』から継続され、しかし社会主義的な現実主義としてイデオロギーに依ることもなく、耽美的な芸術作品としての象徴詩を、満洲という風土を含有させながら作成していく。様々な詩形にチャレンジし、自身の作品形成における模索の姿勢が見られよう。詩誌継続のためばかりではなく、詩人としての成長が模索されていることがわかる。

『戎克』の継続には、城小碓の持続的な努力が根底に確実に存在していた。城小碓は一九〇五年京都に生まれ、一九一九年大連に渡っている。初めは大連の鈴鹿商店に勤め、後に同店経営の丸辰醬油に異動している。『戎克』の中心として活動したばかりではなく、満洲詩人たちの大連における世話人的役割を担う存在となっていく。大連詩書倶楽部をつくり、大連在住詩人のアンソロジーとして、『塞外詩集』（本家勇編、塞外詩社、一九三〇・六）を編纂し刊行する。ここには安西や瀧口も収録されている。彼らの収録作品自体は再録であるが、地域密着型の活動と言えよう。大連詩書倶楽部からは『塞外詩集』第二輯、自身の詩集『黒麦酒の歌』『假設の春』、さらに古川賢一郎『貧しき化粧』も刊行され、言わば大連詩壇を振興させていく立役者であった。また一九三六年には『作文』の同人であった青木實に相談し、匿名でG氏文学賞を設定している。自身の資金を一〇〇円提供し、半額を文学賞に、残り半額を『満洲文藝年鑑』刊行資金に充当した。[4] 城小碓の詩作品としては、満洲に根付いた在満詩人のみが創作できる作品を発表し続けたことが特色であり、本家勇の本名で『作文』などに満洲における回想随筆の記載が多々あり、満洲詩人たちの隠れた功績者であった。

以後『戎克』には古川賢一郎や安達義信などが同人に加わり、終盤に向かうと充実してきたようである。[5] この『戎克』が行った模索こそが、乗り越えるべき壁として存在していた『亞』という詩誌の存在価値の大きさを表わしていると言えよう。

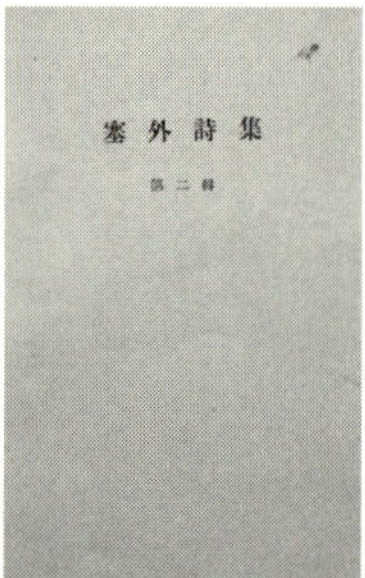

3 『燕人街』の反発

『戎克』を批判的な対象とした雑誌に『燕人街』がある。この雑誌は一九三〇年一月に創刊され、翌年四月、一四号で廃刊となったプロレタリア文学系雑誌である。「燕人」とは山東から春になると出稼ぎに来て、冬になる前に帰郷していく季節労働者の中国人を指した呼称であった。それを冠することで流動する中国人苦力、日雇い農民たちの街の現実を見ていこうとする意気込みもあった。

猪野睦「『満洲詩人』のあゆみ」(『植民地文化研究2』二〇〇三・七)によれば、この雑誌の中心人物は編集人の高橋順四郎(本名は貞四郎、筆者註)であった。高橋は満鉄社員であり、他の同人たち、古川賢一郎や土竜之介、落合郁郎なども同様である。その他の同人たちも満鉄社員あるいは満鉄関係者であった。発行人として橋本八五郎の名が記されている。橋本は当時四一歳の満鉄日本橋図書館主事であり、万葉集研究者であった。「万葉集の国々の歌」という研究エッセイを連載している。これは、高橋順四郎では雑誌発行許可を取れないだろうから、橋本に発行人になってもらい、巻頭に橋本の万葉研究を掲載するという隠れ蓑としての意味があった。高橋順四郎と落合郁郎、さらに『燕人街』に途中で吸収されていく『赭土文学』の篠垣鉄夫(本名は中村秀男、筆者註)は二〇歳前後の若者であり、古川賢一郎と土竜之介は彼らより六、七歳年長であった。『燕人街』は発行人の橋本八五郎を表向きの代表者として、そして古川賢一郎や土の年長者をメンバーとして、二〇歳前後の満鉄関係の若者たちによって生み出され、展開していった雑誌であった。

土と落合が後に『胡同』を奉天にて創刊するが、満洲事変が起こるまでのこの時期が、満洲詩の一番の隆盛期と言ってよいだろう。詩誌への作品発表ばかりではなく、個人詩集の刊行が相次いで行われていく。一九二九年には、四月に安西冬衛『軍艦茉莉』（厚生閣書店）、八月に加藤郁哉『逃水』（素人社）、一〇月に古川賢一郎『老子降誕』（詩之家出版部）、翌三〇年五月に『塞外詩集』（塞外詩社）、一一月に島崎恭爾『國際都市』（戎克社）、一九三一年五月には古川賢一郎『蒙古十月』（燕人街発行所）、一二月には土竜之介・高橋順四郎・落合郁郎の『三人集』（胡同編纂所）と城小碓『黒麦酒の歌』（大連詩書倶楽部）が相次いで刊行される。安西、加藤、古川の詩集以外は全て満洲での出版であることも隆盛の勢いが感じられる。

そのような時期に、『燕人街』においては『戎克』批判がなされている。冬木伸一「模倣詩」（『燕人街』一巻三号）[*6]では、超現実主義的傾向を詩形の傀儡と化して遊離したものとして批判し、自己を見失うなとの警告を発している内容である。さらに痛烈に「追随も模倣よりも一歩も出ないで、自己の思想や生活感情まで逆殺している模倣詩人は、自慰的な神経衰弱の蒼白鬼に過ぎないのだ」と述べ、「僕は大連に於ける『戎克』同人諸君にこの拙文を捧げたい」と『戎克』を名指しし、「若し諸君が尚シュールレアリズムによりて新しい方面を開拓したいと願ふなれば、少なくとも、『亞』時代の安西氏の作品位までに進展しなければ不可能である。『詩と詩論』以下で低回するのは諸君等の詩才を徒らに萎縮させるやうなものだ」と述べている。ここでは『亞』の亜流としてというよりも、創作理論上でのシュルレアリスム偏重に対しての批判である。作品の質は「『詩と詩論』以下で低回」している程度で、せめて『亞』時代の安西レベルの作品を書け、との記述から、安西の（『亞』の）弟分を名乗ること自体に対しての批判ではないことが判断できる。「主知主義」提唱の観念的な詩ではなく、「満蒙の茫々たる曠野の真中に、君等の旗をへんぽんと寒風になびかせろ」と、満洲居住者としての独自性を持った詩の創作を行うようアジテイトして文章を纏めている。

久呂澄狂介「『燕人街』の進出と一九三〇年」（『燕人街』二巻一号）では「滝口、安西両氏の力に依つて固められた満洲超現実派の根城は美事に吾々の集合した、痩腕に粉砕し尽され、天界の詩人は今や『戎克』の破船に漸くその屍を横へてゐるといふ有様になつたのである」とかなり好戦的な口調で『戎克』への敵愾心を顕わにしている。

だが、このように活字では言いながらも、実際の詩誌の異動を見ると、同じ人物がお互いの誌上において重複して活動している様子が見られる。その人物として、真っ先に古川賢一郎の名が挙げられる。活字では正論を述べるように『戎克』の存在を批判しながらも、大連詩壇の中では仲間意識のようなものが存在していた。『戎克』三号に記載された城小碓の言葉、「戎克第四號より『滿洲詩人欄』を設け詩派を論ぜず其の優秀なる作品は此れを本欄に掲載す」（傍点ママ）との言は、「詩派を論ぜず」との部分にその力点が置かれており、『燕人街』同人たちとの大連詩壇での連携を意図していたと思われる。また『戎克』一〇号（一九二九・一二）には「『老子降誕』古川賢一郎詩集について」と題した城小碓の書評も掲載されており、『戎克』同人でありながら『燕人街』の同人でもあった古川賢一郎の詩集に好意的な評を書いていることからも、『燕人街』への敵対意識は、『戎克』の側からは薄かったと言えよう。

『燕人街』には次のような詩が掲載された。

理髪舗　小盗兒市場にて　古川賢一郎

ミヽソウシカ
アンマするか
片仮名の看板は
暮れかゝる韮の空氣にけぶつてゐる。
飢餓の白い腹を
泥屋根の上に長々と横たへ
ミヽソウシカ
アンマスルカ

（創刊号）

履歴書　高橋順四郎

おろ…と恥かしげにかすむ五燭の電燈を圍んで
生活に疲労せる此の一家の人々は
ヤツト　今年十五になつた息子のひきづる筆先を
おづ〳〵と痩犬の様によどんだ眼で追つてゐる
履歴書………と。おど〳〵とふるへた筆先に

一家の不安と懊悩と明日への希望をかけて
累々と重苦しい沈痛をにない
やつと　今年十五の少年はおど〳〵と
履歴書………と
チビツタ筆をひきづつてはゐるが

（一巻二号）[*7]

前出の『戎克』に対する批判文の内容に合致する作品である。満洲の風土を詩材として取り入れ創作されており、プロレタリア要素が前面に出されている。『戎克』に掲載された作品世界とはかなりの差があることは一目瞭然である。左翼思想の隆盛と戦時下の状況によっても、『燕人街』の作品が同時代的であった。時間と空間の、あるいは時代と地政の同時性をもって、『燕人街』の同人たちは『亞』を乗り越えようとしたと言えよう。

『燕人街』終刊後には『街』が創刊され、『戎克』終刊後は同人の多くが『作文』同人となる。『亞』は、『戎克』が理想的なモデルとし、類似性ゆえに越えられない壁に変化していった。『燕人街』にとってもイデオロギーの相違はあるが、『亞』は乗り越えるべき対象として意識されていたと言えるのである。

二章　『鵲』論

1　教育関係者集団『鵲』

八木橋雄次郎と瀧口武士との合意によって、『鵲』は創刊された。創刊同人は八木橋、瀧口の他、小池亮夫、井上鱗二を加えた四名であった。瀧口は一九二四年四月、旅順師範学堂研究科に入学し渡満している。同年八月に安西冬衛と出会い、詩作を志し、『亞』三号より編集人として同人参加する。そして『亞』が終刊し、諸谷司馬夫との『蝸牛』を経て、八木橋らとの『鵲』創刊となる。

私が滝口武士さんと親しくなったのは、昭和九年の夏である。関東州庁の命令で、大連市の教員十名ほどが青島、上海、南京、蘇州、杭州方面へと出張した。出張といっても見学である。一行の中に滝口武士さんの名まえがあった。（略）私は滝口さんといっしょに旅行ができるのを非常にうれしく思った。当時、親友の小池亮夫が満鉄社員として北

京にいて、二人で詩の同人誌を出そうかと文通していたのであった。機会があったら、そのことも滝口さんに話してみようかなどとも思った。（略）滝口さんは、自分もその同人となってもいいよと言ってくれた。（八木橋『石の声』光村図書出版、一九八三・一二　二二二〜二二三頁）

この文章では続いて、詩誌創刊に向け題名を決めることになったとき、瀧口の意見によって「鵲」に決定したとの内容が述べられる。『亞』同人としてその名が知られた瀧口は、八木橋にとって優遇するべき存在であったことが示されている。

八木橋は樺太で小学校長兼高等女学校長を勤めた父を持ち、一九〇八年八人兄弟の次男として生まれた。師範学校を卒業後、地元である秋田高等女学校に赴任。二年目に父が突然樺太での教職を辞して帰郷してしまったため、弟たちの学資の手助けや自らの生活費など金銭的理由で、特別手当が支給される大連への赴任を希望し、採用される。一九三〇年に大連高等女学校の教員として、二二歳で渡満する。加えて石森延男の元で童話を書いていた時期もあった。そして前掲のように、一九三四年夏に瀧口と『鵲』創刊の合意を得、発行する。以降『鵲』誌上で本格的な詩作を行うようになる。

小池亮夫は一九〇七年生まれ。早稲田大学を卒業し、一九三〇年には南満洲教育會教科書編集部（以後「教科書編集部」と略す、筆者註）に在籍していた。渡満初期は、八木橋と同じく石森延男の元で「小池歩」名で童話を書いていたが、八木橋に誘われ、吉林から『鵲』に参加する。勤務先の教科書編集部では、石森は上司でもあった。教科書編集部一〇周年記念出版本である『樗《おうち》の木かげ』（非売品、一九三二・一二）には、石森作詞の「教科書編集部の歌」（作曲・園山民平）や童話「燕たち」が掲載されており、さらに創作欄には小池の小説「どこへ行く」も掲載されている。

井上鱗二は川柳の大家、井上剣花坊の長男である。『鵲』終刊まで同人であり、瀧口帰国後は発行人として中心的存在であった。川柳作家と満洲の関係は多岐にわたり、川柳歌会など数多く開催され盛大であった。一九三八年には大連川柳社主催（満洲日日新聞社後援）の「大連神社奉納『戦捷川柳』」も催され、活動は盛んであった。[*1] 井上剣花坊は柳樽寺社を結成し、機関誌『川柳』（休刊後『大正川柳』として復刊し、後『川柳人』に改題、筆者註）を創刊している。新興川柳運動を起こし、川柳界に新風を吹き込んでいた。『大正川柳』誌への投句者増加に伴い、柳樽寺社の全国組織を目指し、剣花坊の行脚が始まる。一九二六年には大連、旅順、遼陽、奉天、平壌を訪れている。その際、大連川柳会主催の「東亜川柳大会」に参加、大連では葉吉（鱗二の号、筆者註）宅に宿泊している。また一九二八年七月には剣花坊の妻・信子も招かれ、歓迎川柳大会が開催されてもいる。井上鱗二が川柳創作者でもあったことは記憶しておいてよいだろう。

『鵲』の同人は創刊以降も増え続ける。五号（一九三五・九）からは三好弘光が、一二号（一九三六・一二）から松畑優人が、一七号（一九三七・九）から西原茂がそれぞれ同人参加している。三好弘光は画家として「五果会」にも参加していた人物であり、後に「満洲アヴアン・ガルド藝術家クラブ」の常任委員としても名を連ねている。松畑優人も同様に「五果会」と「満洲アヴアン・ガルド藝術家クラブ」に画家として参加している。さらに瀧口と同じ学校に勤める教員でもあった。西原茂は大連彌生高等女学校教官であり、上司に石森がいた。女生徒の詩を集め、詩集『順送球』を第一書房から出版している。

このように同人たちを列挙してみると、『鵲』には教育関係者が大半を占めている事に気付く。彼らのような教育関係者が同人として増えていく中心となったのは、当然創刊同人である瀧口、八木橋なのだが、その創刊同人たち共通の知人として、満洲教育界で重要な人物である石森がいる。『鵲』同人たちも皆、石森と関係を持っている。『鵲』同人たちばかりではなく、当時の満洲、特に大連在住の教育関係者の多くは、何かしら石森と関係があったと言って間違いないであろう。

2 石森延男『綴方への道』、言霊への道

石森延男は一八九七年六月一六日、札幌市南六条西九丁目に父・和男、母・辰子の長男として生まれた。父は宮城県登米郡中田町（旧石森村）の石森神社の神官の子として生まれ、東京帝国大学を卒業、一八九六年五月から北海道札幌師範学校にて教諭を務めている。石森が札幌師範学校付属小学校尋常科卒業の翌年、一四歳で母・辰子が亡くなったのを皮切りに、姉、父、二人の弟と、石森が二四歳までに殆どの肉親が他界している。天涯孤独となった石森の渡満は一九二六年で、四月二六日付、国語・日本語・歌詞担当として大連市の教科書編集部への赴任であった。[*2] 石森が二九歳の時である。

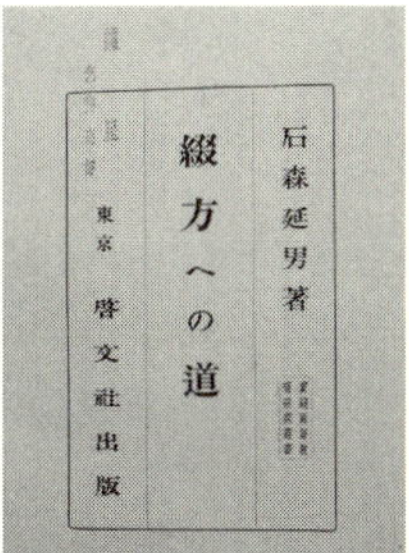

渡満後の代表的な仕事として、一九二七年『満洲補充読本』（全六巻）の編集に携わっていることが挙げられるが、童話執筆も精力的に行っている。一九三一年、最初の童話集『どんづき』（新童話社）

を刊行し、同年に『咲き出す少年群』を新潮社より刊行。[*3] 戦後の一九五七年一二月には長篇小説『コタンの口笛』（上下、東都書房）を刊行し、NHKラジオで連続放送され、映画化（一九五九年、東宝、成瀬巳喜男監督）もされている。

教育界での活動としては、一九三五年一一月、『綴方への道』（啓文社）を刊行する。後述するが、小学生の作文指導のための「実践的理論書」としての意義を持った著作であった。翌年五月、大連彌生高女に教諭として転出し、現場教員として勤務する。そして一九三九年三月、四二歳の時、文部省図書局図書監修官任命の辞令により帰国、国定国語科教科書の編集に従事する。

石森は『鵲』に同人として名を連ねたことは無い。しかし、大連の教育界での影響力を考え、また他ならぬ弟子の八木橋と小池、さらに同じ職場の同僚であった西原茂がいた場合、『鵲』に石森の影響を考えないほうが不自然であろう。瀧口も教育業に従事する者として、石森に挨拶に行っている。[*4] 石森は教育関係者として、その上創作者としても存在が大きな人物であり、まさに『鵲』同人たちにとっては長老的な存在であったと言えよう。そのような人物である石森が、『鵲』創刊と同時期に刊行している著書『綴方への道』を参照してみることにより、当時の石森の思想とでもいうものを探ってみたい。

『綴方への道』は一九三五年一一月、『鵲』創刊と同年に「実践国語教育研究叢書」の一冊として刊行された。小学校の綴方教育の現場で見られる「理論と実践との乖離」によって引き起こされていた、現場で生徒を指導する教師たちの混乱と、書かされる子どもの側も面白味が無いであろうことを指摘し、「小學校の綴方といふものを、今のうちになんとかしなければ、師の方でも、兒童の方でも、持てあましてしまふのではないか」（二頁）との危機感から書かれた著作であった。「圖畫科にはお手本があり、唱歌科には唱歌書もあり、書方科にも教科書風のものがあるのだから、綴方にもあつて差支はあるまい。この大もとがないために、各自がめい〳〵進むべき道しるべを作らないではゐられない」（二九頁）として、具体的に、且つ実践的に記述することが主題とされている。「N兄」宛の書簡体によって、「第一信――綴方以前――」から「第七信――子どもの文――」までの、七章立てで構成されている。「一つは、綴るわけ／二つは、綴る目あて／三つは、綴るかたち／四つは、綴るもの／この四本の糸になる」（第二信――綴る針と糸―― 三二頁）と石森自身が述べる「四本の縫糸」こそが、彼の綴方教育の中心となる提言である。これら四本の糸によって、文字と文字が繋ぎ合わされ、文章が裁縫されることこそが石森のいう「綴方」なのである。「同じうたといっても、童謡にするか自由詩にするか、短歌にするか、俳句にするか、短詩にするか、長詩にするか」（四八頁）と、石森は続けている。つまり、「詩《うた》」を書くこともまた「綴方」として提言されているのである。この「四本の縫糸」を用い、実際に教授するときには、記述、推敲、清書の三段階を経るとする。その中でも推敲こそが最重要視されるべき段階であるという。推敲無しにはいかに良い文章が書けたとしても、それは成長ではなく偶然の産物であり、能力も附与されないからというのがその理由である。苦しんで草案したからこそ、自分の文章に愛着が芽生える、自分の文章に少しでも愛を感じたら、綴方教育の九分九厘まで成し遂げられた、とまで述べられている。

これまでの、教育者の能力によって大きな差異があった「綴方教育」の現場に基本的な目標を導入し、指針を示したことは石森の成果と言ってよい。哲学あるいは文学的素養のある教育者、そして教授される子どもの能力によって偏重をきたすような科目であった「綴方」を科学的に考察することにより、システムを提示することで普遍化を目指し、現代にも通じる「作文教育」として定義してみせたのである。だが内容的には、その後は作品創作論・芸術論としての意味合いが強くなっていく。島崎藤村の「飯倉だより」、内田百閒の「花火」、さらに松尾芭蕉を引き合いに俳諧について述べるといったような、「綴方」として授業内で多くの生徒が文章を書くというよりも、芸術性を帯びた創作指導の体を示すようになっていくのである。加えて文章に対して「愛」が生まれる、という抽象的な表現によって、その成果を語ることになるのである。

綴方の倫理的意味は、文字への友愛を感じさせることになるといつた所以はこゝにある。かゝるところから出發して、綴方作品ができ上がるのであるから、推敲は自らの禮となることはいふまでもない。目上の人にさしあげる手紙には、敬語をつかふのが作法であると同様に、文そのものを愛する心がけは、書くものゝ文へ對する第一の禮儀である。（第五信――推敲と愛着――一三四頁）

自身が書いた文章への「愛」が、文章への「禮」と転化される。ここから文字そのものへの尊敬、言霊信仰へと思考が進行していくことは必然であったと言えよう。

言葉、それが何よりのたよりどころであり、話しかけたくなるものが湧き出るのである。たとえ祈禱にしても、神への言葉以外には、なにものでもないのであるから。

言葉は噴水のように、虹を孕んで自ら迸るものではあるが、もし一たび止ってしまったが最後、よそから、何としても押しだせない奇妙な生きものである。言靈は萬葉集の前から現はれ、今なほ片言隻句に秘められてゐる。（第一信――綴方以前―― 二五頁）

『綴方への道』において、この部分の論旨は「科学的」とはほど遠い。石森はここで横川・沖二勇士がロシア兵に捕らえられたが一言も発しなかったこと、野口昴郵便飛行士が操縦席で言葉を発したくなる衝動を例に挙げ、言葉の大切さを述べている。スパイとして捕らえられた兵士が身分を明かさず黙秘したことが「よそから、何としても押しだせない奇妙な生きもの」であり、飛行機の狭い操縦席での長時間の孤独によって言葉を発したくなった場面を「話しかけたくなるものが湧き出る」こととして説明しているのであるが、極限状態とも言えるこの二つの場面が適切なのかどうかは判断つきかねる。だが、これらの事を納得させることが出来、日本語による「綴方」の必要性を述べるのは、「言靈は萬葉集の前から現はれ、今なほ片言隻句に秘められてゐる」との言霊信仰によってであった。[*5]

石森の『綴方への道』はこのような内容を含んでいた。前述のように、瀧口は教育界に従事する者として石森に挨拶に行っている。八木橋は石森の元で童話を書いていたこともあり、[*6]『鵲』創刊前から石森を「先生」と呼び、引き揚げ後には石森の要請に応えた形で、国語教科書の出版で有名な光村図書に勤務している。そのことからも石森の思想は、『鵲』同人たちに限らず、大連の、ひいては満洲の教育界に流通していたと考えられる。積極的に鼓舞している訳ではないが、ナショナリズムに繋がる愛国的発想を含んだ思想であり、現に戦時下での状況が押し迫ると、『鵲』同人たちは満洲文話会にその名を連ねることになる。石森は一九三六年より大連彌生高女教諭となるが、先に述べたように、同じ職場には『鵲』同人の西原茂がいる。西原は「もう三十年も昔のことになりますが、わたしが、関東州大連市立弥《ママ》生高等女学校に、国語教諭として赴任したとき、石森さんが国語主任教諭でいらしって」（西原「捕手ぶり」『石森先生の思い出』喜田滝治郎編　石森延男先生教育文学碑建設賛助会、一九六七・九）と当時を回想している。『鵲』が石森のような存在を長老とするような集まりであったことは、その後の詩的な変化の理由も、結果的に見ればやはり含有していたと言うことが出来よう。

3　「少女」たちの詩、女學生詩集『順送球』

西原茂は『鵲』一七号（一九三七・九）から同人となっている。西原が行った代表的な仕事として『順送球』（第一書房、一九三九・三）の編集刊行がある。この『順送球』は「女學生詩集」と銘打たれている通り、勤務先の大連彌生高女の生徒たちが書いた詩作品を収録した詩集である。

　この詩集に闘する限り、私は編者であるより以前に師であつたので、今は、ひたすら謙虚でゐたいとねんじます。詩集をつくることより前に、少女達の詩心の盛り上がるやうな成長を久しく見まもらなければなりませんでした。（中略）
　勇敢に、みんなで振り棄てたものは、既製品の、あやしげな感傷と安易な詩形とでした。

そして求めたものは、健康な、清淳な、慧敏な詩。
少女達の詩心は育まれねばなりません。（二～三頁）

西原は序文でこのように書いている。「私は編者であるより以前に師であつた」との言からも、授業の一環として教師の立場から生徒たちに詩作をさせたことがわかる。荒谷さよ子（旧姓高橋、筆者註）は「『順送球』と私」（『西原茂遺稿集　詩と随想・瀬戸内海』自費出版、一九八六・七）と題した回想文で、「私たちはただ無邪気に自分の感じたままを詩にして、西原先生の赤インクのご批評を楽しみに、女学生生活を送っていたのです」（四一三頁）と述べていることからも、西原の添削が行われていたことがわかる。つまりこの『順送球』は、授業において制作された作品を集めたものであり、石森の提唱する綴方教育の産物なのである。だがそこにはただの「綴方」としてではなく、「勇敢に、みんなで振り棄てたものは、既製品の、あやしげな感傷と安易な詩形」との物言いからも判断出来るが、西原の現代詩人としての、『鵲』同人としてのプライドもあったろう。

『順送球』には一三人の生徒による、総作品数九四篇が収録されている。だが、その内の半数近い四一篇が高橋さよ子（二四篇）と堀英子（一七篇）という二人の生徒によって書かれたものである。この二人は『鵲』二二号にも作品を掲載し、特に高橋さよ子は後に『満洲詩人』にも詩が掲載されてい

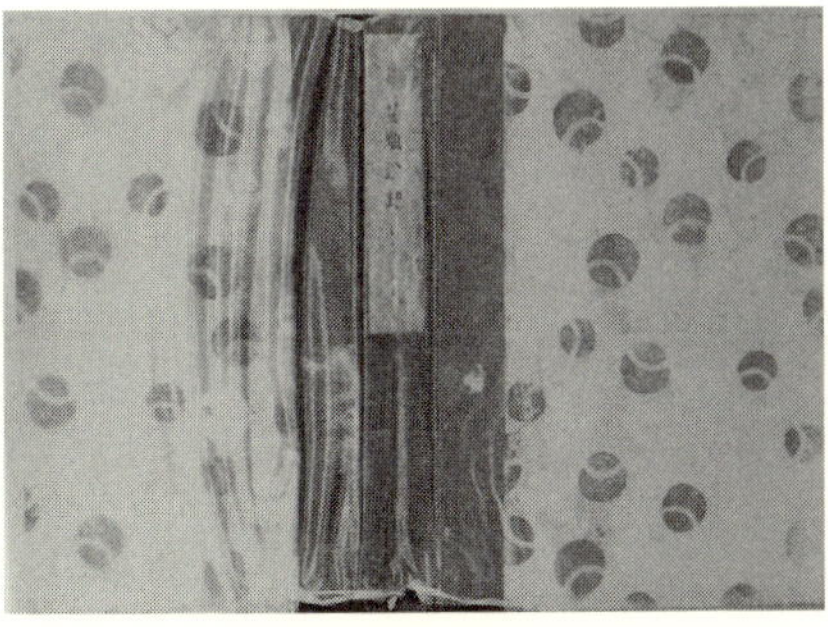

る。この詩集の題名である「順送球」も、巻頭詩として高橋さよ子によって書かれた表題作である。

順送球　　　　　　　高橋さよ子

運動会の日に

十八の
あざみの花の上を　ころがつて
十八本の
あざみの莖を　くぐつて

球は重い

一八歳になる自分たちを描いた詩であろう。「運動会の日に」と付されている通り、球を転がし、球を送るスピードを競い合う競技を描いたと思われる。あざみの上を転がし、茎の間を潜らせるそこには健康的で活発に球を動かす女学生たちがいる。だが、「球は重い」との物言いには、決して楽天的な清らかさや美しさばかりではなく、いろいろな物事が綯い交ぜになった一八歳の自分たちが表現されている。

空では

堀英子

空では
國が二つに分れた
それは
戰爭だつた
………
勝負はきまつた
こちらの國は
大聲で萬歲三唱
あちらの國は
泣出しさうに
顏をゆがめてゐる

この『順送球』の発行年である一九三九年は、世界史的に見ればすでに日本は国際連盟を脱退し、日独伊三国協定が結ばれ、ファシズムが圧巻していく前哨時期であり、内地では近衛内閣により国民精神総動員が叫ばれている。愛新覚羅溥儀が皇帝として、すでに満洲国は建国されている。そんな時、校舎から見える空でも戦争は行われていた。その戦争は、雲の巨大さによる国盗り合戦の様相を呈し、戦勝国は万歳を高らかに叫び、敗戦国は泣きそうになっている。硝煙の匂いも血煙が舞い上がる凄惨さも無いが、女学生の生活の中にもやはり「戰爭」はあった。国盗り合戦の様相を呈し、単純化されている分、却って本質を突いていると言えよう。

これらの詩が、編者による序文のごとく「健康な、清淳な、慧敏な詩」として読まれるように作られ、また実際にそう読まれたであろうことは想像できる。確かに民衆詩や音楽性を重視する詩とは一線を画している作品であることは間違いない。韻律重視や抒情的感性を表出させるような作品ではなく、北川冬彦の提唱した「新散文詩」の影響も考えられる。また『亞』を模倣するような、異国情緒あふれる耽美的な作品でもない。イデオロギーに拠ったりせず、国策的戦争賛美をすることもなく、「女學生」である自身の視点をもって創作していく。『亞』の詩人たちが保持した寓意性を「女學生」との概念によって読み替えたとも言えよう。少女趣味としてではなく、新鮮な感覚を有した作品として、華美な装飾を避けた純粋さ、素朴さを表現させたのである。

西原茂編の『順送球』は益々好評である。今號も二人のすぐれた少女、高橋さよ子、堀英子の詩を特に掲載することにしたのである。『現代日本のポエジイにもたらした躍動性と流動性、これは立派な新領域です貴重な寄與です。』とは堀口大學氏のこの詩集におくられた言葉である。西原茂はホントに立派な仕事をして呉れたものだ。氏の彼女等に與へられたボールが、かうして次々に送られて行くのである。(八木橋「鵲」『鵲』二八号、一九三九・七)

『鵲』二八号の編集後記欄である「鵲」において、八木橋は堀口大學の言を引用し『順送球』を褒め上げている。堀口大學が「ポエジイにもたらした躍動性と流動性」の問題として語っているのは、西原茂が序文でも述べた「健康な、清淳な、慧敏な詩」のことと思われる。だが実際は「ポエジイ」の問題ではなく、「少女」が書いた詩との宣伝文句として機能したと言えよう。八木橋は作者たちに「二人のすぐれた少女」と冠することを忘れない。『順送球』は編者の側の宣伝だけでなく、おそらく書いた作者たちも「少女」として存在することに意味を見いだしていた。[*7] それは書かれた詩があくまで「女學生」であるという、自身の視線以外に転化することが無いことからもうかがわれよう。『鵲』二八号には、高橋さよ子の「學校」「卵」「考査前日」「おひなさま」「櫻もち」の五篇、堀英子の「早春」「鉛筆Ⅰ」「ノート」「鉛筆Ⅱ」の四篇の詩が掲載されている。高橋の「學校」は「學校は大きくて楽しい」という一行詩である。「おひなさま」「ノート」「鉛筆」と、まさに女生徒が書いた作品としてうってつけの題材を要している。『順送球』においてだけではなく、当然『鵲』掲載においても「少女」のブランド性は有効利用されているのである。だが高橋、堀の二人は単なる女生徒ではなく『鵲』に詩を掲載することにより、満洲詩壇の「新人」としても存在することになる。つまり、西原の『順送球』は、新人発掘の役割も果たしたことになったのである。この後、高橋さよ子は実際に『満洲詩人』一六号（一九四三・一二）にも詩作品を掲載する「詩人」となっていく。

4　アヴァンギャルドとしての『鵲』

「巴里・東京新興美術展覧会」（一九三二・一二）が東京を皮切りとして大連にも巡回し、世界的作品を目の当たりにした大連在住の芸術家たちは、一九三五年五月に「満洲アヴアン・ガルド藝術家クラブ」を発足させる。このグループは絵画、文学、舞踏、鑑賞との四部門から成り、総勢二四名が加盟している。絵画部門一二名の中心は濱野長正、山道栄助、市村力、境野一之、米山忍の五人であり、一九三二年に結成された「五果会」のメンバーである。彼らはもともとシュルレアリスムの絵画を描いていた訳ではなく、一九三三年後半からシュルレアリスムの傾向を強めて行った。

「五果会」は一九三三年一一月に第三回展を開催するが、この時までに高橋勉、島田幸人、濱野長正の弟である濱野正義が新たにメンバーとして加わっていた。後に『鵲』同人の三好弘光と松畑優人もメンバーになっている。

前出の「鵲」(『鵲』二八号)には、第一一回五果展の盛況ぶりを報告し、出品作品の保管場所として八木橋の自宅を提供した旨が記載されている。また、帰国することになった瀧口の送別会に「五果会」の米谷、濱野長正、高橋勉が出席したとの記述もある。*8『鵲』と「五果会」は、文学と美術という枠を越えて一体となった交流圏を形成していたのである。このような背景が「満洲アヴアン・ガルド藝術家クラブ」結成に繋がっていると言えよう。

三好弘光は絵画論として、『満洲日日新聞』夕刊に、一九三七年九月二九日より「超現實主義繪畫が難解だといふ問題」と題して六回にわたり連載をしている。シュルレアリスム絵画が難解とされるのは、自然主義の方法で作品を眺めるからだとし、マックス・エルンスト「飛行機捕りの庭」とサルバドール・ダリ「悼ましき遊戯」を図版で掲載している。ダリの「悼ましき遊戯」を幼児、老人、青年、壮年に見せ、年代別に感想を集め、「シュルレアリズム《ママ》は現在の段階にあつては畫家と鑑賞者との協力によって打開しなければならない多くの障碍がある」段階であり、シュルレアリスムは絵画を描く方法として「まだ実験時代」と述べる。そして次のように論を締め括っている。

今日のシュルレアリズムの繪畫は未だその實験の域を脱してゐないのである。我々は仕事の上でそれを解決しなければならない。この新しい藝術様式が、どのやうなエポックを生むかは今後の問題として殘る。（前出「超現實主義繪畫が難解だといふ問題」「六　まだ實験時代」『満洲日日新聞』夕刊　一九三七・一〇・五）

未だ発展段階であるシュルレアリスムの絵画様式の問題点について「我々は仕事の上で解決しなければ」と述べていることからも、自身をシュルレアリストとして位置づけていることがわかる。三好弘光は画家としてばかりではなく、詩人としても活発に作品発表を行っている。[*9]「おゝ／闘争の絢爛！／国際的平和社会主義的機能的ヒトラー的宿命的音楽的懐疑的行動的純正批判的記録的理性的形態的潜行的文化的北方的……」（「オリンピック」『鵲』一一号、一九三六・九）のような漢字表記の羅列により、情緒を排除し、音楽性からも距離を取っている。ベルリンオリンピックという国家的イベントの巨大さを表現したとも考えられる。そして「さてココロのうちにのこるものは／つかれたタイヤウのにぶいイロに／むなしい一ニチガとけてゐること／こじんテキなリユウからもとめて／リネンのサンドウイツチまでには／テのとどかないゆううつなヒビガ／かべにしづんだシネマのうごきに／キセツのないハナのごとくさけば／ゴビヤウがセカイをおしながして／くべつしがたいイシアタマとなる

（後略）」（「テリアカ」『鵲』二〇号、一九三八・三）といった作品もある。題名の「テリアカ」とは、猛獣に噛まれた際、未開人が傷口につける軟膏の名称（八木橋「後記」『鵲』二〇号）である。作品本文の意味は理解不能だが、平仮名と片仮名によって、自己の内的感覚がゆっくりと立ち上がる様子が表現されている。これらを見ると、完全に視覚的効果に重きを置いた作品であることがわかる。ここには『亞』において破棄するべき対象とされた民衆詩のような無意味な行分け、朔太郎を代表とした詩の韻律、音楽性を重視する詩に対抗していくという意識は依然として存在している。未来派によって試みられた印刷技術による衝撃を狙った奇抜な詩ではなく、オーソドックスな印刷ながらも、絵画性に連なる美意識で描かれた視覚重視の詩が掲載されていくのである。しかし『亞』に見られたような、短詩表現による詩の純化へは向かわない。感覚遊戯的な作品ではありながら、短詩としてのフォルムではなく、散文としての視覚重視と言語遊戯的な作品が試みられていく。

三好は『満洲浪曼』第五輯（一九四〇・五）に「満洲詩論」を発表している。満洲詩を論じるにあたり「方法論、エスプリ（精神）、作家論の三點」を主題とし、その内作家論については「大連の交友圏を大切にする姿勢も手伝つていよう」[*10]との指摘通り、『鵲』同人たちや『作文』の一部の同人という、三好に近い距離にいたと思われる詩人が取り上げられ、論じられる。取り上げる仲間も「満洲アヴアン・ガルド藝術家クラブ」に属しており、方法論とエスプリを掲げて満洲詩を論じていこうとする姿勢が、アヴァンギャルドとして存在していることの意識の表れと言えよう。「かつて、『亞』の時代に、満洲詩は、日本詩の最も新しい方法的價値水準に達してゐた」とし、「安西冬衛のフォルマリズムと北川冬彦の新しいサンボリズム等」が「混合されて又一つの新しいスタイルを創つてゐた」

と定義した後、「今日の満洲詩の出發とも言ふべきもの」としている。続けて「『鵲』『作文』と二分された満洲詩は、方法的に言つて、より多く『鵲』の中へ殘つたと言ふ事が出來る」と述べ、『鵲』こそが『亞』の流れを汲むモダニズム詩誌とされるのである。そしてプロレタリア詩を「その時代の詩形を以て、社會運動の一方法に利用したに過ぎない」として退けていることからも、三好は「主知」に繋がる視点を保持しながら、詩作に取り組んでいたと判断できる。

三好の絵画論より以前の掲載になるが、八木橋は『満洲日日新聞』夕刊、一九三六年九月二九日の学芸欄に「詩人の〝譫語症〟——シュールレアリズムのこと」を発表している。

> 假令一般には容易に理解され得ないシュールリアリズムでも文字の形象を検討し、メカニックなフォーム観念の純化、新しく科學的な飛躍に依るメタフィジックな世界のリアルを書くならば、誰がこれを譫語症などゝ言い得よう。（略）
>
> 観念の變化による一段の進歩、構成要素や表現形式、文字の能力や、その歴史的●力的（一字判読不可、筆者註）進歩を深く理解し、それ等の七つ道具を身に纏うて藝術の本質を突かんとする純粋な詩は、味の素のやうなものなんだ。それればかりでは味わうのに困難であるばかりではなく、事實鍋の中の汁にぽたりと一匙を落して、初めてその絶大なるものを感ずる場合もあるのである。

同紙の学芸欄において『鵲』一〇号掲載作品が批判されたことに対しての反論である。『鵲』詩人では、春山、瀧口そして八木橋以外の作品は詩ではなく譫語である、との批判があったようである。

それに対しての反論であるから、『鵲』において試行されている詩は、シュルリアリスム詩であるとの提言と判断出来る。『鵲』は詩誌であり作品はあくまで詩を発表しながらも、同人たちはシュルレアリストとしての意識を持って存在していたのである。

だが、瀧口は『鵲』誌上で愛国詩を発表している。前述したように、瀧口が「戦争詩」を満洲に輸出したのではとの興味深い指摘もあるが[*11]、瀧口が発表した愛国詩の数や、作品への入れ込みようを考慮すると、「戦争詩」を内地からの新詩形として紹介、あるいは創作上の実験に留まるとはとても言えないのである。

ここで前述の『順送球』の序文を見ると、西原茂は次のように続けている。

> 日本は、いま肇國以來の大進軍をつづけてゐます。この時に、このやうな詩集を刊行することの寛大と餘裕とを惠まれたことは、ひとへに聖代の御恩澤といはねばなりません。吾がことだまの道のさきはひに、赤心ささげまつらむを誓ひ、少女達と共に、ここに感謝の情をあらはしたいと存じます。(傍点ママ、四頁)

「編者であるより以前に師」として、「綴方」の一環として行われた詩作は、石森と同様に「ことだまの道」を進んでいたのである。満洲という場において、『鵲』同人たちは西洋(西欧世界)に接触した。文化的アイデンティティの構築は、文化的他者と遭遇した際の葛藤を契機として形成される。他者を通して自身の像を創り上げる際、実際には自己と他者という二項対立を形成し、その境界を生み出すための様々な試みがなされる。前述したように、「満洲アヴァン・ガルド藝術家クラブ」の発足は、東京を皮切りに大連に巡回して来た「巴里新興美術展覧会」を鑑賞した芸術家たちによってなされた。つまり『鵲』同人たちも含めた在連の芸術家たちの触れた西洋は、直接ではなく、内地を経由した、東京からの情報として受け取ったのである。衝撃を受ける程の最先端の芸術は、内地・東京の方が先に受容していたという事になる。『亞』刊行時は、大連が「地政学的前衛」の地であり、大連に赴くことで西洋文化に触れる事が出来た「文化的前衛」の地でもあった。大連に発行所を置く『亞』は、そのような理解によって内地の読者たちに受容されたと言える。だが『鵲』刊行時、正確には「満洲アヴァン・ガルド藝術家クラブ」発足時には逆転現象が起こり、西洋からの情報受信の速さではかなわない、情報発信地としての文化都市東京が存在していた。その時、満洲の芸術家たちは二通りの方法をもって対応したと言えよう。一つは満洲の独自性によって内地に対抗する方法である。当時の商業文芸誌や満洲の文芸誌でも盛んに論じられた、「満洲文学」「外地文学」との言説はこの方法と言える。論じてきたように、城所や富田の『満洲短歌』や『戎克』での試みも当てはまる。もう一つは内地、外地は関係無く、日本人として西洋に対する方法である。『鵲』の取った方法はこの方法であった。それは「日本人」としての心性を保持することであり、日本の生命線としての満洲、日本の傀儡国家としての満洲を意識の上で認めることである。だからこそ、瀧口は万世一系の天皇を背景として「二千六百年頭」(『鵲』三二号、一九四〇・二)や「神武天皇」(『鵲』三三号、一九四〇・三)という一〇九行にも及ぶ長詩を書くのであり、西原茂は「ことだまの道」と述べるのである。『鵲』にはプロレタリア詩は発表されない。それはプロレタリア詩は政治的前衛の位置にあるものの、国策に反しているため、弾圧の対象となってしまうからである。文化的、政治的中心としての東京を認めることは、自らの住む満洲を辺境の位置に置くことになる。その時、「日本の生命線」「王道楽土」との提言が機能し、辺境意識は遠のいていくことになる。このような意味で内面の日本化が行われた後の『鵲』において、アヴァンギャルドであることと国策に則ることは矛盾しない。だからこそ満洲文話会への『鵲』同人たちの参加は積極的であったのである。そして『満洲詩人』への統合も、満州国弘報処の指導する国策に他ならなかった。

5 『満洲詩人』への統合

『鵲』発行時期の満洲詩壇の状況を、城小碓は次のように記している。

> 昭和十二年の満洲詩壇について一言にいへば、それは精神的に覇氣を失つたことであつた。何分にも事變下に於ては、詩に限らず總ての文藝運動の萎縮はまぬがれないとはいへ、少くとも小説陣に對する詩陣のみじめさは傳統として満洲文壇の王座に位置した詩の轉落を意味しはせないであらうか。（略）本年度の満洲詩壇に活躍したものは、「鵲」に依る詩人達と、裸跣詩社に依る一連の若き詩人達であつた。（略）尚「作文」に依る詩人達の地位は見逃せないのであるが、此等の詩人達は昨年度に比して稍々その詩作態度に迫力を失つてゐ

はしなかつたか。（城「詩壇回顧」『満洲文藝年鑑Ⅱ』一〇頁）

『亞』終刊後の短期間は、満洲詩にとって華やかなる時期で、個人詩集の刊行も相次いでいた。だがこの一九三七年には、詩は『鵲』と若手の『裸跣』掲載作以外に目立った活躍はなかった、という事実を城小確は書き記したのである。そこには『亞』終刊以後、満洲の大地を踏みしめながら創作を行い、満洲文学界をリードしてきたと自負している『作文』の作家たちへ叱咤激励の意味が込められていた。「僅か新人の坂井艶司の台頭を見た事に依つて作文による詩人達の面目を保持せることであつた」と続けることで、坂井艶司の大型新人ぶりが言い表されている。しかし翌年には次のような意見も見られるのである。

瀧口武士、安西冬衛、北川冬彦等によつて近代日本象徴詩の上に、一時代を劃したのはそんなに遠い過去のことではない。（略）村野四郎の言葉を借りるならば、「荒々しい棘のあるイメージ、暗黒で巨大なモンゴール風の、これら有力な詩人諸氏がたえず鵲によつて中央に怖しき一筋の寒流を流してゐることは事實」（文藝汎論三月號）であつて、中央の詩壇に於ては決して滿洲の詩壇が俄かに凋落したとは信じてゐないのである。（八木橋「詩壇の展望」『滿洲文藝年鑑Ⅲ』一三頁）

「昭和十三年に於ける満洲詩壇を展望するに作品の傾向や詩人の動勢に就ては特別に記録すべきものもないやうである」との認識は、前掲の城小碓と同じであり、内地、外地ともに詩壇の停滞状況を認識していることも同様なのであるが、この文面の違いは何であろうか。右の八木橋の文章は『鵲』の内輪誉めに終始している。満洲の詩壇を先導しているのは『作文』ではなく、自分たち『鵲』なのだという強い意識の発露がある。明らかに前年の城小碓への反論と言えるであろう。「瀧口武士、安西冬衛、北川冬彦等によって近代日本象徴詩の上に、一時代を劃したのはそんなに遠い過去のことではない」と、冒頭で『亞』同人たちの名を挙げることで、『亞』の流れを汲む、満洲詩の正統なる血脈とでも言いたげな、このような物言いには当然反論が述べられることになる。

影響は未だに太く満洲詩壇を流れ、後継詩人達もこの主知的傾向の詩派を金科玉條として守り通して、現在まで流れて来た（略）
こうした一派の亜流を未だに守りつづけてゐる連中の詩はもはや詩壇からはかえりみられない筈だのにかかはらず、依然としてその轍を踏んでゐるのはどうしたことか。（島崎曙海「詩・雑感」『二〇三高地』一九三八・八）[*12]

輝かしい『亞』の終刊から、すでに一〇年以上が経過していた。「遠い過去のこと」なのだという島崎の認識は、新時代の詩を創ることへの困難と、『鵲』派とは異なる現実認識を持っているのだという意思表示である。
一九四〇年から翌年にかけて刊行されていた詩誌は、『鵲』と『二〇三高地』になっていたが、この二誌の廃刊統合問題は以前からくすぶり続けていたようである。猪野睦「『満洲詩人』のあゆみ

(三二)」(『植民地文化研究』3 二〇〇四・七)によれば、満洲文話会の機関誌『満洲文話会通信』四一号(一九四一・一)に掲載される、大連支部一二月四日の定例幹事会報告には、「二〇三高地と鵲の合同につき」、「文話会支部において円満解決を計られたし」、「支部長と平井幹事が当事者と会談斡旋すること」とあるように、合併は調整がつかず持ち越されて来ていた。上からの行政圧力による統合だったが、「満洲」詩壇での主導権争いや人間関係の不和などもあり、『鵲』の八木橋と『二〇三高地』の島崎曙海は対立したままであったという。

そのような状況で『鵲』は三七号(一九四一・二)で廃刊し、『二〇三高地』も二二号(一九四一・二)で廃刊となった。この経過について城小碓は本家勇名で、戦後『作文』一六一号(一九九五・九)に「満洲詩人」と題して、「雑誌の合同は難行しているようだったが、当時どの雑誌にも所属していなかった私は、当局の線の人から非公式であったがまとめるよう指示された。まとまらないようであったら、全部廃刊させるとの内示もあったのでまとめることができた。即ち『満洲詩人』であり満洲詩人会であった」とほとんど恐喝的な仕打ちであった当時の状況を回想している。

『鵲』は八木橋が主宰者として存在感を発揮し、『二〇三高地』は島崎曙海の雑誌であった。前述したように、満洲詩人会は一九四一年三月一〇日に結成された。『満洲詩人』創刊号は五月一日に刊行されたが、発行所を大連市久万町一〇の『鵲』同人の井上鱗二方に、事務局を調整に当たった城小碓方に、編集所を『二〇三高地』の川島豊敏方に置いた。『満洲詩人』は満洲詩人会が結成された後、その機関誌として一九四一年五月一日に発行されている。創刊号は四〇頁、三二名の詩を収録した。書評が島崎曙海の「最近の詩について」と井上鱗二の「詩集『白い神』短評」があるだけで、他はすべて詩作品である。中表紙には「綱領」が「満洲詩人會」の名で、五項目掲載された。

一、詩によつて雄渾なる民族精神の發揚に資す
二、詩によつて東亞諸民族と提携協助し、民族の協和を致し東亞新秩序達成に資す
三、詩によつて大陸風土の美を發見し、大陸生活の理解を深め、以つて新生活倫理の徹底を期す
四、詩によつて生活の簡素健全、精神の豊潤明朗を期す
五、詩以外の文化と提携し、右の諸目的の達成を期す

満洲国という多民族国家への報国手段として詩を位置づけ、「生活倫理」と「精神の豊潤明朗」を目指すという提言であった。このようなお題目に対しても「綱領にある問題は一つ一つ實行さるべきことは言ふまでもないが、我々が意圖する當面ののも《ママ》は、文藝文化に對する新鮮なる詩精神の作興である」（城小碓「編輯後記」『満洲詩人』創刊号）と述べなければならなかったのである。

巻末に「満洲詩人會會員住所録」も収録されており、五二名の会員は満洲の様々な地域に及んでいることがわかる。大連を始め、旅順、奉天、安東、ハルビン、斉々哈爾、熱河、さらに北京在住であった小池亮夫、南京に居た草野心平、大分県から瀧口武士も参加している。満洲生まれの者、初期の渡満者、満洲国成立後の流入者も含め、決して短くはない詩歴を持つ詩人たちであり、時局のせいで雑誌刊行が困難になるなか、自身の作品発表のための媒体を失っている詩人も多かった。そのような状況を踏まえてか、坂井艶司は『満洲詩人』の功績として、今まで満洲に潜んでいた「全詩人を新旧

玉石混淆ながら、一堂に集め得たことは（略）唯一の功績といはねばならぬ」（青木実編「満洲文芸資料――満洲詩壇」『作文』一四五号、一九九〇・四）と記述している。これまでならば、満洲の詩人たちは『鵲』か『作文』、あるいは『二〇三高地』のいずれかの同人とならなければ作品を発表する方法が無かった。しかし『満洲詩人』の発刊により、未知の詩人が多く登場したことを功績と捉えたのである。具体的には、『作文』に何度か作品を発表しただけの長谷川四郎や大野沢緑郎、野川隆、牧章造らが参加したことを指している。また、馬穠弟、成雪竹、楊維興、劉木風といった在満中国人詩人の名も見られることが、これまでの詩誌との大きな違いであろう。

しかし、『満洲詩人』は「綱領」に記されたように、多くの詩人たちに戦争翼賛詩を作らせることになった。一九四一年一二月の日米開戦以降に見られるような多くの雑誌と同じく、『満洲詩人』の誌面にも愛国詩の類が掲載されるようになる。七号（一九四二・五）は「愛國詩特輯號」と銘打たれた号である。「まことに一億銃後の民は／心から泣いて泣いて／あなたの貴い御使命と／輝やく不滅の功績に／感謝の言葉をつまらせてをります。」（棚木一良「嗚呼持《ママ》別攻撃隊」、目次は「海軍特別攻撃隊」となっている、筆者註）、「熱帯の／この燃えたつばかりの絹の強さにひらく／もつと激しい爆薬と／もつと壮大な祖國の　神がみと歌を」（川島豊敏「絹をかけて」）、「ナチスとの肩車の中に／荒鷲はロンドンに炎を與へ。／／潜艦の不屈の推進力は／地下のワシントンへ潜航しよう。／／國つみ旗の日輪のやうに／我々は勝利を信じてゐる。／／五月晴れの空のやうに／明治節の空のやうに／あゝ　闘つて明るくなつた。」（荒木力「庶民の歌」）といった愛国詩が数多く掲載されているのである。『満洲詩人』という、満洲で刊行された詩誌での掲載であっても、内地で同時期に量産されているものと変わることのない、典型的な愛国詩であった。満洲の詩人たちは、これまで論じてきたように、『亞』以降、満洲詩の独自性を満洲という土地で作り上げ、成熟させることに心血を注いできた。そのために内地の詩壇状況にも敏感に対応していた。「満洲詩の独自性」とは、言葉を変えれば、独立国であるはずの満洲国での提言、「東亞諸民族と提携協助し、民族の協和を致し」（前出「綱領」二）という「五族協和」に還元される、インターナショナルな世界観の詩による構築であったろう。そこに詩人たちの苦渋とともにロマンもあったのである。しかし、実際には「愛国詩」に端的に表れる「民族精神の發揚」（「綱領」一）という、ファナティックなナショナリズムが横行することになったのであった。

『満洲詩人』一六号（一九四三・一二）には、小杉茂樹「こころの風」（「いつも、こころの隙間にもれるものは母を喪つた故里にある子らの聲であつた。／鯨のやうに、わたしは時々潮を吐きに出たが波の上には、風ばかりだつた。／そして、蒼黝くもの哀しいほどにも曠い太洋《うみ》ばかりだつた。」）や、川島豊敏「池を圍む山林で」（「巌がうるんでゐる／桔梗や雁來紅や芒がいちめんに薙ぎ倒されてゐる／蟲の音は山頂の方につづき／山頂からは／つぎつぎに霧がなだれうつてゐる（後略）」）が掲載されている。また、西原茂編集の『順送球』の主要「詩人」、高橋さよ子の「無題」（「きらびやかな澤山の星／私は明るい月夜に／星をみながら考へる／／あの種々樣々の／星の中からどれか一つを／ゐらびたい／／唯一筋に／心かたむけ／今日をおもひ新しく明日を迎へる事を誓ひたいと／／目をつぶれば一つの星が／アジアの信號燈の如く追つてくる」）も掲載されている。

このように見てくると、各々自由に作品を発表し、まさに坂井艶司が述べるような、全満洲の詩人たちの掘り起こしと、彼らの作品掲載誌として機能したように思われる。しかし同時にこの一六号には、島崎曙海の随想「南方第三信」、古川賢一郎の随想「義勇隊開拓團満洲義軍など」、阿南隆の詩「歸隊」、福田尹哥の詩「防空日」もともに掲載されている。これらの随想は戦時報告の役割を、詩作品は戦捷意識の高揚が目されている内容である。国策として統合された集団の機関誌としては当然の、翼賛的内容であった。「功績」として記述するには、坂井艶司の述べるように、全満洲詩人の集合を唯一の成果とするとしかなかったのである。

『満洲詩人』は大連で二三輯まで継続した。二四輯はゲラ刷りの状態で終戦をむかえたため、二三輯が実質上の終刊となったようである（前出、猪野睦「『満洲詩人』のあゆみ（三）」）。一六号の「編輯後記」には、川島豊敏が「本輯の作品は殆んど期せずして新人のために提供したやうな結果になつたのだが、編輯會議で厳選、或る作品には大部分に手を入れたりなどして發表した」と記していることから、参加者の新旧の入れ替えが行われた輯であったと思われる。一定の満洲詩の質を維持する目的をもって「編輯會議で厳選」との措置が取られたのであった。時局が変動していく中において、大連での詩作の継続と、新人の育成による満洲詩の充実を図る意志と不断の努力が、そこには見られたのである。

三章 『満洲浪曼』——逸見猶吉

現在、私たちは『満洲浪曼』を復刻版で見ることが出来る。呂元明、鈴木貞美、劉建輝監修で、ゆまに書房から二〇〇二年七月に、七巻プラス別巻（別巻は二〇〇三年一月、筆者註）で刊行されている。凡例に「本復刻にあたって、すべての資料を呂元明氏より御提供いただいた」とあり、監修者の名が記されている。その呂元明が別巻で「『満洲浪曼』の全体像」を記している。

1 『満洲浪曼』概要

『満洲浪曼』の創刊について、北村謙次郎の追憶によれば、まず彼と「満映」で働く矢原禮三郎の二人が発刊を企画し、「国務院弘報処」で『宣撫月刊』を編集する木崎龍を訪ねた。木崎龍は二人にまず「満日文化協会」の杉村勇造を訪ね、彼の協力を取りつけることが先決だとすすめて

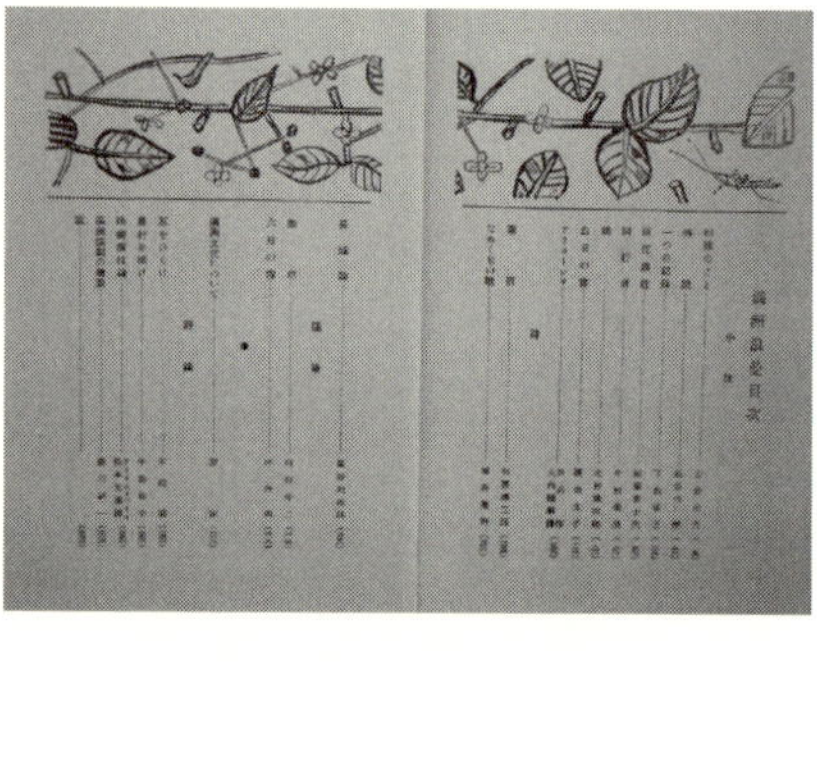

くれた。（略）

木崎龍が杉村勇造を紹介したのは、金銭面から見ればかなり賢い選択だった。杉村は事情を聞いてから「いいでしょう。やってみてはどうです」と言い、また「印刷は文祥堂に頼めばいいでしょう」と言った。（七～八頁）

『満洲浪曼』の「著作人」である北村謙次郎は、金銭面については触れていないが、「文化協会はすでに多数の印刷物を発行して、いわばその道のベテランである。あとはきつと文化協会が引き受けてくれるというのだろう」（北村『北辺慕情記』大学書房、一九六〇・九　六六～六七頁）と述べている。費用の目処は付いたが、雑誌としてすぐにも刊行できるわけではない。掲載すべき原稿が集まらないため、作品は新聞や雑誌からの再掲載をし、文芸分野のみに留まらず、文化全般の関係者たちに寄稿を募り創刊されたのが、『満洲浪曼』であった。

第一輯の奥付には「著作人　新京特別市寛城市一匡街二十七　北村謙次郎、發行人　新京特別市大同大街三〇一號　佐藤好郎、印刷人　新京特別市大同大街三〇一號　高橋貞二、印刷所　新京特別市大同大街三〇一號　株式會社　文祥堂印刷部、發行所　新京特別市大同大街康徳會館内　株式會社文祥堂　印刷部」と記されている。発行日は「康徳五年（一九三八年、筆者註）十月二十七日」で、定価は一円二〇銭である。佐藤好郎は文祥堂社主、高橋貞二は印刷部の社員であり、印刷も文祥堂印刷部で、発行所も文祥堂である。文祥堂は、研究書の刊行から印刷工場、映画関係、喫茶、文具販売など手広く経営していた（前出、北村『北辺慕情記』一八～一九頁）。『満洲浪曼』の第一輯から第五輯まで、満日文化協会発行の『東方國民文庫』出版目録の広告が必ず掲載されていることからも完全に文祥堂が作った雑誌であることがわかる。

満日文化協会とは、「一九三三年秋に『新京』で創立されたが、その当時の出席者には関東軍参謀長の小磯国昭、副参謀長の岡村寧次、日本外務省官僚及び日本の著名な中国学者などがいた。会長を務めたのは、溥儀と一緒に『満洲』に赴き、国務院総理の座についた鄭孝胥である。この協会は日満両地で同時に創立され、日本では『日満文化協会』、『満洲』では『満日文化協会』と呼ばれた」(前出、呂「『満洲浪曼』の全体像」七頁)という協会であり、日本政府と満洲国が作ったものであった。

第一輯を見ていくと、巻末の「跋」には飯田秀世、今井一郎、木崎龍、北村謙次郎、坪井與、長谷川濬、松本光庸、矢原禮三郎、横田文子の名があり、創刊同人と判断できる。そこには「詞華集満洲浪曼は、ただ一つの試みであるに過ぎない。われらは布教の徒ではない故に、文字を弄してさへわが佛尊しと説く低俗には與したくない。/若し満洲浪曼に成長といふごときものあるとすれば、それは卿等自身の成長を意味するものである。卿等とともに、旺んなる満洲ルネサンスの思潮に拍手をおくる」と記された。これは満日文化協会に依りながらも、宣撫的な文章は書くつもりはないとの宣言であろう。そして満洲国でも日系在満人の数も増え、実際の都市整備のみならず文化面に於いても整備が進み、芸術面で「満洲ルネサンス」期にさしかかっているとの認識が述べられている。後述するが、この『満洲浪曼』が新京で刊行されたことにより、今まで満洲での文化的先進地域であった大連が対比的な存在と見なされる風潮が生まれた。そのため、当時大連市で発行されていた文芸同人誌『作文』と、新京創刊の『満洲浪曼』が対比され、「大連イデオロギー」と「新京イデオロギー」として比較されるようになった。尾崎秀樹は、北村謙次郎の語る「満鉄マンのムード」と「新京イデオロギー」の対比を引用しながら、「雑誌『満洲浪曼』の創刊は、このような新京イデオロギーに対する軽い反逆を意味していたのかもしれない」と指摘している（尾崎『近代文学の傷痕　旧植民地文学論』岩波書店、一九九一・六　二二七〜二二八頁）。『満洲浪曼』は、第一輯から、『作文』同人の坂井艶司の詩「なめくじの歌」や吉野治夫の小説「姉妹のこと」、町原幸二の随筆「雑草」が掲載しており、その後の輯においても積極的に『作文』の主要メンバーの作品を掲載し続けている。そのことからも決して『作文』と対立的な関係であったとは言えない。しかし、満日文化協会からの資金援助で、新京で刊行されている雑誌という事実により、『作文』の人びとの中に『満洲浪曼』の中央意識に対する反発が存在したことは推測出来よう。そのような、反新京＝「文化的中央＝大連」といった意識が、対立項としての「新京イデオロギー」なる概念を生み出したと思われる。

『満洲浪曼』第六輯は、新たに「興亜文化出版社」から刊行された。奥付には「編纂者　北村謙次郎、發行者　石見榮吉、印刷者　鈴江一臣、印刷所　凸版印刷株式會社滿洲支社」がそれぞれ記されている。また、『東方國民文庫』出版目録の広告も無くなった。『満洲浪曼』が満日文化協会との関係を今まで通り維持できない事情があったと思われる。巻末に掲載された、北村謙次郎「跋にかへて」には「滿洲浪曼創刊以來、僕らは滿洲國建國の理想を趁ひ、その理念の定着について語つてきた。しかも文學の難しさは、どこまで僕らの說くところが作品の上にまで具現化され得たか、顧みて一應の疑念を持つ。（中略）出版のことに携はるのは、もとより僕の任ではない。たゞ今日、新しい協力に俟つて、滿洲浪曼の新體制版を贈るはこびとなつた所以は、眞の文學道樹立への執着がさせた業にほかならぬ」と述べられていることも、満日文化協会との関係性の変化を物語っている。掲載作品数も六編と少ないが、檀一雄が「月地抄」によって新たに登場している。

鈴木貞美が「たとえば『ウルトラマリン』の連作から出発（一九二八）した詩人、逸見猶吉が『満洲浪曼』時代に書いている詩を考えあわせるとき、『詩と詩論』から『文学』、『四季』、ないしは『歴程』へと展開していった「内地」の詩壇の動きとは少し異なる、もうひとつの日本語の詩の追求の血脈が見えてくる気がする」（鈴木「『満洲浪曼』の評論・随筆」『満洲浪曼別巻』八七頁）と指摘しているように、『亞』以後の日本語による満洲詩の流れをモダニズムの系譜とするならば、異なった詩が満洲詩となる萌芽のようなものが逸見の詩には確かに存在した。逸見は『満洲浪曼』第二輯から同人となり、「汗山」を発表。第三輯には「海拉爾」と「哈爾賓」を合わせ「地理二篇」として発表している。この『満洲浪曼』第二輯のみ、北村謙次郎ではなく「著作人　長谷川濬」となっており、長谷川濬編集であったことがわかる。その第二輯の同人挨拶として（「同人語」）、「言葉を借りて」として、逸見は長谷川濬に対する感謝とともに、「孤獨に偏する精神の頑な傳承、それが私の血だ」と言い、また「受けるだけの苦痛は受けなければならない。（略）私は書かなければいけない。／長谷川君、さうではないか。」と決意を述べている。この逸見猶吉を見ていくことで『満洲浪曼』において見られたであろう満洲詩の一側面を確認してみたい。

2　出生地「谷中村」

逸見猶吉の年譜を見てみると、多くのものがその出生地を「栃木県下都賀郡谷中村[*1]」と記している。だが、この記述は正しくない。なぜなら、逸見が生まれた一九〇七年には、「谷中村」という地名はすでに消滅していたからである。逸見の出生地は、正確には「栃木県下都賀郡藤岡町大字下宮一番地」である。谷中村は前年の一九〇六年七月の時点で藤岡町と合併していた。谷中村と藤岡町が合併する原因は、渡良瀬川流域の「足尾鉱毒事件」である。

谷中村の歴史を辿るならば[*2]、一八八九（明治二二）年に全国で市町村制度改定があり、栃木県下の下宮村、恵下野村、内野村の三つの村が合併してできたのが谷中村である。県の最南端に位置し、渡良瀬川、巴波川、思川に囲まれているため、洪水が起こる頻度が極めて高い地域であったが、その反面肥沃な土壌が運ばれて来るため、室町時代からの沃田であった。このような土地を足尾銅山の硫化銅は汚染してゆくのである。

足尾鉱毒事件によって、国と県という体制権力の二重構造により圧力を受けた被害村民たちは、一九一一年四月に「栃木団体」を結成して北海道常呂郡サロマベツ原野に移住する。ここで登場するのが、下都賀郡長・吉屋雄一である。

吉屋は移住民となる現地を「実地調査」したように地元新聞に報告しているが、それは現実とはかけ離れた「虚偽的[*3]」な内容であった。移住民たち自身がその虚偽に気付くことになるのは、痩せた土地に実際に触れ、極寒の季節を味わってからのことであった。移民たち二三七人に対して、吉屋は出発前に訓辞を行っている。現地を視察し移住先を決定した責任者として、土地の肥沃を語り、「故郷へ錦を飾るのではなく、北海の地に錦を飾れ」と激励したのである。郡長という職位の吉屋は、明治の官吏として誰もが敢行せねばならなかったことをしたまでなのかもしれない。「権力」の図式は変わることはないだろう。

その後、娘の吉屋信子は、『朝日新聞』に「私の見た人」を七一回にわたって連載し、その第一回に田中正造を取り上げている。そこで田中正造に初めて会った時の思い出とともに、「谷中村事件」について次のように書いている。

私はいまも忘れ得ぬ谷中村事件の記録や田中正造伝のたぐいを読みあさるうちに、あの際の村民立退き絶対反対の運動方針に古風ないささかナニワ節的感傷がまざっている気もすると、つい生意気な批判が生じた。ああした村の悲惨事を避けてもっと合理的に双方処置出来なかったものであろうか?

近ごろ、ダム工事で湖底に沈む土地では目玉の飛び出るほど高額な土地収用補償金を釣り上げるまでは、猛烈な反対を続けるリアリストが多いと聞くにつけても、田中翁も村の人々も、みな明治のあまりに素朴な感覚に生きていたと思う。（吉屋信子「私の見た人（2）」『朝日新聞』一九六三・二・六、九面）

谷中村の被害者たちは、この連載記事をいかなる気持ちで読んだのであろうか。先祖伝来の土地を鉱毒に犯され、吉屋雄一のような官吏に欺かれ、その娘は、官憲の暴力で追いつめられていった受難民の怨嗟と憤怒を「ナニワ節的感傷」と言い、「合理的」に「処置出来なかった」前近代人として断裁しているのである。しかも全国紙である『朝日新聞』紙上でである。亡き父親への思い入れがあったのだろうが、当時売れっ子大衆作家となっていた「断髪の麗人」による無邪気で浅薄な批判によって、「近代的」な全国初の公害被害者である谷中村の人々は、結果的に親子二代にわたって貶められたことになる。

3　文学少年大野四郎

田村泰次郎が「クラスには、市（都）内の暁星中学からはいってきた者がかなりの数を占め、彼らは中学時代にフランス語をある程度習得していたし、その上教師と流暢な東京弁でやりあうのを見、私はすっかり圧倒された」（『わが文壇青春記』新潮社、一九六三・三）と語っているように、逸見も卒業生として名を連ねた暁星中学は、当時名門校としてその名を知らしめていた。逸見もまたアルチュール・ランボーに心酔する早熟な文学少年であった。級友と『蒼い沼』『VAK』『SCALA VERDA』『鴉母』といった雑誌を刊行し、「大埜士路」というペンネームを用いて作品を掲載している。逸見はすでにロシア語を学習しており、ウリヤーノフ・レーニンの『帝国主義論』を愛読していた。時代と共に生きる青年として、左傾化していったとしても不思議ではない。加えて木下尚江、荒畑寒村などの社会主義者も関わった「谷中村」が出身地であったのである。早熟の知性的な青年ならば谷中村の村民たちにシンパシーを感じ、時代の風潮に敏感に感応したであろう。だが、逸見が北方の地に向かわざるを得なかった理由は、単に同時代の思潮に触れたからではなかった。「ウルトラマリン」で表出された慟哭は、逸見の苦悩から生まれ出たのである。そこには逸見自身のレーゾンデートルに伴う、出自に絡む問題が存在していた。

逸見の本名は大野四郎である。父・大野東一、母・みきの四男として生まれた。ジャーナリストであり、満洲新聞社社長となる和田日出吉を兄に、画家の大野五郎を弟に持つ。祖父の大野孫右衛門は谷中村村長であった。

一八九一年、孫右衛門は、下都賀郡長・安生順四郎と結託し谷中村内の西北弓形堤塘、通称蓄山堤を拡張し、堤内を埋め立て私有化しようと意図したが、翌年の大洪水によってこの堤が決壊する。孫右衛門に変わり新村長となった茂呂近助も、鉱毒救済の義捐金横領が発覚し、公職を追われたため、息子の大野東一が二一歳という若さで就任する。孫右衛門の事業欲の失敗が結果的に谷中村を壊滅させたことになる。イギリス法律学校（現中央大学）の学生であった東一に、鉱毒事件を抱える村を立て直す政治的手腕が備わっているはずもなく、一九〇四年、谷中村買収案が栃木県議会に上提された頃、全てを投げだしてしまう。その後谷中村は村長職に就任する人物がなく、下都賀郡書記・猿山定次郎が職務管掌として村長職を代行した。逸見の父、大野東一が谷中村最後の村長であったのである。

大野四郎が誕生した時、すでに「谷中村」は地図上から消失していた。出生間もなく、一家は東京府北豊島郡岩淵本宿（現東京都北区）の新邸に転居する。しかし旧谷中村被害村民たちのように、離村が直ちに窮迫に繋がることはなかった。「谷中村」の旧地買収補償と長兄・一六が東京帝大卒業後、足尾銅山親会社の古河鉱業に入社したことによって、大野家の生活は保障されていた。父の東一は東京に引っ越した後、定職に就くことなく悠々自適の日々を過ごしたという。それは、谷中村被害村民の犠牲の上に成り立った生活であり、孫右衛門、東一という直父系が、谷中村を資本にして生活を確立したと言えるのである。このことが生涯消えることのない負の心因を逸見のなかに形成していった。

ちなみに、逸見猶吉というペンネームは、最後まで田中正造を支援し続けた逸見斧吉からとられたものであり、[*4] 大野四郎が逸見猶吉として第二の生を生きるようになるのは、『歴程』に発表した「ウルトラマリン」詩篇に負う所が大きい。

大野四郎は暁星中学卒業後、早稲田大学に入学する。一九二八年には早稲田大学に籍を置きながら、母親が出費した開店資金によって、牛込神楽坂にバー「ユレカ」を開店する。

『ユレカ』は、「牛込見附の方から見て神楽坂の中程左道沿にあり、三間々口の二階建てで、一階の左右にボックス形式のテーブルと椅子、右側奥はカウンター、入口を入ったすぐ右側にはレジがあり、女給が数人いて二階は彼女たちの化粧部屋などに当てられていた」女給の中に都新聞(現東京新聞)のコンクールへ応募してミス東京第二位になった女性がおり、かれはその女性と同棲した。(小山榮雅「詩人逸見猶吉について」『芸術至上主義文芸』一六号、一九九〇・一二)

「ユレカ」は高級ウイスキーが飲める洒落た店だった。しかし逸見は突然「ユレカ」を弟・五郎に託して北海道旅行に出発する。以後二ヶ月に渡る放浪が続くことになる。この間、函館から旭川、根室へと漂流している。

私は數年前、身勝手な惡るい事情から東京を去つて津輕海峽を渡つたが、あれはたしか三月の初め、たちまち函館の魅惑に耽溺したまゝ月餘。そしてその年の秋、またも同地に飛んで幻暈の日を送つたことがある。潮臭い街の蔭地を彷徨ひながら、死にかけてる《ママ》女と酒を飲んだり、山瀬の青い臭吹きにつめたく晒されたり、要塞の下の墓地にある、そこからサガレンの雲がみえ、露西亞文字と鴉のむれとアカシアと、酷かつた、まつたくあの頃もいまもなんといふ月並みの酷さだ。（逸見「修羅の人――宮澤賢治氏のこと――」『三田文学』一九三四・五）

この「幻暈の」日々であった「サガレンの雲がみえ、露西亞文字と鴉のむれとアカシアと」を見て回った北の大地での経験が、「ウルトラマリン」の連作を生み出すことになる。

逸見は、伊藤信吉編『学校詩集』（一九二九・一二）に「ウルトラマリン」連作の「報国　ウルトラマリン第一」「兇牙利的　ウルトラマリン第二」「死ト現象　ウルトラマリン第三」を掲載し、詩人として名を馳せたと言える。「報告」の初出は、『学校』第七号（一九二九・一〇）である。その後「兇牙利的　ウルトラマリン第二」「死ト現象　ウルトラマリン第三」を加え、「ウルトラマリン」連作として『学校詩集』収録される。

4　逸見猶吉という詩人

現在私たちが目にすることの出来る『逸見猶吉詩集』には二つの種類ある。一つは一九四八年六月、逸見猶吉の死から二年後、十字屋書店から出版された『逸見猶吉詩集』。中表紙に「著者最后の照影」の顔写真と、巻末に草野心平の「覚え書」が付されている。「覚え書」には「逸見猶吉詩集は彼の友人二、三によつて編纂されたものである。（略）逸見猶吉の詩の大概は、一九二八年若冠二十歳、ウルトラマリンに始まり満洲の地理の一聯に終るとみるのが至当であつて、だから本詩集は彼の作品の全貌ではなくとも次全貌に近い。傑汁はすべて収められていると思う」と記されている。詩作品は三八篇収録されている。巻頭には「報告（ウルトラマリン第一）」、「兇牙利的（ウルトラマリン第二）」、「死ト現象（ウルトラマリン第三）」が置かれている。それぞれに番号が付されていることから、「ウルトラマリン」の連作であることがわかる。

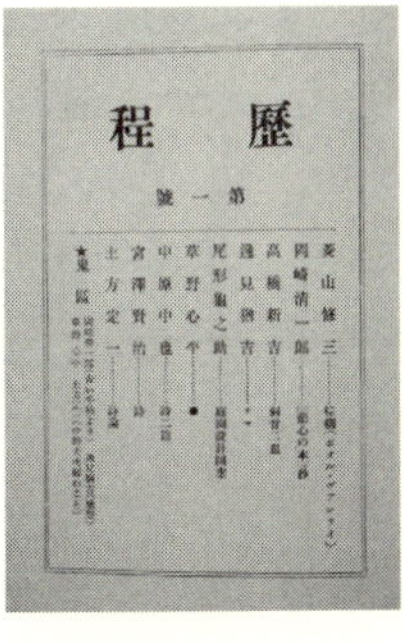

もう一つは『定本逸見猶吉詩集』（以下『定本』と略す、筆者註）であり、一九六六年一一月、菊地康雄の編集で思潮社より刊行された。編者による解説と略年譜が付されている。この『定本』は、「I」から「IV」まで四部に分類されており、始めの三部の分類は「編集者の恣意によるものでなく、詩人の死後その遺稿を整理したおりの記憶をたどって、作者が生前にまとめておいた形式に倣った」ものである。Iは「ウルトラマリン」、IIは「牙のある肖像」との章題で渡満前の作品をまとめ、IIIは

「地理篇」と題して渡満後の作品をまとめている。Ⅳは、編者が今日では発見困難な古い雑誌類を渉猟して集めた初期詩篇をまとめ、四部合計七八篇を収録している。この『定本』では、「報告」「兇牙利的」「死ト現象」は収録されているが、「ウルトラマリン第〇」との副題は付しておらず、「報告」「兇牙利的」「死ト現象」と題名のみの収録である。

一九四〇年七月、山雅房より刊行された『現代詩人集』第三巻には、逸見自身が「ウルトラマリン」の表題でまとめた詩作品一八篇が収録されている。序文として、「満洲國に移り住んで四年、この間のものは全くこの集にいれなかつた。深い理由はない。假に『ウルトラマリン』と題したのも、以前詩集を出さうと考へた時この言葉を思ひ付いたからで、今になれば一寸した愛情である」との逸見の言を掲載している。伊藤信吉編『学校詩集』に「ウルトラマリン」連作の「報国　ウルトラマリン第一」「兇牙利的　ウルトラマリン第二」「死ト現象　ウルトラマリン第三」を掲載し、詩人として名を馳せたのは一九二九年一二月のことである。未だ一冊の詩集も持たぬ作者にとって、単著ではなくとも、一〇年近くの時を経て編纂する自身の詩集として、思い入れがあったと思われる。この逸見が編纂した『現代詩人集』第三巻の「ウルトラマリン」では、「ベエリング」が巻頭詩として置かれている。前述のように、伊藤信吉編の『学校詩集』では、「ウルトラマリン」を連作として寄稿していることからも、三篇は一セットと判断できるが、この『現代詩人集』において逸見は「報告」「死ト現象」の二篇だけを掲載し、「兇牙利的」を除外している。逸見にとって「ウルトラマリン」との表題で詩集を編む場合、この「兇牙利的」という作品は相応しくないものであったことになる。

菊地は「『兇牙利的』がのぞかれた理由は判然としない」とし、「ここでは逸見猶吉の誕生をつげた連作『ウルトラマリン』（第一「報告」、第二「兇牙利的」、第三「死ト現象」）の構成をそのまま採るのが正しいと判断した」として『定本』に「兇牙利的」を収録している。逸見は何故「ウルトラマリン」編纂時に「ウルトラマリン第二」として発表した「兇牙利的」を削除したのであろうか。

5　兇牙利的について

兇牙利的

レイタンナ風ガ渡リ
ミダレタ髪毛ニ苦シク眠ル人ガアリ
シバラク太陽ヲ見ナイ
何處カノ隅デ饒舌ルノハ氣配ダケカ
毀ワレタ椅子ヲタタイテ
オレノ充血シタ眼ニイツタイ何ガ殘ル
サビシクハナイカ君　君モオレヲ對手ニシナイ
窓カラ見ル野末ニ喚イテル人ガアリ
ソノ人ハ顔ダケニナツテ生キテユキ　ハツハ
オレハ不逞々々シクヨゴレタ外套ヲ着テル
酔フタメニ何ガ在ル

暴力ガ在ル　冬ガ在ル　賣淫ガ在ル
ミンナ悪シキ絶望ヲ投ゲルモノニ限リ
悪シク呼ビカケルモノニ限リ
アア　レイタンナ風ガ渡リ
オレノ肉體ハイマ非常ニ決闘ヲ映シテヰル

「兇牙利的」全文である。一読して意味は取りにくいが、逸見が抱えている内的葛藤の吐露であることはわかる。藤原定は「彼のふしぎな北方への情熱的指向性、そしてウルトラマリンという、彼の画家的色感とベーリング海とが癒着したイメージはそのような形而上的情熱に由来した。（略）形而上的指向性を素質した野獣である」（藤原「逸見猶吉」『現代詩鑑賞講座　第8巻』角川書店、一九六九・七　一六三頁）と逸見の詩について述べている。この「兇牙利的」においてもその要素は含有され、表されている。

形式としては、「風ガ渡リ」「眠ル人ガアリ」「喚イテル人ガアリ」「投ゲルモノニ限リ」「呼ビカケルモノニ限リ」と連用形の文章を続けることで、動きのある世界が表現され、特有のリズムを生み出している。鮎川信夫は「逸見の詩には、自らの言葉の調子に酔っているようなところがあって、ただでさえ強すぎると思われる詩人的姿勢を妙に浮き上らせているときがある」（「解説」『現代日本名詩集大成7』創元社、一九六〇・一一　三二四頁）と評しているが、自分に酔っていたならば、「酔フタメニ何ガ在ル／暴力ガ在ル　冬ガ在ル　賣淫ガ在ル」などと絞り出すような、こんな詩を書くことは出来ないだろう。逸見は決して酔ってなどはいない。

この他に「兇牙利」との詩句が登場する作品の「厲シイ天幕」と「冬ノ吃水」は、ともに『現代詩人集』に収録されている。しかしこの「兇牙利的」は収録されなかったのである。

尾崎寿一郎はその著書で、『満洲詩人』にも詩作品を掲載していた船水清の「逸見猶吉回想」と「ウルトラマリン考」を紹介している。[*5] 青森県弘前市の古本屋で『詩と詩論』第三冊を手に取った所、「あちこちにペン（青インク）の落書きがあった。「凶牙利」や「兇牙利」などだ。（略）裏表紙の内側のページに逸見猶吉の顔として自画像が、青インクで描かれていたので、私はびっくりした。これはあきらかに彼の本だ」と確認する。さらに船水は逸見の落書きとして次の文章を紹介している。

匈牙利煉瓦
匈牙利屋根屋根
匈牙利喇叭
匈牙利風の鉄柵である
匈牙利風の黒である
匈牙利河河の沈める機械
刹那に匈牙利誰だ

この『詩と詩論』第三冊には、飯島正の「現代匈牙利の詩」が掲載されており、この落書きから

「匈牙利」が逸見の創作意欲を刺激していることがわかる。

世界戰争は歐洲の文壇を二つのジエネレイションに分つた。（略）この現象はハンガリイの詩壇に於いても、二つの時代の分立となつて現はれた。しかし、幾世紀の間、歐洲人のために自由を奪はれ、異民族の桎梏に惱んだハンガリイ人の文藝生活に於いては、皆等しく反抗の精神、更新の血氣に燃えてゐる。それ故に新時代が詩歌の分野に於いて現れたとすれば、それは美學的概念、言語、幻想素材心理的態度の變改となる。

事實、ハンガリイの詩文は、力強いマジャアルの言葉をもつて荒々しい東洋の風と、水々しい果實のやうな西洋の空を歌ふのである。（飯島「現代匈牙利の詩」）

この後、飯島はオディ・エンドレ（Ady Endre）の「死の血縁」「一人の友・幼い子供」とボビッツ・ミハアリの「星の世界に」、コストラアニ・デジェ（Koztolanyi Dezso）の「母」を紹介している。ここに紹介された三人は、ともにシュルレアリスム詩人として人々に理解されていた。特にコストラアニ・デジェは『中国と日本の詩』（一九三一）で約一五〇の三〜四行詩を訳した「今尚最良のハンガリー人文学翻訳家」である。

飯島の書いた「現代匈牙利の詩」は、あくまで作品紹介にとどまるものであり、分析など行われてはいない。しかしここで注目するべきことは、飯島がハンガリーを「匈牙利」と記していることである。通常ハンガリーは、漢字では「洪牙利」と表記される。それが「匈牙利」となるのは、ハンガリー人＝匈奴の理解によるものである。

日本語の表記はハンガリー共和国、通称ハンガリー。漢字表記では洪牙利で、洪と略される。中国語では、ハンガリーのフン族語源説が伝えられて以降、フン族と同族といわれる匈奴から、匈牙利と表記するようになった。

ハンガリーの歴史は激動と言ってよい。そのハンガリーと日本とを一気に近づける、もっと言えば接続してしまう思想が、当時日本には存在していた。それが「ツラニズム」である。

「ツラン民族」とは、西方のフィン・ウゴル語族から東の日本を含めたツングース語族に至る、ウラル・アルタイ系言語を用いる民族の総称であり、ツラニズムとは、この諸民族を単一ツラン民族として覚醒させ、統合しようとする運動である。日本人研究者では井上哲次郎が「ウラルアルタイック語」と呼び、その語族に西方のトルコ人、ハンガリー人、フィンランド人、東方の蒙古人、満洲人、朝鮮人を数え上げている。日本では一九〇七年にマックス・ミューラーの本が『言語学』と題され、金沢庄三郎と後藤朝太郎の共訳で出版されているが、ミューラーが「チュラニアン」という用語に込めた人種主義的意味が、ドイツとロシアとの両面からの圧力に抗するため、ハンガリー人がアジア起源であり「ユーラシア精神」をもつという主張で唱えられるようになった。[*6] こうして生まれたのが「ツラン主義」「トゥラニズム」というイデオロギーである。これについて南塚信吾は、次のように述べている。


このトゥラニズムは、ペルシャ（イラーン）の北東に広がる平原（トゥラーンの地）に発したとされる諸民族の文化的・民族的覚醒と相互の連帯意識の育成をめざす運動であった。それは、主として言語の観点から諸民族の兄弟的つながりを強調していて、トゥランの民はウラル・アルタイ語族と同意義に考えられた。したがって、フィン人や、エストニア人や、ハンガリー人や、ブルガリア人や、トルコ・タタール人や、モンゴル人や、ツングース人や、満州人、さらには、朝鮮人や日本人もが兄弟なのであった。（略）

このトゥラニズムは、フィン・ウゴル語系とトルコ語系とを関係づけたり、朝鮮人や日本人をアルタイ語族に入れるなど、学術的には問題があったものの、一九三〇年代に急速に勢力をのばしてきていた。それは、ドイツとソ連のあいだに立つハンガリーの民族的危機からの脱出口を示すものと受け止められたからであろう。（南塚『静かな革命　ハンガリーの農民と人民主義』東京大学出版会、一九八七・三　一五四〜一五五頁）

この「ツラン主義」の余波は日本にも到来した。一九三三年には「ツラン協会」が発足し、日本がユーラシア大陸を覆う「ツラン民族」に属することを盛んに宣伝するようになった。そのときの支えになったのが、「ウラルアルタイ＝チュラニアン語族」という言語上の同系性であった。例えば、ツラン運動を推進した一人である野副重次は、『ツラン民族運動と日本の使命』（日本公論社、一九三四・一二）のなかで、まず「ツラン民族（ウラルアルタイ語族）」の共通性を言語の同系性にもとづいて主張している。「ツラン主義」というイデオロギーは、日本の大陸侵略を正当化するイデオロギーとなった。日本で「ツラン運動」が盛り上がったのは、「満洲国」建設と前後している時期であるのは偶然ではない。前出の野副の著書に「まえがき」を寄せている善隣協会理事・斎藤貢によると、「日本民族もその始めは、北西から渡来せるもの」であるから、「日本人が北方支那に入り満州に入り蒙古に入るのは、その民族祖先の地へ還るのである」(二〜三頁)ということになる。著者の野副にいたっては、「ツラニズム」による経済ブロック樹立を提言するだけでなく、「今や、日本列島は、その歴史的使命を終へた」のであり、大陸を「日本国家そのものの引越地」とすべきだ(野副『汎ツラニズムと経済ブロック』天山閣、一九三三・九　二八九〜二九〇頁)とまで主張するのである。

今日、ツラニズムが誤っていることは多くの研究によって示されている。しかし、誤っていることが問題なのではなく、ハンガリーを「匈牙利」と記述し、満洲国の成立の根底理論として用いられていたイデオロギーであったことが重要なのである。

逸見によって行われた「匈」から「凶」、「兇」への落書き。

「匈」は会意兼形声文字。「凵」型の窪みの中にはまってもがく様を示す。「勹」は胸の外枠を示す。「匈」は「勹(つつむ)」プラス「(音符)凶」で、胸の中にうつろな穴を包んだ気持ちとの意になる。「凶」は会意文字。「凵」プラス「メ」で落とし穴にはまってもがく意を示す。吉の反対で、空しい意から悪意となった。

「兇」は、「凶」の悪意に、人を表す「儿」をプラスし、恐ろしい人やことがらを示す。「匈牙利」「凶牙利」「兇牙利」は、「匈」「凶」「兇」が変化しているだけであり、この三つの漢字は同じ音「キョウ」の変化であることからも、逸見が「兇牙利」を「キョウガリ」と読んでいたとすることはできる。「我利《ガリ》我利《ガリ》亡者」の「我利」や「がり・がる・がれ・がろう」と動詞変化中の「がり」などとの理解は言葉遊びにすぎないであろう。明らかに「匈」「凶」「兇」の変化と選択が重要なのだ。ハンガリーを匈奴の国と考え、ハンガリーと日本を一気に繋ぐツラニズム。ハンガリーという国家の辿ってきた歴史と現在置かれている状態。植民地支配のイデオロギーとなっているツラニズム。逸見にはそのような国家が、自分自身とだぶって見えたのだろう。そして自分の母国が、どのようなイデオロギーをもってハンガリーと関わっていくつもりなのかも認識したのであろう。国名である「匈牙利」から、「匈」→「兇」を通過しての「兇牙利」への変化。ここに心理学の定義による「ペルソナ」などの人格を代入させていないからこそ、「兇牙利的」なのである。

あまりに作為的であり、漢字への嗜好性が前面に出過ぎたため、北方指向の「ウルトラマリン」とはかけ離れてしまったとの理解から、逸見はこの「兇牙利的」を「ウルトラマリン」から編纂時に削除したのではないだろうか。後の詩作品「大外套」で逸見は「北方ハンガリヤの暴々たる野末だ」と表記する。この時は片仮名で「ハンガリヤ」と表記し、「北方」とも付け加えている。「ウルトラマリン」の世界との接続には「北方」を想起させる必要があり、「匈牙利」との漢字表記ではなく、意味を連想させない、逸見の心情も付加されない片仮名表記でなければいけなかったのである。

6 「ウルトラマリン」その他

逸見の「ウルトラマリン」連作から衝撃を受けた人は多い。草野心平は『「ウルトラマリン」』は私を大きくゆすぶりかへした。あの詩をよんだとき私は寒氣がした。私は感動でふるへた。その當時、あれ程私を驚かした詩といふものは他になかつた」（草野「生き返らしたい」『歴程』一九四八・七）と述べ、初出の『学校詩集』を編んだ伊藤信吉も次のように述べている。

「ウルトラマリン」の連作三篇がはじめてそろって発表されたのは『学校詩集』であったが、それ以前に第一の「報告」だけが『学校』第七号（一九二九・一〇）に掲載された。トウシャ版の原紙にこの詩を刻んだのは横地正次郎だった。その印象がよほど強烈だったとみえて、横地正次郎はときたま「ウルトラマリンの底の方へ」などとつぶやいていた。（伊藤『逆流の中の歌　詩的アナキズムの回想』泰流社、一九七七・一〇　一三四頁）

伊藤はその後「端的にいえばその詩は、言いようのないショックとその戦慄をもたらすために出現した」と続けている。吉田一穂は「私はこの中（『学校』、筆者註）から初めての詩人・逸見猶吉君の詩『ウルトラマリン』を聲をあげて推讃する。その最も新らしい尖鋭的な表現・強靭な意志の新らしい戦慄美、彼は青天に齒を剝く雪原の狼であり、石と鐵の機構に擲彈して嘲ふ肉體であり、ウルトラマリンの虚無の眼と否定の舌、氷の齒をもつたテロリストである」（吉田「詩集に關するノート」『詩と詩論』第七冊、一九三〇・三）と激賞した、読んだ者皆に「言いようのないショックとその戦慄」をもたらした「報告」は、次のような作品である。

報告

ソノ時オレハ歩イテヰタ　ソノ時
外套ハ枝ニ吊ラレテアツタカ　白樺ノジツニ白イ
ソレダケガケワシイ　冬ノマン中デ　野ツ原デ
ソレガ如何シタ　ソレデ如何シタトオレハ吠エタ
《血ヲナガス北方　ココイラ　グングン密度ノ深クナル
北方　ドコカラモ離レテ　荒涼タル　ウルトラマリンノ底
ノ方ヘ――》
暗クナリ暗クナツテ　黑イ頭巾カラ舌ヲダシテ
ヤタラ　羽搏イテヰル不明ノ顏々　ソレハ
目ニ見エナイ狂氣カラ轉落スル　鴉ト時間ト
アトハサガレンノ靑褪メタ肋骨ト　ソノ時オレハ
ヒドク凶ヤナ笑ヒデアツタラウ　ソシテ　泥炭デアルカ
馬デアルカ　地面ニ掘ツクリ返サレルモノハ　君モシル
ワヅカニ一點ノ黑イモノダ
風ニハ沿海州ノ錆ビ蝕サル氣配ガツヨク浸ミコンデ　野ツ原ノ
涯ハ　監獄ダ
歪ンダ屋根ノ下ハ重ク　鐵柵ノ海ニホトンド何モ見エナイ

絡ンデル薪ノヤウナ手ト　サラニハソノ下ノ顔ト
大キナ苦痛ノ割レ目デアツタ　苦痛ニヤラレ
ヤガテハ霙トナル冷タイ風ニ晒サレテ
アラユル地點カラムザンナ標的ニサレタオレダ
アノ兇暴ナ羽搏キ　ソレガ最後ノ幻覺デアツタラウカ
彈創ハ　スデニ彈創トシテ生キテユクノカ
オレノ肉體ヲ塗沫スル　ソレガ惡徳ノ展望デアツタカ
アア　夢ノイツサイノ後退スル中ニ　トホク烽火ノアガル
嬰兒ノ天ニアガル
タダヨフ無限ノ反抗ノ中ニ

ソノ時オレハ歩イテヰタ
ソノ時オレハ齒ヲ剝キダシテヰタ
愛情ニカカルコトナク　彌漫スル怖ロシイ痴呆ノ底ニ
オレノヤリキレナイイツサイノ中ニ　オレハ見タ
惡シキ感傷トレイタン無賴ノ生活ヲ
顎ヲシヤクルヒトリノ囚人　ソノオレヲ視ル嗤ヒヲ
スベテ瘦セタ肉體ノ影ニ潛ンデルモノ

ツネニサビシイ悪ノ起源ニホカナラヌソレラヲ
《ドコカラモ離レテ荒涼タル北方ノ顔々ウルトラマリンノス
　ルドイ目付
ウルトラマリンノ底ノ方へ――》
イカナル眞理モ　風物モ　ソノ他ナニガ近寄ルモノゾ
今トナツテ　オレハ堕チユク海ノ動靜ヲ知ルノダ
　　　　　　　　　　　　　　一九二八・秋　函館ニテ

この詩の付言を見ても、北の大地が創作のインスピレーションになったことに間違いない。この一篇を書き得たことによって、「大埜士路」ははじめて逸見猶吉となり得たのである。

――この詩は四つに区分することができる。獣性「オレ」の出現、それが生じた背景としての外憂、そして内患、獣性「オレ」の総括、である。獣性「オレ」は、ウルトラマリン第二「兇牙利的」で「兇がり→兇牙利」と名付けられることになる。（略）「兇牙利」を「兇がり」と読めなければ、獣性「オレ」の出現も読み取ることはできない。（尾崎『逸見猶吉ウルトラマリンの世界』二〇〇四・九　一三四頁）

著者の尾崎寿一郎は、「逸見詩の考察は一九五九年以来の課題だった」（「あとがき」三〇二頁）と述べていることからも、長年逸見猶吉を追っている人物のようだ。尾崎は著書の中で、ここに挙げた

「報告」だけではなく、逸見渡満以前の作品の多くを網羅し、一行ずつ詳細に分析している。この著書に示唆される事柄は数多くあるが、ここでは「獣性『オレ』」との指摘について考えていきたい。

「ソレガ如何シタ　ソレデ如何シタトオレハ吠エタ」、「ソノ時オレハ齒ヲ剝キダシテヰタ」との詩句が、「獣性『オレ』」が出現したとの根拠になっていると思われる。そしてその出現の「ソノ時」とは、「存在理由の不確かだった逸見が、足を突っ張れば力の漲る地盤をつかんだ」時であり、「内部に獣性『オレ』が熱を帯びて充溢してきた」（一二六頁）時であるとする。この記述に従うとするならば、作者の逸見自身と「獣性『オレ』」とが同じ「ソノ時」に存在していなければならないことになる。

なるほど尾崎は同書においてユングを引用し、「逸見の分身『兇牙利』は、心理学でいう一種の憑依（possession）現象であろう」（三七頁）と述べ、「逸見のペルソナは『兇牙利』であった」（四五頁）としている。「獣性『オレ』は、ウルトラマリン第二『兇牙利的』で『兇がり→兇牙利』と名付けられることになる」（一三四頁）との記述からも、「獣性『オレ』」＝「兇牙利」は、人格を与えられている。

ここで考慮しなければならないのは、主体との関係についてである。つまり、「獣性『オレ』」をもう一つの人格として認知しているのは作者の逸見猶吉であるのか、逸見に憑依した状態なのか、逸見が形成した「ペルソナ」であるのか。作品によって、それぞれに使い分けているというのならば、逸見は多重人格者か、あるいはユングイストなのであろうか。

逸見の作品は、詩壇の流行などとは関係の無い、普遍的な魂の慟哭が読む者の魂をも震撼させるのが魅力と思われる。心理学的分析などではない、生きていくための根本的な要因への接触こそが逸見作品の持つ力ではないか。

この作品の「ソノ時」とは、主体である「オレ」によって視られた、過去の自分である。読み上げる主体にブレはなく、過去と現在との時間の乖離があるだけである。だからこそ、作品は「ソノ時」との時間描写から始まり、最終行「今トナツテ」との記述で終わる。過去の「オレ」とは、この北方の地に辿り着く以前の、東京でバー「ユレカ」を経営し、女性と同棲していた頃の「オレ」である。過去の「オレ」は凶暴性を持ち、「吠エ」、「歯ヲ剝キダシテヰ」る。そんな「オレ」を、「今トナツテ」「堕チユク海ノ動靜ヲ知ルノダ」と、これからも続く「オレ」の生きていく世界を、能動的に「堕チユク海ノ動靜」と凝視していく現在の「オレ」がいるのである。

過去の「オレ」から現在の「オレ」へ到達するために、逸見はある出来事を通過せねばならなかった。その出来事こそが「ドコカラモ離レテ　荒凉タル　ウルトラマリンノ／底ノ方へ――」下降することであった。現在の「オレ」に直結する意識的行為だからこそ《　》という記号で区別されているのである。

5〜6行目の《　》内は、独白であり呪文である。また、冥界下りへの志向である。（前述、尾崎『逸見猶吉ウルトラマリンの世界』一二六頁）

との見解も可能かもしれないが、その場合、誰の「独白であり呪文」なのか、また誰の「冥界下りへの志向」なのかが問われることになろう。

北海道の絶景を作り出している群生するミズナラ、あるいは白樺林を眼前に、現在の「オレ」はいる。サロマベツの気配を直に感じた北の地は、現在の「オレ」にとっては「血ヲナガス北方」と映る。「北方」で営まれた、旧谷中村村民たちの過酷な生活が映ったのだろう。「ドコカラモ離レテ」、自分の体内に流れる血の罪悪を、孤独に、一身に背負いつつ「荒涼タル　ウルトラマリンノ底／ノ方へ——」と「オレ」は下降したのである。

この詩は聴覚的には、「歩イテヰタ」「如何シタ」「吠エタ」「標的ニサレタオレダ」「剝キダシテヰタ」「見タ」「知ルノダ」と、「タ」音を要所で重複することで、リズム感を生み出している。そして視覚的には、カタカナ表記による効果を最大限に利用している。カタカナの持つ鋭角性が内容と相俟って象徴的に存在していく。木山捷平は逸見の詩を「彼が書く片仮名のようにポキポキした難解な詩」（『大陸の細道』新潮社、一九六二・七、『木山捷平全集4』講談社、一九七九・二収録　二六〇頁）と評しているが、鋭利な剃刀のように、読む者の視覚を通して心の深部に切り込んでくるのである。生涯四〇篇ほどの、寡作な詩人の作品に通底する意識は、この「ウルトラマリン第一」である「報告」によって形成されたと言えよう。この詩は、自身の出生地である谷中村被害農民が辿った苦難、バー「ユレカ」における自身の退廃、自身の体内を流れる血を凝視した、宿命を背負うことに覚悟を決めた、現在の逸見の「報告」なのである。

後に逸見は満洲に渡り、戦争翼賛詩を書かなければならなくなる。その鬱屈を紛らわす方法として、逸見は酒を選んだ。酒を選択した者に幸福な末路が待っているはずもなく、逸見の末路も悲惨なものであった。その様子を八木橋雄次郎は後になって記している。

春になって、だいぶ暖くなってからのことである。ある日、今村栄治が突然やってきた。日曜日でもあったろうか、わたしは家にいた。かれは逸見猶吉を見舞いに行くから、自分が乗ってきた馬車にすぐ乗れという。わたしは、逸見猶吉が結核に倒れ、それも重態だということを、そのとき初めて知った。途中でサイダーとりんごを買っていった。ビールずきのかれのために、せめて炭酸入りの飲み物を口にふくませてやりたいと思ったからである。

逸見猶吉は、自分の家で寝ているのではなかった。近くの病院、といっても当時のことである、普通の家屋を模様がえしただけの重病人収容所といったところであった。真中に土足で通れる板張りの通路があり、その左右に畳が敷かれただけのものであった。うす暗く、じめじめしていた。畳の上には、ふとんが敷かれ、重病人が頭を並べていた。

どれが逸見猶吉か、見当がつかなかった。左右の病人の顔をのぞき見ながら、わたしは板張りの通路を歩いていった。一回めは、ついに見つけることはできず、二回めのときである。じっとわたしの動きを見つめている病人が、わたしの歩みを止めさせた。やせこけて、目だけがぎらぎら光り、髪の毛が伸びて無精ひげに連なっていたが、それが逸見猶吉であった。

「やあ、ここにいたんだな。どうだい。」

わたしは、かれを元気づけようと、さりげなく言いながら、枕もとにすわったが、なんという変わり方だろうと思った。いっしょに来てくれた今村栄治も同感であったろう、全く無言であった。

「だめだ、腸もやられている。」

逸見猶吉は、かすれた声で、ぽつりと言った。わたしも、そのとき、そのとおりだと思わずにいられなかった。

「ビールの代わりに――。」

といって、サイダーの栓をぬくと、かれはにやりと笑って一口飲んだ。その笑いが、いかにもさびしそうだった。

ひどい下痢で、それががまんできず、どんどん流れ出るので、おしめをしているとかれは言った。わたしは、かれが遠慮するのをかまわず、おしめをとり変えてやり、洗濯場にいって、くそまみれのおしめを洗った。奥さんも世話にくるだろうが、小さな子どもたちがいるので、思うにまかせないでいるであろう。

かれのからだは、あかでまっ黒に汚れていた。わたしが、タオルで顔をふいてやり、首すじや手をこすってやると、あかがぽろぽろと落ちた。

「すまん。」

かれは、涙ぐんでいた。（八木橋「安民区映画街七〇六番地」『作文』第七九集、一九七〇・三）

7　渡満後の逸見猶吉

逸見が渡満し、新京に居住するのは一九三七年二月のことである。日蘇通信社新京駐在員としての赴任であった。[*7] すでに飯尾静と結婚し、長女をもうけていた。しかし新京への赴任が決まった折、逸見に大きな不幸が襲う。一月一六日早朝、長女多聞子が東京帝大付属病院にて死去する。赴任後の二月一一日には次女真由子が誕生。この次女について、菊地康雄は「次女真由子生マル。小児麻痺ノタメ、生涯自責ノ念ニカラル」(「年譜」『逸見猶吉ノオト』二九五頁)と書いている。

翌一九三八年には新京郊外に転居し、家族を呼び寄せ、満洲生活必需品株式会社に勤務し始める。この会社は、康徳六(一九三九)年二月に準特殊会社満洲生活必需品配給株式会社(傍点筆者)としてスタートし、資本金を一千万円から五千万円に増資して同年一二月に満洲生活必需品株式会社となる。「現下の時局に鑑み焦眉の急たる國防國家完成への必要に出でたる生活必需品の價格を可及的低位に安定し、且つ配給機構を整備合理化して商品の偏在を矯正し計畫的配給に依り必要量の供給を確保する」(『社史で見る日本経済史 植民地編第三三巻』ゆまに書房、二〇〇四・九)ことを使命とした、満洲国と満鉄が大半の株式を割り当てられた国策会社であった。逸見はそこで機関誌『物資と配給』の編集作業が仕事であった。この時、渡満した檀一雄と一緒に働くことになる。檀はその時の様子を次のように記している。

当の男は、浅黒く、沈痛なオモモチだ。唯今、中世の遍歴の騎士が、鎧カブトを身にまとって立ち現れたように見えた。

「こちらは檀一雄。こちらは逸見猶吉さん」

と坪井が云っている。

「ヤア」

「ヤア」

お互いに、めぐり会った騎士が名乗りをあげるようである。

「藪から棒だけどねえ、逸見さん。あんたン所で、檀に食わせる手立を考えてみてもらえんでしょうか？」

「ナニ……勤めるの……？」

とその男は、ビールを飲み干してヤオラ云った。

「いいや、勤めきらんヤツですよ。色鉛筆で漫画でも描いて食わせてもらおうと云うとるです」

「アハハ……」

と中世騎士は、例の沈痛な顔を一時に爆発させるようにして笑う。私の色鉛筆を手に取って、珍しそうにいじくりまわしていたが、やがて、ビックリするようにドンとテーブルを握り拳で叩き、

「来なさいよ。いいですよ。天ガ下、乏シキモノアラザルナリだ」

何ヤラ高橋新吉の詩の一節ででもあるのだろう……わが遍歴の騎士は重々しく肯きながらツブヤいて、それから夜通し痛飲になった。これが、私の就職するに至った一部始終である。*8

この時期逸見は『満洲浪曼』同人となり、「汗山」と「地理二篇」（「海拉爾」「哈爾賓」）を発表している。

汗山――断章

茫々たるところ
無造作に引かれし線にはあらず
バルガの天末。
生き抜かんとする
地を灼かんとするは
露はなる岩漿の世にもなき夢なり
あはれ葦酒に酔ふ
舊き韃靼の血も乾れはてゝ
いまぞ鳴る風の眩暈

——汗《ハン》山《オーラ》は蒙古語にて興安嶺の意なり——

（『満洲浪曼』二号）

大興安嶺の西側に位置するホロンバイル草原が、蒙古語で「バルガ」と言われる。そのバルガ草原の地平線は、巨大さゆえに円盤型に見えたのであろう。弧を描いている地平線に、この地に引き継がれてきた「舊き韃靼の血」が想起されたのである。「汗」民族の地で繰り返されてきた興亡を想い述べているものであり、その壮大さ故に、酒に酔っている自身の卑小さを表している。

この「汗山」は題名に「斷章」と書かれており、逸見自身は幾つかの作品の断片として構想していたようである。「汗山」という題名の作品はそれ以後書かれることは無かったが、満洲を題材とした作品は、前述の地理二篇（「海拉爾」「哈爾賓」）として書かれている。おそらくこの二篇とで、逸見は満洲に対する感覚を描こうと目論んだと考えることは出来る。

この「地理二篇」は、萩原朔太郎編纂の『昭和詩鈔』（冨山房百科文庫第九九篇、一九四〇・三）に収録された。また逸見の死後、「逸見猶吉特集」（『日本未来派』一九四七・七）に「地理二篇　遺稿」として掲載された。そこには詩人としての逸見の特性を決定づけた、「ウルトラマリン」から共通する、北方への指向とも言うべき感性が書き表されている。

先に、逸見の兄に満洲新聞社社長となる和田日出吉、弟に画家の大野五郎がいると記した。逸見は、生活のために大野四郎として満洲生活必需品株式会社に勤務した。兄ですら、詩人の逸見猶吉が自分の弟の大野四郎と同一人物だとはしばらく気がつかなかったという。だが、時局が押し迫ってくる現実の満洲では、逸見は関東軍報道隊員として演習に参加させられている。この時満洲で名の知れた文筆家ならば、軍への参加を断るわけにはいかなかったであろう。その上、妻と病身の娘、小さな子どもたちを抱えた身の上であり、さらに甘粕正彦の近辺にいた兄と、有名女優であった兄の妻・木暮実千代の存在にまで累を及ぼすことになるだろうことも逸見の考慮に含まれていたと思われる。そこで戦争翼賛詩を書かない、という選択は不可能であったと言えよう。

決戰の秋は薄れり
敵は侵攻し来たる、機動力大なり
牙を鳴らし、爪をとき
物量の大を恃んで

侵攻し來たる
今こそ時到る
我等が祖國存亡を賭す
(中略)
物量に物はいはせじ
我が肉は斬らば斬れ
我が骨は大亞細亞の御柱なれば
夢にも醜虜の斷つところにあらず
敵は侵攻し來たる
すでにして東マリヤナに來たる
善き哉、時こそ今到る
我等が祖國存亡を賭す
決戰の秋まなかひに薄れり
我等生活の日々をあびて烈々一團の火となり
一切の力を剩すなく米英撃滅の炬火に點じ
神州護持の大進軍を起さん

二月二十九日新京中央放送局にて作者朗読す

(『藝文』一九四四・四)

この他にも、ラジオ放送された「歴史」など、数篇の戦争翼賛詩を逸見は作っている。しかしだからといって、直接に戦争賛美者として判断してしまうことは出来ないだろう。坂井艶司も「これらの詩人（『鵲』『二〇三高地』『作文』の詩人たち、筆者註）を結集して「満洲詩人」といふ詩誌を出したがこれらは既に戦争の渦中に捲き込まれ、所謂愛國詩の叫聲にかはつていた。逸見さんの愛國の情は、氏がもつ職場に在る關係上、的確な情報によるもので、一應私どもの及びがたい推理の上に立つ、憂國の詩情であつた」（坂井「追想記——故逸見猶吉——」『歴程』一九四八・七）と述べているが、「止むに止まれぬ感情」（「黒龍江のほとりにて」）を秘めた、詩人の創出であったと思われる。

黒龍江のほとりにて

アムールは凍てり
寂としていまは声なき暗緑の底なり
とほくオノン・インゴダの源流はしらず
なにものか厲げしさのきはみに澱み
止むに止まれぬ感情の牢として默だせるなり
まことと止むに止まれぬ切なさは
一望の山河いつさいに藏せり
この日凛烈冬のさなか
ひかり微塵となり

風沈み
滲みとほる天の青さのみわが全身に打ちかゝる
ああ指呼の間の彼の枯れたる屋根屋根に
なんぞわがいただける雲のゆかざる
歴史の絶えざる轉移のまゝに
愴然と大河のいとなみは過ぎ來たり
アムールはいま足下に凍てつけり
大いなる
さらに大いなる解氷の時は來れ
我が韃靼の海に春近からん

※今年一月、關東軍報道隊員として凍黑龍江にのぞみし時つくる

（『歴程』二二号、一九四三・九）

付言にもある通り、逸見は一九四三年一月下旬から北満の国境地帯で行われた関東軍報道対演習に徴収されている。この時創作された作品であるが、『藝文』四月号の「關東軍報道特輯」への収録時は「無題」であった。『歴程』収録時に「黒龍江のほとりにて」と題名が付けられたのである。

小山榮雅はこの作品と「大いなるかばね」（一九四三・五）、「烈々として猛鷲なり」（一九四三・九）を並べ、「これら戦争肯定の激情に、何のためらいもなくのめり込んでいく惨胆たる詩群」（前出「詩

人逸見猶吉について」）と一まとめにしているが、そのようにはこの作品は読めないだろう。「歴史の絶えざる轉移のまゝに／愴然と大河のいとなみは過ぎ來たり／アムールはいま足下に凍てつけり」とは、現在の戦争状態になるまでの、激動の歴史をすべて見通してきた大河を、凍結しているため自身の足下に感じている場面である。この状態に対し、逸見は「大いなる／さらに大いなる解氷の時は來れ／我が韃靼の海に春近からん」と歌い上げる。それは、「解氷の時」を待っている状態である。「大いなる／さらに大いなる」とは戦争勝利というよりも、日本とロシアとの関係の「解氷」ということではないか。それこそが「我が韃靼の海」が解氷し、真に「春近からん」状態なのだ、ということだろう。また、付言の通り、「今年一月」にこの詩を創ったのならば、まさに報道隊員としての演習中の創作ということになろう。そんな状況のなか、一読して反戦的とわかる作品など作ることが出来るはずがない。じっくりと読んでみることで、反戦的な思いが隠されていることがわかる。

終戦を迎えたとき、逸見は前述のように体調を崩して入院中であった。最後は退院し、自宅で亡くなった。その後引き揚げ途中で妻と次女も相次いで亡くなり、内地に帰国出来た長男も亡くなったという。

高村光太郎は逸見の死について「逸見猶吉の満洲客死にはまつたくやりきれない感をうけた。（略）彼のやうな詩人は多作であり得るわけがないから、恐らく遺した詩は極めて少い《ママ》であらう。ウラニウムのやうに少くて、又そのやうに強力な放射能の持つてゐるのだ。（略）その詩人が死んだら、もう二度とその類の詩をきき得ないといふ稀有な詩人が、こんどのどさくさの中の多くの死にまじつて死んだのである」（高村「逸見猶吉の死」『歴程』一九四八・七）と書いた。

逸見は生前、一冊の詩集も刊行しなかった寡作な詩人であったが、草野心平や菊池康雄によって、『逸見猶吉詩集』と『定本』が編まれたことは前述の通りである。「ウルトラマリン」詩篇によって表された詩人の北方への志向性。永劫なる大地への共感。逸見が確立させるはずであった満洲詩は、その萌芽を見せたばかりであった。

四章　『作文』の行方

1　「文學」からの出発

在満の詩人にとって、詩人ばかりではなく文学に携わる者たちにとって、「満洲文学」を確立することが己れの文学活動の目標だったと言ってよいだろう。それは、自己の文学の確立だけではなく、大きく言えばアイデンティティの確立であり、内地文学からの差異化を行うための方法でもあった。岡田英樹は著書『文学にみる「満洲国」の位相』（研文出版、二〇〇〇・三）のなかで「在満日本人作家の発言を追っていくと、そのほとんどが、『満洲文学の独自性』をめぐる議論に、帰着させられるように思う」（一〇頁）とその重要性を指摘している。また、尹東燦《いんとうさん》は著書『「満洲」文学の研究』（明石書店、二〇一〇・六）で次のように述べている。

日本人がこの言葉（満洲文学のこと、筆者註）を使う場合、当時も現在も二重の意味を含む。一

つは日本文学の延長線としての満洲文学、これは日本文学の範疇に入る概念で、植民地満洲文学という言葉で置き換えることができる。今一つは満洲の土地で営まれた各言語による文学の総称。これは「満洲国文学」の範疇に入る概念である。（六四頁）

尹は「満洲文学」という言葉の持つ二つの側面を指摘し、それぞれの面から分析を進めている。そこでは中国語文献、韓国語文献を取り扱うという、尹のリテラシーが活かされている。しかし、具体的な個々の作品に照らし合わせたとき、このような明確な分類は可能なのだろうか。

川村湊は著書『異郷の昭和文学―「満洲」と近代日本―』（岩波新書、一九九〇・一〇）で、満洲に関する文学を三つの類型に分けている。一つは「満洲を旅行し、その印象や感想や取材したことがらを紀行や創作として発表した一群」であり、代表的な作品として、夏目漱石の『満韓ところどころ』や島木健作、檀一雄、小林秀雄、保田與重郎など、他にも多くの作家名と作品名を挙げている。二つ目は「満洲に移住し、移住者として生活しながら文学に携わった人々」として、中島敦、牛島春子、『満洲浪曼』の同人たち、『作文』の同人たちなどを挙げている。三つ目には「満洲に生まれ、育ち、そして戦中、戦後において日本列島に引き揚げてきた人々、およびその家族」として、五味川純平の『人間の条件』や清岡卓行の『アカシヤの大連』、井上光晴、宮尾登美子、安部公房、三木卓などの作家を挙げている。

ここに羅列された作家名を見た限りでも、「植民地満洲文学」と「満洲国文学」という分類からははみ出だしてしまうだろう。そして、ここまで論証してきたような様々の詩誌を見てきた限りでも、そのことは指摘できよう。筆者の最大の関心事も（勿論、言語能力の問題もあるが）、「植民地満洲文学」と「満洲国文学」という分類では捉えきれない「あわい」にあるため、そこを中心に分析を進めていく。

先にも触れたことであるが、北川冬彦は、『亞』以降の満洲詩が未だに駄目な理由として、「『戎克』は未だに『亞』の亞流の域を脱してゐないからである。云ふまでもなく、『戎克』が『戎克』としての存在價値を持つためには、『亞』の亞流であつてはならない」（前出、北川「間に合はなかった原稿『戎克』と詩集『國際都市』」）と述べている。自分たちの「満洲文学」を確立することが先決であり、それこそが『亞』を乗り越えることになる、という。『亞』のモダニズムの系譜を受け継ぎながらも、そこに満洲という風土的要素をプラスしていった『戎克』や、プロレタリア詩を書いた『燕人街』などの詩誌が生まれたが、芸術に対する思想の違いはあれど、両者とも「満洲文学」の確立を目指したという点では共通している。そんな中創刊されたのが『作文』であった。『作文』創刊時のメンバーは、城小碓、小杉茂樹、島崎曙海、安達義信、落合郁郎、青木實らで、『戎克』同人でもあるモダニズム詩の系譜の詩人が多いが、詩だけではなく、小説や文学評論も掲載した同人誌であった。そして、城小碓、小杉茂樹以外のほとんどが満鉄の勤務員であることが特徴である。

満洲国成立同年の一九三二年一〇月、『作文』は創刊される。最初は『文學』と題して第一輯、第二輯を発行し、次いで『作文』となる（第三輯から第一五輯）。秋原勝二はそのあたりの経緯を「『文學』と大きく構えたのが気まりがわるくなって『作文』と遠慮したようである」（秋原「満洲時代の『作文』（2）——私のみた初期の姿——」『作文』一八三号、二〇〇三・五）と回想している。その後、第一六輯のみ『一家』と称するも、再度『作文』と改題して、戦中の終刊である第五五輯（一九四二・一二）まで続いている。その後、戦後引き揚げた元同人たちによって、一九六四年八月に『作文』は日本で復刊されることになる。そして現在も引き続き続刊されている。おそらく日本最長の文芸同人誌であろう。

2　異郷での文学

当時の在満日系人は、満洲に赴任後も日本国籍を手放すことはなかった。そして、在満二世と言われた、満洲事変以前に一家で渡満した家族の子弟たちは、小・中学校、ときには高等学校を「異郷」の地で卒業している。彼らにとっての「故郷」は満洲であり、日本内地の記憶はほとんど無く、日本とは「まだ見ぬ故郷」であったと言えよう。

秋原勝二は『作文』第二五輯（一九三七・五）に「夜の話」を発表する。成長してから内地の故郷を訪れたときの思い出が題材になっている短篇小説である。

主人公の「私」は、友人Mを訪ねるため、大連から吉林まで連休を利用して出かけるが、超満員の汽車は予定よりも随分遅れて到着したため、「私」はMとは会えず、寒中の駅でうなだれていた。そこに老人・今木が通りかかり、親切に「私」の世話をする。昔、同じように駅でうなだれていた横山青年と「私」が、あまりにも雰囲気が似ていたためであるという。その横山が今木老人宅に滞在していたときに書いた手記を読み進める形式で物語は進行していくのであるが、その横山青年の手記には、次のような台詞がある。

「……僕らは元来、内地を恋しがってはいけないのでした。内地を思い出したり、恋しがったりするのが、間違いだったのです。（略）この郷愁という奴こそ、真先に叩きつぶすべきだったのです。（略）是が非でも僕らは向こうで生きなければならないのでした。（略）僕らはおかげで内地に帰ることばかりを考えるおろかな大人たちのように、一かどの懐郷病者になりました。その夢がかなえられなかったり、消えたりするために、もう、ぼうふらのようにふらふらしています」[*1]

ここに描かれた、青年が抱えた故郷喪失への懊悩は、秋原のみの問題ではない。満洲で物心ついた、あるいは若くして渡満した作家たちに共通のものであったと言えよう。秋原は後に「故郷喪失」（『満洲日日新聞』夕刊、一九三七・二九〜三一）というエッセイも発表している。在満の作家としてアイデンティティを確かめる場を、満洲で実際に行動し、生活することで確立しようと模索したのが『作文』の同人たちであった。

大連という都市に存在した異国情緒やエキゾチシズムから、『亞』のモダニズムや『戎克』において試みようとされたアヴァンギャルド性といった、自由主義的な思潮が創造されたことは指摘した通りである。詩と創作を中心とした文芸同人誌『作文』は大連で創刊されるが、大内隆雄は『満洲文學二十年』において、『作文』が一九四二年一二月に一一年にわたる活動を終えて終刊したことに触れ、次のように述べている。

『作文』は昭和十七年末に終刊號を出したが、それを見ると、作文社は十一年間活動して來たとある。

するると、『作文』の前身とも言ふべき『彩』の頃から數ふべきものであらう。『彩』は昭和七年二月に發行されて居り、その執筆者は古川賢一郎、城小碓、三宅豊子、橋本英子、大谷武男、竹内正一、近藤綺十郎、青木實、島田幸二である。（一九三頁）

ここに記された『彩』刊行の八ヶ月後に『作文』は創刊されており、青木實や城小碓は引き続いて『作文』の創刊同人になっていることがわかる。『作文』第二輯から町原（島田）幸二に勧められて同人となった秋原の回想[*2]によれば、「『作文』は当初、自分たちだけが喜んでいた雑誌で、世の中に出してみなさんに読んでもらおうというものではありませんでした」と述べている。『作文』は、創刊当初は二〇〇部印刷、年四回発行、文学的主張を掲げず、政治的、状況論的な言論を前面に出さない同人雑誌であった。また創刊同人の安達義信が一旦退会し、青木實にその身勝手さを指摘され再入会するというような、同人の出入りが何度かあったとも回想している。

「作文」は同人組織ではあつたが、最初の心構へから、所謂文藝への登龍門としての同人雑誌意識を持たず、從つて有名作家への個人寄贈なぞも一切行はず、專ら滿洲生活者の精神的伴侶としての道を歩み、新人の紹介、同人への推薦等も絶えず行つてきてゐる。

現在二千部印刷して、その大半は、満配の配慮によつて全満の書店で販賣されてをり、返本率は僅かに二十パーセント乃至三十パーセントの間である。尚大へん失敬なことかもしれないが、返本の有効な處置として、再三軍病院、開拓地方面への慰問に献本してきてゐる。（前出、大内『満洲文學二十年』二〇五頁）

大連で発行されていた文芸同人誌としては、多数の発行部数を誇るとともに、返本も少なく、同人数も終期には満洲各地にわたって、三〇名以上になっていた。野川隆のように内地での左翼運動に挫折して渡満してきた人物や、内地文壇の延長として満洲文壇を認識していた者、また満洲文学の独自性を述べ、国策的理念を疑わなかった人物など、内省していた各同人個々の文学観は様々であった。『作文』は新たなる「満洲文学」の書き手を発見、育成しようとしていた。すでに「芸文指導要綱」により、満洲国の文化統制が次第に強化されていたが、それに則って誌面が構成されていくわけではなかった。この『作文』のあり方を、後に新京で刊行された『満洲浪曼』の思潮と対蹠して、「大連イデオロギー」と称する向きもあることは既に述べたが、[*3] イデオロギーの実体となると曖昧である。『満洲浪曼』が、内地の『日本浪曼派』を受け継ぐ浪漫主義を提示しながら、「新京イデオロギー」と後付的に言われたことにより、それの対立項として始めて存在するものであり、明確な思潮として存在していたとは言えない。実際の誌面を見ても、『満洲浪曼』第一輯には、『作文』同人の坂井艶司が「なめくじの歌」を寄稿し、竹内正一、秋原勝二がそれぞれ「満洲文化について」という随想を掲載している。第二輯には坂井の詩とともに、『作文』同人の吉野治夫、町原幸二が随筆を掲載している。第四輯にも吉野治夫「秋」、青木實「北邊」（第一部）といった小説作品が掲載され、第五輯にも吉野治夫「滿洲文學の方向」、日向伸夫「滿洲文學史観」という評論が掲載されているのである。一方、『作文』には『滿洲浪曼』同人の長谷川濬が、五一〜五五輯に何度も小説や随想を掲載してる。[*4] お互いの同人たちがそれぞれ互いの誌上に作品を掲載し合っているのであり、彼らの作品上の成果において、イデオロギーの違いなどさほど見られないのである。

満洲国が成立し、国都として新京が設定され、これまでの文化的中心都市であった大連在住者にとって、国都に対する心理的葛藤があったことは間違いないだろう。新興国である満洲国とまさにリンクして、大規模に形成されていく国都新京。満鉄の本社は大連にあるものの、新たに渡満した人々は満洲国各地に居を構えていく。そのような状況のもとに、これまで通りの大連中心主義的な文学（文化）活動が行われていくことは困難であった。これまで文学活動を行ってきた大連在住者の視点から形成されたであろう概念が「大連イデオロギー」であり、対立項としての「新京イデオロギー」であったと言えよう。

3 『作文』の作家たち

秋原の作品「草」（『作文』第四〇輯、一九三九・一一、のちに、『廟会　満洲作家九人集』浅見淵編、竹村書房、一九四〇・五にも収録）と、後に発表された「膚」（『作文』四二輯、一九四〇・三）は、どちらも秋原の吉林鉄道局勤務時代に書かれた作品であり、登場人物たちの心情変化は、読み手に独特の後味を残すものである。

「草」には、言葉がよく通じないために仕事が愚鈍で、日本人からは顰蹙をかっている満人のボーイ・郭が登場する。郭に同情はするものの、どうしてやることも出来ない主人公がいる。日系人に差別され続け、最終的には転勤という、排斥される満人の下級社員の現実を見ているだけの主人公が描かれている。

もう一方の「膚」では、工藤という主人公が描かれている。工藤の同僚である周文貴は、「ぼくらここはだめ。わかっている。―ぼくら、ここにいては満人ですけど、向こうに行ったら華人でしょう?」と、北京での仕事の斡旋を工藤に依頼する。周の待遇は同情に値するもので、工藤は北京の知人に仕事の斡旋を依頼する。この行為は、自分の勤める日本の企業に対しては背徳的な行為である。あるとき周が自分たち満人に「戸籍などない」とその心理を告げた言葉は、工藤の心に重く残るのである。

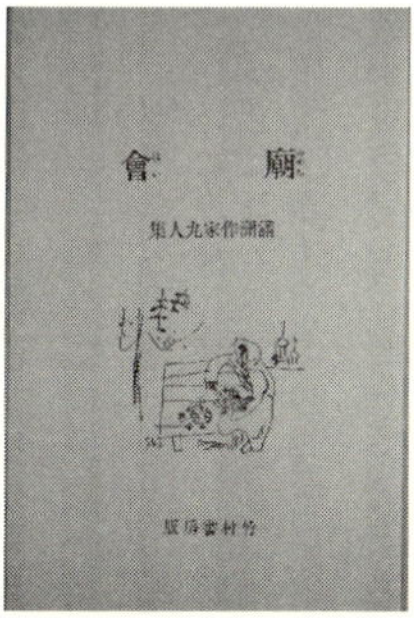

これらに通底する主題は、「夜の話」での故郷喪失感と重なり合っている。満洲が秋原の故郷である限りにおいて、実際に居住している満洲は自己同一化の対象であり、それ故に本来の居住者であるはずの満人と通いあう道を満洲で切り拓くことで、内なる「満洲化」を行おうとしたと言えよう。

高木恭造の小説作品「風塵」（『作文』第四一輯、一九四〇・一）は、初出の後、前出の『廟会　満洲作家九人集』と『満洲国各民族創作選集』第一巻（編集代表川端康成、創元社、一九四二・六）に重ねて収録された。詩人である高木の数少ない「満洲もの」の小説である。「風塵」は「満洲事變直後までは奉天の南市場（満人街の盛場の一つ）で堂々とモグリ醫者をしてゐた猿渡平助の、満洲國成立後は次第に取締が厳しくなつて、「回春堂醫院」と辛うじて讀める古びた看板をいよいよ取外さねばならなくなつた」との書き出しで始まり、次のように続く。

故郷の東北の町でやつてゐた白首屋《コケ》が失敗に終つて彼の放浪生活が始まつた。妻子を故里に残したまま北海道、樺太までも渡り歩いたが何ら摑むものもなくて再び故里に現れた。それから渡満を計畫したのだが、妻は――あんたみたいな男と満洲くんだりまで行つたら、どんな目に遭はされて捨てられるかわかりあしないと、一人の男の子を抱へて藥屋を営みながらいつかな動かうとはしなかつた。

このように、内地から持ち続けている自己の想いを描いている作品に対して、満洲における「郷土に根ざした文学」ということは出来ないだろう。

高木恭造は、一九〇三年青森市の医師の家庭に生まれた。しかし本人は医者を志望せず、千葉医専の受験に失敗し、小学校の代用教員となる。その代用教員も四か月で辞め、翌年、弘前高校理科に入学する。一九二六年に弘前高校を卒業して、地元の青森日報社に入社。主筆であった福士幸次郎と知り合い、方言詩を書き始める。一年後に上京して出版社に勤め始めるも出版社が倒産。この頃すでに結婚していたため、生活の糧を得るために、妻の兄の勧めで一一月に渡満を決め、一二月一日には渡満している。やがて満洲医科大学に補欠入学して医学生となり、満鉄の奨学金と医療雑誌の編集アルバイトで生計立てるうち、渡満二年目で妻が腎臓結核で死亡。その後医科大学を卒業して新京満鉄病院医員補となる。一九三一年に方言詩集『まるめろ』を刊行し、第二次『椎の木』同人でもあった。高木が『作文』に参加するのは、一九三七年六月、安奉線の本渓湖満鉄病院眼科医長として赴任したときからと思われる。高木の描く満洲には、「五族協和」といった理想的な姿は見えない。「風塵」に登場する人物は、何らかの事情で満洲に来てみたが、そこでも希望の無い暮らしをするという現実が待ち受けている。作品には、人生に対する悲愴さが表出されている。高木の渡満のいきさつからも、満洲定住者としてではなく、通過者に過ぎなかったと言えよう。敗戦の翌年、高木は青森県に引き揚げ、弘前市で高木眼科医院を開業する一方で、一九五三年に方言詩集『まるめろ』を再刊する。その後、地方演劇のために数多くの戯曲を書き、多くの方言詩を演劇や朗読会で発表し、「高木恭造の詩の世界」を確立した。その文学的な内地での再出発は、地方新聞『青森日報』に掲載した方言詩からであった。

4　作家たちの拡散

新たなる「満洲文学」の書き手を発見し、育成すべく意図していた『作文』同人たちの間には、大連での文化集団的なサロンの雰囲気があったことは想像できる。ところが中期以降になると、同人たちが遠隔地に散らばって行くこととなった。満鉄勤務者の転勤である。例えば、竹内正一はハルビンへ、町原幸二は新京へ、秋原勝二は吉林へ、青木實は奉天に転居する。このように満洲国北部に同人たちが転じていったことで、新たに繋がりが生まれることになる。高木恭造、日向伸夫、野川隆などが新たな書き手として参加することになったのである。

　満洲各地で同人が増えたことで同人同士でも一度も顔を合わせたことのない者も少なくなかったという。『作文』終刊までの中心人物であった青木實は、野川隆とは会ったことがなかった、と述べている。

『作文』中期からの同人である日向伸夫は、一九一三年京都府生まれ。三高に入学するも肺浸潤のために休学、一時丹後の山村分教場で代用教員をしたが、やがて三高を中退する。その後上京、京都に戻り撮影所の脚本部に籍を置いたりもしたようである。一九三四年末に渡満。満鉄に入社し、ハルビンと新京の間にある双城堡駅に勤務する。ここに勤務していた頃、従事員として働いていた中国人たちをモデルとして、自身の体験をもとに、満洲の影の部分を描いた作品が「第八号転轍器」（第三六輯、一九三九・二）であった。この作品の末尾には、「一三・一一・二一」と付されていることから、翌年すぐに発表されたことがわかる。

「第八号転撤器」は、第一回満洲文話会賞（一九四〇年、高木恭造『鴉の裔』と同時受賞、筆者註）を受賞し、翌年上半期の芥川賞候補にもなった。『作文』同人の作品の中では内地の文壇に最も近かった存在であったと言えよう。当時の『中央公論』『新潮』『文藝春秋』という、内地の著名な雑誌において、文学作品に限らず、「満洲」についての報告欄が企画されている。満洲を舞台とした小説は、その意味で有用性を持つものであった。日向は、「王道楽土」や「五族協和」と提言されながら、満洲において歴然と存在する不条理を描き出そうとしていく。朝鮮人、中国人たちは、日本の主導する民族主義に同化させられる運命にあり、それぞれの民族アイデンティティが、日本の理念に迎合させられていく。日向の小説に描かれた中国人や朝鮮人は、そのような不条理を背負って描かれる。日向の眼差しは満洲という土地自体を見つめ、他者と通奏する自己の心底を描き出そうとした。不条理であることを「没法子《メイファーズ》だよ」と、粛々と受け入れる彼らと、不条理であることを認識しながらも立ちつくす自分。ここで、自分の内にある壁に行き当ったのである。こうした文学観を模索すればするほど、日向は被植民地下の民衆が宗主国に同化せざるを得ないこと、そうでありながら民族間を隔てる壁が強靱に存在することを認識せざるを得なくなった。そして日向は表現する舞台を内地に求めたのである。

　一九四三年一月、日向は奉天鉄道局から満鉄東京支社に転勤している。「日本で『第八号転轍器』の出版に尽力した浅見淵、奉天での文学仲間である八木義徳らから誘われ、本人から希望しての転勤であった」ようである。[5] 東京で本格的に小説に打ち込むつもりでいたのだろう。「彼は、彼の小説にとっていちばん大事なものを捨てて、日本に戻っていった」と青木實が述べているが、[6] 結果的に内地の文壇では日向の文学は必要とされなかった。一九四四年三月号の『新潮』に「風物記」が掲載されたのみであった。その後、日向は三〇歳を過ぎてから徴兵され、沖縄で戦死している。

　一九三七年に渡満し、合作社運動に従事した野川隆が「狗宝《コウボウ》」を発表したのは、『作文』第五〇輯（一九四二・七）であり、『作文』が第五五輯で一旦終刊することを考えると、終期の同人ということになる。

『作文』の作品は、技法的には「高校の同人誌程度のレベル」（池島信平の言、筆者註）であり、内地文壇からは注目されなかった。内地文壇の評価は、芥川賞候補に挙げられた前述の「第八号転轍器」や、牛島春子の「祝という男」に対してであり、あくまで外地の「満洲文学」であり、「五族協和」という満洲国における理念を幻視させるための、大陸的要素が含まれたエキゾチシズムとして受け入れられたと言えよう。

青木實や秋原勝二に代表されるような「在満二世」が、満洲という土地に存在する共同体に自己同一化の対象を求める文学がある。一方、その満洲に同化することの出来ない、高木恭造や日向伸夫のような私小説的な文学もある。それらに共通するのは、満洲に留まることで土地に根付いたところから始まる新文学確立の困難さであり、自己と満洲との相容れない相剋であり、留まろうした者と短期滞在者の意識の違いはあれど、結果的にはあくまで満洲を通過していく通過者の文学であった、ということである。

木崎龍のように、建国のためのあくなき文学を提唱した者もいる。木崎は東京帝大卒業後、渡満するまでに、明治文学会、浪漫主義研究会、自然主義研究会といった集団と関わり、『明治文学研究』『評論』諸誌とも関係していた。その後、満洲国務庁弘報処の役人となり、武藤富男とともに「芸文指導要綱」に沿った満洲国の文化行政に関わっていった。[*7] また、別役憲夫（劇作家・別役実の父、筆者註）が創刊メンバーであった、弘報処の機関誌『宣撫月報』の編集人でもあった。まさに「旧満洲国の広義のプロパガニダ活動の担い手」（川崎賢子「満洲文学とメディア――キーパーソン〈木崎龍〉で読むシステムと言説」『Intelligence』4号、20世紀メディア研究所　二〇〇四・五）だったのである。木崎は北村謙次郎とともに『満洲浪曼』の創刊同人となり、毎号のように評論を発表している。『満洲文藝年鑑』第二輯に収録されている「建設の文學」(初出は『満洲日日新聞』)という評論は、それに反駁する加納三郎の評論「幻想の文學――満洲文學の出發のために」と同じく収録されている。

滿洲文學は日本文學と絶緣して獨自の展開をなせとする主張の如きは、この誤つた置換の上に立つ空虛な掛け聲に過ぎない。なるほど現代の日本文學は、我々に教へる何物をも持つてはゐない。しかし、それは何が日本文學をかくも無內容に無氣力に行きつまらせたかといふ貴重な歷史的過程を、赤裸々に呈示してゐてくれるのである。(中略) 然るに獨り滿洲文學のみは、前記の如き混迷の圈外に聳え立つ可能性を持つと思はれる。それは滿洲國が持つ王道樂土の實現と、民族協和の大理想達成といふ輝かしい前途と地盤とが可能性を約束するからである。

この木崎の評論は、満洲の現実の上に満洲文学があり、満洲の前途は楽土であり、従って満洲文学には輝く未来がある、というものである。この、満洲国務庁の文化統制を代弁しているであろう、支配的なイデオロギーの文学への進出に対して、真っ向から反駁したのが、加納三郎の「幻想の文學」である。木崎の形式的論理の飛躍に疑問符を提し、この様な論理に取り込まれてゆく満洲文学に抗おうとしたのであった。

氏は(木崎龍のこと、筆者註)、自身の方法論をリアリズムと呼ばれ、ロマンチシズムと呼ばれようとも問題ではないと言ふが、われわれはそれを、ファシズムの文學理論と呼ぶに躊躇しないであらう。（中略）滿洲文學が他の文學と區別されるのは、その方法論に於てゞはなく、藝術的對象としての滿洲の持つ特殊性の故にである。滿洲文學が輝かしい未來を持つとすれば、それは歴史が嘗て見たことのない新しい社會的現實の形成過程が、文學にとつて無限の寶庫であるといふ意味においてゞあらう。

木崎の「建設の文學」が文化統制の支配的イデオロギーによって書き表わされた論評であることは前述の通りである。加納三郎の評論から読み取ることができる自由主義的な思想は、ファシズム的な翼賛文学理論に対抗する姿勢を表わしている。『作文』第四五輯（一九四〇・九）には「満洲ロマンチシズムの限界と建設的リアリズムの提唱」を発表し、リアリズムの方法で満洲の現実を描き出すよう提唱し、着々と強化されていく文化統制への「抵抗の文学」の出現を呼びかけている。その様な評論が掲載できるリベラルさを、本来的に備えていたのが『作文』であった。

満洲で生まれた『作文』は、戦後、内地に引き揚げた戦前の『作文』同人たちによって現在も継続され、刊行され続けている。そこに掲載されている文学作品は、自らのアイデンティティを遡ることで見出される「満洲」の大地と、そして「櫻花臺八四」の坂の上から海峡を見下ろした場所を源流としているのである。

5　記憶を語り、蓄積すること

先に述べた通り、『作文』は戦中、満洲で一旦終刊するも戦後日本で復刊され、多少のズレはあるものの、戦前からの通し番号で現在も刊行され続けている。そのため戦前戦後を繋ぐ通時性と、国家を越境したテキストとして使用されることになる。

『作文』誌における変遷する植民地経験の語りには、しかし、その時その時の生活の情景と人びとの日常を描く小市民的な題材の設定という表現方法上の一貫した特徴がある。（略）そのひとつひとつの小さな情景は、「満洲」の大きな物語の規定性を逃れる表現とはなっていないかもしれない。しかし、『作文』誌の継続性は、これらの表現をひとつひとつ書きかえることなく、積み重ねていくことを可能にしている。ここには、その当時の語り手である主体と世界との関係の仕方が、変節や挫折を含めて表現されている。それは、「満洲」経験を生きたひとりの植民者のライフ・ストーリーであり、あるいは、ひとつの雑誌の歴史となっている。（坂部晶子『「満洲」経験の社会学　植民地の記憶のかたち』世界思想社　二〇〇八・三　五二～五三頁）

坂部は『作文』を継時的な軸を設定し論考していく。年代毎に区切って分析が行なわれており、戦前に刊行された全五五輯は「一九三〇年代／『満洲文学』への参与」という区分で章立てられている。

そこでは、『作文』に集った作家たちは「『満洲』という郷土に根ざした文学を志向したグループであった」とまとめられている。しかし、それは『作文』が創刊される以前までの満洲における文学について語られてきた、画一的なまとめでしかない。大きくは「満洲文学論争」として括られるが、あくまで内地文学との関係性を重要視していく外地文学（尹の分類では「植民地満洲文学」となる、筆者註）として文学を続けていくべきであるという意見や、満洲国の国家的政策の一分野として、報国的な作品を作っていくべきであるとする意見、満洲国の現実をその矛盾も含めてリアリズムとして描くべきであるとする意見も出されることになる。『作文』同人内でも統制がとれていたわけではなく、雑誌刊行の方向性が明確に定まっていたわけでもない。「『満洲国』の文化統制が次第に強化されていくわけですけれども、そのプロセスは『作文』の中にあまり反映していませんね」（西原和海の発言「『満洲文学』での雑誌『作文』の比重」『植民地文化研究』4、二〇〇五・七）という指摘がある通り、「『満洲』という郷土に根ざした文学を志向した」という一義的な説明だけでは到底捉えることの出来ない状況が戦前の『作文』には存在していたのである。また、日向は「第八号転轍器」で芥川賞候補となることで、常に内地の文学（文壇）状況を意識し、本気で作家として一本立ちを目指して帰国する。また、高木恭造「風塵」のように、内地での想いから継続して持っている自己の内面を描いている作品に対して、満洲における「郷土に根ざした文学」と一言でまとめてしまうことは出来ないだろう。満洲を舞台にしていること＝郷土に根ざす、とはならない。

坂部は「一九七〇年代／社会への適応と日常の断片化」と章立てし、戦後の日本での日常が落ち着いてくると、生活風景を描いた作品が増え、それとともに満洲をノスタルジックに描いた作品が増えてくることを指摘している。そして『作文』がそのような作品を掲載しながら継続していくことで、満洲にまつわる個人的な思い出(記憶)が集積されていくと指摘している。さらに続けて「一九八〇年代/細分化された記録と再統合」と章立てを行っている。

『作文』の大きな特徴として、亡くなった同人の特集を組むことが挙げられる。つまり、一九八〇年代から始まったことではなく、個人史としての記録の蓄積は行われ続けていた。同人の高齢化により、一九八〇年代に亡くなる同人が増加し、毎号追悼特集が組まれたということは確かにあった。第一九一集(二〇〇六・一)は、『戎克』創刊者でもあった小杉茂樹の追悼特集が組まれているが、巻末に「物故同人表」が掲載され、「戦後物故同人」三八名が追悼企画の掲載号数とともに表記されている。同人追悼の企画は一九八〇年代に集中したような印象があるかもしれないが、同人だけではなく、安西冬衛など満洲関連詩人の追悼号(第六〇輯、一九八五・一二)を含めると、「追悼号」はいつの時期でも企画され、特集化されているのである。満洲という土地に関する随想やエッセイは確かに数多く掲載されている。秋原の「満洲時代の『作文』」(一八二号、二〇〇三・一〜)や、青木実(戦後は「実」を使用している、筆者註)による「満洲文学雑記」(一五六号、一九九四・二〜)といった連載も見られる。だが、『作文』の作家たちは、「記憶」を語ることで「記録」化するためにのみ『作文』を発行しつづけているのではない。あくまで彼らは新たに小説を書き、新たに詩を詠んでいる。秋原の「世界で一番小さな海」などの長期連載小説はその代表例であろう。小説だけではなく、詩というジャンルを重要視し、掲載し続けていることは、大連での創刊当時からそのスタイルは変わっていない。作品の題材は「その時その時の生活の情景と人びとの日常を描く小市民的な題材の設定」(前出、坂部 五二頁)

かもしれない。そしてのことは「『満洲』の大きな物語の規定性を逃れる表現」(同頁)とはなっていないのかもしれない。しかし、在満日本人作家が描いた作品で、当時も現在も「『満洲』の大きな物語の規定性を逃れる表現」など、あり得るのだろうか。如何なる表現であっても、それは「『満洲』の大きな物語の規定性」の中に含有されてしまうのではないか。

『作文』はその創刊から、満洲との関わりを無くすることなど出来ない。だからといってノスタルジックな作品を描き、詠んでいるだけでは決してない。前述の「物故同人表」や「作文総目次」などは、『作文』という雑誌の「歴史の集積」と言える。秋原や青木の随想は「記憶の再統合」の意味合いが強いだろう。しかし『作文』はそれだけのために刊行され続けているわけではない。彼らは現在性をもって物語を紡いでいるのである。現在性を持つ物語と、満洲経験の記憶とそれを基盤として紡ぎ出される新たなる物語の集積こそが、戦後の『作文』が行っている主要な作業なのである。

終章　満洲詩研究の動向として

筆者が「満洲詩」について研究しようとおぼろげながらにも決めたのは、今から一〇年ほど前のことである。その時は、日本文学における大正期から昭和初期にかけてのモダニズムについて興味があり、『詩と詩論』の先駆的芸術性について読み取りたいと思っていた。そこで安西冬衛が『詩と詩論』以前に『亞』で作品を発表していたことを知り、『亞』が関東州・大連で刊行され続けていたことを知った。それならば日本文学のモダニズムとは「外地」発祥なのか、と考えたことがきっかけであった。そこから筆者の、牛歩の如く遅々として進まぬ研究が始まるのであるが、筆者の経験的な話とともに、現在の時点での満洲日本語詩研究における動向を記していきたい。

まず当時は『亞』が読めなかった。安西冬衛、北川冬彦、尾形亀之助、三好達治といった各自の全集、全詩集があり、『亞』掲載作も読むことが出来たのだが、『亞』という詩誌そのものを手に取ることは困難であった。国立国会図書館に所蔵があるものの、全冊ではなく、複写も禁止。駒場の日本近代文学館では全冊手に取ることは出来るが、月々の生活費を懸命に捻出している学生にとても全冊分の複写を出来る資金も無く、また入館の度に入館料を支払うこともままならなかった。大学院生のとき、堺市立中央図書館の安西文庫に行き、係の方の好意もあり、初めて全冊分の複写を入手出来たときの嬉しさは今でもよく覚えている。現在は和田博文監修、小泉京美編『コレクション都市モダニズ

ム詩誌第一巻　短詩運動』に『亞』全冊が収録されている。実物の『亞』とは大きさが異なるものの、内容を全て見ることが出来る。関連年表や「短詩運動」資料も併せて収録されており、これからの研究においては必読の書である。

以降の復刻版について詳しくは「主要テキスト」に記載しているが、『満洲文芸年鑑』（第一輯～第三輯／別冊）、『満洲浪曼』（第一巻～第七巻／別巻）、『藝文』（第一期一二巻、第二期一四巻）、『満洲評論』（二八巻）、『満洲グラフ＝Manchuria pictorial』（一二巻）、『北窗』（五冊）、『日本学芸新聞』（第一巻～第三巻）、『文学報国』といった文献の復刻は、今後研究する上で大きく役立つだろう。他にも『廟会　満洲作家九人集』、『満洲国各民族創作選集』（一、二）に代表される、ゆまに書房の「日本植民地文学精選集」などの復刻も行われている。また、日本文学研究の分野になるのだろうが、『詩と詩論』（『文學』六冊）、『詩・現實』、『青空』、『帆船』（第一次『帆船』二四冊、『馬車』三冊、第二次『帆船』四冊）、『日本詩人』、『セルパン』、『新領土』といった、満洲詩人が関係していた雑誌も復刻版で刊行されている。他に、黒川創編『〈外地〉の日本語文学選2　満洲・内蒙古／樺太』では、安西冬衛、北川冬彦、野川隆の詩作品が収録されている。編者黒川創の解説も作品論作家論として読むことが出来、大変参考になる。それ以外の一次資料については、『現代詩誌総覧②——革命意識の系譜』で、各誌について西原和海が解説していることに加え、所蔵図書館と号数も明記されている。本書では『戎克』、『鵲』、『蝸牛』、『満洲詩人』（第一次、第二次）、『燕人街』、『あゆみ』、『新大連派』、『作文』などについて触れているが、各詩誌を全冊入手することは困難（無理）であり、本書では複写できたもの、目を通すことが出来たもので分析を行っている。『満洲短歌』、『満洲通信俳句』も同様である。

戦後早くに刊行されたものとして、尾崎秀樹『近代文学の傷痕』、『旧植民地文学の研究』がある。これらは、現在は「『近代文学の傷痕』に、『旧植民地文学の研究』から「『満洲国』における文学の種々相」を加えて新しく編集した」（巻末説明文）という『同時代ライブラリー71　近代文学の傷痕　旧植民地文学論』として入手できる。大内隆雄『満洲文學二十年』、北村謙次郎『北辺慕情記』、山田清三郎『転向記』、武藤富男『私と満州国』、檀一雄『青春放浪』は、満洲文壇に関わりを持ち、実際に生きた者の視線によって、当時の状勢を伝えてくれるものである。これらが一次資料としての文献における大まかな現状である。大きな図書館や大学図書館に所蔵されているものもあれば、古書として購入出来るものもある。

日本文学研究として「満洲文学」がその対象となる口火を切ったのは、川村湊『異郷の昭和文学――「満州」と近代日本――』だろう。日本近代文学に少しでも触れたら眼にする作家たち（作家名）の中でも、数多くの作家が「満洲」に関係していたことを指摘し、多くの作品を網羅し、「新書」という媒体によって多くの読者が手にすることの出来た文献である。その後川村は矢継ぎ早に、『満洲崩壊――「大東亜文学」と作家たち』、『文学から見る「満洲」――「五族協和」の夢と現実』といった「満洲文学」研究書を刊行している。最近は『FOR BEGINNERS シリーズ106　満洲国』を刊行し、『海を渡った日本語　植民地の「国語」の時間』や『作文のなかの大日本帝国』、さらに『「大東亜民俗学」の虚実』、「川柳と植民地②満洲編」（『川柳学』二号）、まで含めると、その視野はかなりの範囲に行き届いている。

川村が幅広く「満洲文学」を網羅して取り扱ったのに対し、樋口覚『昭和詩の発生――三種の詩器を充たすもの〈昭和〉のクリティック』は、『亞』に焦点を絞った研究であった。『異郷の昭和文学』と同年の刊行であり、安西冬衛と北川冬彦の二人に対象を絞っているものの、満洲における詩誌『亞』の存在を読者に知らしめたものであった。

一九九〇年代に入ると、満洲文学研究は一気に盛んになる。一九九一年一月に創刊した、田中益三主宰『朱夏』は、満洲のみに留まらず、「植民地」を研究対象として刊行を続けている。「文化探求誌」という名の通り、丁寧な資料紹介と文学以外のジャンルまで研究対象としている研究誌である。筆者が二〇一〇年に大連を訪れた際は、『朱夏』No.10（一九九八・三）掲載の、大西功「詩人・安西冬衛の旧居―大連市桜花台六八番地―」のコピー部分を片手に、『亞』が誕生した場所、旧「『亞』社」である安西冬衛の旧居を探したものであった。他にもNo.16（二〇〇一・一二）には、特集「植民地へのアプローチ・この十年」として、岡田英樹「研究は端緒についたばかり――「満洲国」の文学研究一〇年」、大久保明男「『満洲国』の文学についての中国側研究――九十年代」という研究動向報告も掲載されている。

学会関係では、日本社会文学会が編集した『植民地と文学』、『近代日本と「偽満州国」』がある。多数の日中の文学研究者が、日中の作家を対象として研究成果を報告している。また、『昭和文学研究』第二五集（一九九二・九）では特集「昭和文学とアジア」が組まれ、満洲だけでなくアジアの植民地全般を地域別に分け、論文を掲載した。「研究案内」として、「満洲」は田中益三（I敗戦まで）、西原和海（II戦後）によって書かれたものが掲載されている。他に早稲田大学教育学部杉本要吉研究室によって刊行された『「昭和」文学史における「満洲」の問題』では、さまざまの「満洲文学」作家論、作品論が掲載されている。

二〇〇一年一〇月に植民地文化研究会として発足し、二〇〇七年に植民地文化学会に改称した機関誌『植民地文化研究』では、国内でも中国現地でもまず見ることの出来ない多くの一次資料の紹介や、西田勝・西原和海・岡田英樹の鼎談シリーズ、猪野睦「『満洲詩人』のあゆみ」の連載など、精力的にその成果を発表し続けている。特に資料紹介とその媒体、掲載作品、作家の分析と研究は充実している。また、植民地文化学会と東北淪陥一四年史総編室共編による『〈日中共同研究〉「満洲国」とは何だったのか』、学芸総合誌『環　歴史・環境・文明』vol 10の特集「満洲とは何だったのか」の書籍化『満洲とは何だったのか』も、文学に限らず広範囲な領域から「満洲」文化を分析している。その他、古書情報誌『彷書月刊』（弘隆社、一九九一・一二）では特集「ブック・レヴュウⅣ満洲・幻のモダニズム」が組まれ、「満洲」研究に必読の文献が並び、コメントとともに紹介されている。西原和海・川俣優編『満洲国の文化――中国東北のひとつの時代』も、坂井信夫「夭折詩人・廿地満をめぐって」、川崎賢子「木崎龍の問題提起」といった、満洲作家を対象とした研究を収録している。神谷忠孝、木村一信編『〈外地〉日本語文学論』（世界思想社、二〇〇七・三）では、「満洲文学」をめぐる分析を、「外地」という視座を設定することで、日本語による文学作品研究をダイナミックに展開している。また坂部晶子『「満洲」経験の社会学　植民地の記憶のかたち』は社会学的な研究視点から、同人誌『作文』をテキストとして分析を試みている。

筆者も聴衆として参加したのであるが、二〇〇八年八月一日から三日にかけて、愛知大学車道校舎において開催された「国際共同シンポジウム　帝国主義と文学　植民地台湾・中国占領区・『満洲国』」（主催、愛知大学、台湾清華大学、ハーバード大学東アジア言語・文明学部）は、世界各地から多くの研究者が参加し、白熱したものであった。王中忱「『東洋学』言説、大陸探検記とモダニズム詩の空間表現――安西冬衛の地政学的な眼差しを中心にして」など、大変興味深い発表が数多くなされた。シンポジウムの発表は『報告者論文集』としてまとめられ、後に王徳威他編『帝国主義と文学』として刊行されている。

論考としては、岡田英樹『文学にみる「満洲国」の位相』がある。この著書が画期的であったのは、満洲国の理念と文学の成立の関係性を問い、日本人作家と中国人作家との交流と、その心理的乖離の成り立ちを展開したことにあるだろう。さらに近年では田中益三『長く黄色い道――満洲・女性・戦後』、尹東燦《いんとうさん》『「満洲」文学の研究』、葉山英之『「満洲文学論」断章』といった、先行研究を踏まえ、新たに資料を分析している今日的な研究が刊行され始めている。

「満洲文学」の研究動向については、前述の岡田英樹、大久保明男の他、川村湊「植民地文学研究の現状」（『社会文学』第九号、一九九五・七）、小泉京美「研究動向　満洲」（『昭和文学研究』第六〇集、二〇一〇・三）にまとめられている。

その他、刊行二〇〇号を超えた『作文』に連載されている、秋原勝二「満洲時代の『作文』」、青木実の「満洲文学雑記」といった「満洲詩人」本人たちの随想は、新たなる「満洲文学」像を知るための重要な手掛かりである。さらに小説や詩にとどまらず、『満洲短歌』や『満洲通信俳句』といった一次資料、小沼正俊『韃靼――大陸俳句の青春と軌跡――』や中村義『川柳のなかの中国』といった、詩・小説以外のジャンルの研究も含有しながら、総合的な研究が進んでいくことになるだろう。

そして、日本文学研究の側からのモダニズム研究もある。作家たちが満洲に関連したことを視野に入れた、主要と思われる研究成果として、伊藤信吉『逆流の中の歌　詩的アナキズムの回想』、中野嘉一『前衛詩運動史の研究』、『モダニズム詩の時代』が早い時期の研究として挙げられるだろう。ともに詩人としても活躍していたため、自身の詩的活動とも相俟っての言説である。草野心平『私の中の流星群　死者への言葉』といった、新たに編まれた随筆集も、多くの満洲詩人について触れている。古俣裕介『〈前衛詩〉の時代――日本の１９２０年代』、澤正宏、和田博文編『都市モダニズムの奔流　「詩と詩論」のレスプリ・ヌーボー』、和田博文編『日本のアヴァンギャルド』は、詩作品を扱いながらも、詩人が作品を生む都市空間をも対象として、モダニズム現象を総体として捉えながら分析していく。これらは都市とモダニズムとの関連による視座を打ち出した論考であった。川崎賢子『彼等の昭和』は長谷川四兄弟を軸に、三男濬、四男四郎の越境した「満洲」を、現代との連続性の中で捉えることで「昭和」というタームを浮き彫りにした論考であった。坪井秀人『声の祝祭』は、モダニズム詩と「戦争詩」との関係性を分析し、モダニストの勤労詩の朗読について扱っている。瀬尾育生『戦争詩論1910-1945』では、戦争下の詩人たちによるモダニズムの方法とイデオロギーの貫徹を、各々の詩作品から読み取っている。

　また、村山知義『演劇的自叙伝2』をはじめ、「日本文学」のみのジャンルではモダニズムという対象は語り得ない。江川佳秀「大連のシュルレアリスム『五果会』をめぐって」は、関東州・大連における「五果会」に所属した画家たちの活動を明らかにした研究である。本書でも取り上げた『鵲』同人たちとの交流などについても触れられている。五十殿《おむか》利治『大正期新興美術運動の研究』も、多くの資料を丁寧に読み込み、「大正期新興美術」というカテゴライズによって美術運動を分析した力作である。波潟剛『越境のアヴァンギャルド』もまた、越境した「満洲」の地政学的前衛性を重要視し、文学作品だけでなく、前衛絵画までも対象とした野心的な研究である。杉浦盛雄『名古屋地方詩史』は、題名の通り名古屋地方の詩誌を取り上げ、通史的に分析をしていくが、中央に対する地方としての視点を持ちつつも、そこでの文学的成果を詳細に取り上げた文献である。春山行夫の初期業績についての外枠をみごとに描いている。

今回、各詩人研究や個別作品研究は挙げなかったが、「満洲文学」という括りを設けてさえ、個別の作家論や作家研究、また作品単位での研究において、多くの貴重なる成果が生まれており、現在もその活動は多くの研究者によって継続されている。ここで触れずにこぼれ落ちている研究成果もあることと思う。それはひとえに筆者の能力の問題であり、ご寛恕を乞うしかないが、前述の幾多の資料や研究文献によって、満洲詩を対象とする通事的な研究動向がある程度は見えてくるように思う。これらの偉大なる文学遺産、多くの研究成果を通して、本書がその末端にでも組み込まれれば幸いである。

註

序章

＊1　「安西　小林という参謀本部の地図をつくつているところで印刷した。二十円で出た。あれは三百部だつたがね。滝口が十円、僕が十円で出た。」（「雑談（速記録）安西冬衛、池田克己、伊藤賢三、花村奨、深尾須磨子、北川冬彦」『時間』一九五二・三）という安西の発言からも『亞』が三〇〇部印刷されていたことがわかる。だが瀧口から安西宛のはがきには次のようなものがある。

昭和二年十二月二十四日

今朝　カフェ　ロオランサンへ、「園中」おくりました。原稿用紙で――あの例の。亞八頁・九頁やつと出しました。小林へ、二百部にするならば、その旨御知らせくださいませ。やれやれ之で。

私は三百部でも二百部でもかまひません。（「安西冬衛宛瀧口武士書簡」『大妻女子大学文学部三十周年記念論集』一九九八・三）

この内容を見る限り、『亞』最終号である三五号に関しては三〇〇部ではなく二〇〇部の印刷であった可能性もある。また、安西は前述の「雑談」で尾形亀之助が一度も同人費を払わなかったとの内容を続けて発言している。

＊2　城所英一「略歴」（『連翹』自費出版、一九六九・秋）では、大正一三年の項に「右（早稲田大学商学部、筆者註）卒業。在学中同人誌「未踏路」「面」「亞人」「亞」主宰」とある。

＊3　「寂光の春」は青柳定雄の遺稿である。富田の筆である「後記」には「青柳の遺稿を發表するのは、當然私たちの仲間であるべき彼を忘れないためである」と記されている。

第一部　『亞』の成立・生成

一章　安西冬衛

＊1　『安西冬衛全集』別巻（宝文館出版、一九八三・八　三九〇頁）、『安西冬衛全詩集』（思潮社、一九九六・八　五八七頁）、明珍昇『評伝安西冬衛』「資料篇」（桜楓社、一九七四・六　二三一頁）、冨上芳秀『安西冬衛　モダニズム詩に隠されたロマンティシズム』（未来社、一九八九・一〇　二八九頁）にそれぞれ収録されている年譜では、安西が北川、城所、富田の三人の訪問を受け、詩誌創刊を話し合ったのは一九二三（大正一二）年八月の出来事になっている。また同年同月、安西が瀧口武士を見知ったことにもなっている。しかし瀧口は一九二四年三月に大分県師範学校を卒業し、翌月に旅順師範学堂研究科に入学、渡満するため、一九二三年の時点では未だ郷里に在住しており、安西とは知り合いになり得ない。瀧口は一貫して安西との出会いを一九二四年八月に志村虹路に連れられて安西家を訪ねた、としており、雑誌の発行年月や自身の履歴と重ね合わせても矛盾が無い。次の三つの文章は全て瀧口のものである。

十三年（大正、筆者註）秋、安西から手紙をもらつた。「八月に富田充、城所英一、北川冬彦の詩の展覧会を見て三君に会いました。非常にうれしい会合でした」とある。（「安西冬衛回顧」『安西冬衛全詩集』五四七頁）

大正十三年八月満洲詩人会の志村虹路に案内されて始めて安西家を訪うた。満洲詩人の同人数人が当日夏家河子の海水浴に行って帰途安西家を襲ったのであった。（「安西冬衛追悼」『作文』一九六五・一二）

八月（大正一三年、筆者註）、私の宿へ、夏山にゐた志村虹路さんが突然やつて来て「安西君の家がすぐそこだから行かう」といふ。そして安西冬衛さんに逢つた。それから志村さんが夏家河子に行かうと言ふので行くことにした。安西さんは「海なんかに行くのはピープル（平民）だ。僕は冬がすきだ」とも言つた。安西さんは一脚を切断された人だつた。志村さんも「一人で淋しからうから暇の時に行く

といいね」とも言ってくれた。(「その昔を語る　古いことなど①」『満洲日日新聞』夕刊　一九二七・一二・一四)

安西自身も「北川との最初の会合は大正十三年の八月十日」(前出「雑談」)と述べている。一九二四年五月三一日の『満洲日日新聞』「文藝消息」欄には「安西冬衛君は『あゆみ』同人を辞し満洲詩人會に加入した」との記述があり、一九二四年五月の時点まで安西は『あゆみ』に同人として参加していたことがわかる。志村虹路や諸谷司馬夫と知り合いであった証拠と言えよう。

『安西冬衛全集』の年譜は山田野理夫編である。また『安西冬衛全詩集』では年譜編集は個人ではなく、「小野十三郎監修のもと、足立巻一・右原厖・さらに西川治男・三井葉子・日高てるを加え、それぞれ編集事務を分担、作品の選別・遺稿発掘・年譜文献の作成に当つた」(六一二頁)とされている。

一方、『北川冬彦全詩集』(沖積舎、一九八八・一)収録、鶴岡善久編の年譜では、一九二四年の欄に「大連に在住の若い詩人、安西と詩の雑誌の発行を計画する。富田、城所を同人に加えて、十一月、安西の命名、北川の題字で詩誌「亜」を創刊」と記載されている。また近年の研究である猪野睦「『満洲詩人』のあゆみ(一)」(『植民地文化研究』1　二〇〇二・六)では、「一九二四年の夏休み」に『亞』創刊同人の四人が会合したとしている。

＊2　注意書きとして、北川冬彦が一九五一年一〇月六日『北川冬彦詩集』出版記念会へ出席するため上京した安西冬衛が北川宅に滞在したこと、その一夕、二次会のような会合が開かれ、その時の「雑談」であること、速記は滝口雅子が行ったことを記している。

＊3　瀧口武士は次のように記述している。

「亜」は後に聞いたのだが、一三年(大正、筆者註)八月に、大連出身の詩人城所英一(早大)、富田充(早大)北川冬彦(東大)の三人(いずれも東京で多田不二主宰の詩誌「未踏路」の同人)が夏休帰省して、大連三越で詩展を開き、安西はそれを見に行って大いに打たれ、三人を知り(安西はこの会見をよき会見とどこかで書いている)、その後三人が安西家へ遊びに来て詩誌発行の話がまとまり、創刊したのだという。(「大連の詩友たち」『作文』九一集　一九七三・三)

この記述に従うならば、安西が他創刊同人三人の訪問を突然受けたのではなく、「詩の展覧会」で一度見知ってから、訪問を受けたことになる。「詩の展覧会」の場で安西が自身の作品を見せたのか、安西冬衛という名から城所が後述の作品を発見したのかは推測するしかない。

＊4　『亞』一〇号（一九二五・八）の「第二回詩の展覧會」予告には、出品者として城所英一の名が掲載されているが、翌一一号（一九二五・九）掲載の「展覧會の後に」において安西は「城所英一の作品は遂に未着のままに畢つた」と記している。

＊5　この作品は『安西冬衛全集』第三巻（宝文館出版、一九八三・八　四六七頁）に収録されているが、初出誌不明と記されており、筆者も初出誌未見である。城所が大連帰省中に見つけたとの判断から、一九二四年の作と言える。安西の発言に相当する作品はこれ以外に無いため、この作品が創刊同人たちの安西に対する判断基準になったとして論を進めていく。

＊6　これらの作品は未刊の初期詩篇として『安西冬衛全集』第三巻（前出　四五〇〜四五二頁）にも収録されているが、具体的な初出誌は記されていない。「『大連新聞』『満洲日々《ママ》新聞』等の「印象詩」欄、「創作」欄等へ投稿、発表。大正八年から同十二、三年ごろまで」との記載であり、いずれも初出不詳。ここでは、明珍昇『評伝安西冬衛』（四六〜四八頁）も取り上げている作品の中から選択した。筆者も初出誌未見。

＊7　冨上芳秀に「この《稚拙感》という美意識はエッセイなどにはよく見られる言葉で、戦後になっても引き続き安西の詩作の根底を流れているものである」（前出、冨上同書　二五一〜二五二頁）との指摘がある。

＊8　安藤靖彦「『亞』の短詩――『詩と詩論』前史――」（『日本近代文学』一九九六・五、『日本近代詩論萩原朔太郎の研究』明治書院、一九九八・一二収録）にも「創刊号における短詩の試みは、何がしかの意図はあっても、意欲的というのにはなお躊われるものがある」という指摘がある。

＊9　冨上芳秀は「安西冬衛文庫で、その実物を読んで、扉に〈亞社　御中　郁哉〉と署名されているのを見つけた」（前出、冨上同書　二〇五頁）と記している。この記名が加藤郁哉からの献本であることの証左

であり、「安西覚書」の記述と符号する。筆者も冨上同様、安西文庫にて実物を目にしている。

＊10　「満洲文藝人名録」には「加藤郁哉（今枝折夫）錦州鐵道局総務課長　詩集〝逃水〟〝杏〟随筆集〝満洲異聞〟〝満洲こよみ〟文話會員」（『満洲文藝年鑑III』一九三九・一一、葦書房　一九九三・九を参照）と記載されている。この内『逃水』（素人社、一九二九・九）は加藤の処女詩集で、『満洲異聞』（月刊満洲社、一九三五・一一）は今枝折夫名で書かれた「裏」満洲案内書と言えるものであり、『満洲こよみ』（満鐵社員會叢書第三五輯、一九三九・五）は啓蒙的案内書である。なお、よく似た名前の前衛俳句の「加藤郁乎」がいるが、もちろん別人である。

＊11　明珍昇『評伝安西冬衛』（前出）、安藤靖彦「『亞』の短詩――『詩と詩論』前史――」（前出）、和田博文「短詩運動と福富菁《ママ》児――一九二〇年代のアヴァンギャルド――」（『奈良大学総合研究所所報』二〇〇〇・三）、西村正洋「大連の詩人たち――詩誌『亞』と地政学――」（『同志社国文学』二〇〇四・一二）、小泉京美「詩・短歌・俳句・川柳の交差点――問題系としての短詩の生成――」（『日本文学文化』二〇一〇・二）がある。また『コレクション都市モダニズム詩誌1短詩運動』（和田博文監修、小泉京美編、ゆまに書房、二〇〇九・五）には短詩運動の関連文献が収録されている。

＊12　西田勝、西原和海、岡田英樹「座談会　詩誌『亞』から『戎克』、『燕人街』へ」（『植民地文化研究』7、二〇〇八・七）での西原の発言に「城小碓さんから聞いた話ですけれど、加藤郁哉という人は、安西冬衛が大連に現れるまでは大連詩壇の第一人者と目されていたそうです」とある。

＊13　北川は「第二回詩の展覧會」に「詩集三半規管喪失のコンストラクション」と題する作品を出品している。『三半規管喪失』（至上藝術社、一九二五・一）の生原稿や印刷された詩、自筆の詩などをコラージュした作品であり、「瞰下景」も取り入れられているのが確認できる。『亞』一一号（一九二五・九）に図版が掲載されているため、ここでは『亞』掲載作として例に挙げた。

＊14　五十殿《おむか》利治「モダニズムの展示――巴里新興美術展をめぐって」（モダニズム研究会編『モダニズムの越境III』人文書院、二〇〇四・六　一三四～一三五頁）には「明解な分類とはいいがたい」との断りの上、同美術展での分類を記載している。また、波潟剛『越境のアヴァンギャルド』（NTT出版、二〇〇五・

七　五〇〜五九頁）も参照した。

＊15　五十殿（前出「モダニズムの展示――巴里新興美術展をめぐって」一三一〜一三二頁）に拠れば、各都市の開催日程は以下の通りである。東京、一九三二・一二・六〜二〇、東京府美術館。大阪、一九三三・一・一五〜二二、朝日会館、大阪朝日新聞社後援。京都、一九三三・一・二五〜三一、岡崎勧業館。福岡、一九三三・二・一五〜二一、福岡日日新聞社講堂、福岡日日新聞後援。熊本、一九三三・二・二六〜三・五、熊本市勧業館、九州日日新聞後援。大連、一九三三・四・一〜七、商工会議所、満鉄地方部、満洲日報主催。金沢、一九三三・五・五〜一二、商品陳列館、北陸美術協会、北国新聞後援。名古屋、一九三三・六・二四〜二九、名古屋市美術館、名古屋市社会部主催。

＊16　瀧口は『鵲』に、「5号（昭10・9）から三好弘光が加わった。彼は絵を書き詩を書く情熱家。（略）12号（昭11・11）から松畑優人が同人に加わった。彼も本来は画家だが詩も書く。烈々たる熱情と冷徹な詩眼をもっている。僕と同職で同所勤め、一しょに野球もした」（前出、「大連の詩友たち」）と記述している。

＊17　波潟剛『越境のアヴァンギャルド』（前出）は、「前衛」「アヴァンギャルド」「アヴァンガルド」といった用語の多義性を考察している（五〜八頁）。ここでは「アヴァンギャルド」「アバン・ガルド」といった用語使用は広義に「アヴァンギャルド」としての意味に捉え、「アバン・ガルド」に対して「前衛」と訳していることに注目する。

＊18　五十殿利治『大正期新興美術運動の研究』（スカイドア、一九九八・六　二〇七〜二一一頁）参照。尾形の「三科インデペンデント」出品作の「或る殺人犯の人相書」が、不鮮明ではあるが掲載されている。

＊19　一九三八年四月、満鉄社員会発行。ここでは『韃靼――東北アジアの歴史と文献』（地久館出版、一九八四・七）を参照している。

＊20　一九四〇年イタリアのリッツォーリ社より刊行。ここでは脇功訳イタリア叢書9（松籟社、一九九二・一）を参照。

＊21　一九三六年八月ロンドンのジョナサン社より刊行。ここでは前川祐一訳西域探検紀行全集14（白水社、

一九六八・五）を参照。

＊22　王中忱「『東洋学』言説、大陸探検記とモダニズム詩の空間表現——安西冬衛の地政学的な眼差しを中心にして」（「国際共同シンポジウム　帝国主義と文学　植民地台湾・中国占領区・『満洲国』」二〇〇八・八・一〜三　於愛知大学）、報告者論文集を参照。現在は『帝国主義と文学』（研文出版、二〇一〇・七）に収録。

＊23　大西功「詩人・安西冬衛の旧居——大連市桜花台六八番地——」（『朱夏』№10、せらび書房、一九九八・三）には、「桜花台六八番地」という同一番地内に二軒の家があり、安西は「奥の家」から「通りに面した家」に転居したとしている。『亞』や『軍艦茉莉』は「奥の家」で刊行されたという。

＊24　三好達治も『亞』の特徴に寓話性を意識していたらしく、唐玉蜀と月の物語を少女に語って聞かせるという内容の「新秋の記」を発表している。

＊25　『詩と詩論』最初期の掲載詩は、再録作がほとんどで初出詩は少ない。安西ばかりではなく、瀧口や尾形も『亞』掲載作が再録されている。北川の掲載作品も再録である。

二章　瀧口武士

＊1　武井濂「亞社主催になる詩の展覧會評」（『亞』一一号）。この評には、文末に北川による「東大文學部在學中の友人武井が「遼東」の學藝欄にこんなものを載せた」との注意書きが付されている。

＊2　倉田紘文「瀧口武士論（一）——詩誌『亞』の時代——」（『別府大学紀要』一九八二・一）では、『亞』掲載の瀧口、安西二人の詩作品を一覧表に分別している。その分別によると瀧口作品は二行詩が四〇篇と一番多い。

＊3　首藤三郎「『亞』を支えた滝口武士」（『詩人滝口武士』武蔵町教育委員会、二〇〇二・二）において、瀧口の言として「——文学への直接の導引は短歌誌「覇王樹」だった。——しかしいつまでたってもビリの級で、同人などとても上がれそうになかった。——一年ばかりで短歌を中止した。そして詩を書き出し

た。詩は語調も自由、長さも自由、思うだけのことが表現できるので、若い心はひかれた」と記載されている。

＊4 「担任ではなかったが、私は朝礼のときなど、上品でやさしそうな先生だなと思って眺めたことがある」（清岡「『亞』の全冊」『ちくま』一九七四・一）との記述がある。

＊5 経歴は前出『詩人滝口武士』収録の「滝口武士年譜」（三一一～三一五頁）を参照。

＊6 冨上芳秀は『安西冬衛モダニズム詩に隠されたロマンティシズム』（前出）において、『面』創刊を「大正十二年一月」と訂正している。だがその訂正記述も間違いで、『面』は一九二五（大正一四）年一月の創刊である。

＊7 掲載されている三五誌は次の通り。「読書會雑誌・風と家と岬・詩篇時代・日本詩壇・新興詩壇・現代文藝・象牙の塔・満洲詩人・翁行燈・詩文庫・自畵像・畫眉草・戎克船・なぎさ・詩火線・原始・宣戦・跫音・更生・母胎・竹・野・横顔・射手・群像・癡人・耕人・心象・烽火・燎火・處女林・焦點・ゲエギムギガムプルルルギムゲム・ひなげし・思索時代」『亞』と別れた『面』は、四号から九号までの受贈誌欄に誌名が掲載されている。『亞』一〇号に誌名が無いのは、『面』が終刊したためである。

＊8 城所英一はこの「第二回詩の展覧會」には不参加であった。安西の次のようなコメントがある。「青い午前のやうな閑静な展覧會であつた。（略）第一日の百十人。二日の九十五人。それに最終日の百二十三人。そしてその半は午後ももうおしまひの客であつた。出品點四十一。內、非賣七點。賣約二十二點。城所英一の作品は遂に未着のままに畢つた。」（「展覧會の後に」『亞』一一号）

＊9 瀧口の作品掲載は『戎克』二号（一九二九・四）「葬送曲」、三号（一九二九・五）「天地」「●」、五号「陰影集」が確認できる。

＊10 『作文』が第六輯（一九三三・一二）で解散しそうになったとき、彼らが新たに集結し創刊したのが『新大連派』であった。西原和海は『新大連派』の終刊について、安西冬衛の内地帰国による「『戎克』以来の精神的支柱」を失った在満詩人たちの「失意が、案外と『新大連派』に低調をもたらし、その続刊への意

欲をそぐことになったのかもしれない」（「新大連派（参考資料）」『現代詩誌総覧②――革命意識の系譜』日外アソシエーツ、一九九七・二　付一二九頁）と指摘している。

*11　当時を回想した文章に次のものがある。

「満洲事変が始った昭和六年末頃、満洲共産党事件があって左翼的な文芸愛好家はその巻添えで殆んど警察に検挙されて、その余波で、満洲の文学界は一時、火が消えたような状態になった」（本家勇「満洲文学の一部分」『満洲文芸年鑑・別冊』葦書房、一九九三・九　一三頁）

「而るに作家的コムミユーニスト達が一齋検擧の嵐に會つて文壇から去つてしまふと、まるで夜店をハネた浪花町の様に、ひつそりと火が消えたかの如く、淋しくなつてしまつた」（大内隆雄『満洲文學二十年』国民画報社、一九四三・一〇　二一六頁）

*12　記載本文は、猪野睦「『満洲詩人』のあゆみ（三）」（『植民地文化研究』3、二〇〇四・七）よりの引用。『満洲詩人』統合の経緯についても、同資料を参照している。

*13　樋口覚は「短い詩のわりに時間の指定が細かく、『ある』や『ゐる』という述語の現在形を好むかと思うと、ある場合はフランス語の半過去のように主題を一定にして固く封印する。また別の場合には、複数の時間を使って事物や事態の唐突な展開を述べる。時間の処理に様々な工夫がみえる」と指摘している（「滝口武士と『昭和詩』」『詩人滝口武士』武蔵町教育委員会、二〇〇二・二　一一〇頁）。

*14　「道」（『亞』一六号、一九二六・二）を代表例として挙げることが出来る。

*15　前出、倉田紘文「瀧口武士論（一）――詩誌『亞』の時代――」から引用。「昭和五十四年度別府大学国語国文学会において講演」での発言である。

*16　前出「座談会　詩誌『亞』から『戎克』、『燕人街』へ」での西原和海の発言に「日本国内で戦争詩が盛んに書かれるようになった時期、それを『満洲』に輸出した詩人が瀧口ではないだろうかと、推察したことがあります」とある。

*17　瀧口の詩「安西冬衛」全文を紹介する。

安西冬衛

それほどの学歴もなく　それほどの金もなく東京にも出ず
しかも常にユニークな詩を書いて
現代詩の先端を歩きつづけた彼

23才、膝関節を病んで右脚を失い
一年半の闘病の後、詩を書き始めた彼

生涯殆ど職らしい職をもたず
強靭なエスプリで詩一本に生きた彼

寂しがりやで、そして生れつきの道化師
孤絶の城に居て流俗になずまず　しかも人情に厚く
見え坊で　わがままで　うぬぼれで　好奇心が強く
竜之介と漱石を愛し　チエホフとフランスの新精神たちを愛し
辞書事典を愛し　地理書を愛し　ロマンを愛し新聞を愛し
美術音楽の造詣深く　文学の批評鑑賞は的確精緻
遠い遠い夢を見て詩を書く「死語発掘人」又「座せる闘牛士」

僕は青年時代彼を知り
二人で詩誌「亜」を出すことができたのは無上の幸運だつた
僕の今日あるのは彼に負う所甚大である

彼は死んだ

一片耿々の志を堅持して貫いた67年の苦難の足跡は潔く輝いている
僕の師　僕の友
彼を思えば勇気が百倍する（『門』二号、一九六六・三）

＊18　境忠一「滝口武士論――『亞』から国東時代まで――」（『福岡大学人文論叢』一九七四・六）において、瀧口が現在の自身をモダニズムの延長上にあるとは考えていないことを記述している。

＊19　瀧口は『鵲』四号（一九三五・七）に「仕事を終えて家に帰れば／思うこと何もなし（略）眠ろう　眠ろう／民の目は眠ろう」（「夏」）との詩を書く。また『鵲』三二号（一九四〇・三）には「神武天皇」という一〇九行にも及ぶ長詩を書いている。

＊20　小沼正俊『韃靼――大陸俳句の青春と軌跡』（西三語学研究室、一九九八・一二　一四〇～一四六頁）を参照。

三章　北川冬彦

＊1　北川はアンドレ・ブルトンの「超現実主義宣言書」を日本で最初に翻訳し、『詩と詩論』第三冊（一九三〇・一二）から第五冊（一九三一・六）に連載している。

＊2　藤一也『北川冬彦　第二次「時間」の詩人達』（沖積舎、一九九三・一一　四一頁）には「『亜』発刊にあたり同人達は「新鮮な短詩を主体に創作」活動をすることを取りきめている。安西冬衛は早くから短詩（一行詩）を書いていた。（略）『亜』創刊号には富田と安西の短詩が載っている」と記述されている。

＊3　桜井勝美『北川冬彦の世界』（前出　九九～一〇〇頁）を参照。桜井が城所英一から直接聞き取った内容として記載されている。

＊4　筆者は『面』の現物を眼にしたことが無く、内容は『北川冬彦の世界』（前出）を参照した。

＊5　『詩・現實』は同人制ではなく寄稿者制を採っている。第三冊に唯一「編集同人」として飯島正、神原泰、淀野隆三、北川冬彦の名が記載されている。ちなみに『詩と詩論』は第四冊（一九二九・六）までは

同人制だが、第五冊から寄稿者制となっている。

＊6　小川和佑『増補改訂版三好達治研究』（教育出版センター、一九七六・一〇　一六一頁）に「――プロレタリア文学系の評論家、詩人も加わることによって、次第に現実批判の色を濃くし、芸術的前衛から政治的前衛への色を帯びていった」との指摘がある。

＊7　北川自身が後に「淀野とぼくがプロレタリア作家同盟にはいったでしょ。ぼくは自分の思想を錬磨するにいいところだと思って、参加したわけですが、それで武蔵野書院の主人が、おそれをもつというか、理由はそれです」（「インタビュー北川冬彦氏に聞く　聞き手・鈴木沙那美（貞美、筆者註）」『早稲田文学』一九八一・一二）と『詩・現實』の終刊理由について述べている。

＊8　ここで述べているのは、第一次『時間』についてである。第二次『時間』は戦後、一九五〇年五月に創刊されるが、この第一次、第二次『時間』の事情については、藤一也『北川冬彦　第二次「時間」の詩人達』（前出）に詳しい。

＊9　「H氏賞事件」とは、一九五九年六月の『現代詩手帖』創刊号に、吉岡実の詩集『僧侶』がH氏賞を受賞した背景には、事前に現代詩人会幹事の根回しがあったとの匿名文書が掲載されたことが発端であった。この時、草野心平らの推す吉岡『僧侶』と北川の推す北川多喜子『恋』が受賞を争った形になり、吉岡の受賞を肯定出来ない北川が投書人ではないか、と疑われたが、北川は自分が投書人ではないことを詩壇ジャーナリズムを巻き込んで反論する。現代詩人会という詩人団体の権力闘争の様相を呈しはじめ、金子光晴、草野心平、中桐雅夫が現代詩人会を退会、茨木のり子は入会辞退という事態にまで発展し、詩壇における権力問題を浮き彫りした事件であった。北川主宰の『時間』同人界の閉鎖性も取りざたされ、全詩壇対『時間』という敵対の構図になってしまった。事件は解明されず匿名の投書人は未だ判明していない。北川は生涯『時間』主宰者の名のもとに詩壇に敵対した。

＊10　評論としては『詩・現實』第一冊に、北川・淀野共訳のピエール・ナヴィル「文學とインテリゲンチヤ」があるのみである。

＊11　「河」は『北方』（蒲田書房、一九三五・六）収録時「氾濫」と改題された短編小説である。「河」初出

時は長篇抒情詩として作成した、との発言（前出「インタビュー北川冬彦氏に聞く」）がある。

四章　三好達治

＊1　ああ智慧は　かかる静かな冬の日に／それはふと思ひがけない時に来る／人影の絶えた境に／山林に／たとへばかかる精舎の庭に／前触れもなくそれが汝の前にきて／かかる時　ささやく言葉に信をおけ／「静かな眼　平和な心　その外に何の寶が世にあらう」

右は最終連。阪本越郎はこの作品を「朝鮮という古い国土のもつ寂莫と静謐、人間の蟻地獄の世界を大きな掌のように包んでいる悠久な彼の詩心に映し出した悟達の境であるともいえよう」とし、この作品についての、河盛好蔵「三好君の詩のなかでは最も丈けの高いものの一つであろう」、篠田一士「私たちが今日までもちえた最上の形而上詩だと断言してはばからない」との言も併せて引用している（『日本の詩歌22　三好達治』中央公論社、一九六七・一二　二一〇頁）。

＊2　「友なる浅沼」とは『青空』同人の浅沼喜實のこと。「ややに朴訥な矜恃と、ややに矯激な自嘲と、快活な哀傷と、少しばかりのしかも力一ぱいになげつけられた諧謔と、それらが卑しむべき皮肉の陰翳をもたずに混合された彼の泣き笑ひこそは世にも珍貴にして佳麗である。」との文章。浅沼喜實は後に湖山貢とのペンネームを用いてプロレタリア文学に近づいて行く。

＊3　三好の『亞』同人参加について次のような指摘もある。

――この「亞」への参加は、達治の以後の文学への決定的な影響を与えた。その点では「椎の木」の場合より大きなものがあった。昭和二年六月、「青空」が休刊（事実上の終刊）すると、同人達は紀伊國屋より発行される「文芸都市」などに参加していった。達治は彼らと離れて、北川冬彦と行動をともにしたのであった。（略）

達治はその文学活動の拠点である「青空」を失うことになった時、躊躇なく北川と行をともにした。そして、「亞」を通じて、昭和期の詩の革新の主力となる若い詩人達と新しい交遊圏を持つことになるのだった。しかし、「亞」は達治が参加して、二回その作品を発表しただけで昭和二年十二月に第三十五号をもって終刊した。従って、達治の「亞」の参加の期間は極めて短いといわねばならない。（前出、小川和佑『増補改訂版　三好達治研究』一五一〜一五二頁）

――三好達治の『亜』への参加は、それまで加わっていた雑誌『青空』廃刊（昭2・6）直後で、やはり同人の一人であった北川冬彦との交流がきっかけであった。ただ、北川と『青空』で出会うまでの三好は、どちらかといえば、新興芸術にゴマ化しやデタラメなものをしか見ていなかった。（略）ただ、そういった動きの中で、比較的三好が冷静でありえたのは、彼の活動の場である『青空』が、文壇的位置にあったことや、新興芸術詩運動に直接手を染めずにすんだことと、もともと三好の資質に潜む、詩法（詩的方法）としての伝統的性格がそういった芸術を拒んだことや、さらには、その隆盛時に萩原朔太郎らの『感情』詩派への傾倒があったことが、その理由にあげられよう。（池川敬司『宮沢賢治とその周縁』双文社出版、一九九一・六　一六四〜一六五頁　傍点ママ）

＊4　「夜」については石原八束による「『夜』にも明らかにボードレエルの世界に学んだといったところがある。〈柝の音は街の胸壁に沿つて……〉という書き出しのイメージには、この詩人が数年前軍隊生活を送った朝鮮会寧と考えていいであろう。この詩が発表された詩誌「亜」三十五号は昭和二年十二月、これを最後に終刊となった独自な詩誌であるが、これが当時満州大連から出されていたことも、あるいはこの詩のイメージとつながるところがあるかもしれない」（『三好達治』筑摩書房、一九七九・一二　一三八〜一三九頁）との指摘がある。

＊5　『測量船』収録時には次のように改訂されている。

春

鵞鳥――たくさんいつしよにゐるので、自分を見失はないために啼いてゐます。

蜥蜴――どの石の上にのぼつてみても、まだ私の腹は冷めたい。

＊6　「菊」は次のような作品である。

菊

北川冬彦君に
花ばかりがこの世で私に美しい。
窓に腰かけてゐる私の、ふとある時の私の純潔。
私の膝。私の手足。（飛行機が林を越える。）
——それから私の祕密。
祕密の花瓣につつまれたあるひと時の私の純潔。
私の上を雲が流れる。私は樂しい。私は悲しくない。
しかしまた、やがて悲しみが私に歸つてくるだらう。
私には私の悲しみを防ぐすべがない。
私の惱みには理由がない。——それを私は知つてゐる。
花ばかりがこの世で私に美しい。

＊7　『椎の木』（一九二七・四）に掲載。出席者は北川冬彦、春山行夫、三好達治、丸山薫、百田宗治。
＊8　『三好達治全集』第一巻（筑摩書房、一九六四・一〇）、石原八束の「解題」に拠った。

五章　尾形亀之助

＊1　創刊号から二四号までの題字について、安西は「題字は北川が書いた。トルソーみたいに造型的だというんで喜んだ。表紙絵は僕なんです」（前出「雑談」）と述べ、北川は「『亜』というのは別に意味はないが、何といってもいい、亜細亜の亜であってもいいし、アッといわせるという含みもあっていい、てなこ

とだった。表紙の題字は私の書いたペン字のトルソーみたいなものが採用された」（前出「『亜』と『面』」）と、各々記している。

*2　秋元潔は『評伝尾形亀之助』（冬樹社、一九七九・四）で、『亞』発表の作品を、詩作品二一篇、随想五篇としている。筆者は「帽」や「體温表」欄掲載の芸術性の高いものは詩作品として、「悪い夢」（二四号）、「私と詩」（二八号）、「佛蘭西の士官は街角をまがつて行つた」（三五号）の三篇をエッセイとして勘定した。

*3　「異稿対照表」（『尾形亀之助全集　増補改訂版』思潮社、一九九九・一二　五三〇頁）などを参照。

*4　尾形家の栄枯盛衰は、秋元『評伝尾形亀之助』（前出）に詳しい。初代安平からの家系図も掲載されている。

*5　第二回未来派展出品作の「朝の色感」は『尾形亀之助』8（一九七六・七）に、白黒ながら図版が掲載されている。三科インディペンデント展出品作「或る殺人犯の人相書」の図版も五十殿利治『大正期新興美術運動の研究』（前出　二二二頁）に掲載されている。

*6　前出、五十殿『大正期新興美術運動の研究』（四七一～四七二頁）には「マヴォの宣言」が図版で掲載されている。

*7　住谷磐根「尾形亀之助君のこと」（『尾形亀之助』6、一九七六・一）に「尾形亀之助と私が知り合ったのは、第一次マヴォの終り頃、村山と尾形の間が不和状態になりかかった時である」との記述がある。この住谷が二科展に入賞したが辞退し作品を展覧会場から取り返した騒動と、マヴォのパフォーマンス付きの「二科落選歓迎移動展」とが混在し、大きな騒ぎとなってしまうのだが、その辺りの事情を住谷本人は「同人の間で少しごたごたが起った。尾形、門脇普郎が離れ、改組して、全く村山知義中心のマヴォとなった」と記述している。

*8　『東京朝日新聞』（一九二五・一二・三〇　一面）には『月曜』の広告が掲載されている。また『尾形亀之助』4（一九七五・八）には『月曜』全巻の目次が資料として掲載されている。

*9　当時を述べた尾形自身の文章として次のものがある。

太子堂から山崎の家へ引越ししたのが一昨年の十二月で、山崎の家をたゝんだのが去年の四月の初めであつた。それからちよつとばかり旅館にゐたり郷里へ帰つたり田舎の温泉にゐたりして、五つになる娘と二人で上京したのが先に述べたやうに七月の初めで、一ヶ月ほど友人の家にゐて駒沢の今の家を見つけたのであつた。(「跡」『詩神』一九二九・一)

＊10　『詩と詩論』は第四冊まで同人制だが、第五冊(一九二九・九)から寄稿者制を採用している。

＊11　神山啓二「ある自殺」(『詩学』一九六六・七)。

六章　城所英一・富田充

＊1　富田自身は「中学五年生の時、同級に平野威馬雄がいて、私は彼から強い感化をうけた。(略)私は彼のすすめで正富汪洋氏の『新進詩人』続いて多田不二氏の『帆船』の同人になつた」(「後記」『雲逝きぬ』東京書房、一九五九・一　二一五〜二一六頁)と述べている。

＊2　瀧口「大連の詩友たち」(前出)参照。『亞』六号(一九二五・四)には「第三次『騎兵と滻《マ》木帯《マ》』の會／象形文字考　瀧口武士／再び稚拙感に就いて　安西冬衛／詩の構成演習」、七号には「第四次『騎兵と滻木林』の會／『戦闘』現示の都市及びその藝術　安西冬衛／童話軍艦　瀧口武士／詩の構成演習」と、活動報告を掲載している。また城所英一自身は「短詩屯田——短詩運動の創成期——」(『作文』一一二号、一九七九・八)で、『未踏路』『亞』『面』を「短詩運動」の場として位置付けをしている回想録を発表している。

＊3　『亞』二三号(一九二六・九)に「第三回詩の展覧會」報告として、城所の作品が掲載されてはいるが、純然たる作品掲載は『亞』三号以降されていない。

＊4　安智史「民謡・民衆・家庭　白鳥省吾と北原白秋の論争をめぐって」(『『日本詩人』と大正詩——〈口語共同体〉の誕生』森話社、二〇〇六・七収録)に「以下本稿ではこの詩派にたいし、白秋と白鳥との論争当時一般的であった「民衆派」の呼称を使用する。「民衆詩派」の呼称は、両者の論争において一度も

使用されていない」（九〇頁）との指摘がある。

＊5　桜井勝美『北川冬彦の世界』（前出　一三三頁）参照。現在『面』の実物を目にすることは不可能と思われる。

＊6　『亞』一一号（一九二五・九）「展覧會の後に」において、安西は「城所英一の作品は遂に未着のままに畢つた」と記している。

＊7　『亞』のイメージとは、「亞の回想」（『亞』三五号、一九二七・一二）掲載の、佐藤惣之助「――ぱらりとめくるとさらりと一聯の詩がよめるので、短詩と速度の關係からツイ誘讀させられる」、白鳥省吾「一貫した短詩のない雑誌」、新居格「――一種のそして内地的でない雰圍氣に彩られてゐた」との回想に代表される。

＊8　富田充は『面』同人ではない。同人は北川、城所、福富、横井、城戸又一（旅順中学で北川の一年後輩、東大仏文科在学中だった）の五人。

＊9　城所の記事掲載に前後して、同じ文芸欄に「郷土文藝を目指して　満洲郷土藝術協會生まる」（執筆者名なし、一九二九・四・一一）が掲載されている。「植民地文藝」なるものが生まれる必要があるとし、満洲郷土藝術協會創立の言葉として、「一、吾等は満洲を愛す　二、吾等は満洲に郷土藝術の見るべきものなきを悲しみこれが育成を劃す　五、吾等は片々たる匠氣と、文學青年的衒氣及び安價なる自慰的低調とを拒否す　七、吾等は月刊『満洲短歌』を発行す。作品は●●（二字判読不能、筆者註）且つ公平、忌憚なく猛評厳選す」との内容が列挙されており、『満洲短歌』の関係者が執筆したことは明らかであり、宣伝効果を狙っていると考えられる。

また、五百木欽「死甍を越して満洲文藝生れよ――（低劣な母國延長を排せ）――」（一九二四・四・一八）においても、「満洲の所謂『文藝』と云つたものはまだ見られない」との言から始まり、「満洲を愛する人々は、この土地を愛して詠める歌、詩そして又小説、而もそれが素朴で新鮮で健康な、植民地にふさはしい文藝の出てくることを待つてゐるものだ」と述べ、『戎克』に掲載された小杉茂樹の「談話」、『赤イ街』掲載の二十起「逃れ」の両作品を「生活の深さ」と「心境の沈潜」が無いと批判し、対照的に満洲の短歌グループは真面目に取り組んでいると規定している。
城所の「詩に於ける錯覺」と同掲載として「『満洲短歌』出づ——五月創刊號」(一九二四・五・二、執筆者名無し)と峰田一夫「『満洲短歌』をみる満洲の土に即した意外な出現」(一九二九・五・九)は、ともに『満洲短歌』が満洲に即した、満洲在住者の文芸として激賞している。城所には『満洲短歌』を持ち上げるような記述は無いが、前掲の記事と同じく掲載されることで『満洲短歌』が優れていると発言しているのと同様の効果があると言えよう。

七章　春山行夫

*1　安西冬衛の日記は全て『安西冬衛全集』第七巻(宝文館出版、一九七九・一二)より引用。
*2　『日本の詩歌』25(中央公論社、一九六九・一一　四一二頁)春山行夫自筆年譜を参照。
*3　杉浦盛雄『名古屋地方詩史』(名古屋地方詩史刊行会、一九六八・一〇)からの引用。
*4　同3、七〇頁。

第二部　『亞』以後の満洲詩

一章　『戎克』論

*1　清水静枝は第三号(一九二九・五)に「遅日」という、短歌を分解したような作品を発表している。これ以降の作品掲載は確認できない。

遅日
むらさきの池の藤波
白狐　しらじらと

嵐　立つ
真書

＊2　「續々徳一家のLesson」「業」「『未成鐵道』より」の三篇は『安西冬衛全集』第三巻（前出　七五、七九、一〇二頁）に掲載されているがいずれも「発表誌不明」と記載されている。

＊3　猪野睦「『満洲詩人』のあゆみ（二）」（前出『植民地文化研究』1）、西田勝、西原和海、岡田英樹「座談会　詩誌『亞』から『戎克』、『燕人街』へ」（前出『植民地文化研究』7）を参照。

＊4　G氏文学賞は、第一回受賞作は小杉茂樹詩集『麦の花』、第二回受賞作吉野治夫小説「手記」、第三回受賞作竹内正一短編集『氷花』である。この賞設定の経緯については青木実「滿洲文藝年鑑の頃」（『満洲文藝年鑑別冊』葦書房、一九九三・九　三～四頁）に詳細な当事者としての回想が記載されている。

＊5　前出「座談会　詩誌『亞』から『戎克』、『燕人街』へ」には、『戎克』について「現在読むことのできる一二号まで」との発言とともに一二号までの「『戎克』目次」が掲載されている。筆者の手元には創刊号から七号、一〇号の複写があり本稿はその資料によって記述している。

＊6　冬木伸一は古川賢一郎と思われる。大内隆雄『満洲文學二十年』にも古川賢一郎が「冬木」とのペンネームを用いていたことが記されている。前出「座談会　詩誌『亞』から『戎克』、『燕人街』へ」も参照。

＊7　『燕人街』については、西田勝「プロレタリア詩誌『燕人街』の登場」、「新発見作品『燕人街』抄」（以上『植民地文化研究』5、二〇〇六・七）、「新発見作品『燕人街』抄」（『植民地文化研究』6、二〇〇七・七）を参照した。

二章『鵲』論

＊1　満洲での川柳流行については、中村義『川柳のなかの中国』（岩波書店、二〇〇七・八）、川村湊「川柳と植民地②満洲編」（『川柳学』二号、二〇〇五・一二）を参照。

＊2　南満洲教育會教科書編集部は、一九二二年、関東軍庁と南満洲鉄道株式会社との共同組織。一九二四年

より南満洲教育會教科書編集部と改称した。石森の教科書編集部赴任日は「南満洲教育會教科書編集部一覧」（前出『樗の木かげ』収録）の職員名簿に拠った。

＊3 『咲き出す少年群』は「満洲日日新聞」連載の「もんくうふおん」（蒙古風、筆者註）を改題、出版したもの。刊行翌年に第三回新潮社文芸賞を受賞している。

＊4 瀧口が大連時代を回想した記述に、「この頃（一九二九年、筆者註）大連に石森延男が着任した。富田が東京時代に知っていて、富田と僕は挨拶に行った」（前出「大連の詩友たち」）とある。

＊5 川村湊は『海を渡った日本語』（青土社、一九九四・一二）において「彼（石森延男・筆者註）が言霊信仰に逃げ込んでいったのは、満洲国に於いて「日本文」（国語による作文）の「綴るわけ」を問いつめていけば、必然的に異言語に取り囲まれた言語状況の中での「国語」の危機感、不安感という現実状況にぶつかってしまうからであった。石森は、そうした無意識の「国語」の不安から「日本文の美しさや魅力」を語り、日本人の子どもたちに「作文」の必要性、言葉によって表現することの必然性を語ろうとした。彼の「綴方教授」の理論書が満洲で書かれなければならなかったのも、そうした現実状況と無縁ではなかったのである。」（一七〇〜一七一頁）と述べ、石森の「言霊信仰」について指摘している。

＊6 八木橋は次のように当時を回想している。

私は、児童文学にも関連を持ったことがある。大連に渡ったのは昭和五年の四月で、すぐ石森延男先生に紹介される幸運に会い、その指導を受けることができた。まもなく「新童話」という雑誌（これは同人誌であるとともに、在満日本人子弟を対象にして販路を広げた）が出され、私もその一人に加えてもらうことができた。（前出『石の声』六二頁）

＊7 斎藤美奈子『モダンガール論』（文春文庫、二〇〇三・一二）、上野千鶴子『増補〈私〉探しゲーム』（ちくま学芸文庫、一九九二・六）、中島梓『美少年学入門』（集英社文庫、一九八七・一）、宮迫千鶴『超少女へ』（集英社文庫、一九八九・三）、大塚英志『少女民俗学』（光文社カッパ・サイエンス、一九八九・五）、宮台真司『制服少女たちの選択』（講談社、一九九四・一二）など参照。対象とされている時代も観点も異なるが、「少女」が商品であることは共通の認識となっている。

台湾では黄氏鳳姿（黄鳳姿）の作文が収録された『七娘媽生（ちつにうまあしい）』（日孝山房、一九四〇・二）や『台湾の少女』（東都書籍）など、「少女」の作文集が西川満（台湾日日新報記者）や池田敏雄（民俗学者）などによって刊行されている。また、游珮芸《ユウペイユン》『植民地台湾の児童文化』（明石書店、一九九九・二）も参照した。

*8　八木橋「鵲」（『鵲』二八号）に、「七月六日の夜、大連郊外老虎灘の一室に親しい仲間達が集つて氏との別れを惜しんだのであつた。夕闇に岩を嚙む波が白く光つてゐた。安達義信、横澤宏、青木實、城小碓、島崎恭爾、絲山貞家、宮添正博、島崎曙海、米谷忍、濱野長正、高橋勉、松畑優人、西原茂、三好弘光、佐々木悌三の諸氏と僕が其の夜の人々であつた」と記載されている。

*9　特に『鵲』には毎号詩作品を発表している。また、西村将洋「『満洲文学』からアヴァンギャルドへ――「満洲」在住の日本人と言語表現」（『〈外地〉日本語文学論』世界思想社、二〇〇七・三　一六四～一六八頁）には三好弘光の詩「神々のわな」「シネ・ポエム　春」「夏（デツサン）」が取り上げられている。

*10　鈴木貞美「『満洲浪曼』の評論・随筆」（『満洲浪曼別巻「満洲浪曼」研究』ゆまに書房、二〇〇二・一一一六頁）を参照。

*11　前出「座談会　詩誌『亞』から『戎克』、『燕人街』へ」での西原和海の発言。

*12　猪野睦「『満洲詩人』のあゆみ（一）」（『植民地文化研究』1　二〇〇二・六）よりの引用。

三章『満洲浪曼』――逸見猶吉

*1　菊地康雄編『定本逸見猶吉詩集』（思潮社、一九六六・一）、菊地康雄『逸見猶吉ノオト』（思潮社、一九六七・一）、『歴程　逸見猶吉追悼号』（一九四八・七）、『現代日本詩人全集12』（創元社、一九五四・四）、『現代詩鑑賞講座8　歴程派の人びと』（角川書店、一九六九・七）に記述されている年譜では、生誕地はすべて「栃木県下都賀郡谷中村」となっている。これは、逸見猶吉自身が「谷中村」と書き続けた

ためであるという菊地康雄の指摘がある。

＊2　荒畑寒村『谷中村滅亡史』（新泉社、一九七〇・一二）、大鹿卓『谷中村事件　ある野人の記録田中正造伝』（新泉社、一九七二・四）、大鹿卓『渡良瀬川』（新泉社、一九七二・七）、小池喜孝『谷中から来た人たち　足尾鉱毒移民と田中正造』（新人物往来社、一九七二・七）、塙和也編『鉱毒に消えた谷中村　田中正造と足尾鉱毒事件の一〇〇年』（随想舎、二〇〇八・二）などを参照している。

＊3　「北海道の移住地の状勢、頗る肥沃なる土地」（『下野新聞』一九一一・四・三）との記事。その「虚偽性」について、前出小池『谷中から来た人たち　足尾鉱毒移民と田中正造』に指摘されている。

＊4　尾崎寿一郎『逸見猶吉　ウルトラマリンの世界』（自費出版、二〇〇四・九）、小川和佑「逸見猶吉」（『堀辰雄』三交社、一九七四・一収録　六四頁）を参照。

＊5　尾崎寿一郎『逸見猶吉　火襤褸篇』（漉林書房、二〇〇六・一二）一〇頁〜一二頁。

＊6　イ・ヨンスク『「ことば」という幻影——近代日本の言語イデオロギー』（明石書店、二〇〇九・二）一三〇頁〜一三七頁）を参照。

＊7　日蘇通信社については、森羅一編著『逸見猶吉の詩とエッセイと童話』（落合書店、一八九七・二）一三一頁〜一三三頁）において、逸見と共に一年間働いた茂木繁夫の話がまとめられている。

＊8　檀一雄『青春放浪』筑摩書房、一九五六・四に刊行。引用文の参照は、ちくま文庫、一九八六・四、一一六頁〜一一八頁。

四章　『作文』の行方

＊1　ここでは、秋原勝二『満洲日本人の彷徨』（トレビ文庫、日本図書刊行会、一九八六・九）より引用した。

＊2　猪野睦「『満洲詩人』のあゆみ（三）」（『植民地文化研究』3、二〇〇四・七）参照。

＊3　岡田秀樹『文学にみる「満洲国」の位相』（研文出版、二〇〇〇・三）第一章を参照。

＊4　『植民地文化研究』4「『作文』主要作品・記事」を参照。『作文』に関してはこの資料に負うところが多い。
＊5　黒川創「解説　螺旋のなかの国境」『「外地」の日本語文学選2　満洲・内蒙古／樺太』（新宿書房、一九九六・二）三五四頁。
＊6　前出、黒川　三五六頁。
＊7　川崎賢子「木崎龍の問題提起」（西原和海、川俣優編『満洲国の文化――中国東北のひとつの時代』せらび書房、二〇〇五・三）五六頁を参照。

参考文献

序章

衛藤利夫『韃靼――東北アジアの歴史と文献』地久館出版　一九八四・七
衛藤利夫『韃靼』中公文庫　一九九二・三
司馬遼太郎『韃靼疾風録』上下　中央公論社　一九八七・一〇、一一
ペーター・ビュルガー『アヴァンギャルドの理論』ありな書房　一九八七・七
レナード・ポッジョーリ『アヴァンギャルドの理論』晶文社　一九八八・九
武藤富男『満洲国の断面　甘粕正彦の生涯』近代社　一九五六・九
武藤富男『私と満州国』文藝春秋　一九八八・九
川村湊『「大東亜民俗学」の虚実』講談社選書メチエ　一九九六・七
川村湊『満洲崩壊――「大東亜文学」と作家たち』文藝春秋　一九九七・八
川村湊『作文のなかの大日本帝国』岩波書店　二〇〇〇・二
川村湊『FOR BEGINNERSシリーズ106　満洲国』現代書館　二〇一一・四
『岩波講座　近代日本と植民地7文化のなかの植民地』岩波書店　一九九三・一
山本有三編『満洲国の研究』京都大学人文科学研究所　一九九三・三
小沢節子『アヴァンギャルドの戦争体験』青木書店　一九九四・一一
武田徹『偽満州国論』河出書房新社　一九九五・一一
駒込武『植民地帝国日本の文化統合』岩波書店　一九九六・三
日本社会文学会編『植民地と文学』オリジン出版センター　一九九三・五
日本社会文学会編『近代日本と「偽満州国」』不二出版　一九九七・六

西田貴志『南満洲の近代建築』自費出版　一九九六・一〇
西澤泰彦『図説大連都市物語』河出書房新社　一九九九・八
西澤泰彦『図説「満洲」都市物語　ハルビン・大連・瀋陽・長春　増補改訂版』河出書房新社　二〇〇六・五
西澤泰彦『日本の植民地建築　帝国に築かれたネットワーク』河出ブックス　二〇〇九・一〇
西澤泰彦『植民地建築紀行　満洲・朝鮮・台湾を歩く』吉川弘文館　二〇一一・一〇
宮本陽一郎『モダンの黄昏　帝国主義の改体とポストモダニズムの生成』研究社　二〇〇二・四
田中益三『長く黄色い道――満洲・女性・戦後』せらび書房　二〇〇六・六
藤田知浩編『外地探偵小説集　満洲編』せらび書房　二〇〇三・一一
波潟剛『越境のアヴァンギャルド』ＮＴＴ出版　二〇〇五・七
高橋泰隆『昭和戦前期の農村と満州移民』吉川弘文館　一九九七・一二
井上章一『夢と魅惑の全体主義』文春新書　二〇〇六・九
三宅理一『ヌルハチの都　満洲遺産のなりたちと変遷』ランダムハウス講談社　二〇〇九・二
内藤陽介『満洲切手』角川選書　二〇〇六・九
加藤聖文『満鉄全史「国策会社」の全貌』講談社選書メチエ　二〇〇六・一一
学芸総合誌『環』vol10　藤原書店　二〇〇二・七
『満洲とは何だったのか』藤原書店　二〇〇四・七
『〈日中合同研究〉「満洲国」とは何だったのか』小学館　二〇〇八・八
松原一枝『幻の大連』新潮新書　二〇〇八・三
橘外男『橘外男ワンダーランド　満州放浪篇』中央書院　一九九五・八
角田房子『甘粕大尉』ちくま文庫、二〇〇五・二
庄司肇『坂口安吾』南北社　一九六八・八
兵藤正之助『坂口安吾』講談社現代新書　一九七六・一
林淑美「芸術大衆化論争における大衆」『講座昭和文学史　第一巻　都市と記号〈昭和初年代の文学〉』有精堂

出版　一九八八・二

第一部　『亞』の成立・生成

一章　安西冬衛

中野嘉一『前衛詩運動史の研究――モダニズム詩の系譜――』大原新生社　一九七五・八
中野嘉一『モダニズム詩の時代』宝文館出版　一九八六・一
明珍昇『評伝安西冬衛』桜楓社　一九七四・六
海野弘『都市風景の発見』求龍堂　一九八二・一
海野弘『モダン都市周遊――日本の20年代を訪ねて』中央公論社　一九八五・六
冨上芳秀『安西冬衛　モダニズム詩に隠されたロマンティシズム』未来社　一九八九・一〇
樋口覚『昭和詩の発生――三種の詩器を充たすもの〈昭和〉のクリティック』思潮社　一九九〇・五
安藤靖彦『日本近代詩論　萩原朔太郎の研究』明治書院　一九九八・一二
山室信一『キメラ――満洲国の肖像増補版』中公新書　二〇〇四・七
日本現代詩研究者国際ネットワーク編『昭和詩人論』有精堂出版　一九九四・四
和田博文編『日本のアヴァンギャルド』世界思想社　二〇〇五・五
瀬尾育生『戦争詩論　1910-1945』平凡社　二〇〇六・七
清岡卓行『アカシヤの大連』講談社　一九七〇・三
瀬木慎一『アヴァンギャルド芸術――体験と批判』思潮社　一九九八・一一
中川成美『モダニティの想像力　文学と視覚性』新曜社　二〇〇九・三
『堺のうた　堺の詩歌俳人　第四冊〈詩人安西冬衛〉』一九九六・九

斉藤英子『西村陽吉』短歌新聞社　一九九六・一二
物集高量『続・百歳は折り返し点』日本出版社　一九八〇・四
游珮芸《ユウペイユン》『植民地台湾の児童文化』明石書店　一九九九・二
森まゆみ『明治東京畸人傳』新潮社　一九九六・一
江上波夫『東洋学の系譜』大修館書店　一九九二・一一
王徳威他編『帝国主義と文学』研文出版　二〇一〇・七
北川冬彦「詩人安西冬衛の一面」『俳句研究』一九六六・一〇
吉本隆明「安西冬衛論」『現代詩』一九五〇・七
山口誓子「安西冬衛の詩業」『俳句』角川書店　一九六六・三
紅野敏郎「逍遙・文学誌⒅、⒆「亜」――大連からの声、安西冬衛・北川冬彦・滝口武士ら(上)(下)」『国文学 解釈と教材の研究』學燈社　一九九二・一二、一九九三・一
明珍昇「『亜』の短詩と『第一短詩集』」『日本文学』一九七三・三
得能千津子「安西冬衛『向日葵はもう黒い弾薬』考――類推のおもしろさ――」『帝塚山学院大学　日本文学研究会』第一四号　一九八三・二
池田克己「安西冬衛論」『詩学』一九四九・三
亀井俊介「安西冬衛「春」――エスプリ・ヌーヴォーと日本的伝統」『文章の解釈　本文分析の方法』東京大学出版会　一九七七・一一
高橋世織「『詩と詩論』の実験」『講座昭和文学史　第一巻　都市と記号〈昭和初年代の文学〉』有精堂出版　一九八八・二
田中榮一「〈新しい〉解釈学の問題・読みにおける作者の存在について――安西冬衛「春」の場面を例に――」『新潟大学教育学部紀要』第三一巻二号　人文・社会科学編　一九九〇・三
山本明「安西冬衛のことば――オブジェとしての漢語――」『早稲田大学大学院文学研究科紀要別冊』第一八集　文学・芸術学編　一九九二・二

福地邦樹「安西冬衛のモダニズム」『大阪商業大学論集』一九九三・一二
杉山平一「安西冬衛と北川冬彦」『現代詩手帖』思潮社　一九九四・二
剣持武彦「安西冬衛『軍艦茉莉』とポー『大鴉』」『受容と創造――比較文学の試み』宝文館出版　一九九四・一二
瀬尾育生「寓意のなかのアジア　安西冬衛と北川冬彦」『思想の科学』一九九五・一〇
瀬尾育夫「戦争詩論以後　満州からハートランドへ」『現代詩手帖』思潮社　二〇〇九・一
比良輝夫「安西冬衛と『てふてふ』」『語学文学』第三五号　北海道教育大学語学文学会　一九九七
和田博文「短詩運動と福富菁児――一九二〇年代のアヴァンギャルド――」『総合研究所所報』二〇〇〇・三
長尾健「安西冬衛「冬」論――大連というトポス――」『駿河台大学論叢』二〇〇九・七
江川佳秀「大連のシュルレアリスム『五果会』をめぐって」『日本美術襍稿　佐々木剛三先生古稀記念論文集』明徳出版社　一九九八・一二
大西功「詩人・安西冬衛の旧居――大連市桜花台六八番地――」『朱夏』№10　一九九八・三
安藤靖彦「『亞』の短詩――『詩と詩論』前史――」『日本近代文学』一九九六・五
エリス俊子「表象としての『亜細亜』――安西冬衛と北川冬彦の詩と植民地空間のモダニズム」『モダニズムの越境』人文書院　二〇〇二・二
エリス俊子「『亞』をめぐる覚え書」『東京大学大学院総合文化研究科言語情報科学専攻紀要』一一巻一号　二〇〇四
エリス俊子「畳まれる風景と滞る眼差し――『亞』を支える空間の力学について――」『立命館言語文化研究』二二巻四号　二〇一一・三
安西冬衛「春　詩人たちの自作自解」『国文学　解釈と鑑賞　初夏の臨時増刊号』至文堂　一九六一・六
和田茂俊「安西冬衛の自動機械」上・下、『文芸研究――文芸・言語・思想――』第一六七、一六八集　二〇〇九・三、二〇〇九・九
小泉京美「詩・短歌・俳句・川柳の交差点――問題系としての短詩の生成――」『日本文学文化』二〇一〇・

二
小泉京美「『亞』の風景――安西冬衛と滝口武士の短詩――」『日本文学』二〇一〇・二
西村将洋「大連の詩人たち――詩誌『亞』と地政学――」『同志社国文学』二〇〇四・一一
田口麻奈「安西冬衛・国家的ロマンティシズムの反転――詩誌『亞』における方法と提出」『国語と国文学』二〇一〇・一
熊木哲、須田喜代次、十重田裕一、松木博「安西冬衛宛瀧口武士書簡〈附〉瀧口武士宛安西冬衛書簡」『大妻女子大学文学部三十周年記念論集』一九九八・三
蘆田孝昭「日本現代詩與中國大陸」『早稲田大学大学院文学研究科紀要』第三四輯　文学・芸術学編　一九八九・一
蘆田孝昭「安西冬衛と大陸――比較文体論の契機――」『文体論研究』23・24号合併号　一九七七・一一
王中忱「蝴蝶缘何飞过大海―殖民历史、殖民都市与《亚》诗人群」『視界』雑誌第一二号　二〇〇三・一一
王中忱「「東洋学」言説、大陸探検記とモダニズム詩の空間表現――安西冬衛の地政学的な眼差しを中心にして」「国際共同シンポジウム　帝国主義と文学　植民地台湾・中国占領区・「満洲国」二〇〇八・八・一～三　於愛知大学　報告者論文集

二章　瀧口武士

滝口武士顕彰委員会編『詩人滝口武士』武蔵町教育委員会　二〇〇二・二
萩原朔太郎編『昭和詩鈔』冨山房百科文庫　一九四〇・三
八木橋雄次郎『石の声』光村図書　一九八三・一二
八木橋雄次郎『地下茎』謙光社　一九六五・一〇
境忠一「滝口武士資料」『福岡大学研究所報』第一九号　一九七三・一一
境忠一「滝口武士論――『亜』から国東時代まで――」『福岡大学人文論叢』福岡大学研究所、第六巻一号、

一九七四・六
倉田紘文「滝口武士論（一）――詩誌『亜』の時代――」『別府大学紀要』第二三号　一九八二・一
小泉京美「滝口武士『亞』から『蝸牛』への行程――変容する「外地」の風景」『日本近代文学』　二〇一〇・五
西田もとつぐ「キメラの国の俳句」『俳句文学館紀要』第九号　一九九六・一〇
首藤三郎「滝口武士さんのこと」『詩学』一九八一・六

三章　北川冬彦

桜井勝美『北川冬彦の世界』宝文館出版　一九八四・五
藤一也『北川冬彦――第二次『時間』の詩人達』沖積舎　一九九三・一一
小田久郎『戦後詩壇私史』新潮社　一九九五・二
アンネロッテ・ピーパー、平井政男訳『北川冬彦論』稲門堂　一九六二・一
和田博文「大連のアヴァンギャルドと北川冬彦」『満洲とは何だったのか』藤原書店　二〇〇四・七
高村智「北川冬彦序説」『現代詩』一九五〇・一
前田妙子「北川冬彦の詩と詩論」（一）（二）『日本文芸研究』関西学院大学日本文学会　一九五七・九～一二
古川清彦「北川冬彦研究」『研究論集』第七号　宇都宮大学学芸学部　一九五八・一
紅野敏郎「「學鐙」を読む――北川冬彦」『學鐙』丸善株式会社　一九九七・八
北川冬彦「ネオ・リアリズムへの道(二)」『時間』一九五四・四
北川冬彦「詩の伝統からの断絶」『俳句』角川書店　一九六七・一〇
北川冬彦「詩と俳句」①～④『朝日新聞』一九八一・九・六、一三、二〇、二七
北川冬彦「『亜』と『面』」『本の手帖』一九六一・五
「インタビュー北川冬彦氏に聞く　聞き手・鈴木沙那美」『早稲田文学』一九八一・一一

四章　三好達治

伊藤整『若い詩人の肖像』新潮社　一九五六・八
平林英子『青空の人たち』皆美社　一九六九・一二
小川和佑『増補改訂版三好達治研究』教育出版センター　一九七六・一〇
畠中哲夫『三好達治』花神社　一九七九・七
石原八束『三好達治』筑摩書房　一九七九・一二
石原八束『駱駝の瘤にまたがって――三好達治伝――』新潮社　一九八八・一二
池川敬司『宮沢賢治とその周縁』双文社　一九九一・六
澤正宏・和田博文編『都市モダニズムの奔流「詩と詩論」のレスプリ・ヌーボー』翰林書房　一九九六・三
岩本晃代『昭和詩の抒情――丸山薫・〈四季派〉を中心に――』双文社　二〇〇三・一〇
國中治『三好達治と立原道造――感受性の森――』至文堂　二〇〇五・一二
吉本隆明「「四季」派の本質――三好達治を中心に――」『文学』岩波書店　一九五八・四
安田保雄「『青空』時代の三好達治――「測量船」研究序説――」『鶴見女子大学紀要』第一号　一九六三・一一
藤本寿彦「周縁としてのアヴァンギャルド――後衛という位置に立つ詩人達のジレンマ――」『日本近代文学』第七四集　二〇〇六・五
梶井基次郎「『青空』のことなど」『嶽水會雑誌』第百号記念特集号　一九二八・一二

五章　尾形亀之助

秋元潔『評伝尾形亀之助』冬樹社　一九七九・四
正津勉『小説尾形亀之助　窮死詩人伝』河出書房新社　二〇〇七・一一

吉田美和子『単独者のあくび　尾形亀之助』木犀社　二〇一〇・六
村山知義『演劇的自叙伝2』東邦出版社　一九七一・八
草野心平『私の中の流星群　死者への言葉』筑摩書房　一九九一・五
五十殿利治『大正期新興美術運動の研究』スカイドア　一九九八・六
古俣裕介『〈前衛詩〉の時代――日本の1920年代』創世社　一九九二・五
鈴木貞美『モダン都市の表現』白地社　一九九二・七
河原和枝『子ども観の近代　『赤い鳥』と「童心」の理想』中公新書　一九九八・二
WILLIAM GARDNER『JAPANESE MODERNISM AND MODERNITY IN THE 1920s』the Harvard University Asua Center and distributed by Harvard University Press Cmbridge (Massachusetts) and London 2006
秋元潔編『尾形亀之助』第一号～第一三号　一九七五・二～一九七八・六
「特集尾形亀之助」『現代詩手帖』思潮社　一九九九・一
村主さだ子「尾形亀之助について」『日本文学ノート』宮城学院女子大学日本文学会　一九六七・二
和田茂俊「尾形亀之助のモダニズム詩」『昭和文学研究』第三九集　一九九九・九
吉田美和子「尾形亀之助論」『朱夏』一八～二〇号　二〇〇三・六～二〇〇五・六
明珍昇「尾形亀之助の詩の表現――『色ガラスの街』を中心に」『日本文学』日本文学協会　一九七九・五
折居恵美「尾形亀之助の三つの詩集について」『大妻国文』一九七四・三
ダリンテネフ「記憶の措定をめぐって」『物語研究』6　物語研究会　二〇〇六・三
永井敦子「尾形亀之助―障子のなかの宇宙」『ソフィア』二〇〇五・一一
戸田達雄「風に吹かれてのむばかり――尾形亀之助の思い出――」『歴程』第三八号　一九五一・八
池内紀「何もしないこと――尾形亀之助」『ちくま』二〇〇〇・九
疋田雅昭「絶え間ない希求と断絶の間に――コミュニケーション論としての尾形亀之助の可能性」『日本現代詩歌研究』第9号　二〇一〇・三

エリス俊子「『ことば』が『詩』になるとき――尾形亀之助の詩作について」『比較文學研究』七六号　東大比較文學会　二〇〇〇・八
阿部昌彦「北原白秋の『童心』」『解釈』一九八五・一〇
杉下英倫「白秋童謡の『童心』についての一考察」『國學院大學大学院文学研究科論集26』一九九九・三
「シンポジウム・プロレタリア芸術とアヴァンギャルド　せめぎあう「物」と「身体」の1920―30年代」『立命館言語文化研究』一三巻三号　二〇〇一・一
神山啓二「ある自殺――尾形亀之助評伝より――」『詩学』一九六六・七

六章　城所英一・富田充

中野嘉一『新短歌の歴史　自由律運動半世紀の歩みと展望』一九六七・五
岡田英樹『文学にみる「満洲国」の位相』研文出版　二〇〇〇・三
三枝昂之『昭和短歌の精神史』本阿弥書店　二〇〇五・七
桐原光明『多田不二―結城の詩人―』筑波書林　一九八五・九
小沼正俊『韃靼――大陸俳句の青春と軌跡――』西三語学研究室　一九八八・一二
出口王仁三郎『出口王仁三郎著作集　出口直日選十万歌集』第四巻　読売新聞社　一九七二・七
出口王仁三郎『出口王仁三郎著作集　人間王仁三郎』第五巻　読売新聞社　一九七三・一一
出口王仁三郎『復刻版出口王仁三郎全集』第七巻・歌集　天声社　一九九九・二
出口王仁三郎『復刻版出口王仁三郎全集』第八巻・我が半生の記　天声社　一九九九・三
出口京太郎『巨人出口王仁三郎』講談社　一九六七・九
伊藤栄蔵『大本　出口なお・出口王仁三郎の生涯』講談社　一九八四・四
松本健一『出口王仁三郎――屹立するカリスマ』リブロポート　一九八六・一二
村上重良『評伝出口王仁三郎』三省堂　一九八八・八

七章　春山行夫

杉浦盛雄『名古屋地方詩史』名古屋地方詩史刊行会　一九六八・一〇
小島輝正『春山行夫ノート』蜘蛛出版社　一九八〇・一一
尾崎秀樹『近代文学の傷痕』普通社　一九六三・二
尾崎秀樹『旧植民地文学の研究』勁草書房　一九七一・六
尾崎秀樹『近代文学の傷痕　旧植民地文学論』岩波書店　一九九一・六
中村洋子編『人物書誌大系24春山行夫』日外アソシエーツ　一九九二・六
嶋岡晨『ポエジーの挑戦――戦後詩論史ノート』白地社　一九九六・七
吉本隆明『詩学叙説』思潮社　二〇〇六・一
長谷川郁夫『美酒と革嚢　第一書房・長谷川巳之吉』河出書房新社　二〇〇六・八
日本現代詩研究者国際ネットワーク編『日本の詩雑誌』有精堂出版　一九九五・五
勝原晴希編『『日本詩人』と大正詩――〈口語共同体〉の誕生』森話社　二〇〇六・七
藤本寿彦「アヴァンギャルドと戦争、あるいは反戦」『国文学　解釈と教材の研究』學燈社　二〇〇六・五
折戸彫夫「詩と時代の意識――春山イズムの棄揚的清算を兼ねて――」『日本詩』一九三四・一二
梶浦正之「春山行夫論――一二の感想」『愛誦』一九三三・七
岩谷美佐子「●正統的現代詩の提示●」『吟遊別冊』一九七九・六
今井文男「春山行夫氏の作品「KODAK」について」『金城国文』一九六二・三
黒田三郎「春山行夫論――新しい詩人」『黒田三郎著作集2』思潮社　一九八九・五
角田敏郎「萩原朔太郎と春山行夫の論争――大正から昭和への詩論の推移――」『国文学　言語と文芸』大修館
　書店　一九六二・一一
仁木晴美「春山行夫の詩論―その詩史的役割―」『目白近代文学』7　一九八七・三

國中治「春山行夫の詩の構成▼『植物の断面』中の「一年」を中心に」『昭和詩人論』有精堂出版　一九九四・四
鏡味國彦「春山行夫とジェイムズ・ジョイス」『立正大学人文科学研究所年報第19号』一九八二・三
木下信三「春山行夫ノート」(一)～(三六)、補遺(一)～(五)『名古屋近代文学史研究』第84号～第124号
西川正也「春山行夫とジャン・コクトー――『セルパン』コクトー来日特集号をめぐって(2)」『共愛学園前橋国際大学論集11』二〇一一・五

第二部『亞』以後の満洲詩

一章『戎克』論

川村湊『海を渡った日本語　植民地の「国語」の時間』青土社　一九九四・一二
越沢明『満洲国の首都計画』日本経済評論社　一九八八・一二
『植民地文化研究』1～、植民地文化学会　二〇〇二・六～
猪野睦「高知出身の〝満州詩人たち〟――島崎曙海・川島豊敏・倉橋顕吉」『文学・社会へ地球へ』三一書房　一九九六・九

二章『鵲』論

『樗の木かげ』南満洲教育會教科書編輯部　一九三二・一二
石森延男『咲きだす少年群』新潮社　一九三九・八
『石森先生の思い出』石森延男先生教育文学碑建設賛助会　一九六七・九

石森延男『日本に来て』新潮社　一九四一・一二
「井上剣花坊」『近代文学研究叢書』第三七巻　昭和女子大学近代文学研究室　一九七三・一
西原茂『西原茂遺稿集　詩と随想・瀬戸内海』非売品　一九八六・七
『現代国語教育論集成　石森延男』明治図書出版　一九九二・二
中村義『川柳のなかの中国』岩波書店　二〇〇七・八
五十殿利治「モダニズムの展示──巴里新興美術展をめぐって」『表象からの越境──モダニズムの越境III』人文書院　二〇〇四・六
川村湊「川柳と植民地②満洲編」『川柳学』二号　二〇〇五・一二

三章　『満洲浪曼』──逸見猶吉

尾崎寿一郎『逸見猶吉　ウルトラマリンの世界』自費出版　二〇〇四・九
尾崎寿一郎『逸見猶吉　火檻褸篇』漉林書房　二〇〇六・一二
伊藤信吉『逆流の中の歌　詩的アナキズムの回想』泰流社　一九七七・一〇
菊地康雄『青い階段をのぼる詩人たち　現代詩の胎動期』青銅社　一九六五・一二
菊池康雄『逸見猶吉ノオト』思潮社　一九六七・一
田辺聖子『ゆめはるか吉屋信子──秋灯机の上の幾山河』上下　朝日新聞社　一九九九・九
野副重遠・述『日本民族指導原理としての汎ツラニズム』ツラン協会　一九三三・三
野副重次『汎ツラニズムと經濟ブロック』天山閣　一九三三・九
野副重次『ツラン民族運動と日本の新使命』日本公論社　一九三四・一二
小池喜孝『谷中から来た人たち　足尾鉱毒移民と田中正造』新人物往来社　一九七二・七
荒畑寒村『谷中村滅亡史』新泉社　一九七〇・一一
大鹿卓『谷中村事件　ある野人の記録田中正造伝』新泉社　一九七二・四

塙和也編『鉱毒に消えた谷中村　田中正造と足尾鉱毒事件の一〇〇年』随想舎　二〇〇八・二
『社史で見る日本経済史　植民地編第三三巻　大連取引所信託株式会社略史／満洲生活必需品株式会社概要（康徳七・八年）／日満商事株式会社概要／電電の十年』ゆまに書房　二〇〇四・九
川村湊『異郷の昭和文学――「満洲」と近代日本――』岩波新書　一九九〇・一〇
南塚信吾『静かな革命　ハンガリーの農民と人民主義』東京大学出版会　一九八七・三
『日本と東欧諸国の文化交流に関する基礎的研究』トヨタ財団助成研究報告書　日本東欧関係研究会　一九八二・四
イ・ヨンスク『「ことば」という幻影　近代日本の言語イデオロギー』明石書店　二〇〇九・二
坪井秀人『声の祝祭　日本近代詩と戦争』名古屋大学出版会　一九九七・八
『歴程　逸見猶吉追悼号』一九四八・七
檀一雄『青春放浪』筑摩書房　一九五六・四
田村泰次郎『わが文壇青春記』新潮社　一九六三・三
川崎賢子『彼等の昭和　長谷川海太郎・潾二郎・濬・四郎』白水社　一九九四・一二
小川和佑「逸見猶吉」『堀辰雄』三交社　一九七四・一
新納みつる「逸見猶吉の北方」『詩学』一九七〇・一二
小山榮雅「詩人逸見猶吉について」『芸術至上主義文芸』一六号　一九九〇・一一
伊藤信吉「ウルトラマリンの詩人　逸見猶吉断片」『日本未来派』一九四七・一〇
澤村光博「逸見猶吉論――神秘的貧困としての形而上学的アントロポロギーヒューマニズムの問題性について」（その一～三）『時間』一九五三・六～八
長光太「『裏がへしの低い太陽』〈大外套〉逸見猶吉考2」『詩と詩人』九九号　一九五一・二
高橋宗近「禁断の詩集　逸見猶吉論ノート」『日本未来派』一九五〇・八
尾崎寿一郎「逸見猶吉と谷中村」『日本古書通信』二〇〇七・三
安宅夏夫「逸見猶吉へのこだわり―戦争と詩人―」『群系』第二七号　二〇一一・七

四章　『作文』の行方

坂部晶子『「満洲」経験の社会学　植民地の記憶のかたち』世界思想社　二〇〇八・三
尹東燦『「満洲」文学の研究』明石書店　二〇一〇・六
葉山英之『「満洲文学論」断章』三交社　二〇一一・二
安田敏朗『帝国日本の言語編制』世織書房　一九九七・一二
杉野要吉編『「昭和」文学史における「満洲」の問題』第一～第三　早稲田大学教育学部杉野要吉研究室　一九九二・七、一九九四・五、一九九六・九
西原和海、川俣優編『満洲国の文化──中国東北のひとつの時代』せらび書房　二〇〇五・三
西原和海「作文」『現代詩誌総覧②──革命意識の系譜』日外アソシエーツ　一九九七・二
秋原勝二「満洲時代の『作文』」（一）～『作文』一八二号～、二〇〇三・一～
宮井一郎「『作文』四十輯まで」『満洲文學研究』東都書籍新京研究所　一九四〇（康徳七）・五
「『作文』総目次（第一輯～第五五輯）」『作文』第一六〇号　一九九五・五
青木実「満洲文学雑記」『作文』一五六号～　一九九四・二～
川崎賢子「満洲文学とメディア―キーパーソン〈木崎龍〉で読むシステムと言説」『Intelligence』第4号　20世紀メディア研究所　二〇〇四・五

終章　満洲詩研究の動向として

川村湊「植民地文学研究の現状」『社会文学』第九号　一九九五・七
小泉京美「研究動向　満洲」『昭和文学研究』第六〇集　二〇一〇・三
『朱夏』No.16　二〇〇一・一二

主要テキスト

『亞』復刻版　別府大学文学部国文学科研究室　一九八一・二
和田博文監修、小泉京美編『コレクション・都市モダニズム詩誌　第一巻　短詩運動』ゆまに書房　二〇〇九・五
『詩と詩論』（『文學』六冊）復刻版　教育出版センター　一九七九・一〇
『詩・現實』復刻版　教育出版センター　一九七九・一〇
『青空』復刻版　日本近代文学館　一九七〇・六
『帆船』復刻版（第一次『帆船』二四冊、『馬車』三冊、第二次『帆船』四冊）群馬県立土屋文明記念文学館　二〇〇七・三
『日本詩人』複製版　日本図書センター　一九八〇・一〇
『セルパン』復刻版　アイアールディー企画、発売紀伊國屋書店　一九九八・一一
『新領土』復刻版「新領土」復刻委員会　一九九〇・五
『歴程』復刻版　日本近代文学館　一九八五・一〇
呂元明、鈴木貞美、劉建輝監修『満洲浪曼』（第一巻〜第七巻／別冊）ゆまに書房　二〇〇二・七
呂元明、鈴木貞美、劉建輝監修『藝文』（第一期二三巻、第二期一四巻）ゆまに書房　二〇〇七・七〜
『満洲評論』復刻版　龍溪書舎　一九七九・一一〜一九八一・一〇
『満洲グラフ＝Manchuria pictorial』復製版　ゆまに書房　二〇〇八・九〜二〇〇九・一二
『北窗』復刻版　緑蔭書房　一九九三・二
『日本学芸新聞』（全三巻・別冊一・付録一）不二出版　一九八六・一一
復刻版『文学報国』不二出版　一九九〇・一二
『満洲文芸年鑑』第一輯〜第三輯／別冊　葦書房　一九九三・九
『亞人』未踏路社　一九二四・一

安西冬衛『安西冬衛全詩集』思潮社　一九六六・八
安西冬衛『軍艦茉莉　名著復刻詩歌文学館〈山茶花セット〉』日本近代文学館　一九八〇・一二
安西冬衛『安西冬衛全集』一〇巻、別巻　寶文館出版　一九八六・八
安西冬衛『現代の芸術と批評叢書2　軍艦茉莉』ゆまに書房　一九九四・一〇
『現代詩人集V　小熊秀雄、瀧口武士、蔵原伸二郎、伊東静雄、北川冬彦』山雅房　一九四〇・九
『日本の詩歌25　北川冬彦・安西冬衛・北園克衛・春山行夫・竹中郁』中央公論社　一九六九・一一
瀧口武士『鵲』上・下　滝口武士先生を偲ぶ会　一九八九・五
瀧口武士『園』滝口武士先生を偲ぶ会　一九九四・五
北川冬彦『検温器と花　名著復刻詩歌文学館〈連翹セット〉』日本近代文学館　一九八〇・四
北川冬彦『北川冬彦初期詩集　三半規管喪失、戦争、花電車』冬至書房新社　一九八一・一
北川冬彦『現代の芸術と批評叢書3　骰子筒』ゆまに書房　一九九四・一〇
鶴岡善久編『北川冬彦全詩集』沖積舎　一九八八・一
鶴岡善久編『北川冬彦詩集』沖積舎　二〇〇〇・九
萩原朔太郎編『昭和詩鈔』冨山房百科文庫　一九四〇・三
萩原朔太郎『詩の原理』第一書房　一九二八・一二
萩原朔太郎『萩原朔太郎全集』全一五巻＋補巻　筑摩書房　一九七五・五〜一九七八・四
三好達治『三好達治全集』全一二巻　筑摩書房　一九六四・一〇〜一九六六・一一
三好達治『三好達治』中公文庫　一九七五・五
三好達治『現代詩文庫　三好達治』思潮社　一九八九・七
三好達治『日本の詩歌22　三好達治』中央公論社　一九六七・一二
秋元潔編『尾形亀之助全集　増補改訂版』思潮社　一九九九・一二
尾形亀之助『現代詩文庫　尾形亀之助』思潮社　一九七五・六
西村陽吉『都市居住者』東雲堂書店　一九一六・七

『第一短詩集』素人社　一九二六・二
春山行夫『現代の芸術と批評叢書4　楡のパイプを口にして』ゆまに書房　一九九四・一〇
春山行夫『満洲風物誌』生活社　一九四〇・一一
春山行夫『満洲の文化』大阪屋號書店　一九四三・七
春山行夫『新しき詩論』第一書房　一九四〇・三
本家勇編『塞外詩集』塞外詩社　一九三〇・六
本家勇編『塞外詩集　第二輯』大連詩書倶楽部　一九三三・六
石森延男『綴方への道』啓文社　一九三五・一一
西原茂編『順送球　女學生詩集』第一書房　一九三九・三
山田清三郎『転向記』全三部　理論社　一九五七・四〜一九五八・二
富田充『雲逝きぬ』東京書房　一九五九・一
城所英一『連翹』自費出版　一九六九・秋
西原和海編『古川賢一郎全詩集』涙々社　一九九七・一〇
園田一亀『韃靼漂流記』平凡社東洋文庫　一九九一・九
菊池康雄編『定本逸見猶吉詩集』思潮社　一九六六・一
森羅一編『逸見猶吉の詩とエッセイと童話』落合書店　一九八七・二
『現代詩鑑賞講座8　歴程派の人びと』角川書店　一九六九・七
『現代日本名詩集大成7』創元社　一九五九・一一
『現代日本詩人全集12』創元社　一九五四・四
『現代詩人集3』山雅房　一九四〇・七
大内隆雄『満洲文學二十年』国民画報社　一九四四・一〇
北村謙次郎『北辺慕情記』大学書房　一九六〇・九
木山捷平『木山捷平全集』全六巻　講談社　一九七八・一〇〜一九七九・六

秋原勝二『満洲日本人の彷徨』日本図書刊行会、（トレビ文庫）一九八六・九
黒川創編『〈外地〉の日本語文学選2 満洲・内蒙古／樺太』新宿書房 一九九六・二
檀一雄『檀一雄全集』全八巻 新潮社 一九七七・六〜一九七八・一
『作文』一九六四・八〜
杉野要吉監修、浅見淵編『廟会 満洲作家九人集 日本植民地文学精選集（満洲編）1』ゆまに書房 二〇〇〇・九
杉野要吉監修、川端康成ほか編『満洲国各民族創作選集（1） 日本植民地文学精選集（満洲編）2』ゆまに書房 二〇〇〇・九
杉野要吉監修、川端康成ほか編『満洲国各民族創作選集（2） 日本植民地文学精選集（満洲編）3』ゆまに書房 二〇〇〇・九

あとがき

本書は、二〇〇九年度、法政大学大学院国際文化研究科国際文化専攻博士後期課程に提出した博士論文「満洲詩人論――『亞』の生成と終焉」を加筆、修正したものである。

刊行を迎えるまでの日々、私は沢山の方々の応援によって支えられてきた。ここで改めて博士論文の審査を引き受けて下さった先生方に御礼を申し上げたい。指導教官の川村湊先生をはじめ、熊田泰章先生、髙栁俊男先生、リービ英雄先生、エリス俊子先生。先生方の御指導が無ければ、無知な院生であった私のつたない論文が、出版という日の目を見ることは無かったと改めて思う。

特に指導教官である川村湊先生には感謝し尽くしても足りないほどお世話になっている。ランドマークのような、法政大学のボアソナードタワーが出来た二〇〇〇年に、私は修士課程に入学したが（その時は人文科学研究科日本文学専攻だった）、その年から大学院授業を開講された川村先生の授業を受講したので、もう一〇年以上御指導頂いていることになる。ご所蔵の多くの資料を快く拝見させて下さったことから、学問研究とは何たるか、文学を研究することとは如何なることかを御指導頂いたと身を持って感じている。この本が出版されることで少しでも恩返しが出来たならば、私にとっての大きな喜びである。

「満洲文学」を研究する上で、早くは岡田英樹や大久保明男、近年では尹東燦によって中国語文献も取り扱って総体的に研究していく、いわゆる「満洲国文学」の研究成果が報告されている。私の言語能力の問題もあるが、本書は満洲における中国語作品を取り上げず、日本語作品のみを扱っている。その点からみると、本書は日本文学研究の範疇を超えるものではないだろう。まさに、昭和期という「日本」が拡大した時期に、昭和文学が生み出した「異郷」を描き出しただけなのかもしれない。しかし、「満洲」というカオスのような国家について学べば学ぶほど、私は越境した地において、日本語を用いて文筆活動を行った詩人と作家、そして日本語で創作を行うという行為に強い興味を覚えた。そして何故その場が「満洲」であったのか。日本語で文筆をし続けた詩人たちにおける、日本と満洲の「あわい」にこだわりたかったという私の意図はそこにある。そして、どのような形であれ、満洲詩人たちの「越境する意志」を私なりの言葉にしてみたかったのである。

本書の執筆において反省すべき点を続けるならば、取り上げられなかった詩人たち、取り上げられなかった作品が複数存在することである。『亞』の同人たちによって織りなされた詩的世界を描き出すことが、博士後期課程入学時の私の目標であった。そのため『亞』同人たちについてはある程度の見込みを持っていたが、勉強を続けていくうちに、それだけでは「満洲詩」のほんの一部にしか触れられないことに気付きながらも、『亞』以後の満洲詩の資料集めに時間がかかり、しかも折角収集しながらも「ツンドク」の状態になったものもある。詩人たちの個人詩集を見ることで、初出掲載の雑誌について改めて問い直しを行わなければならなかったし、『藝文』や『満洲グラフ』『北窗』など、復刻版を目にすることが出来るものも、ほとんど取り上げることが出来なかったことも心残りである。

また本書では、詩人たちの伝記的な事実を重く見過ぎたかも知れない。もちろん私は詩作品の解釈を詩人の経歴とすべて関連づけようとする、いわゆる伝記的批評を目指したわけではない。それでもやはり各詩人の生い立ちや満洲という地に至るまでの歩み、加えてその後の経歴には大変興味深いものがあり、それが各詩人の詩作品にさまざまな形で反映されていることも確かである。それ故、各作品を分析する際には、つねに詩人たちの伝記的事実を考慮した。それが作品解釈の大きな助けになると考えたからである。すべてをそこに還元することのないよう注意したつもりであるが、偏りは見られるかもしれない。これらの問題点は今後の課題としたい。

本書が出来上がるまでに多くの方々のお世話になった。出版を引き受けて頂いた翰林書房・今井肇社長、今井静江編集長には深く感謝の意を表したい。また、学問の道に進もうと決めてからの年月をずっと温かく見守ってくれた両親、祖母、姉妹、義父母にも感謝したい。皆の期待に応えられるよう、今後も努力を惜しまない決意である。

最後に、完成までの日々いつも私を笑わせてくれた妻にも感謝の言葉を贈りたい。

守屋貴嗣

二〇一二年二月二五日

本書は二〇一一年度法政大学大学院博士論文出版助成金によって刊行された。

や

は

な

た

さ

㋕

索　引

・本文から主要な人名・書籍名・誌（紙）名を挙げたが、『亞』などの頻出語は省いた。
・章題として取りあげたものは章の最初の頁のみ太字にした。

【著者略歴】
守屋　貴嗣（もりや・たかし）
1973年　秋田県生まれ
2009年　法政大学大学院国際文化研究科博士後期課程修了
国際文化博士号取得
現在、法政大学大学院国際文化研究科兼任講師

『文壇落葉集』（共編著、毎日新聞社、2005・11）
「満洲詩人論――『亞』の生成と終焉」（博士号取得論文、2009・3）

満洲詩生成伝

発行日	**2012年 3 月 20 日**	初版第一刷
著　者	**守屋 貴嗣**	
発行人	**今井 肇**	
発行所	**翰林書房**	
	〒101-0051 東京都千代田区神田神保町 2-2	
	電　話　(03)6380-9601	
	FAX　(03)6380-9602	
	http://www.kanrin.co.jp	
	Eメール● Kanrin@nifty.com	
装幀	**須藤康子＋島津デザイン事務所**	
印刷・製本	**シ ナ ノ**	

落丁・乱丁本はお取替えいたします

ISBN978-4-87737-325- 2